D0996905

VINTAGE VERLIEFD

Eerder verschenen van Petra Drenth:

Cocktails op klompen

Petra Drenth

Vintage verliefd

VAN HOLKEMA & WARENDORF
Uitgeverij Unieboek | Het Spectrum bv, Houten – Antwerpen

Omslagontwerp: Davy van der Elsken | DPS Design
Omslagfoto: Heather Evans Smith | Trevillion Images
Opmaak: ZetSpiegel, Best

ISBN 978 90 475 1009 3 | NUR 301

© 2011 Petra Drenth en Uitgeverij Unieboek | Het Spectrum bv,
Houten – Antwerpen

www.petradrenth.nl
www.unieboekspectrum.nl

Van Holkema & Warendorf maakt deel uit van
Uitgeverij Unieboek | Het Spectrum bv
Postbus 97, 3990 DB Houten

Voor mijn ouders

'Donker is toch niet gevaarlijk?'

– Pippi Langkous

1

'Ik ben een heel lief meisje,' zei de jonge vrouw met het zwart-geverfde, punkachtige haar, die tegenover Nikki zat, 'maar als ik onverwacht bij je langskom en je blijkt me te hebben belazerd, omdat je stiekem toch samenwoont of waardevolle spullen hebt achtergehouden, dan kan ik een echte bitch zijn.'

Nikki Jacobs was zo verbaasd over deze plotselinge uitval van de tot nu toe niet onvriendelijke vrouw dat ze voor de verandering niets wist te zeggen en ze knikte daarom maar eens ter bevestiging dat ze het gehoord en begrepen had. De ambtenaar met het punk-haar vinkte nog iets aan op het formulier dat ze voor zich had.

Dat je een bitch bent, kan ik zo ook wel zien, dacht Nikki een beetje gemeen, *al zouden een keer je haar wassen, een beetje poeder op je glimneus en een paar leuke oorbellen daar misschien iets aan kunnen veranderen.* Ze nam een slokje van de lauwe vloeistof in het kartonnen koffiebekertje dat ze zelf uit een automaat gehaald had en voelde agressie in zich omhoogborrelen. De sfeer in dit kale hok maakte dat je voor het eerst in je leven zin kreeg om met de plastic stoelen te gaan smijten. Als ze tenminste niet aan de vloer vastgeschroefd hadden gezeten.

Nikki wist niet wat ze verwacht had van een kantoor en een ambtenaar van de gemeentelijke sociale dienst. Niets eigenlijk. Voordat Raymond haar na bijna tien jaar samenwonen zo onver-wachts in de steek had gelaten voor die nieuwe, bloedmooie en ambitieuze collega met de sexy naam Tatjana, had Nikki nooit ge-dacht dat ze nog eens een bijstandsuitkering zou aanvragen.

Maar wat kon ze anders? Ze was bijna dertig en had een cv met alleen een havo-diploma en een paar baantjes in kledingwinkels.

Drie jaar geleden had ze als verkoopster bij modezaak Glamour Girl zo weinig verdiend dat Raymond had gezegd dat ze beter kon stoppen met werken, want de belastingdienst pikte toch alles in. Bovendien verdiende hij toch meer dan genoeg? Hier kon ze niets tegen inbrengen en ze had zich prima vermaakt met zijn geld. In ruil daarvoor had ze altijd gezorgd dat het huis, de tuin en zijzelf er pico bello uitzagen. Nu was dat allemaal voorbij. Raymond had hun mooie nieuwbouwhuis, een twee-onder-een-kapwoning in jarendertigstijl in de verkoop gedaan, want Tatjana wilde liever een appartement. Vervolgens had hij Nikki letterlijk op straat gezet – nou ja, bij haar zus op de stoep – met alleen haar garderobe, toiletspullen, drie boeken, een fotoalbum en haar hondje Pixie. Plus zíjn twee griezelige siamezen, Ping en Pong, omdat Tatjana de katten niet in haar huis wilde hebben.

'Je bent verplicht je in te schrijven bij het UWV,' onderbrak de ambtenaar Nikki's sombere gedachten, 'en alles te aanvaarden wat ze je daar aanbieden.'

'Natuurlijk, ik wil juist graag werken. Ik doe zonder problemen schoonmaakwerk,' zei Nikki. Een interieur opfrissen, daar was ze best goed in.

'Er is op dit moment niet veel vraag naar schoonmakers. Maar ze hebben vast nog wel een baantje voor je aan de lopende band in de kippenslachterij.'

In een flits zag Nikki zichzelf in een witte overal onthoofde en kaalgeplukte kippen in plastic verpakken. Het beeld joeg haar zo'n schrik aan dat ze plotseling opstond. Ze moest hier weg, ze hoorde hier niet.

'Weet je, laat ook maar zitten,' zei ze tegen de verveeld kijkende punkambtenaar. 'Ik red me nog wel een tijdje. Ik zit nog niet aan de grond.' Ze graaide haar grote handtas van tafel en haastte zich het benauwde kamertje uit.

Pas toen ze door de draaideuren het gemeentehuis had verlaten en de frisse lucht in stapte, kwam ze tot stilstand en merkte ze dat haar hart een paar slagen oversloeg. Met haar hand op haar borst haalde ze diep adem totdat de sterretjes voor haar ogen waren verdwenen. Daarna liep ze langzaam naar haar fiets. Waarschijnlijk had ze net iets ongelofelijk stoms gedaan door te bedanken voor de bijstandsuitkering. Ze zat namelijk wel degelijk aan de grond.

Nikki had altijd over Raymond en zichzelf gedacht als een mooi stel. Ze waren bijna van dezelfde leeftijd, ongeveer even knap, en dachten over veel dingen hetzelfde. Raymond verdiende het geld en Nikki zorgde voor het bijpassende leven. Het was allemaal zo soepeltjes verlopen. Ze kenden elkaar van de middelbare school, waar Raymond een paar jaar boven Nikki had gezeten. Zodra Raymond was afgestudeerd, waren ze gaan samenwonen – eerst in een klein flatje, daarna al snel in een echt huis. Ze deelden dezelfde smaak. Meestal tenminste. Raymond had niet zoveel begrepen van Nikki's voorliefde voor oude, gebruikte en gedragen spullen, maar hij had het gezien als een 'vrouwending', een excentriciteit die hij Nikki gunde. Nikki hield van oude spullen omdat ze karakter hadden, een verhaal vertelden, spannender waren dan iets nieuws. Dat was nooit een probleem geweest. Eigenlijk hadden ze nooit echt ruzie gehad in de ruim tien jaar die ze samen waren geweest. Ook had Raymond al die tijd nooit de indruk gewekt naar een andere vrouw of een ander leven te verlangen. Hij keek natuurlijk wel eens om zich heen en flirtte soms zelfs, maar dat was een spel, iets wat Nikki ook deed – zij het iets minder openlijk.

Waar was Tatjana dan vandaan gekomen? Waarom had Raymond ineens besloten Nikki aan de kant te zetten en met Tatjana verder te gaan? Was hij plotseling stapelverliefd geworden? Daar was kort voor het gruwelijke feit van hun breuk nog niets van te merken geweest. Nikki had Tatjana slechts twee keer ontmoet, en een van die twee treffers had plaatsgevonden vlak voordat Raymond zo plotseling had besloten Nikki te verlaten. En toen had Nikki Tatjana eigenlijk een beetje zielig gevonden.

Raymond werkte bij een middelgrote onderneming die in Nikki's ogen iets vaags deed met beleggen, investeren en adviseren. Ze werden er in elk geval rijk van en iedereen die daar werkte, liep rond in strak pak of mantelpak en met een enorm air. Af en toe mochten de partners van de werknemers ook mee naar een feestje. Die avond ging het om een diner dansant ter ere van het nieuwe jaar. Zo heel leuk vond Nikki deze gelegenheden niet; ze kende de meeste van Raymonds collega's niet goed genoeg om gezellig met hen mee te kletsen. Ze zag het echter als haar plicht, iets waarvoor Raymond haar ruimschoots betaalde door haar ongelimiteerd gebruik te laten maken van zijn creditcards. Ze hoopte dat het eten goed zou zijn, de drank overvloedig werd geschonken en dat Barbara en Heleen, eveneens 'vrouwen van', er ook zouden zijn.

Nikki was al een paar dagen bezig geweest met het doorspitten van haar enorme garderobe en het uitkiezen van wat ze zou aandoen. Uiteindelijk was de keuze gevallen op een zwart jurkje tot net boven de knie met spaghettibandjes die over haar blote rug kruisten. De stras op het lijfje was misschien een beetje ordinair, maar daarom juist leuk. Nikki deed net haar kousen aan – Raymond had een hekel aan panty's – toen Raymond thuis kwam om zich snel even op te frissen voor het feest. Na een korte douche kwam hij de slaapkamer in waar Nikki, gekleed in ondergoed en kousen, zich voor de spiegel stond op te maken.

Ze waren na al die jaren zo op elkaar ingespeeld dat ze zonder veel tegen elkaar te zeggen toch precies wisten hoe de avond zou verlopen. Juist deze vertrouwdheid had Nikki altijd een veilig en behaaglijk gevoel gegeven. Raymond haalde zijn pak uit de inloopkast en legde het klaar op bed. Hij liep naar Nikki toe en omhelsde haar. Terwijl ze elkaar aankeken in de spiegel gleden zijn handen over haar lichaam. Ze sloot haar ogen en gaf zich meteen over. Snel en routinematig vreeën ze op de rand van het bed, met gebruik van condoom zodat Nikki zich daarna nauwelijks hoefde op te frissen. Zelfs seks op de automatische piloot was iets waarvan Nikki genoot, want het was bijna altijd goed. Ze wisten allebei precies wat de ander fijn vond.

Een kwartier later waren Nikki en Raymond klaar om te vertrekken. Nikki pakte haar handtasje en Raymond de autosleutels en zijn portemonnee, en samen stapten ze in de Audi TT. Onderweg haalden ze Raymonds collega Tijmen en diens vrouw Heleen op en samen reden ze naar het feest.

Het feest werd gegeven in een strandtent, een trendy gelegenheid die kennelijk het hele jaar open bleef. Zodra ze binnenkwamen, werd duidelijk dat er geprobeerd was een après-skisfeertje te creëren met nepsneeuw, glühwein en Oostenrijkse klederdracht voor de serveersters. Nikki en Heleen pakten meteen een glas glühwein van een dienblad en sloegen dat snel achterover, waarna ze Barbara opzochten en geanimeerd begonnen te kletsen.

Nikki had het een redelijk geslaagde avond gevonden. Ze had in het begin snel drie glazen wijn gedronken, waarna ze zich vermaakt had met Barbara en Heleen en wat geflirt had met Raymonds jongere collega's. Het eten was niet slecht geweest en na het diner had ze gedanst met Raymond, en een keer met een directeur, een stijve hark in een blazer met gouden knopen die net iets te veel aan je zat als je niet oplette. Daarna had ze even aan de kant staan praten met Raymond en Toon, een wat oudere collega. Tijdens het saaie gesprekje liet ze haar blik dwalen en verwonderde zich over de jonge vrouw die in haar eentje aan de bar een cocktail stond te drinken. Ze had haar nog nooit eerder gezien. De vrouw was beeldschoon met een porseleinen huid, lang zwart haar, lichte ogen en een prachtig figuur in een strakke, zwarte jurk. Tegelijk had ze iets afstandelijks, zoals ze daar in haar eentje stond te drinken.

Nikki had Raymond aangestoten. 'Wie is dat?'

Raymond had slechts een korte blik geworpen. 'Tatjana. Een nieuwe collega, een van de beste beursanalisten die we hebben. Een keiharde, heel ambitieus. Maar ook een beetje geschift, als je het mij vraagt. Ze heeft kristallen op haar bureau staan en zwaait met een pendel als ze iets moet besluiten.' Hij wendde zich weer tot Toon en Nikki was met Tijmen gaan dansen. Later op de avond had ze Raymond heel even naast Tatjana zien staan. Tatjana had gepraat en Raymond had er nogal verveeld met zijn handen in zijn zakken naast gestaan. Nikki had zich totaal geen zorgen gemaakt.

Kort na middernacht waren ze met z'n vieren naar huis gereden. Eenmaal thuis zei Raymond dat hij nog een glas ging inschenken en Nikki begon zich af te schminken. Toen ze terugkwam uit de badkamer had Raymond net een fles wijn op een nachtkastje gezet en stond hij met twee lege glazen in zijn hand naar de display van zijn mobiele telefoon te staren.

'Gek wijf,' hoorde Nikki hem mompelen.

'Over wie heb je het?' vroeg ze nieuwsgierig. 'Laat eens zien.'

Raymond gaf haar zijn mobiel. Op het scherm stond: *Wij zouden heel goed bij elkaar passen. T.*

'Van wie is dit?' vroeg Nikki. Ze had plotseling een wee gevoel in haar maag.

'Van Tatjana.'

'Die nieuwe collega? Waarom stuurt ze jou dit?'

Raymond haalde zijn schouders op. 'Geen idee. Ze stuurt me wel vaker rare sms'jes of e-mails. Ik zei toch dat ze een beetje geschift is. Het lijkt soms wel alsof ze me stalkt.'

'Dat is toch niet normaal? Zoiets stuur je niet naar iemand die een vaste relatie heeft. Je moet er wat van zeggen,' drong Nikki aan.

'Zal ik doen,' zei Raymond en hij zette zijn mobiel uit. 'Maak je geen zorgen.'

Nikki zette het incident van zich af en liet zich naakt op bed vallen. Terwijl ze tegen een stel kussens leunde had Raymond haar een glas wijn aangereikt en ze hadden nog wat nagepraat over het feest.

De eerstvolgende keer dat ze Tatjana's naam hoorde, was iets meer dan twee weken later toen Raymond haar vertelde dat hij verliefd was geworden op zijn collega en dat Nikki het huis moest verlaten, aangezien dat op zijn naam stond.

Terwijl Nikki zonder op of om te kijken over een rotonde fietste, ging ergens in haar tas haar mobiel.

'Hé, lekker ding. Waar hang jij uit?'

Nikki slaakte een zucht van verlichting. Een begripvol luisterend oor van haar twee jaar oudere zus kwam haar nu goed uit.

'Hoi Bo, ik fiets net naar het centrum. Ik ben zojuist vernederd door een ambtenaar met punkhaar op het stadhuis.'

'Oei!' riep Bo in Nikki's oor. 'Dan heb je vast wel zin om even koffie te drinken bij het Watercafé. Het is de eerste echt zonnige dag van het jaar. Terrasjesweer!'

Nikki keek om zich heen en zag voor het eerst die dag dat de zon alles in een ongewoon helder voorjaarslicht zette en dat alle bomen langs de weg een zachtgroen waas vertoonden.

'Dat is een heel goed idee,' antwoordde Nikki. 'Maar hoe komt het dat jij daar zomaar tijd voor hebt? Moet je niet werken?'

'Ik ben net naar de tandarts geweest en nu heb ik zin om te vieren dat ik weer geen gaatjes had.'

Nikki lachte. Bo was erg trots dat ze tweeëndertig jaar was en nog steeds een puntgaaf gebit bezat.

Nikki en Bo – eigenlijk Nicolien en Deborah, maar ze hadden al op de lagere school besloten dat 'Nikki' en 'Bo' beter bij hun imago pasten – waren van kleins af aan de dikste vriendinnen. Omdat hun ouders tijdens hun opvoeding nogal afwezig waren geweest en het vooral druk hadden gehad met hun eigen ambities hadden de zusjes zich aan elkaar vastgeklampt en waren ze gezworen kameraden geworden die elkaar steunden bij ruzies op school, liefdesverdriet en andere moeilijkheden. Dat was niet veranderd toen ze volwassen waren geworden en ieder hun eigen weg waren gegaan. Nikki had vanaf haar zeventiende een relatie met Raymond gehad en was nog voor haar twintigste met hem gaan samenwonen, terwijl Bo economie was gaan studeren en zich gestort had op een carrière in het bankwezen. Op haar dertigste had ze besloten dat er toch meer moest zijn in het leven dan enkel carrière maken en was ze met haar kenmerkende doelgerichtheid gaan internetdaten tot ze Pieter had ontmoet, een vijfendertigjarige, lange, blonde filiaalmanager van een tuincentrum, gescheiden zonder kinderen. Al snel had ze met hem een maisonnette betrokken met uitzicht op het IJsselmeer. Samen hielden ze van hard werken, lange vakanties en lekker uit eten gaan. Het kwam

zelden voor dat Bo doordeweeks tijd had om zomaar overdag ergens koffie te gaan drinken met Nikki.

'Oké,' zei Nikki tegen Bo, terwijl ze stopte voor een rood licht.
'Dan zie ik je zo in het Watercafé. Lijkt me heerlijk om even bij
te kletsen.'

Nikki hoorde Bo lachen. 'Ik loop net het terras al op. Ik zal een
mooi plekje uitzoeken. Tot zo!'

2

Op het terras van het Watercafé voelde het zomers aan. Bo zat aan een tafeltje vlak naast een glazen windscherm, zo beschut mogelijk, maar wel volop in de zon. Ze had een grote zwarte zonnebril op haar neus tegen het felle voorjaarslicht dat schitterde op het water. Zodra ze Nikki in de gaten kreeg, schoof ze de bril in haar haar en zwaaide uitbundig. Nikki lachte terug, ondanks het neerslachtige gevoel dat zich in haar borstkas had genesteld sinds Raymond haar verlaten had. Ze zoende haar zus op beide wangen. Terwijl ze naast Bo ging zitten keek ze even niet zozeer met jaloezie als wel met spijt naar Bo's mooie halflange haar. Een paar weken geleden had Nikki nog veel langer haar gehad. Haar kastanjebruine lokken hadden zeker tot aan haar middel gegolfd, maar omdat ze boos was op Raymond en het gevoel had dat alles anders moest en ze toch nooit meer iets met een man wilde, had ze haar haar in een opwelling voor het eerst in haar leven kort laten knippen. Hoewel iedereen zei dat het korte haar haar onzettend goed stond, had ze vrijwel meteen spijt gehad. Met een zucht duwde ze haar krullen uit haar gezicht en begon ze in haar tas te rommelen op zoek naar een zonnebril.

'Wat had jij nu voor gedoe met een punker op het stadhuis?' vroeg Bo nieuwsgierig. 'Ik begreep het niet helemaal. Was er een demonstratie of zoiets?'

Nikki lachte schamper en zette de gevonden zonnebril, een vintage model uit de jaren zeventig, op haar neus. 'Nee, er was geen demonstratie en ik had het ook niet over een echte punker, geloof ik. Voorzover ik kon zien had ze nergens veiligheidsspelden zitten, maar ze had wel van dat zwartgeverfde piekhaar. Ik was op het stadhuis om een bijstandsuitkering aan te vragen en dat verliep niet helemaal volgens plan. Die punker was de dienstdoende ambtenaar en ze was zo vervelend tegen me dat ik boos ben weggelopen.'

'Waarom ging je een uitkering aanvragen?' Bo zwaaide naar een ober. 'Is het zo erg gesteld met je financiële situatie?'

Nikki keek Bo ongelovig aan. 'Wat dacht jij? Ik heb geen werk en geen man. Van de wind kan ik niet leven.'

'Krijg je helemaal niets meer van Raymond? Je hebt al die jaren toch goed voor hem gezorgd?'

Nikki haalde haar schouders op. 'Waarom zou hij? We waren niet getrouwd en we hadden geen samenlevingscontract. Hij is me niets verplicht.'

'En je hebt ook nooit wat gespaard? Al was het maar stiekem, een beetje huishoudgeld achtergehouden in een oude sok?'

Nikki keek Bo met grote ogen over haar zonnebril heen aan en bedacht niet voor het eerst hoeveel wereldwijzer haar twee jaar oudere zus toch was. 'Nee, ik heb geen oude sok.'

Bo greep Nikki's hand toen ze zag dat haar lichtbruine ogen begonnen te glinsteren van onderdrukte tranen. 'Het komt wel goed, lieverd. We verzinnen wel iets. Je hebt mij toch?'

'Ja, maar ik moet zelfstandig worden en me leren redden in m'n eentje. Ik was veel te afhankelijk van Raymond.'

'Dat is waar,' zei Bo zachtjes omdat de ober naderde. 'Dat wil alleen niet zeggen dat je geen hulp mag aanvaarden. Dat is heel wat anders.' Ze liet Nikki's hand los en keerde zich met een vriendelijke lach naar de wachtende ober.

'Waar heb je zin in?' vroeg Bo aan Nikki, terwijl ze haar lege koffiekopje in de richting van de ober duwde. 'Koffie met taart, of alcohol en bitterballen? Ik trakteer.'

Nikki was blij dat ze haar vochtige ogen achter haar zonnebril kon verbergen. 'Een witte wijn en bitterballen, alsjeblieft,' zei ze met hese stem.

'Bitterballen, dus,' zei Bo. 'En een biertje voor mij.'

Terwijl ze wachtten op de bestelling keken ze naar de eerste moedige windsurfers van dat jaar. Bo trok haar dikke winterjas uit, waaronder ze een grijze sweater van Pieter met het opschrift NEW YORK CITY bleek te dragen. Het was dat Bo er van nature goed uitzag met haar groene ogen en fijne gelaatstrekken, dacht Nikki, want anders had ze haar toch echt moeten dwingen tot een metamorfose. Het maakte Bo werkelijk niets uit wat ze aanhad. Daarin verschilde ze hemelsbreed van Nikki, die juist gek was op kleding en nu zat te bibberen in een leren jasje uit de jaren zeventig; hip maar niet warm en zo strak dat er niet veel meer dan een T-shirt onder kon.

Toen de wijn en het bier waren gearriveerd, hief Bo haar glas. 'Op een zelfstandige Nikki.'

Nikki probeerde dapper te lachen en klonk met haar glas tegen dat van Bo.

'Weet je,' zei Bo, terwijl ze peinzend over het water staarde, 'misschien weet ik iets voor je. Je wordt er zeker niet rijk van, maar het kan een begin zijn. Ik kwam laatst tante Jacques tegen. Kun je je haar nog herinneren?'

'Tante Jacqueline?' vroeg Nikki aarzelend.

'Ja, die ja. Ik had haar al in eeuwen niet meer gezien, maar ineens kwam ik haar tegen in de Hema. We hebben een tijdje staan praten en zijn een kop koffie gaan drinken in het restaurant. Ik herkende haar meteen. Ze is nauwelijks veranderd.'

Nikki deed haar best zich tante Jacques voor de geest te halen, maar ze kwam niet verder dan het clichéplaatje van een ouderwetse heks. Ze had geen idee of dat klopte. 'Was ze niet een beetje een heks? Gek op kristallen, stenen, aardstralen en runen, dat soort dingen?'

Bo schoot in de lach. 'Ja, dat klopt wel, al klinkt het wel wat onaardig. Ze ziet er goed uit voor haar leeftijd. En ze heeft gewoon een heel brede interesse.'

'Nog zweveriger dan mama, bedoel je.' Nikki trok een vies gezicht. Ze had de belangstelling van haar ouders voor oosterse religies, alternatieve therapieën, kruiden, magie en wat al niet meer nooit gedeeld.

Bo nam een slok bier. 'Dat zou ik niet willen zeggen. Volgens mij staat tante Jacques stevig met beide benen op deze aarde. Ze heeft nog steeds dat winkeltje in de Brede Havensteeg. En dat draait goed.'

'O ja,' zei Nikki, 'nu weet ik het weer. Dat hocus-pocuswinkeltje natuurlijk! Vroeger kwam ik daar nog wel eens om oorbellen te kopen, maar ik ben er sinds mijn twaalfde of zo niet meer binnen geweest.'

'Rond die tijd kregen mama en tante Jacques ruzie.'

'Waar ging dat eigenlijk over? Was het niet iets onzinnigs als de uitleg van een stel tarotkaarten?'

Bo pakte de laatste bitterbal van het schaaltje. 'Geen idee. Dat van die tarotkaarten heb ik ook wel eens gehoord, maar of dat waar is... Ik weet er het fijne niet van. Papa en mama praten er niet over. En ik wilde er bij tante Jacques ook niet meteen over beginnen. In elk geval, om even terug te komen op jouw persoonlijke kredietcrisis: tante Jacques liet vallen dat ze wel wat hulp in de winkel kan gebruiken. Ze zou graag meer tijd steken in de cursussen die ze geeft. Het zal wel niet fulltime zijn en zo heel goed zal ze ook wel niet betalen, maar toch...'

'Ik tussen de zweverige boeken en de kristallen bollen?'

'Waarom niet? Ik weet dat je nooit zoveel hebt opgehad met zweverigheid, maar zo erg is het niet. Tante Jacques is heel aardig en ze heeft ook kleren, tassen en zelfs make-up in haar winkel, geloof ik.'

'Ja, ja.' Nikki zag de paarse en roze *tie dye*-gewaden voor zich die in zo'n soort winkel ongetwijfeld voor kleding doorgingen.

'En misschien kun je ook niet zo heel kieskeurig zijn?' vroeg Bo gemaakt onschuldig.

Nikki zuchtte. 'Je hebt gelijk.'

'Waarom ga je er morgen niet eens langs?'

'Goed idee,' antwoordde Nikki, maar het lukte haar niet om er enthousiast bij te kijken. 'Ik ben ook stom geweest. Ik had net als jij moeten gaan studeren, een vak moeten leren. Dan had ik nu een baan en misschien ook wel een leuke man en een huis. Jij hebt het goed voor elkaar met Pieter en je maisonnette. Niet dat ik het je misgun, hoor!' zei ze er snel achteraan, omdat ze zelf hoorde hoe jaloers ze klonk.

'Dat weet ik. Je zit nu gewoon in een behoorlijke dip, maar daar kom je heus wel weer uit. En, ach...' Bo aarzelde even. 'Elk huisje heeft zijn kruisje. Bij ons is ook niet alles perfect.'

Nikki keek verbaasd naar haar zus en schrok toen ze aan haar witte gezicht en strakke mond zag dat Bo niet zomaar iets zei. 'Wat is er? Toch niets ernstigs?'

Bo ontweek Nikki's blik en keek uit over het IJsselmeer. 'Ik probeer al zes maanden zwanger te raken, maar het is nog steeds niet gelukt.'

Voor de tweede keer die dag wist Nikki niets te zeggen. Ze pakte Bo beet, trok haar naar zich toe en gaf haar een zoen op haar wang. 'Waarom heb je me niet eerder verteld dat je met de pil bent gestopt!' riep ze uit.

Bo onttrok zich voorzichtig aan Nikki's omhelzing en haalde haar schouders op. 'Omdat het nu juist nog helemaal niet zeker is of ik wel zwanger word. We zijn al zes maanden bezig, zeg ik toch.'

'Ach, maar dat is nog helemaal niet lang,' zei Nikki op zachtere toon. Ze probeerde haar enthousiasme te temperen, omdat ze zag dat haar zus zich echt zorgen maakte. 'Er zijn mensen die er zes jaar over doen.'

'Schei even uit, zeg.' Bo trok haar jas weer aan alsof ze het plotseling koud kreeg, of misschien om zich erin te verstoppen. Ze zakte onderuit en legde haar lange benen op een ander terrasstoeltje.

'Bij jou gaat dat niet gebeuren, natuurlijk.' Nikki haalde eens diep adem zodat ze niet nog meer stomme dingen zou zeggen en zocht naar betere woorden. 'Ik bedoel maar dat zes maanden echt nog niet lang is. Dat zegt nog helemaal niets. Misschien moet je lichaam weer een beetje op gang komen na al die jaren pilgebruik. Volgens mij hoef je je pas zorgen te maken als je het een jaar aan het proberen bent.'

'Er zijn er ook die meteen zwanger zijn,' bromde Bo in haar kraag. Ze wenkte de ober.

'Ja, er zijn altijd mensen die sneller, beter en met alles eerder zijn,' zei Nikki luchtig. *En ik ben de langzaamste van allemaal*, dacht ze erachteraan 'Misschien zijn jullie gewoon iets te gespannen, te gefocust op het zwanger raken. Dat schijnt heel slecht te zijn.' Ze wist niet precies waar ze deze wijsheden vandaan haalde: van de televisie of vriendinnen, uit tijdschriften of boeken misschien. Ervaringsdeskundige was ze zeker niet.

'Daar kon je wel eens gelijk in hebben,' zuchtte Bo. 'Ik kan geen seks meer hebben zonder dat ik denk: in welke fase van mijn cyclus zit ik nu eigenlijk? En zal ik dit keer zwanger raken? Seks heeft ineens een doel, het is niet langer alleen maar leuk tijdverdrijf.' De ober was gearriveerd en Bo bestelde zonder te overleggen nog een rondje. 'Nu kan het nog,' zei ze tegen Nikki met een knipoog.

Bo leek zich wat te ontspannen en Nikki haalde opgelucht adem. Nu durfde ze een van de vele vragen te stellen die op haar lippen brandde. 'Dus jullie hebben besloten dat jullie een kindje willen? Ik dacht altijd dat jullie op zijn minst nog een tijd zouden genieten van jullie fijne leventje. Lekker duur op vakantie, uit eten, naar de film, een mooi huis. Dat wordt allemaal toch wat moeilijker met een baby.'

Bo nam een grote slok en trok met enige moeite haar benen onder zich op het krappe terrasstoeltje. 'Om eerlijk te zijn, weet ik zelf niet precies wat ik wil. En Pieter ook niet. Maar ik word een dagje ouder...'

'Dat valt wel mee,' protesteerde Nikki. 'Je hebt nog tijd genoeg.'

'Dat is nog maar de vraag. Je ziet hoe snel het gaat, maar niet heus. Misschien ben ik nu al te oud.' Bo wuifde Nikki's opkomende bezwaren met een handgebaar weg en ging verder: 'Pieter en ik wisten heel lang niet zeker of we kinderen wilden, maar er was niet zoveel wat ons tegenhield. Natuurlijk staat je leven erdoor op zijn kop: de verantwoordelijkheid, de zorg, niet meer uitslapen, altijd oppas nodig hebben als je met z'n tweeën weg wilt. En je loopt natuurlijk het risico dat het een gehandicapt of ziek kind wordt, of gewoon een stom kind. Maar toch... We hebben een goed inkomen, een prima huis, een stabiele relatie. Dus toen hebben we besloten om het gewoon te proberen en maar te zien

waar het schip strandt. Sindsdien weet ik elke keer als ik ongesteld word niet of ik juist opgelucht of verdrietig ben. Afgezien
daarvan is het toch niet leuk als iets bij ons niet zou lukken wat
bij heel veel anderen zo voor elkaar is.'

'Goh, zo goed heb ik er nog nooit over nagedacht,' zei Nikki.

'Hebben jij en Raymond in al die jaren dat jullie samen waren
dan nooit aan kinderen gedacht? Ik heb je er nooit over gehoord.'

Nikki nam haastig een paar slokken wijn en staarde toen in haar
glas, een beetje opgelaten door de herinneringen. 'Ik heb het wel
eens ter sprake gebracht. Het leek me wel leuk, zo'n lief baby'tje.
Om eerlijk te zijn had ik ook het idee dat het me iets te doen zou
geven, een doel in mijn leven. Maar Raymond zei dat hij geen kinderen wilde. Misschien bedoelde hij achteraf gezien dat hij geen
kinderen met míj wilde.'

'Hoezo?' vroeg Bo fel, en ze kwam plotseling overeind uit haar
luie houding. 'Die nieuwe tuthola van hem is toch niet zwanger?'

Nikki moest ondanks het serieuze onderwerp lachen om Bo's verontwaardiging. 'Nee, Tatjana is niet zwanger. Tenminste, voorzover
ik weet niet. Ik zie het ook niet echt voor me. Ze is veel te netjes
en perfect voor kleverige ligahandjes en uitgespuugde babymelk.'

De zussen schoten in de lacht bij de gedachte aan de volmaakte
Tatjana met een spugende, huilende, poepende baby in haar armen.

'Ach, het leven zit vol verrassingen,' verzuchtte Bo. 'Leuke en
minder leuke. Verder moeten we er gewoon maar het beste van
maken.'

Eensgezind keken Nikki en Bo elkaar aan en ze brachten nog
eens een toost uit op deze wijsheid.

Op de fiets terug naar haar huis keerde Nikki's somberheid in
volle sterkte terug. Ze zag als een berg op tegen het zoeken naar
werk, tegen alleen zijn, tegen geldgebrek, eigenlijk tegen haar hele
leven, als ze eerlijk was. Zelfs alleen terug naar haar huis gaan was
moeilijk. Toen ze nog met Raymond in hun twee-onder-een-kap-
huis woonde, ging ze meestal met plezier naar huis. Thuis was een
behaaglijk nestje geweest dat zij voor zichzelf en Raymond had

gebouwd, waar ze zich kon ontspannen en zich geborgen voelde, zelfs als Raymond en zij ruzie hadden. Maar ze hadden vrijwel nooit ruzie gehad en daarom had ze Tatjana ook niet zien aankomen. Ze miste Raymond. Haar nieuwe huis voelde nog vreemd en leeg aan, alsof het van iemand anders was; een vakantiehuisje, ingericht met van die dertien in een dozijn meubels en overgebleven rommel. Het hielp niet dat ze bijna geen spullen had. Vrijwel alles was bij Raymond gebleven, want hoewel zij destijds hun huis had ingericht, was dat allemaal van zíjn geld geweest. En dus zat ze nu met slechts een tweepersoonsmatras op de grond als bed, een oud bankstel van de zolder van de ouders van een vriend, een gammel keukentafeltje met twee stoeltjes, een gasfornuis en een tafelmodel koelkast van de kringloopwinkel in een klein rijtjeshuis uit de jaren zestig. Gelukkig had Roland, dezelfde vriend van het bankstel, ook ergens een gaskachel op de kop weten te tikken. Ze had de matras ervoor gelegd en sliep voorlopig in de huiskamer, de enige redelijk warme plek. Omdat ze nog geen tv had, had ze van Bo een aantal boeken geleend en nu lag ze elke avond in haar slaapzak gewikkeld te lezen, iets wat ze nauwelijks nog gedaan had na de middelbare school.

Terwijl ze door een drukke winkelstraat fietste, kreeg ze bij de gedachte aan zichzelf op haar matras voor de gaskachel zo'n zelfmedelijden dat ze de tranen opnieuw voelde prikken. Verlangend keek ze naar de etalage van een van de leukste kledingwinkels van de stad. De paspoppen hadden mooie zomerjurkjes in zoete kleuren aan. Zou ze even gaan kijken? Alleen om te zien wat de nieuwe voorjaarsmode was? Nikki haalde diep adem en beet op haar lip om zich te vermannen. Nee, ze kende zichzelf: van kijken kwam meestal kopen. Ze was nog lang niet gewend aan het feit dat ze een lege portemonnee had, zonder de vrolijke bankbiljetten die Raymond er vroeger soms zomaar in stopte en zonder zijn creditcards. Ze trapte nog eens stevig op de pedalen en fietste naar huis.

3

Het enige leuke aan haar nieuwe huis, bedacht Nikki terwijl ze door de pittoreske haven van het historische stadje fietste, was de ligging. Haar spotgoedkope huurhuis, dat ze evengoed alleen had weten te bemachtigen dankzij het feit dat ze al sinds haar achttiende bij de woningbouwvereniging stond ingeschreven, lag op een A-locatie: nog net in het centrum, aan de rand van het park en op steenworp afstand van het IJsselmeer. Pixie hoefde nooit meer aan de lijn. Voor haar huis voelde Nikki nog geen liefde, maar van dat park en het IJsselmeer zou ze zeker kunnen gaan houden.

Ze was nu bijna thuis en snoof de frisse, zilte geur van het water op. Om haar heen stonden de dure nieuwbouwhuizen die hier de laatste vijf jaar waren gebouwd. Daarvoor waren de huurhuisjes, waarvan Nikki het laatste in het rijtje van tien bewoonde, omringd geweest door het fabrieksterrein waar ze ooit bij hadden gehoord. De fabriek was al een jaar of twintig geleden de stad uit verhuisd, maar al die tijd had het terrein braakgelegen, omdat de grond vervuild was en eerst gesaneerd moest worden. Daarna waren de dure koophuizen verschenen die nu de oude arbeidershuisjes met hun op- en aanbouwen, hun rafelige tuintjes, kippenhokken, geïmproviseerde garages en schuurtjes, duivenplatjes en dakkapellen omringden. Plotseling bevonden de rommelige huisjes met hun verlopen maar charmante uiterlijk zich in chic gezelschap.

Nikki vroeg zich af wat de bewoners van de luxe panden dachten van het feit dat ze hun wijk deelden met beduidend minder welgestelde buren. Een grappige curiositeit? Of zagen ze deze luizen in de bontpels liever gaan dan komen en probeerden ze wethouders en burgemeester te bewerken de huisjes te laten slopen?

Voorlopig kon het Nikki niet veel schelen. Zij had een plek om te wonen, een dak boven haar hoofd, meer betekende het niet voor haar. Al had ze wel gemerkt dat de andere bewoners van het rijtje buitensporig verknocht waren aan hun aftandse woninkjes en zich waarschijnlijk eerder aan hun tuinhek zouden vastketenen dan dat ze vrijwillig zouden vertrekken.

Nikki deed het houten hekje naar haar achtertuin open en liep met haar fiets in de hand naar het schuurtje dat een beetje verloren tussen de struiken en het gras stond. Dit kwam doordat de tuin die tegenwoordig bij Nikki's huis hoorde veel groter was dan het oorspronkelijke lapje grond. In de loop der jaren hadden de bewoners van de arbeidershuisjes steeds meer van de omliggende gemeentegrond ingepikt totdat het achterliggende pad langs de sloot bereikt was. De gemeente had dit gedoogd en inmiddels was veel van de grond bebouwd met garages en prieeltjes of bewerkt tot kruiden- of moestuin.

Achter in Nikki's tuin was een pergola gemaakt. Het was duidelijk dat een vorige bewoner ooit met veel zorg allerlei paadjes had aangelegd en planten had neergezet. Het moest echter al een paar jaar geleden zijn dat iemand echt aandacht aan de tuin had besteed, want inmiddels was deze veranderd in een klein oerwoud en dat terwijl de zomer nog moest beginnen. Bezorgd bekeek Nikki de uitlopers aan diverse struiken en de dikke knoppen aan de haar onbekende planten, de groene puntjes die overal boven de aarde begonnen uit te steken.

Raymond en zij hadden ook een tuin gehad, maar die hadden ze onderhoudsvriendelijk laten aanleggen en er kwam regelmatig een hoveniersbedrijf langs om de klussen te klaren die wel nodig waren. Veel meer dan wat bloemen knippen voor in een vaasje had Nikki nooit hoeven doen. Als ze niet snel aan de slag ging in haar nieuwe tuin, zou ze waarschijnlijk een machete moeten hanteren, bedacht ze. Zorgelijk keek ze naar haar privéjungle, waar tot haar spijt geen schutting omheen stond. De afscheiding tot het pad en de sloot achter de tuin werd gevormd door hoge bomen en struiken en een heleboel brandnetels. Echt veilig voelde ze zich hierdoor niet.

Opeens ontwaarde ze twee paar blauwe ogen die haar bespiedden vanuit het hoge gras. Met een *heb-ik-wat-van-je-aan?*-blik keek ze terug naar Ping en Pong, Raymonds twee siamezen, aan wie ze een hartgrondige hekel had. *Mooi*, dacht ze, *als jullie buiten zitten, heb ik geen last van jullie arrogante gedrag.*

Binnen werd ze bestormd door Pixie, haar driejarige borderterriër. 'Heb jij het rijk alleen?' vroeg ze het enthousiaste beestje, terwijl ze zich bukte om het te aaien. 'Zijn je twee plaaggeesten vertrokken?' Hoewel ze niet echt iets deden, wekten de siamezen met hun arrogante houding vaak de indruk dat zij heer en meester waren in het nieuwe huis. Zelfs Nikki had regelmatig de neiging om op te staan van de bank en plaats te maken als Ping en Pong eraan kwamen en op de kussens sprongen.

'Je moet nog even wachten voor ik je uitlaat,' zei ze tegen het hondje dat van enthousiasme rondjes rende door de bijna lege kamer. 'Ik moet eerst iets eten, anders val ik om.' Het was inmiddels zes uur geweest en ze had vandaag niet veel meer gegeten dan een croissantje voor het ontbijt en de portie bitterballen die ze met Bo had gedeeld. Ze voelde de glazen wijn klotsen in haar bijna lege maag. Weinig enthousiast opende ze haar tweedehands koelkast en staarde naar de onaantrekkelijke inhoud. Boodschappen doen voor jezelf met een vrijwel lege portemonnee, had in Nikki's ogen iets treurigs. Bo zou van dergelijke omstandigheden waarschijnlijk een sport maken door kortingsbonnen te sparen en langs vier verschillende supermarkten te fietsen om overal de aanbiedingen vandaan te slepen, maar zij was dan ook enorm positief ingesteld. Onmiddellijk gaf Nikki zichzelf een standje omdat ze zich Bo's ongewoon sombere gezicht herinnerde toen ze het had gehad over haar kinderwens. Haar zus leefde het echte leven; die hield zich bezig met serieuze grotemensendingen als zwangerschap en opvoeding.

Terwijl Nikki een schaaltje macaroni met saus van gisteren in een pan opwarmde, voelde ze zich een klein kind ten opzichte van haar zus. Een meisje van bijna dertig dat nauwelijks in staat was voor zichzelf te zorgen. Al die jaren had ze zich door Raymond bij de hand laten nemen en wanneer hij emotioneel tekortschoot, had ze zich door Bo laten bemoederen. Met het schaaltje macaroni en een lepel liep ze naar de bank, vast van plan om deze interessante gedachte over zichzelf eens van alle kanten te bekijken. Misschien was het nog niet te laat om iets aan zichzelf te veranderen, om van een mislukte twintiger een succesvolle dertiger te worden. Wie weet was er wel een geschikt zelfhulpboek dat ze kon lezen. Terwijl ze de macaroni zonder echt iets te proeven naar binnen lepelde en Pixie om een hapje bedelde, hield Nikki haar ontdekking over zichzelf in gedachten als een kristallen bol voor zich uit en tuurde eens diep in het glas.

Bijna twee uur later werd ze met een schok wakker van een klepperend geluid. Met een overdreven bonzend hart schoot ze overeind uit haar ongemakkelijke houding, waardoor Pixie van haar schoot viel. Tot haar ongenoegen zag ze dat het geluid werd veroorzaakt door Ping en Pong, die door het kattenluikje naar binnen slopen. Als Nikki in een erg slecht humeur was, overwoog ze soms het luik af te sluiten, maar hoezeer ze Ping en Pong ook verafschuwde, dat kon ze toch niet over haar hart verkrijgen.

Met een verwijtende blik wandelden de katten op recht Nikki af. Nikki kreeg een onbehaaglijk gevoel. 'Wat is er? Wat willen jullie van me?'

Toen besefte ze dat ze haar dieren nog geen eten had gegeven. Pixie had geen klachten aangezien die ongetwijfeld het schaaltje macaroni had leeggesnoept nadat Nikki in slaap was gevallen. Nikki liep zuchtend en steunend naar de keuken.

'Oké, al mijn schatjes moeten weer eten.' Ze vulde de bakjes met het huismerk poezen- en hondenvoer van de supermarkt, ververste water en waste een paar van haar bij de Xenos gekochte kopjes en bordjes af, die al dagen op het aanrecht hadden gestaan. Toen ze met een kop koffie op de bank wilde ploffen, hadden Ping en Pong zich daar al genesteld. Pixie liep er een beetje zenuwachtig omheen te drentelen, niet dominant genoeg om de siamezen van hun plaats te verjagen. Als Nikki eerlijk was, voelde ook zij zich bij lange na niet sterk genoeg om Ping en Pong van de bank te gooien en dus zette ze haar koffie maar weer op het aanrecht en riep ze Pixie. 'Kom, laten we een straatje om gaan. Dan zijn we klaar voor de nacht.'

Pixie kwam enthousiast aanspurten en Nikki trok, iets minder geestdriftig, haar oude regenjas aan, die ze alleen droeg als ze heel zeker wist dat ze niemand zou tegenkomen.

Buiten schemerde het inmiddels en er zat regen in de lucht. Nikki en Pixie gingen linksaf het Aurorapark in. Dit was een flinke strook groen langs de oever van het IJsselmeer met hoge, oude bomen en wat verwaarloosde paden, grasvelden en bosjes. In de zomer en op zondag werd er veel gewandeld, gepicknickt en gespeeld, maar in de winter kon het er heel stil zijn en waren het vooral honden en hun baasjes die het park bevolkten. In het donker zou Nikki er geen voet zetten, maar nu, rond een uur of half negen, vlak voordat de zon helemaal onderging, durfde ze het nog net aan.

Ze liep tussen de rozenperken door en langs het voetbalveld van de plaatselijke vereniging naar de waterkant en sloeg samen met Pixie rechts af. Het water was glad en stil. Erboven hingen donkergrijze wolken met roze randjes van het laatste zonlicht. Pixie snuffelde uitgelaten tussen de bomen en struiken aan de rechterkant en klauterde over de basaltblokken die het park beschermden tegen het water.

Nikki snoof de vertrouwde frisse lucht naar binnen en besloot dat ze voor vandaag genoeg had gepiekerd. Morgen zou ze wel weer verder zien. Waarschijnlijk kon ze er niet onderuit tante Jacques een bezoekje te brengen, zoals Bo had voorgesteld. Ze rechtte haar schouders en probeerde alle zorgen van zich af te schudden. Misschien zou tante Jacques met haar hocus pocus wel voor een nieuw begin kunnen zorgen. Voorzover Nikki wist, was tante Jacques altijd een erg onafhankelijke vrouw geweest, iemand van wie ze misschien nog wat kon leren. Nikki duwde haar handen in de zakken van haar jas en schopte een kiezelsteentje voor zich uit. Als ze op eigen benen wilde staan, kon ze de mannen wellicht voorlopig maar beter afzweren. Bah, ze werd bepaald niet vrolijk van die gedachte, maar waarschijnlijk was het wel het beste.

Ze draaide zich om om te zien waar Pixie bleef en realiseerde zich dat het park al uitgestorven was en dat het bovendien in hoog tempo donker werd. Een beetje geïrriteerd riep ze het treuzelende hondje en zette ze de pas erin. In de verte zag ze de lichtjes van de haven en de historische gebouwen. In het water, in de beschutting van de inham, lagen diverse kleine boten voor anker. Het was nu vrijwel donker en Nikki werd zenuwachtig. Welke vrouw ging nu in haar eentje na zonsondergang het park in? Ze kende de verhalen die over het park de ronde deden; schijnbaar was het 's nachts een vrijplaats voor zwervers, illegale feesten, drugshandel en andere, duistere zaakjes. Toch moest ze toegeven dat het donkere park heel mooi was en dat ze, als ze niet zo bang was geweest, zou hebben genoten van de eenzame wandeling. De net ingevallen duisternis en de kleine lichtjes die op de boten brandden gaven de bomen, struiken en het water iets sprookjesachtigs. Er heerste een diepe stilte, waardoor de geluiden die er wel waren juist extra opvielen: een laat zingende vogel, geklapwiek van zwanenvleugels op het water, een boos kwakend eendje.

Evengoed liep ze voor de zekerheid snel door naar de uitgang van het park. Ze kon immers niet zien wie of wat zich verstopte in die sprookjesachtige bosjes en ze hoefde er niet op te rekenen dat Pixie op tijd alarm zou slaan. Ze kon het hondje amper nog zien in het donker. Ze stond op het punt om haar zachtjes te roepen toen haar hart in haar keel sprong door een harde plons gevolgd door gespetter in het water. Gespannen bleef ze stilstaan en tuurde ze in de richting van het geluid.

Even kon ze de bron van het gespetter niet ontdekken, totdat ze, geholpen door een wassend maantje, een man in het grijze water zag zwemmen. Waarschijnlijk was hij zojuist overboord gesprongen van het zeilbootje achter hem. Tot Nikki's verbazing zwom de man doelbewust in de richting van de kust en de plek waar zij stond. Omdat ze simpelweg niet wist wat ze moest doen

– gewoon doorlopen, wegrennen, of zich achter een boom verstoppen? – bleef ze maar doodstil staan, enigszins beschermd door de duisternis. Ze zag de man dichterbij komen, tot hij over de basaltblokken klauterde en op hetzelfde pad als Nikki belandde. Terwijl hij zich uitschudde als een natte hond keek hij nauwelijks om zich heen en zag hij Nikki, die zich muisstil hield, niet staan. Hij was echter slechts een paar meter van haar verwijderd en ondanks de angstige tinteling in haar maag was ze nog opmerkzaam genoeg om te zien dat de man jong was en onder zijn natte, witte T-shirt en spijkerbroek een goedgebouwd lichaam had. Voordat hij zich van haar wegdraaide, viel heel even het maanlicht op zijn gezicht, net lang genoeg om te zien dat hij erg knap was. Nikki hield haar adem in en vroeg zich af of het wel zo erg zou zijn als hij haar nu zou zien staan. De zwemmer haalde snel een hand door zijn donkere haar en liep op natte gympen naar een boom even naast het pad, waar hij zijn fiets van het slot haalde en wegreed.

Nikki bleef verbijsterd achter. Waar ging hij naartoe in zijn drijfnatte kloffie? Naar de kroeg? Het duurde even voordat ze weer bij zinnen kwam en bedacht dat ze Pixie kwijt was. Zachtjes floot ze en speurde ze om zich heen om tot de ontdekking te komen dat het hondje vlak achter haar zat. Misschien had Pixie wel net zo vol verbazing naar de man zitten kijken als zijzelf. Vol van wat ze gezien had, liep Nikki langzaam naar huis. De man was nergens meer te bekennen.

4

'Dus je weet zeker dat je hem nooit eerder hebt gezien?' vroeg Pauline. 'Ook niet in het park of in de supermarkt, op een terrasje?'

'Nee, nog nooit,' herhaalde Nikki, 'maar wat vind je er nu van dat...'

'Waarschijnlijk is hij gewoon een toerist. Het seizoen is alweer begonnen. De haven ligt vol. Al die mensen zijn hier maar een paar dagen en zeilen dan weer verder,' zei Roland rustig, terwijl hij met zijn hand wat bierschuim van zijn lip veegde.

'Toch zijn er ook die op het water wonen, die hier in de haven overwinteren voor ze weer verder varen. Waterzigeuners op opgelapte wrakken en senioren in drijvende villa's,' antwoordde Pauline.

Roland knikte toegeeflijk en Nikki maakte van de korte pauze in het gesprek gebruik om terug te keren naar het onderwerp dat zij eigenlijk wilde bespreken. Ze had er al spijt van dat ze het verhaal van de zwemmer als grappig bedoelde anekdote had verteld. 'Maar wat vinden jullie er nu van dat ze al binnen een kwartier nadat ik binnen was met runen begon te strooien?'

Pauline en Roland staarden Nikki een moment volledig blanco aan. Ze hadden duidelijk geen idee waar ze het over had.

'Tante Jacques!' riep Nikki geërgerd uit. 'Volgens mij heeft ze me aangenomen op basis van een paar stukjes hout!'

Roland reageerde als eerste. 'Wees blij dát ze je heeft aangenomen. Je kunt het werk wel gebruiken, toch?'

'Inderdaad,' zei Pauline, die ondertussen het parasolletje uit haar roze cocktail plukte. 'Wat kan het jou nou schelen waarom ze je aanneemt. Wees blij dat je geen moeilijk toelatingsexamen of een assessment of zoiets hoeft te doen.'

Nikki leunde achterover en keek haar vrienden verslagen aan. Ze hadden ongetwijfeld gelijk. Roland en Pauline, door Bo en Nikki ook wel gekscherend Rolly en Polly genoemd, behoorden tot het kleine groepje vrienden dat Nikki al kende sinds de middelbare school en dat ze nog bijna wekelijks zag. Ook Jeroen, Ruth en Bibi hoorden bij de club, maar sinds Jeroen en Bibi waren gaan samenwonen en twee kinderen hadden gekregen en Ruth was getrouwd met Wendy, kwamen ze niet meer elke zondagmiddag naar eetcafé De Tempelier. Toen ze met Raymond samenwoonde, was ook Nikki regelmatig naar het gezellige café blijven gaan. Raymond, die op de middelbare school tot een ander vriendengroepje had behoord, ging op zondagmiddag toch vaak golfen of naar de sportschool. Roland en Polly waren de verstokte singles van het groepje. Over de reden daarvoor hadden Bo en Nikki al heel wat uurtjes gefilosofeerd. Roland en Polly waren namelijk schatten van mensen. Volgens Bo was dat waarschijnlijk nou net het probleem. Roland, met zijn open blik en donkerblonde krullen, was eigenlijk te lief, en Polly, een mollig engeltje met een niet zo geslaagde voorliefde voor staartjes of vlechtjes in haar haar, was een romantische dromer.

'Waarom gaan ze dan niet met elkaar?' had Nikki wel eens uitgeroepen.

'Misschien omdat ze geen Rollypolly willen worden,' had Bo geantwoord, waarna ze allebei hikkend van het lachen van Bo's bank waren gerold.

Niettemin waren de boekhouder en de verkoopster in een boekhandel de beste vrienden die Nikki zich kon indenken. Ze hadden haar aldoor gesteund nadat Raymond haar zo onverwacht in de steek had gelaten. Ze hadden geluisterd, net zo hard gescholden als zijzelf, haar getroost en geholpen met zoeken naar een nieuw huis. Ze hadden zelfs aangeboden dat Nikki zolang bij een van hen kon logeren. Ze hadden Nikki ook onmiddellijk bezworen dat ze nu weer vaker met z'n allen uit zouden gaan, naar feesten, discotheken, nieuwe cafés en kroegjes, zodat Nikki snel een nieuwe leuke man zou ontmoeten. Ook van dit aanbod had

Nikki tot nu toe geen gebruik gemaakt, in de eerste plaats omdat ze zich had voorgenomen een tijdje single te blijven. In de tweede plaats leken Polly en Roland haar ook niet echt experts op het gebied van daten, hoe lief hun bedoelingen ook waren.

Voorlopig was Nikki, mede gezien haar cashflowprobleem, al tevreden met een avondje dvd's kijken bij Polly op de bank – hoe zieliger de film hoe beter –, de afhaalchinees, een luisterend oor en haar wekelijkse cafébezoek op zondagmiddag.

Dat luisterend oor viel deze middag vooralsnog een beetje tegen, aangezien Roland en Polly volledig geobsedeerd leken door de mysterieuze zwemmer. Nikki nam twee grote slokken van haar drankje en besloot bokkig dat ze in elk geval geen details meer zou leveren om hun sensatiezucht te voeden. Zoals altijd was Polly de meest gevoelige van het stel en nadat ze wat ongemakkelijk met een aan een vlechtje ontsnapte lok haar had zitten spelen, liet ze zich vermurwen.

'Hoe was het dan om je tante Jacques na al die jaren weer te zien? Herkende je haar nog wel?'

'Ja, gek genoeg wel, hoewel ze er heel anders uitzag dan wat ik in mijn hoofd had.' Nikki veerde op. 'Ik zag een soort Eucalypta voor me, weet je nog, uit *Paulus de Boskabouter*, maar dat was natuurlijk onzin. Ze zag er goed uit. Ik wist meteen dat zij het was. Misschien omdat ze een beetje op mijn moeder lijkt...'

Nikki dacht terug aan het moment dat ze had beseft hoeveel tante Jacques en haar moeder op elkaar leken: zodra ze haar tante in het oog had gekregen. Op het eerste gezicht waren er vooral verschillen tussen de twee vrouwen: tante Jacques had veel hardere, krachtigere trekken; een scherpe neus, een duidelijke kaak en felle ogen. Nikki's moeder had zachte wangen, een weke kaaklijn en een beetje een mopsneus. Ook verfde tante Jacques haar lange haar nog altijd hennarood, iets wat Nikki's moeder ook jarenlang had gedaan, totdat ze helemaal witgrijs was geworden en ze dat beter vond staan. De twee zussen hadden echter wel dezelfde tengere bouw en dezelfde manier van doen: een unieke mengeling van elegantie en gedecideerdheid. Tot Nikki's verbazing was er een kleine pijnscheut door haar heen getrokken toen ze tante Jacques in haar winkel had zien staan en ze aan haar moeder moest denken.

Ze had al weinig zin gehad om op zaterdagochtend bij tante Jacques langs te gaan, maar zodra ze de naam van de winkel, White Magic, op de pui had gezien, had ze bijna rechtsomkeert gemaakt. Binnen was haar meteen de geur van wierook opgevallen en was ze haast tegen een dromenvanger op gelopen. Weggaan kon ze echter niet maken tegenover Bo, en misschien ook wel niet tegenover zichzelf, de nieuwe zelfstandige Nikki. Een beetje zenuwachtig had ze rondgekeken in de winkelruimte, die veel groter was dan ze zich herinnerde. Eigenlijk waren het twee vertrekken, oorspronkelijk twee naast elkaar liggende panden die waren samengevoegd. Er lag parket op de vloer en er klonk een zacht 'muziekje' van kwetterende vogels en ruisend water of zoiets. Recht voor Nikki stond een houten toonbank met een kassa en vitrines vol sieraden. Verder zag ze houten tafels, vitrines en rekken vol boeken, kristallen, kruiden, flesjes met oliën, kaarsen en nog veel meer zaken die Nikki niet zo gauw kon thuisbrengen. Ze dacht iets te zien wat verdacht veel op een heksenketel leek.

Het was veel drukker dan ze had verwacht. Twee tienermeisjes met lange haren, een hele serie ringetjes in hun oren en stevige Dr. Martens-schoenen aan bekeken een stapeltje boeken. Een jonge man met heel kort haar en een zware rugzak bladerde door een dik boek. Bij een rek met kleding stond een oudere vrouw met een grijzend knotje, maar dit kon tante Jacques niet zijn. Midden in de winkel, bij een tafel vol wierookbranders en bijzonder uitziende stenen, waren drie mensen in gesprek: een man en een vrouw van rond de vijftig (hij was lang en mager met een baardje en zij had kort, paarsgeverfd haar) en een tweede vrouw met een leeftijdsloos uiterlijk, slank, elegant met een hennarode paardenstaart. Dat was tante Jacques, had Nikki meteen geweten.

Alsof tante Jacques voelde dat iemand naar haar staarde, keek ze op van de spekstenen kaarsenhouder in haar handen en glimlachte ze naar Nikki. *Ik kom zo bij je*, leek ze te zeggen. Om haar verwarring te maskeren, bleef Nikki staan bij een vitrine vol pendels, die ze uitgebreid bestudeerde zonder er echt naar te kijken. Het trof haar ook hoe anders tante Jacques was dan ze gedacht had, terwijl ze tegelijkertijd iets heel vertrouwds had.

Al snel liep tante Jacques met het echtpaar naar de kassa, waar ze rustig afrekende en de gekochte spullen mooi inpakte.

'Nikki,' zei ze vervolgens met een warme lach. Ze liep op Nikki af, pakte haar bij haar handen en gaf haar twee zoenen, alsof ze elkaar wekelijks zagen.

'Tante Jacques,' zei Nikki, een beetje van haar stuk gebracht. 'Hoe is het met u?'

'Heel goed, en zeg maar "jij". Dat deed je vroeger ook. Goh, wat zie je er goed uit. Je bent natuurlijk volwassen geworden, maar zoveel ben je ook weer niet veranderd vergeleken bij het tienjarige meisje dat ik gaatjes in haar oren prikte.' Met een haast teder gebaar duwde ze een korte krul achter Nikki's oor en ze bekeek de zilveren oorringen.

Nikki had sinds haar kindertijd niet meer gebloosd, maar nu voelde ze haar wangen rood worden, zowel door de onverwachte intimiteit van het gebaar als de plotselinge herinnering aan een jongere tante Jacques die in deze winkel met een schiettang gaatjes in haar oren had gemaakt, zonder haar veel pijn te doen.

Om haar verlegenheid te verbergen deed ze een stapje naar achteren en propte haar handen in de zakken van haar *boyfriend*-jeans, waarboven ze een crèmekleurig bloesje uit de vroege jaren tachtig droeg. Ze keek de winkel eens keurend rond zodat haar tante niet zou denken dat ze alleen maar om een baantje kwam bedelen.

'Je winkel ziet er mooi uit. Veel groter dan ik me herinnerde.' Niet alleen was de winkel inderdaad ruimer, de inrichting was veel chiquer dan in Nikki's geheugen. De kasten en tafels waren van mooi hout, in een hoekje stonden twee designstoelen – al dan niet vintage, dat kon Nikki zo snel niet zien – en onder een raam zag ze een groene bank, bekleed met oud uitziend brokaat.

'Dat klopt,' zei tante Jacques met een stralende glimlach. 'Ik heb behoorlijk kunnen uitbreiden de afgelopen paar jaar. Ik heb het pand hiernaast ook gekocht en de twee samengevoegd. Boven heb ik ook nog een grote werk- en opslagruimte, en een plek om cursussen en dergelijke te geven.'

Nikki knikte en verbaasde zich er een beetje over dat de hocuspocusbranche kennelijk zo goed liep dat het erop leek dat tante Jacques rijk aan het worden was.

'Maar laten we hier niet blijven staan. Ik heb net een verse pot thee gezet. Ga jij alvast zitten dan kom ik er zo aan.' Ze wees op de groenbrokaten bank bij het venster.

Met een plof liet Nikki zich vallen op de lage bank. Zou tante Jacques weten waarom ze hier zo plotseling was verschenen? Daar leek het wel op. Maar hoe dan? Had Bo haar ingeseind dat Nikki wel een baantje kon gebruiken? Ze voelde een lichte irritatie opkomen door al die goedbedoelde bemoeizucht en probeerde zichzelf af te leiden door naar de klanten te kijken. De twee Dr. Martens-meisjes waren bezig een winkelmandje te vullen met spullen: boeken, kaarsen, kruiden, linten, iets wat leek op een bordspel. In een stoel zat de jongen met de zware rugzak, volledig verdiept in het dikke boek. Twee echtparen, die eruitzagen als Amerikaanse toeristen draaiden aan de rekken met ansichtkaarten.

Tante Jacques kwam binnen door een kralengordijn achter de toonbank met in haar handen een dienblad met een theepot en een aantal kommetjes en zette dit neer op een rieten tafeltje voor de bank. Voordat ze Nikki inschonk, vroeg ze eerst aan de klanten of ze ook een kopje thee wilden. Alleen de jongen met het dikke boek bedankte; hij zag eruit alsof hij zich door niets wilde laten afleiden. Nadat tante Jacques thee had ingeschonken voor de twee meiden en de Amerikaanse toeristen, gaf ze Nikki ook een kom en kwam ze eindelijk naast haar zitten. Terwijl ze in haar hete thee blies, leek ze Nikki eens goed te bekijken.

'Hoe is het met je moeder?'

Inwendig zuchtte Nikki diep: in dit soort prietpraat had ze nou net geen zin. Kennelijk moest ze hier eerst even doorheen voordat ze naar het baantje kon vragen. 'Wel goed, geloof ik. Ik heb haar al een tijdje niet gezien. Ze woont tegenwoordig in Zuid-Frankrijk.'

'Bellen of mailen jullie dan niet?'

'Jawel, zo af en toe.' In alle eerlijkheid kon ze zich de laatste keer niet precies herinneren: was dat niet voor haar verjaardag geweest? Om haar twijfels te verbergen boog ze zich naar voren om haar thee te pakken.

'Ik kan me zo voorstellen dat ze je toch wel heeft opgezocht toen Raymond en jij uit elkaar gingen.'

Bijna liet Nikki het hete kommetje uit haar handen glippen. Hoe wist tante Jacques van Raymond af?

'Toen hebben we elkaar wel wat vaker gesproken,' zei Nikki naar waarheid. Haar ouders hadden haar zelfs aangeboden dat ze bij hen mocht komen logeren, maar Nikki had weinig trek in een verblijf in een halve bouwval in een afgelegen Zuid-Frans dorpje.

'Ze hebben het erg druk met het opknappen van het huis en met het opstarten van hun *chambres d'hôtes*.' Hoewel zij en Bo zich vaak genoeg ergerden aan hun ouders en daar eindeloos over konden praten, voelde Nikki niet de behoefte hun positieve en negatieve kanten te bespreken met iemand anders.

Tante Jacques nam een slokje thee en bekeek Nikki opnieuw alsof ze haar bestudeerde.

'Volgens mij ben je niet gekomen voor de gezelligheid,' zei ze vriendelijk en zonder verwijt. 'Ik help even die mensen met hun ansichtkaartjes en daarna moeten we het maar eens hebben over of jij voor mij wil komen werken.'

Tante Jacques stond op om de kassa te bedienen. Nikki bleef achter op de bank en vroeg zich af of ze nu zo'n open boek was of dat tante Jacques andere bronnen van informatie had. Hoeveel had Bo over haar zitten vertellen die keer dat ze tante Jacques was tegengekomen?

De Amerikanen betaalden niet alleen voor de kaartjes, maar hadden ook een aantal sieraden, een houten beeld van een heksje en een stenen poes uitgezocht. De twee meisjes met hun bood-schappenmandje vol magische goederen waren met hun thee in een vensterbank gaan zitten en waren druk in gesprek.

Nadat tante Jacques de Amerikanen gedag had gezegd, pakte ze een leren zakje vanonder de toonbank. Terug op de bank opende ze het zakje en vroeg ze Nikki om er op de tast iets uit te halen. Opnieuw deed Nikki wat er van haar gevraagd werd, hoewel ze er weinig zin in had om haar hand in een zak met onbekende inhoud te stoppen. Ze had eens goed gekeken naar de grote glazen stolpen die achter de toonbank stonden, en ze sloot niet uit dat daar ook iets anders dan kruiden inzat.

Terwijl ze haar best deed geen vies gezicht te trekken, rommelde ze in het zakje, waar inderdaad iets droogs in vegeteerde, iets wat ruw en licht was.

'Concentreer je en haal er dan eentje uit,' zei tante Jacques.

Nikki hield haar adem in en trok snel zo'n droog, ruw dingetje tevoorschijn.

Het was een stukje boomschors.

'Laat eens zien,' zei tante Jacques zacht. Het leek alsof zij ook haar adem inhield.

Nikki draaide het stukje bast rond in haar vingers. De cd met kwetterende vogels en ruisend water hield ermee op, waardoor het plotseling heel stil werd in de winkel.

In het stukje bast zat een teken gekerfd. Een soort scheve H. Nikki liet het aan tante Jacques zien, en deed haar best ervoor te zorgen dat haar hand niet te veel trilde.

Tante Jacques pakte de rune. 'Heel goed,' zei ze. 'Dank je wel.' Daarna reikte ze naar de theepot en schonk ze bij.

'Ik zoek iemand voor in de winkel voor zo'n vierentwintig á tweeëndertig uur per week. Soms zal dat zijn om me te helpen als het druk is, maar ook wel eens om mij te vervangen en dan zul je hier alleen staan. Ik zal zorgen dat je goed ingewerkt raakt. Wacht even, dan pak ik gelijk een paar aardige boeken voor je, zodat je alvast iets kunt lezen over wat er in deze winkel zoal te koop is.'

Tante Jacques stond op en liep langs de kasten. Ze pakte hier en daar een boek van de planken. Ondertussen probeerde Nikki zichzelf een laconiek houding aan te meten en het niet erg te vinden dat tante Jacques haar niet eens vroeg of ze wel in White Magic wilde werken.

Ik ben cool, hield ze zichzelf voor, en ze leunde achterover. *Ik vind dit oké. Niet per se leuk, maar ook niet gek. Ik verbaas me nergens over. Ik vind het allemaal best. Nou ja, eigenlijk heb ik zo mijn twijfels, maar ik heb dit baantje nodig. Ik vreet nog liever samen met Pixie het allergoedkoopste hondenvoer dat ik kan vinden dan dat ik terugga naar dat bijstandsloket.*

'Hier heb je een aantal leuke boeken.' Tante Jacques onderbrak Nikki's gedachten. Ze overhandigde haar een paperback en twee pockets: *Het boek der schaduwen* van ene Phyllis Curott, *Moderne hekserij* en *Kruidenleer*.

Nee hè, dacht Nikki, die er niet in slaagde geïnteresseerd te kijken. *En ik ben net zo lekker bezig in de nieuwe Jackie Collins.* Ze was gehecht geraakt aan haar avondjes alleen met Pixie, gewikkeld in haar slaapzak voor de gaskachel, met een zak chips en de boeken van Stieg Larsson of Jill Mansell, die ze leende van Bo en Polly.

Als tante Jacques Nikki's weerzin opmerkte, dan liet ze dat niet blijken. 'Kun je aanstaande dinsdag misschien al beginnen? Op dinsdag is het meestal rustig, dus dan heb ik alle tijd om je wegwijs te maken.'

'Dat is goed,' zei Nikki. Ze klemde het stapeltje boeken onder haar arm.

'Dan praten we dinsdag wel verder. We hebben elkaar zo lang niet gezien, er is vast nog veel te vertellen.' Tante Jacques was blijven staan. Ze had een moderne broek aan, die goed om haar nog jong ogende figuur zat. Maar het ding was wel paars. Net als het dunne truitje dat ze erboven had gedragen. Die kleur vloekte nogal met haar rode haar. Misschien konden ze het daar ook eens over hebben, dacht Nikki. Alleen met de oorbellen was niet veel mis. Dat waren prachtige zilveren hangers.

'Vandaag is het te druk om lang te praten, dus ik moet nu afscheid van je nemen, maar kijk gerust nog even rond.'

Nikki stond ook op en zag ineens dat er sinds het moment met de rune heel wat klanten de winkel waren binnengekomen. Bij de kassa stond een jonge vrouw met het uiterlijk van een Afrikaans fotomodel te wachten om een grote, glazen kom en iets wat eruitzag als een zakje rozenblaadjes af te rekenen.

Voor de vorm had Nikki nog een rondje door de winkel gelopen en hier en daar wat aangeraakt, waarna ze naar buiten was gesneld. Zonder zelfs maar een café latte (toch weer € 3,50) bij Coffee & Cookies te drinken, was ze naar huis gegaan.

'Dus dinsdag word ik ingewijd in de wereld van magie, elfjes en de moderne hekserij – wat dat ook mag betekenen,' zei Nikki in De Tempelier tegen Roland en Polly.

'Best leuk, toch?' zei Roland. Nikki keek op van het bierviltje waarmee ze had zitten spelen en zag twee enthousiaste gezichten. Kennelijk zagen Polly en Roland wél iets in de moderne hekserij.

'En?' vroeg Polly.

'Hoe bedoel je: "En?"' vroeg Nikki een beetje geërgerd.

'Wat betekende de rune die je had getrokken nou?' riep Polly uit.

Nikki's mond ging eerst even open en weer dicht zonder iets te zeggen. Ze had niet naar de betekenis van de rune gevraagd. 'Weet ik veel.'

Polly en Roland keken elkaar vol verbazing aan.

'Wil je dat dan niet weten?' zeiden ze bijna in koor.

Nikki haalde haar schouders op.

Polly keek dromerig voor zich uit. 'Misschien betekende het wel dat je in je tantes winkel de liefde van je leven gaat tegenkomen.'

Roland grijnste en Nikki sloeg haar handen voor haar ogen.

'Doe even gewoon,' zei ze. 'In dat soort winkels komen alleen maar weirdo's.' Al was dat zaterdag eigenlijk wel meegevallen.

'Een kikker die je moet kussen?' waagde Polly het nog op te merken.

Nikki gooide het bierviltje in haar richting. 'Voorlopig hoef ik geen prins en ook geen kikker. Ik moet eerst een tijdje op mezelf zijn.' Maar terwijl ze dat zei, dacht ze ongewild even aan de zwemmer: gekleed als een landloper, met het uiterlijk van een prins.

5

Nikki keek naar haar stralend gele muur. Misschien was het wel niet de laatste kleurtrend in interieurverf, maar gezien haar ontoereikende budget had ze niet veel keuze gehad. Beter gezegd, haar keuze was beperkt geweest tot wat er nog in Bo's garagebox had gestaan: bruin, grijs, heel veel wit, appeltjesgroen en geel. Omdat ze een vrolijk, fris interieur wilde, dat paste bij een nieuw begin, had ze voor de laatste twee gekozen. Nu had ze een gele muur beneden, bij de bank, en een lentegroene boven, waar ooit haar slaapkamer zou komen.

Veel zin had ze niet in haar baan in de winkel van tante Jacques, maar toch was ze die maandagochtend, de dag voor haar eerste werkdag, met een optimistischer gevoel wakker geworden: ze behoorde hoe dan ook niet langer tot de categorie werklozen. Ze was nu een zelfstandige vrouw met een baan, al had ze er nog geen idee van wat ze bij tante Jacques ging verdienen, want onervaren als ze was, had ze niet eens naar het salaris gevraagd.

'Wat ben ik toch ook een onnozel wicht!' had ze zichzelf bestraffend toegesproken, en dat terwijl ze zichzelf altijd zo stoer had gevonden en Polly en Roland vaak genoeg had geprobeerd te vertellen hoe ze hun leven moesten leiden, hoe ze eruit moesten zien, een partner konden vinden, hun geld moesten besteden. Maar ze zou geen onnozel gansje blijven, had ze die ochtend bij het wakker worden besloten. Een volwassen vrouw met een baan hoorde in een leuk huis te wonen. Hoe ze aan meubels moest komen zonder geld, wist ze nog niet, maar met wat creativiteit zou ze ongetwijfeld wat bij elkaar scharrelen. Ook toen ze nog over Raymonds geld had beschikt, was ze altijd al dol geweest op tweedehands en vintage spullen, al zou ze dat laatste nu niet meer kunnen betalen, tenzij ze tegen een onverwachte vondst aan liep.

Ze keek naar de nog lege kamer en probeerde niet ontmoedigd te raken door het laminaat op de vloer, de zalmroze gordijnen en het mintgroen behang met wit bloempatroon van de vorige bewoonster. Ze zou de rest van de muren wit verven en, zodra ze wat geld had verdiend, naar de Xenos of de kringloopwinkel gaan voor rolgordijntjes en een paar kleden op de vloer. Verder zou ze het interieur toch zo leeg mogelijk laten. Lekker minimalistisch.

Eerst ging ze maar eens een kopje koffie drinken in de tuin, waar de lentezon de eerste planten liet bloeien. Haar jungle ging er zowaar nog charmant uitzien. Met een kopje oploskoffie nam ze plaats op de drempel van de achterdeur en voegde een koffiezetapparaat en een tuinstoel toe aan het mentale wensenlijstje voor haar nieuwe huis. Aan de andere kant van de schutting, uit de tuin van de buren, klonk een kinderstemmetje en kringelde sigarettenrook omhoog. Nikki snoof diep in de hoop iets van de rook op te vangen en vroeg zich opnieuw af waarom ze in hemelsnaam al twee jaar geleden met roken was gestopt. Ze had nog best twee jaar kunnen genieten om dan op haar dertigste te stoppen, net op tijd in verband met het rimpels en kinderen krijgen. Maar nu was het te laat. Ze kon zich trouwens nog wel herinneren waarom ze destijds was gestopt: omdat Raymond dat graag wilde, zodat ze geen lelijke tanden zou krijgen, of vroeg oud zou worden, of zou gaan stinken. Rond die tijd had hij haar ook naar de sportschool gestuurd, waar ze toch zeker vier keer geweest was, voornamelijk om koffie te drinken. Had Raymond haar daarom ingeruild voor Tatjana? Omdat die ongetwijfeld wel twee keer per week naar de sportschool ging en eruitzag alsof ze nooit een zak paprikachips, een sigaret of te veel glazen wijn consumeerde? Nu kreeg ze pas echt zin de buren om een sigaret te vragen. Alleen had ze nog geen kennis met hen gemaakt.

'Mama, mag ik cola?' hoorde ze het jongetje vragen.

'Nee, Jessie, je hebt net gehad,' antwoordde de buurvrouw.

44

Nikki had haar wel eens het park in zien lopen achter een kinderwagen, met het jongetje en een buldog die voor haar uit renden.
Ze leek ongeveer even oud als Nikki, en klein en slank met geblondeerd haar.

'Dit autootje heeft Kelly ook,' zei Jessie met zijn hoge stemmetje.
Kennelijk was zijn moeder naar binnen gelopen – de sigarettenrook was ook verdwenen –, want Nikki hoorde niets meer, op het
gestuiter van een bal na.

'Mag ik bij Kelly spelen?' vroeg Jessie.

'Ze is niet thuis,' antwoordde de buurvrouw, die er blijkbaar
toch nog was. Ze had een licht accent, iets Oost-Europees'. Haar
Nederlands was goed, maar een beetje statisch.

De bal stuiterde nu met veel lawaai op het terras, kwam tegen
de schutting en vloog er tot Nikki's schrik overheen. Met een plof
landde hij in haar verwilderde tuin.

'Jessie!' hoorde ze de buurvrouw in de andere tuin bestraffend
sissen.

'Geeft niks,' riep Nikki, en ze stond op om de oranje bal te gaan
halen. 'Zal ik hem over de schutting gooien?'

Er klonk wat geschuif en plotseling stak de buurvrouw haar
hoofd boven de schutting uit.

'Geef de bal maar aan mij. Voorlopig mag Jessie er niet meer
mee spelen. Sorry dat hij je heeft lastiggevallen,' zei de jonge
vrouw in haar monotone Nederlands, waarbij ze elk woord voorzichtig uitsprak.

'Ach joh, het is niet erg,' zei Nikki, die niet de reden voor de
confiscatie van de bal wilde zijn. Ondertussen viste ze het oranje
ding uit de doornige takken van een verwilderde rozenstruik. Ping
en Pong zaten vanaf een afstandje tussen de omhoogschietende
varens toe te kijken met een blik als waren ze de koning en koningin van Siam en Nikki een brutaal lid van het voetvolk. Werkelijk
niets kon die beesten van de wijs brengen, en zeker geen rondvlie-
gende oranje ballen.

'Ik zat alleen maar een kopje koffie te drinken, niets belangrijks.
Hier,' zei Nikki, en ze reikte de buurvrouw de bal aan. Daarna stak

ze haar hand uit. 'Ik ben Nikki. Ik had me al veel eerder willen voorstellen, maar toen ik hier kwam wonen ging het niet zo goed met me en had ik niet zoveel behoefte aan contact.'

De buurvrouw gaf haar een hand over de schutting. 'Ik ben Sabina. Zo noem ik me hier tenminste. Mijn echte naam kunnen Nederlanders meestal niet goed uitspreken. Ik kom uit Polen. Ik vind het leuk dat je je alsnog voorstelt. Ik dacht dat je misschien heel erg op jezelf was. Zo zijn Nederlanders soms. Tenminste dat zegt Rob, mijn man, en die kan het weten, want hij is zelf Nederlander.'

Nikki moest lachen om haar karakterisering van de gemiddelde Nederlander. 'Je spreekt hartstikke goed Nederlands. Hoe lang woon je hier al?'

'Al zes jaar,' antwoordde Sabina. 'Het was de liefde, hè. Rob kwam een vriend helpen in Polen – hij is huisschilder – en het was liefde op het eerste gezicht. Ik wilde helemaal niet naar Nederland, ik had het goed in Polen, maar we konden niet meer zonder elkaar.'

Nikki knikte, onder de indruk van een liefde die zo groot is dat je je land, familie en vrienden ervoor achterliet. Sabina was een mooie vrouw, al had ze haar haar op een typisch Oost-Europese wijze weinig subtiel platinablond geverfd en naar Nederlandse maatstaven veel te veel make-up op.

'Kom anders een keer een kopje koffie drinken,' zei Nikki, die het een beetje gek begon te vinden om te moeten praten tegen een hoofd dat op een schutting leek te rusten.

'Dat zal ik doen.' Sabina keek in de richting van haar huis, waaruit een geluid klonk als van kletterend bestek. 'Als Jessie op de peuterspeelzaal is. Dan heb ik alleen mijn dochtertje Dani en die is nog niet zo druk.' Plotseling stonden haar ogen erg vermoeid onder haar zwaar aangezette wenkbrauwen. 'Ik ga nu maar eens kijken wat daar aan de hand is.' Haar hoofd verdween van de schutting en Nikki hoorde voetstappen en vanuit de keuken lawaai dat klonk als knikkers die over plavuizen rolden.

Nikki pakte haar kopje en dronk de lauwe koffie snel op. Wist Bo wel waar ze aan begon? vroeg ze zich af. Sabina zag er onder die make-up behoorlijk uitgeteld uit en Nikki hoorde regelmatig gebrul en gestamp op de trap bij de buren vandaan komen. Baby's waren vast heel lief, maar misschien was een hond toch ook wel genoeg. Puppy's werden een stuk sneller volwassen.

Denkend aan haar eigen hond, die tevreden en kennelijk ongehinderd door de verflucht in een krulletje op de bank lag te slapen, besloot Nikki eerst Pixie mee te nemen voor een wandeling door het park. Dan kon de verf drogen, kreeg Pixie haar blokje om en kon Nikki ondertussen nadenken over hoe ze verder zou gaan met de aankleding en inrichting van haar woning.

In het park was het een zompige boel na de regenbuien van de afgelopen nacht. Tussen de bomen en de struiken waren grote, diepe plassen en hier en daar stond het pad blank. Druppels vielen van de takken. Omdat het een warme dag was, dampte het gras nu onder de zon. Toen Nikki langs de buitenhaven liep, kon ze het niet laten om te kijken of de zeilboot van de zwemmer er nog lag. Haar hart maakte onverwachts een hink-stap-sprong bij het zien van het kleine scheepje. Het zag er verregend en daardoor haveloos uit. Totaal verlaten leek het op het water te dobberen, hoewel Nikki natuurlijk niet kon zien of er iemand achter de kleine ruitjes in de kajuit zat.

De rest van de wandeling dacht ze meer aan de zwemmende prins dan aan hip behang en goedkope meubels. Op de automatische piloot liep ze achter Pixie aan, die prima in staat was zelf een route door het park uit te stippelen. Pas toen die weg over een wat obscuur, nauwelijks zichtbaar paadje over een heuvel liep en ze de laaghangende takken van een kromme boom in haar haren voelde prikken, waarna er iets glads en glibberigs over haar neus streek, keek ze weer echt om zich heen. Ze was op een soort open plek beland in een stukje bos – al was dat haast een te groot woord voor die paar bomen en struiken – op de lage heuvel. Twee kleine paadjes, of beter gezegd dierengangetjes, kruisten elkaar hier. Midden op het kruispunt was een grote zwarte plek, waar iemand vuur had gestookt. As en verbrande houtresten vormden nu een vieze, natte brei, omcirkeld door een aantal grote stenen om de vuurplek af te bakenen.

Een beetje hijgend van de schrik keek Nikki om naar wat er over haar gezicht had gestreken en zag ze dat er in de boom waar ze onderdoor was gelopen een lint hing met daaraan een kleine halvemaan van steen. Zonder erbij na te denken pakte ze het stenen voorwerp vast. Het maantje had een lachende mond en een vrolijk oogje. Toen Nikki iets beter om zich heen keek, zag ze dat er aan meer bomen en struiken touwtjes met kleine voorwerpen als schelpjes, steentjes en houtjes, en groene linten hingen. Het bos was hier onverzorgd; takken kronkelden in vreemde bochten en het gebladerte groeide in grillige vormen. Ondanks de vrolijkheid van de halvemaan liet ze het ding gauw los. Haar ademhaling en hartslag versnelden. Dit was allemaal veel te *Blair Witch Project* voor haar, een film die ze nooit had moeten zien. Gejaagd trok ze aan de halsband van Pixie, die in de as stond te snuffelen, en liep ze verder langs het paadje waarvan ze dacht te weten dat het haar zo snel mogelijk uit het bos zou voeren. Binnen anderhalve minuut stond ze alweer in het volle licht op de helling van de heuvel en zag ze beneden op een voetpad een mevrouw met twee labradors en een mobiele telefoon aan haar oor.

Ze ademde diep in en voelde zich teleurgesteld in zichzelf omdat ze zich zo gemakkelijk bang liet maken. Ze liep verder naar huis in de wetenschap dat ze voorlopig nog altijd met geen stok 's avonds dit park in te krijgen was. Zelfs niet als ze zich dan kon vergapen aan mooie zwemmende mannen.

Met een deuk in haar prille zelfvertrouwen kwam ze bij haar huis aan. Haar goede voornemens over zelfstandigheid en onafhankelijkheid leken te zijn ingezakt als een cake die te vroeg uit de oven was gehaald en in deze gemoedsstemming bekeek ze het huis en de tuin opnieuw. Het was toch eigenlijk niets voor een vrouw alleen, zo zonder hek, aan de rand van het donkere park. Als ze dan single moest zijn, hoorde ze minstens in een leuk appartementje in een drukke straat midden in de grote stad te wonen. Niet in dit bouwvallige eengezinswoninkje.

Terwijl ze somber naar haar huis staarde, merkte ze uit haar ooghoeken op dat er aan de andere kant van de weg een man naar haar stond te kijken. Een beetje geërgerd keek ze terug, klaar om te vragen of ze wat van hem aan had, toen ze tot haar schrik zag dat het Raymond was.

'Wat doe jij hier?' vroeg ze. Hij zag er net als altijd goed uit in een Hugo Boss-spijkerbroek en een Paul Smith-overhemd. Zijn knappe uiterlijk werd alleen verstoord door de vreemde blik in zijn ogen.

'Ik wou jou net hetzelfde vragen tot ik bedacht dat je Pixie waarschijnlijk aan het uitlaten bent.' Een weinig vriendelijke blik ging naar Pixie, die een plasje stond te doen tegen de paal met intercom waar bezoekers van de zeilclub langs moesten om het park met hun auto in te mogen. 'Je loopt hier hopelijk niet elke dag langs. Sinds wanneer kom je eigenlijk in dit park? Meestal ging je niet verder dan het Wilhelminaplantsoen om Pixie uit te laten.'

Nikki moest de neiging onderdrukken om haar hondje op te pakken en in bescherming te nemen. Waar had Raymond last van? Zoals zij zich het herinnerde was hij nooit zo onaardig geweest, hoogstens wat afstandelijk, oké, ongeïnteresseerd misschien. Ze waren ook niet echt met ruzie uit elkaar gegaan. Trouwens, wie had hier nu wie bedrogen en in de steek gelaten?

'Ik woon hier toevallig,' zei Nikki, en ze knikte in de richting van haar huis. Raymond mocht best weten dat ze inmiddels een eigen woning had, al was ze er bepaald niet op vooruit gegaan sinds hij haar op straat had gezet. 'Dus, ja, ik loop hier wel bijna elke dag. Mag ik?' Als om haar bewering te staven, kwamen plotseling Ping en Pong vanachter een bamboestruik in haar voortuintje tevoorschijn gerend en ze begonnen driftig langs Raymonds benen te schuren en kopjes te geven. De verraders! Wie gaf hun tegenwoordig elke dag te eten? *Hij heeft jullie net zo goed gedumpt als mij, hoor*, snauwde ze de beesten in gedachten toe.

Raymond bukte zich om zijn oude lievelingen een aai te geven. Nu Nikki nog eens beter keek, leek hij vooral geschrokken te zijn.

'Wat is er met jou aan de hand?' vroeg Nikki.

Raymond richtte zich weer op. 'Jij woont híér?'

'Ja,' antwoordde Nikki. Toch een beetje van haar stuk gebracht door zijn heftige reactie keek ze om naar haar eigen huis. Zo erg was het nu toch ook weer niet?

'Ik dacht dat je nog bij je zus bivakkeerde.' Er klonk een zekere paniek in Raymonds stem en hij had die ongezond rode kleur gekregen die hem vaker overviel als hij met ongewenste emoties van doen had.

Nikki sloeg in een defensief gebaar haar armen over elkaar. 'Nee, ik kan moeilijk de rest van mijn leven bij mijn zus blijven wonen.' Hoewel ze nog best iets langer de logeerkamer had willen bezetten, dacht ze erachteraan. Maar nu er een baby zou komen, hadden ze die kamer natuurlijk zelf nodig. Langdurig bij haar zus intrekken zou haar nieuwe onafhankelijkheid trouwens ook geen goed hebben gedaan. Ze rechtte haar schouders.

'Maar wat kan jou dit eigenlijk schelen? Jij hebt niets meer met mij te maken. Jij kunt me niet meer vertellen hoe ik mijn leven moet leiden.'

Raymond staarde nog steeds naar Nikki's huis alsof hij zijn ogen niet kon geloven.

'Het lijkt me het beste als jij zo snel mogelijk weêr verhuist,' zei hij zonder Nikki aan te kijken en zo zacht dat ze hem nauwelijks kon verstaan.

'Wát zei je?'

'Volgens mij ben jij hier helemaal niet op je plek...'

'Doe niet zo gek.'

'... want Tatjana en ik komen hier wonen.' Raymond wees naar het gebouw achter hem. Het was een van de nieuwere panden en nogal omstreden door zijn vreemde vorm. Hoewel het van traditionele baksteen was gemaakt, was het gebouw aan de voorkant zes verdiepingen hoog – en daarmee hoger dan de hoogste kerktoren van de stad –, maar aan de achterkant bevonden zich slechts twee etages. In de volksmond werd het flatgebouw met zijn schuine dak daarom 'de Springplank' genoemd. De voorgevel was geheel van glas, waardoor de daar gelegen appartementen een prachtig uitzicht hadden over het park en het IJsselmeer.

'Volgende week verhuizen Tatjana en ik naar het penthouse.'

Nikki voelde haar amper ontwikkelde zelfvertrouwen verdwijnen. Ze haalde een paar keer diep adem om de optrekkende mist voor haar ogen de baas te blijven. Ondertussen kwam Raymond nog dichter bij haar staan.

'Dit is toch geen huis voor jou? Zo klein en armoedig. Jij hoort in een maisonnette in de stad, het liefst boven de winkels. Kun je fijn shoppen en uit eten. Dit heeft toch geen enkele luxe? Jij bent veel beter gewend.'

Terwijl Nikki vocht tegen de opkomende duisternis hoorde ze nauwelijks de zware motor die kwam aanrijden en een paar meter verderop stopte. Een brede man met kaal hoofd en leren jack stapte af en kwam op hen af.

'Valt hij je lastig, buurvrouw?'

'Nee,' zei Nikki onmiddellijk. Ze keek opzij en ondanks de vlekken die voor haar ogen dansten heen zag ze de motorrijder van wie ze wist dat hij een paar huizen verderop woonde, samen met een vrouw met heel kort rood haar en een stel kippen die in de carrosserie van een oude 2CV in de achtertuin huisden. Het was een beer van een vent en door het gladgeschoren hoofd en de diverse tatoeages, waarvan er een over zijn achterhoofd en nek liep, had ze hem aldoor argwanend bekeken. Misschien was hij wel oké en wilde hij haar echt helpen, maar nu had ze toch liever dat hij ophoepelde. Ze deed een stap naar achteren, bij Raymond vandaan.

'Het lijkt er anders wel op alsof je iets te dichtbij komt, makker,' zei de beer van een vent.

Raymond liep langzaam een stukje naar achteren, zijn handen in zijn broekzakken. Hij haalde zijn autosleutels tevoorschijn. 'Denk nog maar eens na over wat ik gezegd heb. Als ik jou was, zou ik hier niet blijven. Dit is geen buurtje voor jou, je ziet wat voor soort mensen hier woont.' Vervolgens liep hij snel in de richting van zijn zwarte Audi TT, nagekeken door Nikki en de buurman van een paar huizen verderop.

51

'Sorry,' zei Nikki tegen de man. Plotseling bedacht ze nog iets. 'Je komt hier toch zelf ook wonen,' riep ze Raymond achterna. Die deed net of hij niets hoorde, bliepte vanaf een afstandje zijn auto open, stapte in en trok snel op.

'O, lekker,' zei de buurman. 'Daar gaat de buurt. Er komt hier veel te veel van dat volk met te veel geld wonen.'

Nikki moest ondanks dat ze zich niet vrolijk voelde toch even lachen.

'Ik ben Ruud. Ik woon daar op nummer 3, samen met mijn vriendin, Carry. Als je nog een keer moeilijkheden hebt met van dat zeilbotenvolk, dan kom je maar langs.'

Ruud gaf Nikki een hand ter grootte van een kolenschop en Nikki stelde zichzelf voor.

'Ik zal eraan denken,' zei ze. Daarna pakte ze Pixie van de straat, die op de stoep in het zonnetje was gaan liggen, en haastte ze zich naar binnen. Ping en Pong moesten zichzelf maar redden.

'Maar wat ik bijna nog erger vind, is dat ik al die jaren met die kerel heb samengewoond en eigenlijk nooit beseft heb hoe rot hij zich kan gedragen. Hoe heb ik me zo kunnen vergissen?' Nikki zat in kleermakerszit op haar bank met een kussen tegen haar borst gedrukt. Ze probeerde niet te jammeren, maar gewoon te praten tegen Bo, die na haar werk was langsgekomen om eerstehulp te verlenen.

'Als het enige troost is: ik heb ook nooit gedacht dat hij zo vervelend was, al had ik niet veel met hem op. Eigenlijk kreeg ik nooit zo goed hoogte van hem, van wat hij nou écht dacht. En misschien geldt dat ook wel een beetje voor jou. Raymond en jij hebben volgens mij al die jaren nogal langs elkaar heen geleefd. Dat kon ook gemakkelijk in dat grote huis. Echt zorgen hadden jullie niet. Jullie relatie is nooit op de proef gesteld. Tot Tatjana dan.'

'En toen ging het meteen goed mis.'

'Tja...'

Even keken ze allebei uit het raam in de richting van de bovenste verdieping van de Springplank.

52

'Kennelijk vindt hij het wel heel erg dat jullie bij elkaar in de buurt komen wonen,' zei Bo, die een kop kruidenthee met haar handen omvatte.

'Anders ik wel,' zuchtte Nikki.

Bo, die op een kussen op de grond zat, trok haar lange benen onder zich. 'Luister eens, je gaat je hierdoor nu niet van de wijs laten brengen. Je was net zo lekker bezig je huis op te knappen en morgen ga je bij tante Jacques aan je nieuwe baan beginnen. Het gaat helemaal niet slecht met je: je hebt een huis, een inkomen, vrienden, een lieve hond, een leuke zus...' – ze knipoogde even – '... mooie kleren, want die heb je tenminste nog wel aan Raymond overgehouden, en je haar zit goed. Wat wil je nog meer?'

'Ja, maar als ik elke dag Raymond en Tatjana moet tegenkomen...'

'Ach wat, hoe vaak zullen jullie elkaar nu zien? Die gaan regelrecht in hun dikke auto's naar de parkeergarage en rijden het pand ook weer uit. Het lijken me helemaal geen types die de bus pakken of in het park gaan wandelen. Voorzover ik me kan herinneren neemt Raymond overal de auto naartoe, zelfs als de afstand makkelijk te fietsen is. Jullie wandelden nooit.'

'Ik hou best van wandelen.'

'Waarom deed je dat dan nooit? Tijdens vakanties kwamen jullie nauwelijks bij het zwembad vandaan.'

Nikki fronste haar voorhoofd en probeerde te bedenken waarom ze nooit wandelde, maar kon niets verzinnen.

'Je wandelde zelden of nooit, omdat Raymond niet van wandelen houdt. Maar dat is nu voorbij. Laat Raymond en dat enge mens maar in hun perfecte penthouse wonen, jij hebt nu je eigen leven. Waarom ga je om te beginnen niet een kop koffie zetten? En binnenkort gaan wij eens fijn samen een lange wandeling maken.'

Gesteund door Bo's ferme taal, stond Nikki op van de bank en liep ze naar de keuken om inderdaad koffie te zetten. Halverwege het pakken van de bus oploskoffie bedacht ze zich.

'Wil je niet liever een glas wijn? Dan kletsen we nog wat,' vroeg ze Bo hoopvol.

'Nee, en ik wil eigenlijk ook geen koffie. Waarom denk je dat ik aan de kruidenthee zit? Ik probeer zwanger te worden en ik ben er inmiddels achter dat dan zo ongeveer alles behalve thee zonder cafeïne en theïne slecht voor je is.'

'O,' zei Nikki ietwat beduusd. 'Dus jij hebt ook een rotleven?'

Ze moesten allebei lachen. Bo stond op van de vloer en liep naar Nikki in de keuken en legde een arm om de schouders van haar zus.

'Dat valt nog best wel mee. We hebben elkaar nog, nietwaar?' zei ze met een vet Amsterdams accent. 'Zet jij nu maar koffie,' ging ze op gewone toon verder. 'Ik ga naar huis: ik geloof dat ik een eisprong heb.'

'O,' zei Nikki weer. Wat zeg je eigenlijk tegen iemand die een eisprong heeft? 'Dus je moet naar huis om seks te hebben?'

Bo snoof een beetje bitter. 'Inderdaad.'

'Leuk, toch?' zei Nikki aarzelend.

'Gek genoeg zou ik nu veel liever met een goed boek in bed gaan liggen.'

Nikki lachte. 'Je gaat me toch niet vertellen dat je met mij wilt ruilen?'

Bo keek zogenaamd keurend om zich heen. 'Nou, op voorwaarde dat er een goed espressoapparaat komt...' Daarna lachte ze ook: 'Misschien toch maar niet. Maar onthoud als je met je boek en Pixie in je bedje ligt: zo slecht heb je het misschien wel niet.'

Met drie zoenen op de wang namen ze afscheid.

6

Op Nikki's eerste werkdag gebeurde er niets bijzonders. Het was rustig en tante Jacques nam alle tijd om Nikki een beetje vertrouwd te maken met het aanbod in de winkel en haar uit te leggen hoe de kassa werkte – een heel modern ding, eigenlijk een soort computer met het hele assortiment erin. De hele voorraad was veel te omvangrijk om in een keer te leren kennen, maar al doende zou ze wel leren, volgens haar tante. Nikki verzweeg dat ze gisterenavond liever in een IJslandse detective had liggen lezen dan in een van tante Jacques' boeken; haar tante leek daar echter ook niet vanuit te gaan. In de toekomst zou tante Jacques Nikki ook nog vertellen over de inkoop – ze had een aantal vaste adressen, maar ging daarnaast nog regelmatig op reis om nieuwe spullen te ontdekken –, de administratie en de website, maar ze vond het beter om niet alles tegelijk uit te leggen en daar kon Nikki, wier hoofd na de kassa en het rondje assortiment toch al duizelde, het alleen maar mee eens zijn. Achter de toonbank was een opening met een kralengordijn naar een kleine, gezellige ruimte, met een keukentje, een deur naar een piepklein binnentuintje, en een tafel om iets aan te eten. Vaak werd er echter koffie en thee in de winkel gedronken, eventueel met de klanten. Die dag mocht Nikki na een kop thee om vier uur naar huis 'om alles een beetje te verwerken'.

Op woensdag, Nikki's tweede werkdag, was het erg druk in de winkel en had ze nauwelijks tijd waar dan ook nog over na te denken. Het zomerseizoen was in aantocht en elke woensdag was er markt in de stad. Toeristen, maar ook veel scholieren zwermden door de straten en hadden zin om iets leuks te kopen. Nikki

moest in White Magic gewoon meedraaien met vragen beantwoorden, afrekenen, cadeautjes inpakken, en net doen alsof ze
wist waar ze mee bezig was. Tientallen malen verontschuldigde ze
zich als ze verdwaald raakte in de computerkassa, als de klanten
duidelijk meer van de artikelen leken te weten dan zij, of als ze
zoiets als een brok kristal een beetje leuk in moest pakken en daar
niet helemaal in slaagde totdat haar tante met het bijbehorende
doosje aan kwam zetten. 'Sorry, ik werk hier nog maar een dag,'
zei ze dan.

Toen ze die avond thuis kwam, was ze uitgeput en miste ze verschrikkelijk een televisie waarop ze het liefst achter elkaar RTL
Boulevard, DWDD, GTST, *Shownieuws* en wat er verder maar voor-
bijkwam aan programma's waarnaar je half in trance kon staren,
had gekeken. In plaats daarvan was ze een halfuur onder de
douche in haar kale badkamer gaan staan om daarna met Pixie
opgerold in haar slaapzak op de matras te gaan liggen.

Nikki's derde werkdag begon op donderdag pas laat in de middag. Tante Jacques wilde dat ze op koopavond in de winkel zou
staan zodat zij zelf mee kon doen aan een cursus buikdansen die
in haar eigen pand werd gegeven. Boven de winkel, op de eerste
verdieping waren nog twee ruimtes: een was ingericht als kantoor
en voorraadkamer. Er stonden een bureau, twee kasten vol ordners
en boeken, en verder waren er een aantal stellingen met dozen en
kratten met spullen. De andere, grotere kamer werd door tante
Jacques zelf maar ook door anderen gebruikt om diverse cursussen te geven. Zo gaf tante Jacques les in voorspellen door middel
van tarotkaarten, runenstenen en glazen bol kijken, een cursus die
in de folder die in de winkel lag werd aangeprezen als een manier
om jezelf beter te leren kennen. Daarnaast gaf ze nog een andere
cursus, iets onduidelijks, althans in Nikki's ogen, waarbij de deelnemers meer zelfvertrouwen werd beloofd. Alle cursussen, of het
nu voetreflexelogie, massage, yoga of kruiden drogen was, schenen
goed te lopen en bijna elke avond en in het weekend ook overdag
zat de ruimte boven de winkel vol.

Nikki vond het allemaal verschrikkelijk en zag al haar vooroordelen over de deelnemers bevestigd toen de eerste vrouw voor de buikdansles zich meldde. Ze was rond de vijftig, droeg een lange zwarte rok, had haar ogen omlijnd met kohl en liep op gezondheidssandalen. Zodra ze de winkel binnenkwam, riep ze naar tante Jacques dat ze zich zó goed voelde nu ze een nieuwe, veel jongere minnaar had die haar elke avond het liefst in de open lucht beminde. Nikki verslikte zich bijna in de pompoensoep die tante Jacques voor haar gemaakt had en zag daarna tot haar verbazing dat haar tante haar een knipoog gaf voordat ze de vrouw vriendelijk teruggroette.

'Hoi, Leni. Ja, maak ons maar jaloers. Waar vind je toch elke keer die geweldige minnaars?' Nikki hoorde duidelijk de milde ironie in tante Jacques' stem, maar Leni ontging dit kennelijk. De vrouw, die iets te mollig was, maar een mooi, zacht gezicht had met viooltjesblauwe ogen en dat omlijst werd door blonde, halflange krullen, liep naar de toonbank toe, waarachter Nikki zat te eten, en boog zich vertrouwelijk iets voorover.

'Die komen vanzelf naar je toe, als je er maar voor openstaat. Je moet uitstralen dat je een leuke man wilt, zeg maar trillingen uitzenden door het heel graag te willen, dan zal de kosmos je vraag beantwoorden. Want alles hangt met alles samen.'

'Tja, dan zal ik het nog wel niet graag genoeg willen,' zei tante Jacques, terwijl ze uit een la een zilverpoetsdoek pakte om een paar oorbellen in de vitrine onder de toonbank te boenen.

Leni deed een stapje naar achteren en bekeek tante Jacques, die rustig doorging met poetsen, met een speurende blik van onder tot boven.

'Ik heb ook altijd gedacht,' zei ze toen, 'dat er iets is wat jou remt. Ik zie achter jou, daar boven je schouder, een oud vrouwtje zweven, met een brilletje en een knotje. Misschien is dat je moeder of je grootmoeder? In elk geval is ze streng voor je, houdt ze je tegen, want ze vindt het niet fijn om uit de toon te vallen.'

Nikki kon het niet laten om snel even boven tante Jacques' schouder te kijken, waar ze natuurlijk niets anders zag dan de achterwand van de winkel met zijn planken vol stopflessen en kruiden.

'Ik geloof dat je wel gelijk hebt,' zei tante Jacques, terwijl ze netjes de oorbellen teruglegde op hun kussentje. 'Daarom ga ik ook buikdansen. Wie weet word ik er wat losser van. Ga jij maar vast naar boven, dan kom ik ook zo.'

Leni knikte voldaan, blijkbaar tevreden met haar diagnose van tante Jacques' problemen en verdween door de zijdeur. Deze deur kwam uit in een gang die ook een buitendeur had en een trap omhoog naar tante Jacques' bovenverdieping. Zo kon je de eerste etage bereiken zonder door de winkel te hoeven lopen. Tante Jacques zelf ging meestal via de trap in het keukentje achter de winkel naar boven.

Nadat Nikki Leni had nagekeken, was het haar beurt om tante Jacques eens goed te bestuderen: meende haar tante nu wat ze zei of nam ze Leni stiekem in de maling? Van tante Jacques' kalme gezicht viel niet veel af te lezen. Toch had Nikki het gevoel dat tante Jacques de analyse van Leni net zozeer met een korreltje zout nam als zijzelf.

'Is het lekker, die pompoensoep?' vroeg tante Jacques.

Nikki knikte. De soep was heerlijk.

'Om eerlijk te zijn komt hij uit de diepvries en heb ik hem alleen maar opgewarmd. Ik heb hem al veel eerder gemaakt.' Tante Jacques sprong van de kruk waarop ze had gezeten. 'Ik ga ook maar eens naar boven. Beetje warming-up doen. Je redt je wel, toch? En anders kom je me maar uit de cursus halen.'

'Het zal wel lukken,' zei Nikki, hoewel ze zo haar twijfels had.

Haar tante haalde een elastiekje van haar pols en bond haar lange haar in een staart.

'Leni is twee jaar geleden gescheiden,' zei ze peinzend. 'Je zou haar nauwelijks herkennen als je haar gekend had toen ze nog getrouwd was. Keurige dame was ze toen. Aardig vrijstaand villaatje, leuk boodschappenautootje, vrijwilligerswerk in het bejaardenhuis, leesclub, twee maal per jaar op vakantie, nette pantalons van Modehuis Van Wijck. Ze was er kapot van toen haar man haar plotseling in de steek liet voor een van haar beste vriendinnen. Afschuwelijke tijd. Ze dronk te veel. Haar dochter werd soms gebeld door de buren dat ze naakt door het huis liep te schreeuwen. Maar sinds ze zich bezighoudt met wicca en een beetje boeddhisme gaat het stukken beter met haar. Toch zou ik haar nooit opnemen in mijn kring.' Tante Jacques rukte zich los uit haar gedachten en liep naar de deur achter de toonbank. 'Als zich nog meer buikdanseressen in de winkel melden, stuur je ze maar via de zijdeur naar boven.'

Daarmee verdween ze naar achteren en liet ze Nikki achter met beelden van een naakte, schreeuwende Leni in haar hoofd. In de tien minuten daarna kwamen er nog drie cursisten via de winkel binnen, die weer heel anders dan Leni waren en ook onderling heel verschillend. De eerste was een jonge vrouw met het korte haar, de praktische kleren en het gehaaste voorkomen van een moeder met kleine kinderen die de cursus waarschijnlijk als een avondje voor haarzelf zag. Kort daarop liepen twee vriendinnen de winkel in, die een boodschappenmandje vol kruidenzakjes en wierrookstokjes kochten, waarna ze ook door bleken te gaan naar boven. Deze twee, een Marokkaanse op hoge hakken en met tien centimeterlange hangers in haar oren, en haar vriendin met warrige knot en All Stars zou Nikki in de kroeg niet gauw hebben bestempeld als klanten van haar tante.

De rest van de avond kwamen er gelukkig louter mensen binnendruppelen die geen vragen stelden en alleen geholpen wilden worden met afrekenen. Nikki had genoeg tijd om een grote mok koffie te zetten en die op de kruk achter de toonbank gezeten met langzame teugen op te drinken. Af en toe dwarrelden er flarden Arabische muziek met veel ritmische trommelgeluiden van boven naar beneden. Nikki staarde wat voor zich uit, bekeek haar onverzorgde, korte nagels met afbrokkelende donkerblauwe lak en wist, zoals ze daar zat in die rare winkel van haar tante met dat gemengde gezelschap aan klanten, even niet zo goed wat ze van zichzelf moest denken.

Om negen uur kwam haar tante naar beneden om haar te helpen met afsluiten.

7

De vrijdag, Nikki's vierde werkdag, begon slaapverwekkend rustig. Het regende onafgebroken, de goten liepen over, de plassen stonden op straat, en de stad was verlaten. Niemand waagde zich naar buiten. Tante Jacques had Nikki een aantal dozen met nieuwe boeken gegeven met de vraag of ze die op de planken wilde zetten en ondertussen de schappen een beetje wilde opruimen. Veel boeken stonden niet meer op alfabetische volgorde of waren achter de rij gevallen. Op sommige planken was er nauwelijks meer sprake van een rij, zo'n rommeltje hadden de klanten ervan gemaakt. Keer op keer moest Nikki een gaap onderdrukken. Het constante geluid van vallende regen en de schemering die de hele dag leek te duren maakten haar suf. Verheugd keek ze op toen om een uur of elf voor het eerst die dag de belletjes van de winkeldeur rinkelden en ze werd nog vrolijker toen ze zag dat het Polly was die naar binnen kwam. Ze had een regenponcho aan, maar moest evengoed de druppels uit haar staartjes schudden en het water uit haar Uggs stampen.

'Wat een rotweer!' riep ze ten overvloede.

'Nou!' zei Nikki die zich in de richting van Polly haastte om haar uit haar poncho te helpen. 'Ben je daar speciaal doorheen gekomen om mij te bezoeken?'

'Ach, ik woon toch dichtbij en heb mijn vrije dag vandaag. Ik wil graag weten hoe het hier met je gaat. En ik kan wel een vleugje magie gebruiken,' zei ze, terwijl ze in een poging tot knipogen haar hele gezicht vertrok.

'Wat lief,' zei Nikki. Ze zoende Polly op haar natte wangen. 'Het is hier heel stil vandaag, dus ik heb wel tijd om een kop koffie of thee met je te drinken. Tante Jacques doet de administratie. Wat wil je: thee of koffie?'

Polly wilde thee en Nikki ging naar het keukentje. Toen ze terugkwam met een dienblad met theepot en kommetjes trof ze een stralende Polly, die over een kristallen bol stond te aaien. 'Volgens mij zie ik al wat,' riep ze opgewonden. 'Denk je dat ik hierin de man van mijn dromen kan zien?'

'Vast wel,' antwoordde Nikki. 'Vraag tante Jacques straks maar om de handleiding. Kom je nu eerst thee drinken?' Ze zette het blad op het rieten tafeltje en liet zich op de bank vallen. Polly had duidelijk moeite zich los te maken van het aanbod van White Magic en liep rond als een kind in een speelgoedwinkel.

'Waarom ben ik hier nooit eerder geweest?'

'Dat vraag ik me eigenlijk ook af,' zei Nikki. 'Het is wel iets voor jou.'

Polly liep nog even met een verlekkerd gezicht rond en kwam toen naast Nikki op de bank zitten.

'Vertel eens,' zei ze ineens zachtjes, alsof ze bang was dat tante Jacques ergens verdekt opgesteld stond mee te luisteren. 'Hoe gaat het? Is het een beetje te doen, samenwerken met je tante?'

'Het gaat wel goed,' antwoordde Nikki bedachtzaam. Het was allemaal nog zo nieuw. Ze leefde in een soort roes en ze had nog nauwelijks de tijd gehad na te denken over haar ervaringen. Ze vond het werken in de winkel niet echt leuk, maar ook niet verschrikkelijk. Van tante Jacques had ze nog weinig hoogte gekregen.

'Ze is toch niet echt een heks, die tante van je?' vroeg Polly.

'Nee, nee,' ontkende Nikki, hoewel ze zich zodra ze het zei eigenlijk niet zo zeker voelde van haar uitspraak. Op dat moment klonk er gestommel achter in de winkel en kwam tante Jacques naar binnen – tot Nikki's spijt, want ze was graag nog even met Polly alleen geweest,.

'Hé, hebben we visite?' vroeg tante Jacques vrolijk. 'Ik had niet gedacht dat vandaag iemand dit vreselijke weer zou trotseren om naar ons toe te komen.'

'Dit is Polly,' zei Nikki. 'Een vriendin van mij.'

'Dappere Polly,' zei tante Jacques, terwijl ze haar hand met daaraan een prachtige zilveren ring met groene steen naar haar uitstrekte.

Polly nam voorzichtig de hand aan en schudde hem beleefd. Met een zeker ontzag en blosjes op haar wangen keek ze tante Jacques aan.

'Ach, het stelt niets voor. Ik woon vlakbij en van een beetje regen is nog nooit iemand dood gegaan. Soms vind ik het zelfs wel lekker om een stuk in de regen te lopen.'

'Ik zou dit niet "een beetje regen" noemen,' zei tante Jacques lachend, 'maar ik ben het met je eens dat het soms heerlijk is om in een flinke bui te wandelen, zolang je je maar niet druk hoeft te maken om je kapsel, mascara of opkomende verkoudheden. Zelf dans ik af en toe graag in een grote plas.'

Nikki zag het voor zich hoe haar tante met losse haren en in een of ander heksengewaad door de regen huppelde en ze was geneigd om een blik van verstandhouding met Polly uit te wisselen, maar die keek net met een gezicht vol aandacht en bewondering op naar tante Jacques. *Kijk nou*, dacht Nikki, *het lijkt er veel op alsof tante Jacques Polly zo om haar vinger windt.*

'Hebben jullie al ingeschonken?' vroeg tante Jacques.

Nikki liet weten dat ze daar nog niet aan was toegekomen en vroeg beleefd of haar tante ook een kopje thee wilde. Die antwoordde dat ze dat graag wilde en liep naar het keukentje om een extra theekom te halen. Het was niets voor tante Jacques om Nikki's tegenzin niet aan te voelen. Nikki vroeg zich af of haar tante er soms expres bij kwam zitten om haar een beetje te plagen.

Tante Jacques kwam terug met een kommetje en een paar dikke plakken cake. Ze trok een krukje dat los in de winkel stond bij het rieten tafeltje. Terwijl ze de thee inschonk, begon ze Polly vragen te stellen over haar leven: waar ze woonde, wat voor werk ze deed, welke boeken ze graag las en daarna zelfs wat voor dromen en ambities ze had voor de toekomst.

Polly antwoordde uitgebreid en leek het heerlijk te vinden om zoveel over zichzelf te mogen vertellen. Nikki vond dit een wel erg gezellig onderonsje worden.

'Wat zit er eigenlijk in deze cake?' vroeg ze nadat ze er een hap van had doorgeslikt. 'Hij smaakt een beetje raar.' De cake van de bakker of uit de supermarkt had niet dat vreemde, beetje pittige vleugje dat bij deze wel door de zoetigheid heendrong.

'O, wat kruiden, lekker veel kaneel,' antwoordde haar tante vaag. Meteen richtte ze zich weer tot Polly en wilde ze haar een nieuwe vraag stellen, maar die was haar dit keer voor.

'Dus Nikki's moeder en jij zijn zussen?' vroeg ze.

'Ja,' antwoordde tante Jacques en ze knikte nadrukkelijk. Ze omklemde met haar fijne handen het kommetje stomende thee en leunde naar voren waarbij ze met haar ellebogen op haar knieën steunde. Het was alsof ze Polly zo aanmoedigde vooral verder te vragen.

'Wie van jullie is dan de oudste?'

'Dat is Annika, Nikki's moeder. We schelen bijna zes jaar. Ik geloof niet dat onze ouders nog op mij gerekend hadden. Mijn moeder was al eenenveertig toen ze alsnog zwanger van mij raakte.'

Nikki nam voorzichtig een slokje van de hete thee en vroeg zich af of ze dit allemaal al wist. Ze kon zich niet herinneren hier ooit met haar moeder over gepraat te hebben. Ze praatte sowieso niet veel met haar moeder. Meestal hadden ze het ieder druk met hun eigen dingen.

'Maar jullie zien elkaar allemaal niet vaak, toch? Als ik dat zo van Nikki hoor. Die ziet haar eigen moeder al nauwelijks en over jou hoorde ik nooit wat. Anders was ik allang een keer langsgekomen in dit leuke winkeltje.' Ze likte wat kruimels cake van haar vinger en leek zich inmiddels helemaal op haar gemak te voelen.

Nikki daarentegen, die met haar benen over elkaar zat, begon zenuwachtig met een voet te wiebelen, en ging in gedachten naarstig op zoek naar een ander onderwerp. Ze had het meestal liever niet over haar moeder, behalve misschien als ze met Bo aan de wijn zat.

Tante Jacques vond het kennelijk helemaal niet erg.

'Jammer genoeg hebben Annika en ik al jaren nauwelijks contact meer. We sturen elkaar af en toe nog wel eens een kaartje, zodat we weten waar de ander uithangt en wat we daar doen, maar daar blijft het bij. Nikki was nog een jong meisje toen Annika en ik ruzie kregen. Daarom zagen wij elkaar daarna ook niet meer.' Tante Jacques keek nu Nikki aan. 'Dat heb ik altijd heel naar gevonden.'

Nikki sloeg haar blik neer, niet wetend wat te zeggen. Had zij soms zelf contact moeten houden met haar tante? Was dat haar verantwoordelijkheid? Ze wist niet eens waar die stomme ruzie over was gegaan. Een beetje stuurs keek ze naar haar wiebelende voet in de stoere, tegen de regen bestendige laars.

Als Polly zich echter eenmaal op haar gemak voelde, had ze weinig last van remmingen.

'Waar ging die ruzie dan over? Het moet wel erg geweest zijn. Waarom zou je anders elkaar daarna helemaal niet meer willen zien? Of mag ik dat niet vragen?'

'Je mag alles vragen,' hoorde Nikki tante Jacques met zachte stem antwoorden. Ze voelde gewoonweg hoe haar tante nog steeds naar haar keek, maar weigerde haar ogen op te slaan. 'Ik vind alleen dat dit om te beginnen een zaak is van Annika, Nikki en mij. Het lijkt me beter als Nikki eerst van haar moeder hoort wat er aan de hand was. Anders krijg ik misschien het verwijt dat ik Nikki te veel in mijn kamp probeer te trekken. Niet dat er wat mij betreft sprake is van kampen, maar Annika denkt daar soms anders over.'

'Is het iets heel ernstigs dan?' vroeg Polly op fluistertoon, hoewel er niemand in de winkel was die kon meeluisteren.

'Nee, eigenlijk niet. Eigenlijk gaat het om een uit de hand gelopen meningsverschil. En na al die jaren hadden we het allang moeten bijleggen. Maar zo gaan die dingen soms.'

Nikki krabde wat lak van haar nagel en probeerde zich iets te herinneren van die tijd, toen ze een jaar of twaalf, dertien was. Het belangrijkste wat haar was bijgebleven uit die jaren was dat ze toen voor het eerst wel eens uitging, was gaan roken, te felle

make-up droeg en met jongens stond te zoenen achter de dans-
school. Haar moeder deed in die tijd de ene cursus na de andere,
was zoals gewoonlijk op zoek naar zichzelf en bezig met een of
ander project. Niets bijzonders. Van tante Jacques kon ze zich niet
veel meer herinneren dan dat ze een aardige tante was die af en
toe kwam eten en kletsen en die leuke cadeautjes meenam uit
haar winkel en van haar verre reizen.

'Misschien...' zei Polly, die even stil was geweest en kennelijk
had zitten peinzen. 'Misschien moeten jullie een bemiddelaar in-
schakelen. Een mediator of iets dergelijks. Of anders geef je je op
voor zo'n televisieprogramma *Het Familiediner* van de EO, of zoiets, waar ze familie met ruzie weer bij elkaar brengen. Dat moet
jij dan doen, Nikki.'

Dit vonden Nikki en tante Jacques allebei zo'n absurde gedachte
dat ze in lachen uitbarstten en elkaar even aankeken. Een moment
voelde Nikki iets van verwantschap.

'Volgens mij moeten we dit zelf kunnen oplossen,' zei tante
Jacques vrolijk. 'En dat gaat vast wel gebeuren ook. Ik vind het
hartstikke leuk dat Bo en Nikki en ik elkaar nu weer zien. Met
Annika komt dat wellicht ook nog wel.' Ze leegde haar kommetje
en stond op. 'Ik ga nog even verder met mijn cijfertjes. Let jij op
de winkel, Nikki? Ik denk niet dat we veel aanloop zullen hebben
vandaag.' Ze keek naar buiten waar het nog steeds regende. 'Leuk
je ontmoet te hebben, Polly. Als je ooit eens een reading wilt, kom
je maar een keertje langs.'

Op Nikki's vijfde werkdag was ze een halfuur te laat en dat terwijl de winkel op zaterdag pas om half tien open ging. Als ze gewild had, had ze nog op tijd kunnen zijn, want ze werd om vijf
over negen wakker, maar ze wilde niet. Ze wilde niet meer naar
al die pendels en magische stenen en oorringen en boeken over
de standen van de maan. Nog minder wilde ze opnieuw een hele
dag vriendelijk en geïnteresseerd doen tegen de klanten, of het
nu Amerikaanse toeristen, middelbare scholieren in korte spijker-
rokjes en leggings of moderne heksen waren. Het allerminste had

ze er behoefte aan om weer uren achter elkaar in het gezelschap van haar tante en haar vermogen om dwars door iemand heen te kijken te verkeren. Veel liever zou ze met Pixie en een reep chocola op de bank gaan zitten. Nee, veel erger, als ze eerlijk was, zou ze nu het liefste op haar mooie oude bank in haar mooie oude huis tegen Raymond aankruipen om een van zijn stomme *Die Hard*-dvd's te kijken. En dat terwijl ze een gruwelijke hekel aan Raymond hoorde te hebben, en hád.

Maar toen was het leven nog zo veilig en comfortabel geweest. Nadat Polly gisteren na nog twee kopjes thee en het hele verhaal over Raymond en Tatjana die in de Springplank kwamen wonen, White Magic had verlaten, was er een grauwe sluier over Nikki neergedaald. Het was een soort harige monnikspij, alsof het donkere weer vorm had gekregen in een mantel en om haar heen was gaan zitten. Misschien had het weer ook wel schuld aan haar sombere stemming, en het feit dat ze moe was en al vier dagen werkte in een nieuwe baan waar ze niet zo warm voor liep, én natuurlijk het nieuws dat haar ex met zijn nieuwe vriendin praktisch tegenover haar kwamen wonen. Ze wist echter zeker dat al dat geklets over haar moeder haar minstens zo ontstemde. Haar relatie met haar moeder was iets waar ze niet veel over probeerde na te denken, maar wat haar toch altijd irriteerde als een ontsteking die steeds terugkeert. Na een verder lusteloze dag met nauwelijks klanten was ze doorweekt thuisgekomen, had de bank afgestaan aan Ping en Pong en was, na het eten van een boterham met pindakaas, met Pixie in bed gaan liggen om de IJslandse detective waarin ze aan het lezen was snel weer dicht te doen toen ze op een gruwelijke passage over vrouwenhandel was gestuit.

's Nachts was ze diverse keren wakker geworden met bonzend hart en de sensatie dat het gebonk ook buiten haar lichaam bestond, alsof iets of iemand in het park aan het trommelen was.

Dus toen ze op de zaterdagochtend wakker schrok had ze eerst veel zin gehad om er de brui aan te geven. Het enige wat haar tegenhield was het beeld van het teleurgestelde gezicht van Bo in haar hoofd, en ja, als ze eerlijk was, toch ook dat van haar tante. Om tien uur parkeerde ze haar fiets tegen de pui van White Magic, iets wat haar tante begrijpelijkerwijs liever niet had, en stommelde ze de winkel binnen. Het was er druk, er stond zelfs een klein rijtje voor de kassa, waarachter tante Jacques bezig was zo snel mogelijk iedereen te helpen. Toch werd ze niet kwaad toen Nikki met een chagrijnig gezicht en zonder excuus langs haar heen liep om haar jas in het keukentje op te hangen. Ze zei slechts Nikki's naam en informeerde bezorgd of het goed ging. Nikki haalde haar schouders op en vroeg of ze iemand kon helpen.

De rest van de dag bleven ze bezig met het bedienen van een constante stroom klanten. Niet een keer vroeg tante Jacques waarom Nikki te laat was geweest of rondliep met een gezicht dat op onweer stond. In plaats daarvan was ze juist extra lief en attent leek het wel, door koffie met warme melk te zetten of maïssoep met vers brood voor de lunch aan te dragen. Ze zei niet veel tegen Nikki en vroeg niks, maar plukte af en toe wel een haar van haar schouder of klopte bemoedigend op een knie. Dit alles maakte dat Nikki langzaam haar kwaadheid en chagrijn uit zich voelde lopen als de energie uit een lekke batterij en dat ze zich aan het eind van de dag vooral leeg en lusteloos voelde – en zich een beetje schaamde, omdat tante Jacques zo hardnekkig aardig bleef terwijl zij zich koppig slecht bleef gedragen. Juist wilde ze zich verontschuldigen voor haar puberale gedrag, toen om tien voor vijf, net voor sluitingstijd, Leni de winkel kwam binnenlopen. Tante Jacques keek Nikki met een vaag, verontschuldigend glimlachje aan, alsof ze begreep dat Nikki niet zat te wachten op Leni's vermogen een aura te lezen.

'Ik denk dat ik weet waarvoor ze komt,' fluisterde ze Nikki snel in het oor. 'Ze heeft donderdagavond haar sjaal hier laten liggen. Waarom ga jij hem niet even halen? Hij ligt in de cursusruimte, op de bank.' Blij dat ze weg kon, dook Nikki snel het keukentje in en liep ze de wenteltrap op. In het kantoortje was ze al geweest, maar dit was voor het eerst dat ze in de daarnaast gelegen cursusruimte kwam. Het was een groot, hoog vertrek met aan twee kanten ramen, die door lange gordijnen helemaal bedekt konden worden, en aan een zijwand spiegels waarin je jezelf kon zien tijdens oefeningen. Op de vloer lag parket en een versleten kleed dat kon worden opgerold als er gedanst werd. Langs de wanden stonden een bank met grand foulard, een aantal stoelen en bijzettafeltjes en een paar schragentafels waaraan gewerkt kon worden.

Nikki zag meteen Leni's paarse sjaal met franje op een leuning van de bank liggen. Er was niets bijzonders aan de ruimte: het was gewoon een zaaltje waarin groepjes mensen bijeenkomen om iets te leren of om zichzelf te vermaken, te verbeteren of te ontdekken. Ook hier rook het vaag naar wierook en het was er erg stil. Of het nu door die stilte kwam, nadat het de hele dag zo druk was geweest in de winkel, of door de afwezigheid van de mensen die hier normaal hun cursussen volgden, Nikki kreeg het ineens erg koud, alsof iemand een ijzige hand in haar nek legde. Haar ogen werden automatisch naar een fluwelen gordijn getrokken dat naast de grote spiegels voor de muur hing. Waarschijnlijk ging haar aandacht ernaar uit omdat het het enige ding was dat bewoog in het hele vertrek. Heel zachtjes, misschien door tocht, wapperde het gordijn van de wand.

Nikki voelde haar hart weer bonken op het ritme van de nachtelijke trommels en kreeg zin om weg te rennen, terug naar de warme winkel, maar onderdrukte die belachelijke neiging en liep met stijve passen naar de bank om de sjaal te pakken en toen linea recta naar dat irritante donkere gordijn dat bewoog. Wie hing er nu een gordijn voor een muur? Ze duwde het opzij en schrok toen een koude windvlaag haar besprong. Achter het gordijn was een oude houten trap omhoog, naar nog een kamer of misschien een zolder, waar waarschijnlijk een raam openstond en de tocht vandaan kwam. Al had ze er haar leven mee kunnen redden, dan nog had Nikki niet kunnen uitleggen waarom ze die trap beslist niet op ging. Nu volgde ze wél haar instinct, hoe stompzinnig en weinig moedig dan ook, en spurtte ze het vertrek uit, het kantoor door, naar beneden, naar de winkel. Tante Jacques keek haar fronsend aan toen ze buiten adem de sjaal aan Leni overhandigde.

Nikki fronste gewoon terug; had tante Jacques haar niet moeten vertellen dat er nóg een verdieping was? Wat verstopte ze daar op die zolder?

Op zondag was Nikki vrij en erg blij dat ze net als anders met Roland en Polly in De Tempelier had afgesproken. Anders had ze zich die hele lange, lege dag met zichzelf en haar rare fantasieën geen raad geweten.

8

Nikki trok een rood jurkje uit de bak vol oude kleren tevoorschijn en bekeek het van alle kanten.

'Dit is nu wél leuk.'

Bo wierp een zeer kritisch blik. 'Dat méén je niet.'

'Jawel. Het ziet er slecht uit en…' – Nikki hield de stof tegen haar neus en trok een vies gezicht – '… het stinkt, maar dit is wel echt iets.' Ze keek in de halsopening van de jurk. 'Het labeltje is eruit geknipt, maar volgens mij is dit een Moretti uit de jaren zeventig.'

'O, en dan is het goed?' vroeg Bo. Ze zette een bruin handtasje dat bij een ouderwetse oma paste terug op de plank en kwam naast Nikki staan.

'Dan is het vintage,' antwoordde Nikki.

Bo trok Nikki het rode, korte jurkje met twee witte bloemen erop geprint uit haar handen en hield het omhoog.

'Zou je dit dan ook echt aantrekken?'

'Tuurlijk!' riep Nikki uit. 'Tegenwoordig kan het natuurlijk ook heel goed over een skinny spijkerbroek of een legging.' Zelf had ze die dag een zwarte legging aan met daarover een lang T-shirt uit de jaren tachtig (zonder de schoudervullingen) dat ze ergens uit de vele dozen kleding die nog op haar toekomstige slaapkamer stonden had opgediept. Tegen de ochtendkou had ze er een zwart colbertje bij aangetrokken.

Bo bekeek Nikki eens goed. 'Tja, jou zou het waarschijnlijk wel staan.'

'Jou óók,' kreunde Nikki, die Bo al zo vaak had proberen over te halen zich beter te kleden. Vandaag had haar zus een te grote spijkerbroek aan, die met een riempje op z'n plek moest worden gehouden, een vaal grijs T-shirt, een vormeloos zwart vestje en witte gympjes om op te tennissen, niet om mee te winkelen.

Onzeker keek Bo de grote winkel door. 'Ik weet nooit wat ik moet kopen. Er is zoveel. En in een winkel als deze, waar de "vintage" zoals jij het noemt, verstopt ligt tussen de bloesjes en rokjes die nog nauwelijks goed genoeg zijn om als stofdoek te dienen, weet ik het al helemaal niet.'

Ze waren in Nada, een tweedehands kledingwinkel waar je zo'n beetje al je oude kleren kon inleveren, zolang ze maar min of meer had gewassen (Nikki had hierover haar twijfels) en ze niet kapot waren. Alles hing en lag door elkaar heen, vaak zonder maat. Veel was verschrikkelijk: wie wilde er nog een vijf jaar oud shirt van de Zeeman of de Scapino? Maar tussen alle rommel had Nikki al een paar keer iets bijzonders gevonden: een Isabeau-broekpak en rode laarzen van Miss X. Zij ging juist graag naar dit soort winkels en markten.

'Doordeweeks gaat het nog wel, dan trek ik naar mijn werk gewoon altijd een zwarte of grijze, soms lichtbeige broek aan met bijpassend jasje,' lamenteerde Bo verder.

'Ook héél saai,' moest Nikki wel zeggen.

'Bedankt,' zei Bo. 'En in mijn vrije tijd weet ik het dus al helemaal niet.'

Nikki had de jurk op de berg kleding uitgespreid en streek de stof glad.

'En misschien kan het me gewoon niet zoveel schelen,' ging Bo door.

'Jawel,' zei Nikki. 'Kleren zijn leuk.'

'Als iemand ze voor me zou uitzoeken misschien wel.'

Nikki tilde het jurkje weer op. 'Dit ding moet gestoomd en het zoompje hier moet worden vastgezet.'

'Nou, koop het dan maar,' zei Bo met enig ongeduld in haar stem.

Plotseling liet Nikki het jurkje zakken en verdween de lach op haar gezicht. 'Daar kan ik mijn geld toch niet aan uitgeven? Ik heb kleren genoeg en geld tekort.'

71

Bo keek op het bordje dat aan de bak met kleren hing. 'Vanaf vijf euro. Nou, veel zal het dus niet zijn.'

'Het moet ook gestoomd en gerepareerd. Dat laatste kan ik misschien nog wel zelf doen. Maar toch: je hebt gezien wat ik verdien. Daar kan ik nauwelijks van leven. Voor dit soort onzin heb ik voorlopig dus geen geld.'

Nikki had haar eerste maandsalaris van White Magic gekregen en om dat te vieren had Bo haar mee uit winkelen genomen, iets wat altijd een van Nikki's grootste hobby's was geweest. Zoveel was er echter niet om blij om te zijn, had Nikki gevonden toen ze het bedrag op haar loonstrookje zag. Na het betalen van de huur en de andere vaste lasten bleef er niet veel over, net genoeg voor boodschappen, zolang ze tenminste vaker bij de Lidl kwam dan bij de Albert Heijn.

'Kleren zijn voor jou geen onzin,' zei Bo. 'Laat mij dat jurkje voor jou betalen. Cadeautje.'

'Niets daarvan,' zei Nikki. 'Je hebt net al voor het beddengoed betaald.' Bo droeg graag wat bij aan Nikki's huis, net als al haar vrienden trouwens, die hun zolders, garages en schuurtjes hadden opgeruimd en leeggehaald op zoek naar huisraad voor Nikki.

Met een spijtig gezicht liet Nikki de jurk op de berg kleding vallen. Terwijl ze zich al omdraaide om naar de uitgang te lopen, pakte haar zus snel het rode gevalletje en hield ze Nikki tegen.

'Ik heb een idee. Waarom koop je het niet en breng je het weer in goede staat? Dan verkoop je het daarna aan mij. Met winst. Ik wíl wel leukere kleren, maar ik heb er geen verstand van en ik wil er ook geen moeite voor doen.'

Nikki aarzelde.

'Dan mag je dat vaker voor me doen, als je iets bijzonders tegenkomt.'

Nikki keek naar het jurkje en naar Bo's goede figuur in die zakkerige kleren. Wat jeukten haar handen om Bo iets anders aan te trekken. Had ze niet net bij een marktkraampje ook een sjaaltje met franje gezien dat Bo uitstekend zou staan?

'Oké,' zei ze, en ze pakte het jurkje uit Bo's handen en liep ermee naar de kassa. 'Maar dan moet je ook drágen wat ik voor je koop,' zei ze streng.

Bo stak haar handen omhoog als in een teken van overgave. 'Prima, natuurlijk!'

Ze dronken wijn in De Tempelier, hoewel koffie de bedoeling was geweest, maar het was toch al half vier. Nikki stond erop om te trakteren.

'Ik moet misschien zuinig zijn,' ze ze, 'maar een glas wijn voor mijn allerliefste zus kan er echt nog wel vanaf. En een bakje nootjes,' ging ze verder, terwijl ze een schaaltje voor Bo neerzette. 'Ook al komen die gratis van de bar.' Ze grijnste breed.

'Blij om te zien dat je weer lacht,' zei Bo die meteen in de nootjes grabbelde. 'Dat doe je naar mijn idee te weinig de laatste tijd.'

'Blij om te zien dat je nog wijn drinkt,' kaatste Nikki terug. 'Ik dacht dat dat op de lijst van verboden waren stond?'

Bo keek een beetje zurig en haalde haar schouders op. 'Het kan nog wel een jaar duren voordat ik zwanger raak. Of misschien gebeurt het wel nooit. Hoe lang moet ik dan zonder alcohol? Ik drink wel iets minder en verder lijkt het me vroeg genoeg om helemaal te stoppen als ik ook echt in verwachting ben.'

'Klinkt heel verstandig,' knikte Nikki die de cashewnoten tussen de rest van de nootjes vandaan viste.

'Maar nog even serieus, Nik,' zei Bo. 'Gaat het wel een beetje met je? Ik vind je zo mat de laatste tijd. Niet echt depressief, maar toch ook nooit echt vrolijk. Het is net alsof je de hele tijd in de schaduw staat en nooit eens even in de zon.'

Nikki keek naar buiten waar de zon toevallig wel scheen en ze twee jongens op een scooter zag parkeren voor de enige overgebleven coffeeshop van de stad. Waarom was Bo toch altijd zo opmerkzaam? Ze had voor de verandering geen zin om over zichzelf te praten of over wat haar dwars zat. Ze keek Bo kort aan en bestudeerde toen weer haar glas wijn dat ze over de tafel heen en weer schoof.

'Er is niets bijzonders,' zei ze. 'Ik heb een rottijd achter de rug, weet je nog wel? Ik ben in de steek gelaten voor een andere vrouw door mijn vriend met wie ik al bijna twaalf jaar samen was. Ik zit aan de grond, moet opnieuw beginnen. Dat lijkt me genoeg om een beetje somber te zijn.'

'Hmm.' Bo keek Nikki aan met die doordringende blik die ze vroeger ook al gebruikte als ze dacht dat Nikki ergens over loog, bijvoorbeeld over of ze wel of niet speelgoed, en later kleren en make-up had geleend, of zoals toen Nikki op haar dertiende had beweerd dat ze niet had gezoend met een jongen die Bo's goedkeuring niet kon wegdragen, terwijl dat natuurlijk wel het geval was geweest. Net als vroeger kreeg Nikki het gevoel dat ze als een vis aan een haakje spartelde om vrij te komen.

'Je hebt wel gelijk,' zei Bo nadat ze Nikki lang genoeg had bestudeerd. 'Maar volgens mij is het iets anders. Ik had het idee dat je alweer een beetje overeind krabbelde. Je bent niet iemand die eindeloos piekert. Meestal vind je algauw weer iets om over te lachen. Laten we eerlijk zijn: het gaat meestal allemaal niet zo heel diep bij jou.'

'O,' zei Nikki verontwaardigd, aangezien ze het daar helemaal niet mee eens was.

'Dat bedoel ik niet verkeerd,' zei Bo haastig. 'Ik wil alleen maar zeggen dat je meestal algauw ook weer een lichtpuntje ziet en vrolijk kunt zijn, zelfs als het even niet meezit. Je bent iemand die kan genieten van het moment, van kleine dingen.'

'Nou ja.' Nikki bleef hardnekkig in haar wijnglas staren. Ze voelde zich een beetje gevleid door wat Bo zei, maar wist ook dat dit Bo's manier was om haar aan het praten te krijgen.

'Het gaat trouwens best goed met je,' ging Bo door. 'Je hebt werk, een eigen inkomen. Volgens mij doe je het goed bij tante Jacques. Je huis begint heel gezellig te worden. Ik vind het hartstikke knap hoe je het met zo weinig middelen toch zo leuk hebt ingericht. Je mag trots zijn op jezelf.' Ze legde een hand op die van Nikki. 'Waarom dan toch die somberheid?'

Nikki zuchtte, zakte achterover in de stoel, sloot een moment haar ogen en wist dat ze ging capituleren.

'Ik slaap slecht,' zei ze.

'Je moet ook gewoon boven gaan slapen, in je slaapkamer!' riep Bo meteen uit. 'Dat kan nu toch wel, nu je meer meubels hebt? Je hebt zelfs een prima bed gevonden op marktplaats en na vandaag heb je ook leuk beddengoed. O, sorry,' liet ze er zachter op volgen toen ze aan Nikki's uitdrukking zag dat ze te snel ging. 'Waaróm slaap je dan zo slecht?'

Nikki trok een gezicht, steunde met haar kin op haar handen en keek opnieuw naar buiten.

'Ik ben bang,' mompelde ze.

'Bang?' vroeg Bo alsof ze het niet goed verstond. 'Waarvoor?'

'Gewoon,' aarzelde Nikki. 'Voor de nacht. Voor het alleen zijn.'

'Dat ben je natuurlijk ook niet gewend. Maar waar ben je dan precies bang voor?' Bo liet zich niet afschepen met vaagheden.

Nikki streek door haar korte krullen. 'Ach, laat maar.'

'Nee, nu wil ik het weten ook. Dan kan ik je misschien helpen. Voor inbrekers?'

Nikki vertrok haar gezicht.

'Verkrachters? Moordenaars?'

'Ja, die ook.'

Bo liet zich achterover zakken in haar stoel. 'O, joh, die komen echt niet zomaar binnen. Je hebt goede sloten, daar heeft Pieter nog naar gekeken. Als je maar niet vergeet af te sluiten. Dat doe je toch wel?'

Nikki knikte. 'Jawel.' *En ik controleer al die sloten vervolgens wel drie keer,* dacht ze erachteraan, maar dat zei ze niet.

'Ach, Nikki, ik kan het me wel voorstellen. Ik ben ook wel eens bang geweest toen ik nog studeerde en alleen woonde. Maar je went er wel aan. Je legt je mobiel op je nachtkastje en je hebt Pixie toch?'

Nikki lachte schamper. 'Wat denk je dat die gaat doen? De inbreker doodlikken of smoren in affectie?'

'Ja, je hondje is geen pitbull, dat weet ik ook wel. Maar ze slaat wel aan als er aan je deur gerommeld zou worden of zelfs als er iemand in je tuin zou rondscharrelen. Ze begint tenslotte al te blaffen als er aangebeld wordt of als de postbode langsloopt. Niemand komt bij jou ongemerkt binnen. Behalve Ping en Pong dan, daar is ze aan gewend. Die zijn trouwens ook behoorlijk afschrikwekkend. Als ik een inbreker was en ik zou vier van die blauwe ogen naar me zien staren vanuit het donker, zou ik me nog wel een keer bedenken.'

Nikki lachte flauwtjes. 'Je zult wel gelijk hebben.'

Bo fronste. 'Ik help niet, hè? Heb je er echt zoveel last van?'

'Laten we er maar over ophouden.'

'Nee, kom op. Zeg wat er is.'

'Het is gewoon stom,' zuchtte Nikki.

Bo bleef haar vragend aankijken.

'Ik ben niet alleen bang voor inbrekers en moordenaars, maar ook voor... andere dingen. Voor het ongrijpbare, het bovennatuurlijke, geesten, zwarte magie, hekserij.'

Een moment leek Bo heel verbaasd, maar ze herstelde zich snel. 'Hoe komt dat nu, dat je daar ineens zo bang voor bent? Daar had je toch nooit last van? Ik kan me nog herinneren dat er een tijd was dat je met Rolly en Polly altijd naar van die enge horrorfilms keek. Je leest toch geen griezelige boeken?'

'Nee, nee, daar ben ik helemaal mee gestopt,' zei Nikki naar waarheid.

'Waar komt dit dan vandaan? Is er iets gebeurd?'

'Ja, nee, niet echt. Volgens mij komt het door White Magic.'

'Door de winkel? Dat is toch allemaal maar hobbyisme? Beetje zweverig, spiritueel gedoe. Veel mensen vinden dat leuk. Maar het is niet echt, niet serieus.'

Nikki boog zich voorover en zei zacht: 'Dat weet ik dus zo net nog niet.' Ze vertelde Bo over tante Jacques en haar klanten en het gordijn voor de trap naar de tweede verdieping.

'Dat klinkt nog steeds niet erg bedreigend. Die trap gaat ongetwijfeld gewoon naar de zolder en waarom zou ze jou daar iets over moeten vertellen? Wat kun je zeggen over een vliering?'

'Volgens mij heeft tante Jacques een *coven*. Dat is een soort heksenkring, ik heb het gegoogeld.'

76

Bo moest lachen. 'Ik zie het al voor me. Tante Jacques geeft allerlei cursussen. Sommige vinden wij misschien een beetje vaag, een beetje gek, maar een coven... Laat het haar maar niet horen. Of eigenlijk juist wel. Misschien moet je eens met haar praten over deze dingen. Dan kan ze wellicht wat van je onbehaaglijkheid wegnemen. Vraag haar gewoon naar de zolderverdieping. Je mag tante Jacques toch wel?'

'Ja, dat wel,' antwoordde Nikki. Ze moest toegeven dat ze, ondanks al haar bezwaren en bedenkingen, bezig was te smelten voor tante Jacques. Heks of niet, ze was simpelweg zó zorgzaam, intelligent en grappig. Nikki voelde aankomen dat ze binnenkort zich niet langer zou verzetten tegen tante Jacques' uitnodiging om eens bij haar thuis te komen eten.

'Het is ook allemaal heel nieuw voor je.'

Nikki knikte en staarde nog eens naar buiten. 'Het lijkt wel alsof al die malligheid, al die wierook en kruiden, dat geklets over maanstanden en vier gewesten, krachten oproepen, bezweringen uitspreken – ik heb een paar van tante Jacques' boeken gelezen –, alsof al die dingen in me zijn gaan zitten. Ze zitten in mijn kop. 's Nachts word ik wakker – of dat denk ik althans, maar misschien droom ik – en dan hoor ik trommelgeluiden uit het park komen.'

Bo boog zich nu ook naar voren, zodat hun hoofden vlak bij elkaar waren. 'Tja, denk je dat tante Jacques ook een bezwering kan uitspreken die mij zwanger doet worden? Of een vruchtbaarheidsdrankje kan brouwen of zo?' zei ze met een serieus gezicht.

Nikki liet een kort lachje horen en werd toen weer ernstig. 'Ja, ik denk eigenlijk van wel.'

Even waren ze allebei stil. Ze bleven naar elkaar toe gebogen zitten, hoofden en handen vlak bij elkaar. Nikki frunnikte aan Bo's ring met een grote, zwarte steen – een souvenir uit Mexico – die Bo droeg op dagen dat ze niet werkte. Nu het hoge woord eruit was en Bo zich ook blootgaf, voelde ze zich minder geremd om over haar onredelijke angsten, zoals ze zelf noemde, te praten.

'Er is nog iets vreemds gebeurd, eergisteren.'

Bo knikte bemoedigend.

'Tatjana was in de winkel.'

Met grote ogen keek Bo haar aan. Op fluistertoon en nadat ze snel om zich heen had gekeken wie er allemaal in het café zaten, deed Nikki haar verhaal.

Ze had Tatjana meteen herkend zodra ze op koopavond door de deur van White Magic was gestapt, hoewel Nikki haar slechts twee keer eerder vluchtig had ontmoet: die ene keer op het feestje van Raymonds werk, toen ze nog niet beter wist dan dat Tatjana gewoon een collega van Raymond was. Later, nadat Nikki al door Raymond aan de kant was gezet, was Tatjana thuis geweest (in Nikki's oude huis) toen Nikki was langsgegaan om een paar dozen met kleding op te halen. Tatjana had nauwelijks een woord tegen haar gezegd, zelfs geen beleefdheidsfrasen, maar ze had Nikki constant aangestaard en ze was haar overal gevolgd, alsof ze bang was dat ze iets te veel zou meenemen. Nikki had enorm de zenuwen van Tatjana gekregen, terwijl het toch eigenlijk háár oude huis was en tot voor kort háár spullen.

In White Magic hadden de belletjes aan de winkeldeur bij Tatjana's binnenkomst net zo vrolijk geklingeld als anders, alleen in dit geval had Nikki het geluid van donderslagen of het geratel van een machinegeweer toepasselijker gevonden. Zelfverzekerd was Tatjana met het air van een supermodel op de catwalk de winkel binnengelopen, terwijl Nikki, die achter de toonbank stond, geprobeerd had zich te verstoppen achter een rek met kettinkjes.

Laat haar alsjeblieft niets kopen of anders door tante Jacques geholpen worden, maar laat haar alsjeblieft, alsjeblieft niets aan mij vragen, smeekte Nikki in gedachten tegen niemand in het bijzonder. Ze wierp een blik op haar tante die diep in gesprek was met een kalende man van middelbare leeftijd, die met iets wat leek op een goochelstokje in zijn hand stond.

Tatjana, die er geweldig uitzag in een zwarte, strakke broek, donkere bloes, rood jasje en op eveneens rode pumps, met van dat glanzende, golvende zwarte haar zoals je meestal alleen in shampooreclames ziet, verkwistte echter geen tijd met een beetje rondsnuffelen en pakte doelbewust een paar spullen van de planken.

Ze stond bij de kassa voordat Nikki zich in het keukentje achter de winkel had kunnen terugtrekken.

Niet voorbereid op deze confrontatie keek Nikki Tatjana geschrokken aan. In het witte porseleinen poppengezichtje met de staalblauwe ogen zag ze evenwel geen enkel teken van herkenning. Tatjana leek geen idee te hebben wie Nikki was of ze deed tenminste alsof. Met licht bevende handen pakte Nikki Tatjana's boodschappen aan (een zakje monnikskap en een zakje citroenmelisse, een rood lint en een witte kaars) en bediende ze de kassa. Ze noemde een bedrag, waarna Tatjana, nog steeds zonder enige uitdrukking op haar gezicht, Nikki een biljet overhandigde. Haar handen waren ook wit, met lange, smalle vingers en in puntjes gevijlde, ongelakte nagels. Nikki gaf Tatjana haar wisselgeld.

'Wil je dat ik het inpak?' vroeg ze met onvaste stem, nadat ze met moeite geslikt had.

'Een tasje is wel handig.' Tatjana's stem klonk helder, als de belletjes aan de winkeldeur.

Met nog altijd trillende handen stopte Nikki Tatjana's aankopen in een papieren tas met het logo van White Magic.

'Alsjeblieft,' zei ze toen ze de tas overhandigde, blij dat deze ontmoeting bijna achter de rug was.

'Ik weet wie je bent,' zei Tatjana rustig, zonder blijk te geven van enige emotie. 'Ik heb gehoord dat je vlak bij ons woont.' Heel even leken haar ogen van grijsblauw te veranderen in donkerblauw, alsof er een wolk boven de zee dreef en een schaduw over het water wierp. 'Ik denk niet dat je lang blijft, hier of in je huis. Ik wil je weg hebben.' Zonder haast liep ze daarna de winkel uit. Snel liet Nikki zich zakken op een van de krukken achter de toonbank, want ze wist niet zeker of haar benen haar overeind konden houden. Verbazing, woede, ongeloof en angst streden in haar binnenste om voorrang.

Tante Jacques zoende de kalende man drie keer op de wangen, waarna hij de winkel uit liep en ze naar Nikki toe kwam.

'Wie was dat?' vroeg ze. 'Die vrouw die je net geholpen hebt? Ze komt me bekend voor.'

'Dat was Tatjana,' zei Nikki. 'De vrouw voor wie Raymond mij in de steek heeft gelaten. Je kent haar toch niet?'

'Nee,' zei tante Jacques peinzend. 'Daar ken ik haar niet van. Zie je haar vaak?'

'Tot nu toe zelden of nooit. Maar jammer genoeg zijn zij en Raymond tegenover me in de Springplank komen wonen.'

Tante Jacques keek Nikki bedenkelijk aan. 'Dat is vervelend. Ik zou haar zoveel mogelijk uit de weg gaan als ik jou was. Volgens mij doe ik er niet verkeerd aan je te waarschuwen dat ze aan zwarte magie doet.'

'Oké, ik weet niet precies waarom, maar nu heb ik ook de koude rillingen,' zei Bo toen Nikki klaar was met haar verhaal. 'Dit heeft iets griezeligs.'

'Zie je wel,' zei Nikki, blij met Bo's reactie, hoewel die haar niet bepaald had gerustgesteld.

'Ik zou als ik jou was toch eens heel snel met tante Jacques gaan praten. Zij kan je vast wel uitleggen dat Tatjana een gestoord mens is met een rare hobby en dat het in het algemeen echt niet nodig is om waar dan ook bang voor te zijn.'

'Denk je?'

'Vast wel... Pas je goed op jezelf?'

'Natuurlijk. En ik hoef dus niet langer bang te zijn?'

9

Met bonzend hart werd Nikki voor de tweede keer die nacht wakker. Nog voordat ze helemaal bij kennis was, zat ze al op het randje van haar bed. Waar was ze wakker van geworden? Had ze gedroomd? Ze kon het zich niet herinneren. Was er iets of iemand in huis? Ping en Pong konden natuurlijk altijd naar binnen sluipen door het poezenluik, maar hoe goed ze ook luisterde, ze hoorde helemaal niets. Behalve misschien weer dat vage getrommel, ver weg dit keer, alsof het niet eens meer uit het park kwam, maar van over het water, van een onbekend eiland. Ze wreef over haar oren. Of was het haar eigen luid bonzende hart dat ze hoorde? Ze keek naar Pixie die rustig op het voeteneind van het bed lag te slapen. Die had nergens last van en dat zou Nikki enigszins moeten geruststellen. Toch wilde haar hart nauwelijks bedaren en had ze een droge keel, alsof ze voor haar leven had moeten rennen.

Om zichzelf te kalmeren en de schaduwen die zich schuilhielden in de hoeken van de kamer te verjagen, knipte ze de lamp naast haar bed aan. Pixie deed een oog open en draaide toen haar kopje van het licht af. De slaapkamer zag er uiteraard doodnormaal uit, nogal leeg en kaal, maar niet eng, en Nikki vond het wel fijn dat er zo weinig in stond. Op Marktplaats had ze een mooi ouderwets tweepersoonsledikant gevonden. Verder stonden er alleen een grote schemerlamp op een tafeltje naast het bed, een aantal kledingrekken en dozen vol kleren, en een passpiegel. Aan een van de witte muren hing een grote poster van David Bowie uit eind jaren zeventig die ze ergens in een tweedehands platenzaakje had gevonden – op het appeltjesgroen op de muur achter haar bed had hij niet gestaan. Ze had Bo's advies opgevolgd en was toch boven in haar slaapkamer gaan liggen, maar ze was er nog niet beter door gaan slapen. Ook niet heel veel slechter, behalve dat ze zich nu nog meer afvroeg of alles wel in orde was in de rest van haar huis, vooral beneden. Ze moest toch érgens van wakker schrikken, dacht ze elke keer dat het weer gebeurde. Ze wreef nogmaals over haar oren en had het gevoel alsof ze ze, net als haar hondje als het scherp luisterde, spitste. Nog steeds hoorde ze niets, hoewel het niets nu haast geluid leek te maken, als een soort suizen – het ruizen van een rondkruipende geest.

Schei uit! riep ze in haar gedachten tegen zichzelf. *Wat bezielt me?* Actie was meestal beter dan in elkaar kruipen, dus ze pakte haar badjas van de vloer, schoot hem aan en liep de kamer uit. Bij de trap naar beneden aarzelde ze even of ze zachtjes zou doen in verband met het mogelijk betrappen van een inbreker, maar besloot toen dat die inbreker dan wel erg stil te werk ging en dat er heus niets of niemand was. *Vooruit met de geit!* Beneden deed ze snel het felle keukenlicht aan dat haar met haar ogen deed knipperen. Er was inderdaad niets, behalve Ping en Pong, die ieder in een hoek van de bank lagen en geïrriteerd opkeken.

'Hoi,' zei Nikki, 'stoor je vooral niet aan mij. Dit is slechts míjn huis.' De spanning liep uit haar weg als de lucht uit een ballonnetje. Ze voelde hoe haar spieren pijn deden. Met een mok thee liep ze even later weer naar boven naar haar bed, waar ze ging liggen lezen in een veilige Katie Fforde. Het was voorjaar en het werd gelukkig dus vroeg licht. Zodra de zon opkwam viel ze weer in slaap.

Ze werd om tien uur wakker van Pixie die haar gezicht likte en haar vervolgens verwachtingsvol aankeek. Met een duf hoofd ging Nikki overeind zitten in haar bed en gaf ze het hondje een zoen op haar kop.

'We gaan zo naar buiten. Ik kom eraan.' Gelukkig was Pixie bijna net zo'n langslaper als Nikki zelf.

Ze trok een rondslingerende trainingsbroek en een T-shirt aan en stommelde met Pixie voor zich uit de trap af. Aan haar wankele keukentafel, een metalen terrastafeltje waarvan ze de roest behandeld had en dat ze daarna had overgeverfd, lepelde ze snel wat yoghurt met muesli naar binnen. Ze had grote behoefte aan koffie, maar toen ze naar Pixie keek, die kwispelend op de mat van de achterdeur naar buiten zat te kijken, besloot ze haar eigen verlangen nog maar even uit te stellen. Na het uitlaten zou ze dan wel koffie drinken én bedenken wat ze met de rest van haar vrije maandag zou doen. Maandag was geen leuke dag om vrij te zijn, had ze gemerkt. Bijna iedereen moest dan werken, alleen Polly soms niet, en Jeroen, maar die had dan zijn papadag en was meestal te druk met de kinderen om af te spreken.

Gisteren waren Jeroen en Bibi ook naar De Tempelier gekomen met hun twee kinderen en hoewel het altijd leuk was hen te zien, was er van een goed gesprek, of zelfs een slap gesprek, niet veel terecht gekomen. Bibi was het grootste deel van de tijd bezig geweest met het uitdelen van flesjes, speentjes, schone luiers, liga's of het schoonboenen van handen en gezichtjes, terwijl Jeroen nogal apathisch achter een glas bier had gezeten om slechts af en toe even te ontwaken als er een standje gegeven moest worden. Roland, Polly en Nikki hadden geprobeerd de conservatie gaande te houden, maar werden voortdurend afgeleid door kleverige handjes die naar hun cocktails grepen, kruipende kindjes die aan hun veters trokken of gebrul als dat niet mocht van hun vader. Dat Nikki dit niet zo'n geslaagde middag had gevonden, had haar niet verbaasd, maar ze was wel verrast geweest toen Bo op de zaterdagavond daarvoor verklaard had onder geen beding mee te willen naar De Tempelier als Bibi en Jeroen met hun kinderen er ook waren.

'Maar je wilt zelf een kind,' had Nikki uitgeroepen.

'Ja, en mijn eigen baby zal ik vast de allermooiste spruit op de hele aarde vinden, maar daarom hoef ik die van anderen nog niet geweldig te vinden. Die van Bibi en Jeroen zijn geen seconde rustig. Je kunt net zo goed in de ballenbak van McDonalds gaan zitten als zij ook naar De Tempelier komen. Ongeveer dezelfde ervaring.'

'Ach joh, dan kun je je mooie, rode jurkje aan,' had Nikki Bo nog geprobeerd over te halen. Ze was zaterdagavond bij Pieter en Bo gaan eten – gelukkig maar, want in haar eentje vond ze de zaterdagavonden verschrikkelijk – en ze had het rode Moretti-jurkje dat ze een week eerder hadden gekocht, gestoomd en op-geknapt, meegenomen. Zoals verwacht had het Bo geweldig gestaan over de legging die Nikki voor haar op de markt had ge-kocht. Zelfs Bo was niet ontevreden geweest, wellicht aangemoe-digd door Pieters stralende glimlach toen hij haar zo aangekleed zag. Ook het jurkje had Bo echter niet kunnen overtuigen naar De Tempelier te komen.

Gezeten aan haar keukentafeltje pakte Nikki een make-uptasje uit de vensterbank. Snel haalde ze een borstel door haar haar en depte met een camouflagestick op een opkomend pukkeltje naast haar neus. Ze staarde naar haar reflectie in het zakspiegeltje en vroeg zich af of er al tekenen van veroudering te zien waren nu ze de dertig bijna had bereikt. Het leek mee te vallen. Haar huid was nog gaaf – op het pukkeltje na – en haar ogen waren verrassend helder, gezien de vermoeidheid die ze voelde. Zo moet het maar voor nu, besloot ze. In haar ooghoek zag ze Pixie rondjes om haar eigen as draaien van opwinding, zó graag wilde ze naar buiten. Vroeger was Nikki in deze outfit niet verder gegaan dan de ruime achtertuin van haar jarendertighuis en had Pixie daarmee genoe-gen genomen, maar de tijden waren veranderd. Het lukte Nikki in haar nieuwe, zelfstandige leven eenvoudigweg niet meer om altijd perfect voor de dag te komen en Pixie was inmiddels gewend ge-raakt aan langere wandelingen door het park.

Misschien kon ze vandaag op zoek gaan naar meer leuke kleding voor Bo, bedacht Nikki terwijl ze het make-uptasje opborg en haar slippers aandeed. Of beter nog, dacht ze toen ze de twee dozen zag die nog altijd in haar keuken geparkeerd stonden, eigenlijk werd het tijd om al die dozen met kleren eens uit te pakken en te sorteren. Wellicht kon ze wat kleding aan Bo geven.

Of het een en ander verkopen voor een zacht prijsje, tenslotte waren het veelal dure of bijzondere kledingstukken. Dan had Nikki zelf weer wat extra geld om iets nieuws te kopen. Of haar telefoonrekening te betalen.

Iets opgewekter omdat ze een plan voor de rest van de dag had, liep ze met Pixie het park in, daarbij ongewenst gevolgd door Ping en Pong, die dit tegenwoordig wel vaker deden. Op een paar meter afstand liepen ze haar en Pixie dan de hele wandeling achterna. 'Jullie moeten het zelf maar weten als je op een keer verdwaalt,' zei ze tegen de siamezen.

Door het park lopen had de laatste tijd veel weg van een slalom. Ze laveerde de hele tijd tussen hoop en vrees. Was ze niet bang om onverhoeds weer over een bosje vol *Blair Witch*-parafernalia te struikelen, dan vreesde ze wel dat ze Raymond en Tatjana tegen het lijf zou lopen. Of minder eng, maar toch ook niet zo gewenst: Ruud en Carry met hun rottweiler. Zelfs Sabina kwam ze liever nog even niet tegen, omdat ze zich schuldig voelde dat ze haar nog steeds niet op de koffie had gevraagd. Aan de andere kant hoopte ze wel elke keer als ze langs de buitenhaven liep een glimp op te vangen van de zwemmende pauperprins. Niet dat ze enig idee had wat ze zou doen als ze hem in het vizier zou krijgen, maar de mogelijkheid van een ontmoeting of zelfs maar een blik gaf kleur aan haar wandelingen. Helaas had ze hem sinds die ene vreemde avond in het donker nooit meer gezien. Zijn bootje dobberde meestal eenzaam op het water. Als hij in de kajuit zat, dan liet hij zich niet zien, ook niet met mooi weer. Waarschijnlijk had ze gewoon pech dat ze hem steeds misliep, of misschien was hij helemaal niet meer aan boord van zijn bootje en dreef dat verlaten rond, slechts op zijn plek gehouden door een roestig anker. Wellicht had ze het allemaal maar gedroomd, dacht ze soms.

Pixie had intussen de route al bepaald door rechts af te slaan, het pad op langs het water dat toevallig uiteindelijk ook langs de buitenhaven zou leiden. Nikki volgde haar hondje, maar ze kreeg na een eerste slinger in het pad al spijt toen ze achter een paar hoge struiken vandaan kwam en voor haar op een bankje een aantal mannen zag zitten om wie ze liever met een grote boog heen was gelopen. Het was een berucht groepje dronkaards en daklozen van allerlei leeftijden, dat zich meestal vanaf een uur of elf in de ochtend in het park verzamelde om te drinken en te roken. Hoewel ze haar tot nu toe met rust hadden gelaten, maakte Nikki als het even kon een omweg om niet langs hen te hoeven lopen. Ze voelde zich vreselijk opgelaten als ze langs de mannen met hun vettige haar en bierblikjes moest lopen, ook al leken ze meestal genoeg aan zichzelf te hebben en waren ze sowieso te mager en angstig om een reëel gevaar te vormen.

Helaas waren er vandaag geen zijpaden meer die ze kon inslaan. Als ze acuut rechtsomkeert maakte, zou ze wellicht de indruk wekken dat ze bang voor hen was. Er zat niets anders op dan even tanden op elkaar te zetten en in een rechte lijn door te lopen. Ze deed haar handen in de zakken van haar trainingsbroek en voelde tot haar vreugde een zonnebril. Het was een donker model uit de jaren tachtig met brede poten dat haar ogen goed verborg toen ze hem opzette. Om zichzelf een houding te geven staarde ze om de beurt naar Pixie, die voor haar uit huppelde, en de witte wolken die op schapen leken en boven het water hingen, terwijl ze af en toe vanuit haar ooghoeken naar de mannen gluurde. Zoals gewoonlijk stonden en zaten die met een blikje bier in de hand wat te praten en leken ze weinig interesse in hun omgeving te hebben. Ze was het groepje al bijna voorbij en wilde net opgelucht adem halen toen de mannen ineens hun mond hielden en er een stilte viel. Nikki durfde niet goed te kijken, maar wist bijna zeker dat de mannen haar nu met hun blikken volgden. Even overwoog ze om wél te kijken en gewoon 'goedemorgen' te zeggen, maar voor ze zover was, doorbrak een van de mannen de stilte.

'Goh, ik wou dat ik dat hondje was,' zei hij een beetje sloom. Het was een van de jongere mannen, dun, met een niet onaardig maar vaalgrijs gezicht en haar dat was samengebonden in een paardenstaartje. De rest grinnikte wat om zijn opmerking. Nikki keek om zich heen op zoek naar Pixie en zag dat haar hondje was blijven staan bij de vier mannen rond het bankje en snuffelde aan een stuk brood dat op de grond lag. Ze glimlachte flauwtjes in de richting van de jongeman en wilde Pixie roepen. De man had zich echter net gebukt om het hondje te aaien. Daarna zei hij op dezelfde slepende toon: 'Dan had ik ook zo'n vrouwtje.'

Nikki voelde een blos over haar wangen trekken, iets waar ze vroeger nooit last van had gehad, maar in het verleden was ze dan ook minder vaak in dit soort situaties verzeild geraakt. Het was moeilijk te zeggen of deze opmerking bedoeld was als compliment of om haar voor schut te zetten.

Ze lachte nog maar eens dapper om te laten zien dat ze het sportief opnam, hervond haar stem en riep Pixie op ferme toon bij zich. Voor de verandering luisterde het hondje meteen en terwijl Nikki haar ingehouden adem liet ontsnappen, liep ze gauw door. Achter zich hoorde ze zacht gelach.

Ach, wat kan mij dat schelen. Ze voelde zich bevrijd nu de weg op Pixie na helemaal verlaten was, het IJsselmeer vrolijke, kleine golfjes tegen de basaltblokken joeg, en de hoge bomen met hun verse groene blaadjes opgewonden zwiepten in de wind. Ze haalde nog eens diep adem en liep stevig door. Waar het pad een bocht maakte en het meer verliet om langs de buitenhaven verder te voeren, bleef ze staan en keek ze een tijdje uit over het water. Nu ze er zo vaak langs wandelde, was het haar opgevallen dat het er nooit twee keer hetzelfde uitzag. Het water kon donkerblauw zijn, grijs, bijna zwart, maar ook heel licht, melkwit, groenig of op een erg mooie dag haast mediterraan blauw. De hemel erboven was even veranderlijk. Soms was het meer doodstil, bewegingsloos, en dan veranderde het weer in een woeste zee met draaikolken en opspattend water, grote golven die over de paden sloegen en het land afvraten. Het water was lieflijk of griezelig, indrukwekkend, kwaadaardig, troostend, en vooral altijd mooi. Ondanks haar bedenkingen over haar huis en het slalommen door het park, was ze van het meer gaan houden. Voor Pixie gold hetzelfde. Nikki genoot ervan te zien hoe haar kleine borderterriër was veranderd van een pootjesgevend schoothondje dat een groot deel van de tijd op een kussentje voor de verwarming lag, in een opge-schoten wildebras die soms zwart van de modder thuiskwam.

Ook nu was Pixie bezig om als een ervaren klimgeit zonder enige moeite over de basaltblokken te huppelen. Lachend keek Nikki naar haar hondje en toen draaide ze zich om om verder te lopen over het pad langs de buitenhaven.

Automatisch speurde ze het water af om te zien of het bootje van de zwemmer er nog lag. Net als anders dobberde het op de golfjes, zonder dat er een kapitein te zien was. Teleurgesteld richtte ze haar blik op de weg voor haar om tot haar ergernis te ontdek-ken dat er ook langs dit pad iemand op een bankje zat. Verdorie, toch niet weer een dronken zwerver? Opnieuw was het een jon-geman, dit keer alleen, in een versleten outfit van vale spijker-broek en over zijn broek hangend jeansoverhemd. Hij leunde achterover op het bankje, zijn benen languit gestrekt, en hij hield in zijn hand een boek voor zich. Dat was tenminste wat anders dan een bierblikje. Aan zijn geconcentreerde gezicht zag ze dat hij helemaal opging in de inhoud van zijn boek.

Plotseling was het alsof ze twee harde klappen in haar gezicht kreeg en haar wangen ervan begonnen te gloeien. Een hand leek haar hart te grijpen en er eens stevig in te knijpen. *Hij is de zwem-mer! De pauperprins.* Ineens herkende ze de man op het bankje. In lichte paniek vroeg ze zich voor de tweede keer die dag af of ze nog snel een zijpad kon nemen. Links was echter alleen het water en rechts een stuk modderig bos.

Terwijl ze dichterbij kwam, bleef de man in zijn boek staren. Hierdoor kalmeerde Nikki enigszins en begon haar hart weer nor-maal te slaan. Zo kreeg ze de kans de zwemmer opnieuw te bestu-deren zonder dat hij haar zag. Ze schatte hem van haar eigen leef-tijd. Hij had donkerbruin haar dat over zijn oren naar achteren viel en een goed lichaam, slank en sterk, zonder dat het eruitzag alsof hij daarvoor twee keer per week naar de sportschool ging. Hij zag er naar Nikki's mening werkelijk uitzonderlijk goed uit, ondanks zijn armoedige kleding. En zeker niet dronken. In een opwelling van moed besloot ze hem gedag te zeggen als hij haar aankeek wanneer ze langsliep. Ze mocht dan allerlei angsten hebben, verlegen was ze nooit geweest. Dat rare blozen was iets van de laatste tijd. Wel had ze volgens Bo altijd een voorkeur voor de verkeerde types gehad en deze mooie man met zijn boek kon ook wel eens helemaal van het foute soort zijn. Maar ja, ze zou alleen maar vriendelijk gedag zeggen, ze dook niet meteen met hem de slaapkooi in.

Ze zette de donkere zonnebril in haar krullen en streek haar frommelige T-shirt glad. Pech natuurlijk dat ze er nu zo onverzorgd bij liep. Ze moest zich maar vasthouden aan de opmerkingen van verschillende jongens die ze had gekend, onder wie een paar onschuldige flirts toen ze nog met Raymond samen was geweest, die haar ervan hadden verzekerd dat ze er onopgemaakt en zonder veel opsmuk juist op haar best uitzag.

Ze was nu vlak bij de zwemmende prins en Pixie liep al achter het bankje langs. Ze keek in zijn richting terwijl ze hem naderde, klaar om vriendelijk te glimlachen en gedag te zeggen, zoals ze gewoonlijk ook wel deed tegen andere onbekenden, meestal mensen met honden, die ze in het park tegenkwam. Nog slechts een meter of twee was ze van hem verwijderd, toen hij zijn benen introk, wat Nikki een teken leek dat hij haar wel opgemerkt had, ook al was het een overbodig gebaar, want er was ruimte genoeg op het pad. Zijn ogen bleven echter vastgekleefd zitten aan het boek, dat een saaie omslag had, zonder plaatjes.

Voor ze het wist was Nikki langs hem heen gelopen en had hij niet naar haar opgekeken. Weer liet ze haar ingehouden adem ontsnappen, dit keer niet van opluchting, maar van teleurstelling. Ook Pixie had hij geen blik waardig gekeurd, het hondje was al bijna bij het zijpad dat van het water wegvoerde even verderop. Geen moment had hij kennelijk zijn boek in de steek kunnen laten om een voorbijganger te groeten.

Wat een suffe professor, dacht ze, verontwaardigd omdat hij niet even omgekeken had, gewend als ze was aan mannelijke belangstelling.

Zo in zichzelf mopperend liep ze verder langs het water in de richting van het zijpad waar Pixie was verdwenen. Maar na nog geen drie meter voelde ze zomaar uit het niets een sterke warmte in haar rug, alsof de zon ineens veel sterker werd en hete stralen op haar afstuurde, en meteen dacht ze, hoopte ze, wist ze bijna zeker: hij kijkt naar me. Om dit te controleren moest ze natuurlijk omkijken, wat een beetje raar zou zijn als hij inderdaad ook naar haar keek. Ze kon het echter niet laten en bijna als in slowmotion, alsof ze in een film speelde waar ze zelf ook naar keek, draaide ze langzaam haar hoofd om.

En kruisten hun blikken elkaar.

Hij kijkt!

'Hi,' zei hij.

'Hi,' zei Nikki terug.

'Mooi weer voor een wandeling in het park.' Hij lachte vriendelijk en verlegen.

Nikki knikte. 'Of om een boek te lezen op een bankje.'

'Horen die bij jou?' Hij wees op Ping en Pong, die over het pad kwamen aanlopen met een air alsof de hele wereld van hen was.

'Ik vrees van wel. Ze volgen me soms als ik de hond uitlaat.'

De man stak een hand uit naar de poezen, die hem geen blik waardig gunden. 'Ze zijn prachtig.'

Nikki haalde haar schouders op. Waarschijnlijk had hij wel gelijk. Dit leek haar niet het beste moment om te vertellen dat Ping en Pong eigenlijk de poezen van haar ex waren, die ze bij haar had gedumpt.

'Is dat jouw boot?' vroeg ze, en ze wees naar het scheepje.

'Ja,' zei hij een beetje verbaasd.

'Ik heb je er een keer vanaf zien springen om naar de wal te zwemmen.'

'O.' Hij lachte.

Ze leken geen van beiden meer te weten wat ze moesten zeggen.

'Ik ga maar eens verder,' aarzelde Nikki.

'Ja,' zei hij. 'We komen elkaar vast nog wel tegen in het park.'

Nikki knikte en liep nog wat treuzelend weer door. Toen ze eenmaal uit zijn zicht was, moest ze zich inhouden niet hardop te lachen.

Wat is hij leuk! Ze had nog nooit eerder iets gevoeld voor een man die verlegen lachte. Misschien werd het tijd. Haar fantasie ging aan het werk. Ze huppelde bijna naar huis.

10

Nikki wachtte tot haar Senseo-apparaat – een tweedehandsje dat op Bo's kantoor had gestaan – klaar was en keek ondertussen de tuin in. De jungle rukte op, precies zoals ze een tijdje geleden had voorspeld. Het was de laatste tijd erg mooi weer geweest, met af en toe een heftige plensbui, ideaal voor een oerwoud. Wilde roos, vlinderstruik, Chinees riet, lavatera, hortensia en allerlei andere planten die ze niet bij naam kende, schoten plotseling omhoog en opzij en vormden takken en stengels, bloemen en blaadjes alsof ze in een griezelfilm zaten en een of ander vreemd groeimiddeltje gekregen hadden. Nikki moest toegeven dat haar verwilderende tuin er nu nog leuk uitzag – zoals Polly zei: hij had een romantische, sprookjesachtige charme, een beetje als *De geheime tuin* van Frances H. Burnett. Ze vreesde echter het moment dat het oprukkend onkruid, gras en iets wat Bo piespotjes noemde, een snelgroeiende woekeraar met witte kelkjes en uitlopers door de hele tuin, de overhand zou krijgen.

'Deze jas kun je op internet zo verkopen,' doorbrak Sabina Nikki's gedachten. Nikki keek in haar richting en zag dat Sabina aan de zachte kraag voelde van een lange, wollen jaren zeventig jas die Nikki aan een knaapje aan de deur van de hal had gehangen, voornamelijk om hem uit de klauwen van Ping en Pong te houden. Overal slingerden kleren: op de eet- annex werktafel, de bank, de stoelen, de grond, en dan was er nog geen kwart uit de dozen die door het hele huis verspreid en opgestapeld stonden. Ze was eindelijk begonnen met het opruimen van haar garderobe. Die ochtend was ze Sabina bij het uitlaten van Pixie in het park tegengekomen (maar de man van de boot helaas niet), en had ze haar uitgenodigd voor een kop koffie. Sabina had meteen geaccepteerd. Nadat ze even naar haar eigen huis was gegaan om zich op te frissen – dat wilde zeggen: extra make-up aan te brengen – was ze langsgekomen met baby Dani in de kinderwagen. 'Drink je je koffie zwart?' vroeg Nikki. Sabina knikte en liep terug naar de bank waar Ping en Pong zich onmiddellijk weer tegen haar aan vleiden. De twee siamezen hadden meteen een grote liefde voor Sabina opgevat zodra ze was binnengekomen, om redenen die voor Nikki volstrekt duister waren, afgezien van het feit dat Sabina ongetwijfeld heel aardig was, maar dat was voor Ping en Pong tot nu toe nooit een belangrijk criterium geweest.

Nikki zette de twee kopjes koffie op het houten kratje dat nog steeds als bijzettafeltje diende en ging zelf in de grijsleren, versleten, maar nog zeer comfortabele draaistoel zitten, die ze uit de nalatenschap van Bibi's onlangs overleden opa had gekregen. Daarvoor moest ze eerst wel een stapeltje kleren opzijleggen.

'Grappig dat je dat zegt,' zei ze tegen Sabina. 'Ik ben toevallig bezig om mijn garderobe op te ruimen en uit te zoeken of er misschien spullen tussen zitten die ik zou kunnen verkopen. Ik heb geld te weinig en kleren te veel, zie je. Er zitten goede stukken tussen. Misschien kan ik wat verkopen aan die vintage- en tweedehands kledingwinkeltjes in de stad.'

'Dat moet je nooit doen. Dan krijg je er veel te weinig geld voor. Met zelf verkopen kun je veel meer verdienen,' zei Sabina in haar netjes uitgesproken Nederlands (ver-die-nen).

'Denk je echt?'

Sabina knikte en nam een slokje koffie. Haar gebaren waren net als haar taalgebruik: beheerst en voorzichtig.

'Maar ik heb helemaal geen idee hoe ik dat zou moeten aanpakken,' zei Nikki een beetje beteuterd. Wat kon ze toch eigenlijk weinig.

'Ik wel,' zei Sabina. Ze zat netjes rechtop, haar slanke benen over elkaar. Nikki zag dat ze heel kleine voeten had, misschien maar maat 35.

'Echt waar?' *Waarom klink ik zo verbaasd?* dacht Nikki. Dat Sabina Pools en geblondeerd is en kleine voeten heeft, wil nog niet zeggen dat ze niet handig is met computers.

'Ik verkoop al een jaar of twee heel goed via eBay en verdien zo een leuk zakcentje. Vroeger in Polen werkte ik als kapster, maar hier in Nederland is alles anders, diploma's en zo, en met twee kleine kinderen en mijn migraine is werken lastig. Zo verdien ik toch wat bij.'

'Wat verkoop je dan?' vroeg Nikki, toch nog steeds verrast.

'Heb je van Willy the Wonderbear gehoord?' Met een hand wiegde Sabina de kinderwagen waarin Dani begon te sputteren.

'Nee,' antwoordde Nikki. Willy the Wonderbear klonk niet als iets wat ze zou moeten of willen kennen, als ze eerlijk was.

'Je hebt natuurlijk geen kinderen,' zei Sabina, die opstond om een speentje in het mondje van Dani te duwen. 'En in Nederland is de serie wel op tv, maar niet zo populair als in Duitsland, Engeland of Japan.' Ze ging weer zitten nadat ze de achterkant van haar broek had gladgestreken met een gebaar dat vrouwen vroeger gebruikten en bedoeld was voor een rok. Nikki vroeg zich ondertussen af waar Willy the Wonderbear toe zou leiden.

'Willy the Wonderbear is een heel schattig beertje, een kleipoppetje uit een tv-serie. Hij is heel geliefd bij kinderen én ouders. Daarom kun je het beertje ook kopen als speelgoeddier, in allerlei soorten en maten. En er zijn ook spelletjes van, en tasjes, sokken, tekenblokjes, tandenborstels met opdruk, je kunt het zo gek niet bedenken.'

'Ja,' zei Nikki, 'merchandising, dat zal wel.'

'Hier doet het niet veel,' ging Sabina verder, 'maar in Duitsland of Japan, Oostenrijk en zelfs Australië, wil iedereen die spulletjes hebben. Dat heb ik voor het eerst gemerkt toen een nichtje van mij dat in Duitsland woont zo'n Willy the Wonderbear voor haar verjaardag vroeg. Het grappige is dat al die dingetjes in Polen gemaakt worden, in een fabriek in het stadje waar ik vandaan kom. Mijn zus werkt daar aan de lopende band. In Polen is Willy the

Wonderbear niet zo populair en ook niet zo duur. En mijn zus krijgt ook nog eens korting. Daarom nemen zij, mijn moeder en mijn broer wel eens wat Willies mee als ze bij mij komen logeren. Of ze sturen ze op. Ik verkoop ze dan op eBay voor soms wel vier of vijf keer zoveel als wat wij ervoor betalen. Ik krijg bestellingen tot in Australië en Japan aan toe.'

'Japan, echt waar?' Nikki wist niet wat ze hoorde. Ze vergat haar koffie op te drinken.

Sabina knikte. 'Ja, hoor. En zo heb ik in de afgelopen paar jaar al honderden beertjes en andere spulletjes verkocht. Misschien zou ik zelfs nog wel meer kunnen verkopen, maar daar heb ik geen tijd voor. En het moet ook leuk blijven. Het is voor erbij, een extratje. Ik wil niet allerlei verplichtingen en gedoe met de belastingen en zo. Maar ooit lijkt het me wel heel leuk om een echte webshop te beginnen, alleen dan met iets anders dan met die beertjes.'

'Ik ben heel erg onder de indruk,' zei Nikki, die moest toegeven dat ze dit nooit achter Sabina gezocht had. 'Lukt het je om dit te combineren met je twee kindjes?'

'Ik werk meestal 's avonds, als zij slapen. Ik heb er al heel veel van geleerd over hoe het werkt met administratie, betalen, verzenden, mooie foto's van de spulletjes maken. Het is nog een hele klus om alles bij te houden, zeker als je op één dag ineens tien bestellingen uit verschillende continenten krijgt. Met Kerstmis is het helemaal hectisch geweest. Je moet al die bestellingen natuurlijk wel netjes afhandelen en ook bijhouden hoeveel producten je nog hebt, nieuwe foto's plaatsen, dat soort dingen.' Sabina zag er ineens volwassen en minder popperig uit terwijl ze zo efficiënt over haar berenhandel sprak. Nikki was bijna een beetje jaloers op Sabina's doortastendheid en daadkracht, en dat als buitenlandse en met twee kleintjes... Maar Sabina was tegelijk zo aardig en bescheiden dat het onmogelijk was afgunstig te zijn. In plaats daarvan voelde Nikki bewondering.

Dani begon opnieuw te jammeren in haar wandelwagen.

'Ik moet zo naar huis,' zei Sabina, 'want ze moet een flesje en dat heb ik niet meegenomen.'

'Jammer,' zei Nikki oprecht. 'Wil je niet nog snel een tweede kopje koffie? Of zal ik anders even met jou mee lopen?' Ze had het gevoel dat ze helemaal nog niet waren uitgepraat.

'Ja, dat is goed,' zei Sabina blij. 'Kom maar met mij mee. Dan kan ik je op de computer laten zien wat ik doe. Ik denk namelijk echt dat ik jou misschien ook kan helpen. Jij hebt zo te zien verstand van mooie kleren' – ze keek om zich heen naar de dozen en rondslingerende kleding – 'en ik van internetverkoop. En als je toch iets weg wilt doen, dan moet je het zeker niet aan Nada of de Vintage Shop verkopen.'

Sabina stond op nadat ze met zachte maar besliste gebaren de steeds opdringeriger wordende Ping en Pong van haar schoot had geveegd.

'Kom, dan drinken we bij mij dat tweede kopje koffie.'

Nikki glimlachte, vroeg of Pixie ook mee mocht, trok haar slippers aan en volgde haar buurvrouw.

Twee uur later was Nikki terug in haar eigen huis, nog net op tijd om te lunchen en Pixie uit te laten voordat ze naar White Magic moest. Sabina had zich naar de peuterspeelzaal gehaast om Jessie op te halen. In haar overvolle huis – het had Nikki een beetje doen denken aan een kermiskraam – had Sabina eerst Dani verschoond en de fles gegeven, en koffie gezet, waarna ze achter de computer waren gedoken, die verscholen stond in een hoekje onder de trap, naast de hondenmand. Nikki was steeds enthousiaster geworden. Sabina had niet overdreven: haar wonderbeertjes zagen er prachtig uit op de foto's en ze had een professionele administratie opgezet. Ook had ze Nikki de dozen laten zien die in haar bijkeukentje, dat achter hun huis was aangebouwd, gepropt stonden: vol Willy the Wonderbeer. Nikki kon zich voorstellen dat ze op deze manier misschien ook leuke vintage kleding zou kunnen verkopen. Het was duidelijk dat Sabina er heel veel lol in had en graag zou willen uitbreiden met andere producten. Ze liet wel merken dat ze samen met Nikki het zou aandurven een webshop op te zetten. Het bleek dat ze in een mandje onder haar massief eiken salontafel al een hele stapel informatie over webshops en van de Kamer van Koophandel en Belastingdienst had verzameld.

'We zouden heel voorzichtig kunnen beginnen door eerst via Marktplaats bijvoorbeeld wat van je kleding te verkopen die je toch weg wilt doen. Kijken wat er gebeurt. Als je tenminste zeker weet dat je je kleding wilt verkopen. Ik wil je natuurlijk niets opdringen,' zei ze gauw.

'Nee, ik wil heel graag wat wegdoen. Die kleren horen toch bij mijn verleden, toen ik nog een rijke, onderhouden vrouw met niets te doen was.'

Sabina lachte onzeker, waarschijnlijk omdat ze Nikki's cynische toon niet helemaal kon plaatsen.

'Als het goed gaat en je vindt het leuk, zou je ook actief op zoek kunnen gaan naar mooie vintage kleding die we, met winst natuurlijk, kunnen doorverkopen. Volgens mij kun jij dat heel goed, als ik zo in je huis rondkijk.'

'Dat lijkt me heel leuk,' had Nikki geantwoord. 'Ik ben zelfs al op zoek, want behalve mijn zus hebben ook twee vriendinnen aan me gevraagd of ik voor hen kleren zou willen kopen als ik iets bijzonders tegenkom.' Nadat ze Bo op een verjaardagsfeestje in de mooie jurk hadden gezien die Nikki haar had aangepraat hadden Polly en Bibi inderdaad gevraagd of Nikki ook niet voor hen af en toe iets leuks kon opscharrelen. Nikki had een beetje het gevoel gehad dat ze dat hadden gedaan om haar zelfvertrouwen op te vijzelen, maar ze was vast van plan om echt wat mooie dingen voor hen te vinden. Alleen toen Roland zich ook had willen aanmelden voor haar diensten, had ze beslist nee gezegd. Voorlopig deed ze geen mannen.

Nog een beetje opgewonden van haar ochtend met Sabina stond Nikki in haar open keuken twee boterhammen te smeren. Ze was behoorlijk opgewekt de laatste tijd. De donkere nachten waren kort, het was steeds langer licht en dit hielp bij het overwinnen van haar angsten. Ze sliep iets beter nu het om haar huis heen leek te bruisen van leven: tot 's avonds laat kwetterden de vogels op zoek naar voedsel voor hun jongen en al heel vroeg in de ochtend hoorde ze de kippen kakelen bij Ruud en Carry, meeuwen schreeuwen en de eerste honden die werden uitgelaten, blaffen. In plaats van haar uit haar slaap houden, wiegden die alledaagse, veilige geluiden haar in een rustige, ontspannen toestand. Ze had al zeker een week geen trommels meer gehoord.

Ook bleef ze weg bij alles wat haar fantasie te veel prikkelde. Ze keek geen enge films of *Opsporing verzocht*, liet al te spannende boeken liggen, luisterde op de van Roland geleende iPod liever naar Lady Gaga of Take That dan naar The Cure of Radiohead, en had de cursusruimte van tante Jacques met het gordijn simpelweg niet meer betreden. Bo spoorde haar nog steeds aan haar angsten met tante Jacques te bespreken, maar daar had ze zich nog niet toe kunnen zetten. Ze vond tante Jacques steeds aardiger en wilde haar eigenlijk niet teleurstellen door over dit soort onzin te beginnen. Straks dacht tante Jacques nog dat Nikki haar van hekserij en duistere praktijken beschuldigde, en dan had ze trouwens nog gelijk ook. Hoezeer Nikki zich er ook tegen verzette, ze merkte dat ze zich ging hechten aan haar tante, die altijd zo belangstellend, lief en ook nog eens heel wijs was.

Het was Nikki opgevallen dat er nogal wat mensen waren, klanten, vrienden, cursisten, die tante Jacques om advies kwamen vragen als ze tobden met relaties, werk of het leven in het algemeen. Zelf had Nikki, hoewel ze dit helemaal niet van plan was geweest, tante Jacques al het een en ander over Raymond en Tatjana verteld en hoe moeilijk ze het vond om op eigen benen te staan. Zoals gewoonlijk was tante Jacques lief en begripvol geweest en had ze Nikki aangeraden vooral de tijd te nemen, geen haast te hebben. 'Laat het leven maar even stilstaan,' had ze gezegd. 'Je hoeft niet voortdurend hard vooruit. Soms heb je even pauze nodig. Een mens kan onmogelijk altijd tevreden en gelukkig zijn. Berust in je verdriet en angsten.' Nikki had zich meteen iets rustiger gevoeld door deze woorden, al was ze wel een beetje kwaad op zichzelf dat ze tante Jacques zo dicht bij liet komen. Ze was absoluut niet op zoek naar de moeder die ze nooit echt had gehad.

Achter het aanrecht nam ze een grote hap van haar boterham met leverworst en stopte ze Pixie ook iets toe. De ochtend met Sabina was zo leuk en inspirerend geweest dat ze bijna zin had in de middag en koopavond bij White Magic. Als ze eerlijk was, vond ze de winkel niet zo vreselijk meer. Soms was het werk zelfs leuk, als er mooie spullen binnenkwamen, er aardige klanten waren en als ze een goede verkoop deed. Ze wist steeds meer van het assortiment en vond het, net als vroeger in de kledingwinkels, fijn om mensen te helpen iets goeds uit te zoeken. Ook genoot ze wel van het helpen inrichten van de winkel en stiekem had ze al ideeën over hoe de indeling beter zou kunnen of over veranderingen in het aanbod, maar deze had ze nog niet durven delen met tante Jacques.

Ze was net bezig met één hand een laars aan te trekken, terwijl ze in de andere nog een broodje kaas hield, toen de bel ging. Gehaast maar goedgehumeurd hinkte ze naar de voordeur. Ze verwachtte niet anders dan een collectant die ze een euro zou geven, of een Jehova's getuige die ze vriendelijk doch beslist zou wegwuiven.

Het was Raymond.

Zijn verschijning, in een hip pak, op dure schoenen, het haar gestileerd en naar achteren gekamd, trof haar even hard als een plotselinge stomp in de maag.

Hij stond met zijn handen in zijn zakken om zich heen te kijken, zich zogenaamd niet bewust van het feit dat hij net had aangebeld en moest wachten tot Nikki opendeed. Raymond haatte wachten op wie of wat dan ook.

'Ik kom in vrede,' zei hij weinig overtuigend.

Nikki had zin om de deur in zijn gezicht dicht te slaan, iets wat ze zelfs bij jehova's of vervelende colporteurs niet deed, maar ze hield zich in, omdat ze zich toch afvroeg waarom Raymond hier voor haar stond. Ze onderdrukte dus de opwelling en gebruikte de kracht ervan om zich enigszins te herstellen van haar schrik. Ze haalde diep adem, richtte zich op en leunde, armen over elkaar, afwachtend tegen de deurpost.

Kennelijk besefte Raymond dat hij iets vriendelijker moest zijn, wilde hij door haar afweer heen breken. Hij haalde zijn handen uit zijn zakken, fladderde wat onbeholpen met ze rond en trok aan zijn manchetten. Hij leek haast wel onzeker, dacht Nikki.

'Nee, echt, ik kom mijn excuses maken voor hoe ik de laatste keer dat we elkaar zagen tegen je deed. Ik was niet op mijn best.'

'Ja?' zei Nikki afwachtend.

Raymond stak zijn handen maar weer in zijn zakken en tikte met de neus van zijn dure schoen tegen een pot met viooltjes die in Nikki's portiek stond.

'Ik weet niet wat me bezielde,' zei hij naar de grond kijkend. 'Ik heb het recht niet om je zo te behandelen na al die jaren die we hebben samengewoond. Jij bent altijd goed voor mij geweest. En ik heb me als een rotzak gedragen.'

Nikki ging nog iets rechterop staan en voelde dat haar longen weer meer ruimte kregen voor zuurstof. Dit was wel interessant.

Raymond bleef schutterig naar beneden kijken en haar blik ontwijken.

'Ik denk dat ik een beetje in paniek raakte van de gedachte dat we zo dicht bij elkaar zouden wonen. Ik wist gewoon dat Tatjana dat niet leuk zou vinden. En nu vertelde ze me laatst dat ze jou was tegengekomen in een winkeltje waar je blijkbaar werkt en wat ze daar tegen je gezegd heeft. Dat vond ik toch iets te ver gaan allemaal. Ze kan soms een behoorlijk kreng zijn.'

Nikki voelde lachstuipjes uit haar buik omhoogkruipen. Raymond die Tatjana een kreng noemde, dat klonk als een goede grap. Met moeite hield ze haar gezicht in de plooi.

'Ik herinnerde me de goede tijden die wij gehad hebben, al die leuke vakanties en gezellige etentjes, ons mooie huis.' Raymond kwam een stapje dichter bij haar staan en begon zachter te praten. 'Ik weet dat ik het niet meer goed met je kan maken. Ik heb je tenslotte in de steek gelaten voor een andere vrouw, daar kan ik niets meer aan doen. Maar toch heb ik de behoefte om de lucht tussen ons te klaren, om me te verontschuldigen. Zodat als we elkaar in de toekomst nog eens tegenkomen, we dan gewoon gedag kunnen zeggen en ons niet ongemakkelijk voelen. We wonen tenslotte vlak bij elkaar.' Raymond leunde inmiddels tegen het zijraam in de portiek en stond zodoende nog maar een halve meter van Nikki vandaan. Hij aarzelde even, stak toen zijn hand uit en trok zachtjes aan een krul. 'Leuk, je haar zo.'

'Hm,' mompelde Nikki vaag. De geur van Raymonds aftershave herinnerde haar eraan hoe ze vroeger samen op hun kingsize bed hadden gelegen, tussen de dure lakens, als Raymond net onder de douche was geweest en schoon en fris naar zeep had geroken, hoe glad en zacht zijn huid was geweest als ze erover streek... Ze slikte met moeite. Wat was ze toch zwak. Het liefst had ze zich nu tegen zijn sterke lichaam aan gedrukt en zich verloren in zijn stevige omhelzing, om vervolgens te vergeten wat er allemaal tussen hen gebeurd was en zich door hem mee te laten nemen naar de bank, waar ze net als vroeger boven op hem zou zitten en ze zich langzaam uit zouden kleden en hij haar borsten zou pakken en zij haar hand bij hem naar beneden zou brengen...

'Mag ik misschien even binnenkomen?' vroeg Raymond. 'Ik ben benieuwd hoe je woont. Je hebt echt smaak als het op huizen inrichten aankomt.'

Nikki knipperde een paar keer met haar ogen. Ze was een beetje duizelig. Haar lichaam zeurde om aandacht. Het was gewoon te lang geleden dat ze met iemand gevreeën had.

'Eh, goed, kom maar even binnen,' zei ze, te afgeleid door haar fantasie om goed na te denken. Ze liep voor hem uit naar de huiskamer. Pixie schoot onmiddellijk in haar mandje zodra ze Raymond zag. Ping en Pong kwamen aangerend en begonnen terstond aan een uitgebreide paringsdans met zijn benen. Raymond pakte een van de poezen op en keek om zich heen.

'Wat leuk,' zei hij. 'Dat heb je knap gedaan. Ongelofelijk hoe je met weinig middelen een huis toch zo gezellig en smaakvol kan inrichten.'

Nikki bekeek haar huiskamer met frisse blik en vond dat het er inderdaad leuk uitzag, hoewel Raymond ook een beetje overdreef. Haar ogen bleven rusten op de bank, die ze via Roland bemachtigd had. Even zag ze voor zich hoe Raymond en zij daar naakt zouden doen wat ze een jaar of tien toch meestal met veel plezier gedaan hadden. Ze vroeg zich af wat ze zou doen als Raymond haar nu plotseling beet zou pakken en zichzelf zou aanbieden. Ze vreesde dat ze hem niet zou weerstaan, hoewel ze bij voorbaat al wist dat ze na de daad direct spijt zou hebben. Hij bleef een bedrieger en hij zou Tatjana heus niet verlaten.

Ongevraagd ging Raymond op de bank zitten. Nikki bleef voor de zekerheid staan. Ze hoopte maar dat hij niet ging zeuren over de dozen met kleren die ook nog her en der stonden. Hij had immers ooit voor al die spullen betaald.

'Ik meende het, Nikki, toen ik net zei dat ik mijn excuses wil aanbieden. Ik was redelijk onbeschoft die laatste keer dat wij elkaar zagen.'

'Tatjana kan er ook wat van. Ze bedreigde me zowat in White Magic.'

Raymond knikte en keek naar buiten, naar de Springplank.

'Is dat de enige reden waarom je hier nu bent? Om je excuses te maken?' vroeg Nikki.

'Ja. En om je nogmaals te vragen of je wilt overwegen om te verhuizen.'

'O.'

'Het is voor ieders bestwil. Tatjana is heel erg ontstemd over het feit dat jij hier blijkt te wonen en ik wil je waarschuwen: ze is geen katje om zonder handschoenen aan te pakken.'

'Wat bedoel je daarmee?' vroeg Nikki.

'Niets. Ik weet het niet. Alleen dat ik het liever gezellig hou, als het even kan.'

'Aan mij zal het niet liggen.'

'Nee, waarschijnlijk niet. Maar luister eens: voor jou zou het toch ook veel fijner zijn om ergens anders te wonen? Dit is toch geen huis voor jou? Je bent zoveel beter gewend.'

Nikki lachte schamper. 'Zelfs als ik dat zou willen, kan ik hier toch niet zomaar weg? Wat denk jij nou? Dat ik onlangs de jackpot heb gewonnen of zo? Je hebt me op straat gezet, met niets.

Ik werk parttime in een winkel. Ik blijf hier voorlopig echt wel wonen, tenzij ik alsnog iets begin met die miljonair die me al een tijdje probeert te versieren.'

Raymond keek haar even hoopvol aan.

'Grapje.'

'Oké.' Hij wreef over zijn gezicht en ging staan. Hij trok aan zijn boordje. 'Heb je misschien een glaasje water? Het is warm.'

Nikki liep naar de keuken. Terwijl ze water tapte, bekroop haar een onbestemd akelig gevoel.

Raymond stond met zijn handen in zijn broekzakken naar een aantal familiefoto's te kijken, die Nikki aan de muur had gehangen. Hij pakte het glas aan en dronk het in een teug leeg.

'Ik moet gaan,' zei hij. Hij haalde zijn Blackberry uit zijn zak en keek snel op het scherm. Voor Nikki uit liep hij naar de voordeur. Daar gaf hij haar een vluchtige kus op haar wang. 'Het was leuk om je te zien. Ik ben blij dat de lucht geklaard is.'

Nikki stond na zijn vertrek een paar seconden roerloos in het midden van de gang. Allerlei verwarrende gedachten besprongen haar. Wat was hier nu eigenlijk gebeurd? Had Raymond zich echt schuldig gevoeld? Begon hij genoeg van *Miss Perfect* te krijgen? Of was er iets heel anders gaande? Nikki had een nare bijsmaak overgehouden aan zijn bezoek. Het enige wat ze zeker wist was dat het nog steeds kriebelde in haar onderbuik. Seks met je ex, wat zouden Bo en tante Jacques daar wel niet van zeggen?

103

11

Het zwartfluwelen gordijn wapperde heftig door een wind die Nikki niet voelde. Het was verder volledig stil in de schemerige ruimte. Ze wist niet hoe laat het was. Ze had het koud. Met bonzend hart keek ze naar het gordijn. Het trok haar aan en stootte haar af. Ze voelde weer angst. Ook al wilde ze liever niet, ze moest naar dat wapperende gordijn lopen. Toen ze dichterbij kwam, zag ze een glimp van de houten wenteltrap die omhoogging achter het gordijn. Ze slikte in een poging de brok in haar keel weg te krijgen. Hoewel de angst haar van top tot teen deed verstijven en ze de zweetdruppels langs haar rug voelde lopen, wist ze met grote inspanning haar hand uit te strekken en het gordijn opzij te duwen. Met trage bewegingen, alsof ze onder water was, zette ze haar voet op de onderste trede en daarna de andere voet op de volgende. Zo klom ze omhoog, met haar handen steun zoekend tegen de eeuwenoude, ruwe bakstenen muur. Het was onnatuurlijk stil. Behalve het suizen van haar eigen bloed hoorde ze verder niets. Geen wind, geen vogels die op de nok van het dak zaten, geen gekraak van de houten trap.

Bezweet kwam ze boven aan. Ze wilde om zich heen kijken, maar kon haar ogen niet goed focussen en bovendien was het vrijwel donker. Er was slechts één lichtbron. Ze keek naar het licht en zag toen dat het afkomstig was van een toorts, die werd vastgehouden door een man.

Raymond. Hij droeg een klein zwart maskertje, maar ze herkende hem meteen. Afgezien van het masker was hij naakt.

De angst werd nu minder heftig. Ze voelde zich sloom, alsof ze een sterk kalmerend middel had gekregen dat haar angst onderdrukte. Het gevoel was er nog wel, maar was ver weg, als de zee die zich bij eb uit een baai terugtrekt om die bij vloed weer met volle kracht te overspoelen.

Raymond zette de toorts in een houder en stak zijn beide armen naar haar uit. Ongewild legde ze haar handen in de zijne en liet ze zich meevoeren naar iets wat leek op een groot marmeren altaar.

Hoe hebben ze dat ding ooit op zolder gekregen? dacht ze ineens en plotseling had ze zin om Raymond uit te lachen en hem te zeggen dat hij normaal moest doen. Wat was dit voor poppenkast? Net op dat moment spoelde een verse golf angst over haar heen en verslapte ze in zijn greep. Hij tilde haar op als een lappenpop en legde haar op haar rug op het altaar. Ze keek naar omlaag en besefte plotseling dat zij ook naakt was. Ze staarde naar Raymond die voor het altaar stond. Hij deed een stap naar voren. Een rilling trok door haar lijf. Ze wist niet wat groter was: haar verlangen of haar angst.

Maar Raymond keek niet naar haar; hij keek opzij. Daar stond nog een figuur. Het was een vrouw. Ze droeg een lang, donker gewaad en had een masker op dat haar hele gezicht bedekte. Door het perfect steile, zwarte haar dat over de schouders van de vrouw golfde, wist Nikki onmiddellijk dat het Tatjana was. Tot Nikki's ontzetting haalde Tatjana met plechtige gebaren een voorwerp uit de plooien van haar gewaad.

Een dolk.

Nikki wilde gillen, maar kon geen geluid uitbrengen.

Nikki bleef bijna aan kwartier lang verstijfd van angst in haar bed liggen. Het leek haar onvoorstelbaar dat haar hart dit gebons zou overleven. Onder zich voelde ze dat het matras nat was van haar zweet. Ze haalde gejaagd adem en durfde zich niet te verroeren. Met haar ogen verkende ze haar omgeving, probeerde ze zich te oriënteren. Ze was in haar eigen slaapkamer. Er was niemand, behalve Pixie die zwaar boven op haar voeten lag. Wat had ze net gedroomd? Ze wilde het onthouden, maar bij de herinnering sloeg

105

de angst weer toe. Ze hapte naar adem en probeerde aan heel gewone dingen te denken: aan Pixie, aan speculaasjes met boter, zuurkool met worst, cola-tic in De Tempelier. Eindelijk kon ze zich bewegen en strekte ze haar arm uit om de schemerlamp op haar nachtkastje aan te knippen. Pixie sprong van het bed, geergerd dat zijn vrouwtje weer eens midden in de nacht het licht aandeed, en ging eronder liggen. Nikki probeerde nogmaals aan de droom te denken, omdat ze het gevoel had dat hij belangrijk was, maar ze kreeg het weer zo benauwd dat ze besloot dat ze dat beter uit kon stellen tot de ochtend. Ze luisterde gespannen of ze trommels hoorde. Het was heel stil. Onnatuurlijk stil?

Met een resolute zwaai van haar benen stapte ze uit bed en ging naar beneden om een kop thee te zetten. Ze was bijna blij toen Ping en Pong haar hooghartig aankeken vanaf de bank. Met een kop thee en een oude *Jan, Jans en de kinderen* die ze laatst in een doos had gevonden, ging ze terug naar bed. Toen het rond vier uur licht werd, viel ze weer in slaap.

'Je ziet er slecht uit,' zei tante Jacques. 'Je hebt kringen onder je ogen. Slaap je wel goed?' Ze kwam met twee grote mokken koffie met warme melk uit het keukentje. Nikki keek op van het werk dat ze met liefde aan het doen was omdat je er ook half bij kon slapen: het afstoffen van de kristallen en de boeddhabeeldjes.

'Ik slaap inderdaad nogal slecht,' antwoordde ze. Ze had geen zin om het te ontkennen of eromheen te draaien.

'Dat is vervelend,' zei tante Jacques. 'Kom even op de bank zitten. Het is toch rustig.' Nu het zomerseizoen was begonnen, was het vaak erg druk in de winkel. Toeristen, dagjesmensen, maar ook de inwoners van de stad zelf flaneerden over straat om leuke, interessante of mooie dingen te kopen. Vanochtend hing er echter een dichte mist tussen de huizen, in de steegjes en op de pleinen – wat niet hielp tegen Nikki's hoofd vol watten – en bleven zelfs de vaste klanten weg.

Nikki ging op de zachte bank bij het raam zitten en nam de beker koffie dankbaar aan. Tante Jacques ging naast haar zitten, schopte haar leren slippers uit en trok haar benen onder zich. Ze zag er jong en slank uit in een strak oranje T-shirt en een donkere harembroek. Haar sieraden, vandaag een brede gouden armband, een halsketting met barnstenen hanger en gouden oorhangers, koos ze altijd uit haar eigen winkelcollectie en waren opvallend en elegant. Ze zag er met haar vuurrode haar in een paardenstaart uit als een koningin uit een sprookje of een priesteres uit de Oudheid. Nikki strekte haar benen voor zich uit en bekeek met enige gêne het ensemble dat zij die ochtend vermoeid en in de haast bij elkaar had gesprokkeld: een vale spijkerbroek met wijde pijpen en een grijs T-shirt met als opdruk de naam en een afbeelding van Depeche Mode. Vroeger had ze er nooit zo onverzorgd uitgezien, want dat was haar meteen op commentaar van Raymond komen te staan. Een seconde dacht ze terug aan zijn onverwachte bezoekje en voelde ze de rillingen over haar rug lopen.

Tante Jacques roerde in haar koffie. 'Waarom slaap je zo slecht?'

Nikki haalde haar schouders op. Ze had weinig zin om erover te praten. Moe als ze was, zat ze liever wat voor zich uit te staren. Bovendien schaamde ze zich een beetje voor haar angstgevoelens.

'Nou?' drong tante Jacques aan. 'Kom je moeilijk in slaap? Of schrik je midden in de nacht wakker en kun je dan de slaap niet meer vatten? Lig je te piekeren? Misschien eet je wel verkeerd en heb je een ander leefpatroon nodig, met bijvoorbeeld meer beweging.'

Nikki dacht na hoe ze zou uitleggen waarom ze slecht sliep. Ze voelde hoe tante Jacques naar haar keek.

'Of misschien voel je je soms niet op je gemak in je nieuwe huis. Je bent er vast nog niet aan gewend om alleen te zijn.'

Zoals gewoonlijk wist tante Jacques met haar wijsheid de pijnpunten precies te vinden. Nikki voelde de tranen prikken.

'Hé,' zei tante Jacques met een klopje op Nikki's knie. 'Het komt allemaal wel goed.'

'Je weet nog niet eens wat er aan de hand is,' zei Nikki met dikke stem. Tegelijk moest ze een beetje schamper lachen.

'Ik heb genoeg meegemaakt en gezien om te weten dat bijna alles weer voorbijgaat en goedkomt.'

Nikki keek even in de bruine ogen van haar tante – precies de kleur van haar barnstenen hanger – en geloofde haar.

'Ik ben bang. Ik geloof dat dat het probleem is. Soms al bij het naar bed gaan, maar meestal word ik 's nachts wakker en dan slaat de angst toe. Daarna kan ik niet meer slapen.'

'Waar ben je bang voor?' vroeg tante Jacques zachtjes en zonder de toon van lichte ergernis en ongeloof die altijd had doorgeklonken in de stem van Nikki's moeder, die weinig tijd had voor de problemen van haar dochters en hen graag dapper zag.

'Ik weet het niet precies. Voor inbrekers, verkrachters, moordenaars. Voor spoken en geesten. Voor het alleen zijn, voor eenzaamheid. Voor mezelf. Voor mislukken en alleen en arm blijven.'

'Dat is een heleboel om bang voor te zijn,' zei tante Jacques met een lieve glimlach die Nikki aanmoedigde verder te praten.

'Ik ben ook bang voor heksen en magie, en voor de trommels in het park. En ik ben zelfs bang voor het fluwelen gordijn dat in jouw cursusruimte de trap naar boven afsluit, omdat het zo griezelig kan wapperen en je nooit iets over een zolder hebt gezegd.' Zodra ze dat laatste eruit had geflapt, had ze meteen spijt.

'O ja?' Tante Jacques klonk geïnteresseerd, maar niet erg verbaasd.

'Hmm.' Nikki staarde naar de ongelakte teennagels in haar slippers. Ook al zo onverzorgd.

'Je bent toch niet bang voor mij?' vroeg tante Jacques. Ze leek bezorgd te zijn, niet boos.

'Nee,' zei Nikki, hoewel ze tante Jacques wel degelijk verdacht van vreemde praktijken, maar dat hield ze voor zich. 'Maar ik ben soms wel bang voor Raymond en Tatjana.'

'Dat laatste lijkt me volkomen terecht,' zei tante Jacques ernstig. 'Ik wil je niet bang maken, maar voor Tatjana kan ik je alleen maar waarschuwen. Als het even kan, zou ik haar liever uit de weg gaan. Als ze nog eens terugkomt in de winkel, zal ik haar wel helpen.'

'Ik heb over haar gedroomd,' zei Nikki langzaam. Terwijl ze naar haar tenen bleef kijken en de kouder wordende koffiemok omklemde, vertelde ze van haar droom van de afgelopen nacht, waarbij ze het feit dat zowel zijzelf als Raymond naakt was geweest maar even achterwege liet.

'Dat is toch een stomme droom?' schamperde ze aan het einde van haar verhaal. 'Belachelijk, nietwaar?' Ze keek naar haar tante. Tante Jacques was achterovergezakt in de kussens en staarde peinzend voor zich uit.

'Dromen zijn niet stom,' zei ze. Een diepe fronsrimpel verscheen tussen haar wenkbrauwen. 'Ze kunnen grappig of absurd zijn, maar niet stom. Deze droom is dat zeker niet. Ik zal er even over moeten nadenken voordat ik hem aan je kan uitleggen, maar dat hij een waarschuwing voor je bevat, lijkt me duidelijk. Blijf zoveel mogelijk bij Tatjana uit de buurt. Het is vervelend dat jullie vlak bij elkaar wonen. Kom je haar vaak tegen?'

'Tot nu toe nog nooit,' antwoordde Nikki, opgelucht dat tante Jacques haar zo serieus nam. 'Maar Raymond stond laatst wel voor de deur.' Ze vertelde over zijn bezoek.

Tante Jacques wreef over haar gezicht. 'Misschien was hij gewoon nieuwsgierig. Maar als hij nog een keer komt, zou ik hem niet weer binnenlaten als ik jou was. En hou me op de hoogte als je hem of Tatjana nog een keer tegenkomt.'

Nikki knikte en zette haar lege mok op de grond. Ze voelde zich al iets beter nu ze met haar tante gepraat had, ook al had ze haar niet gerust kunnen stellen.

'Luister, Nikki.' Tante Jacques pakte haar hand. 'Er lopen een aantal zaken door elkaar. Aan de ene kant heb je de normale angsten van een jong iemand die voor het eerst helemaal alleen op eigen benen staat. Het ís ook eng om in je eentje te wonen, zonder direct iemand in de buurt te hebben om op terug te vallen, of dat nou financieel of emotioneel is. Natuurlijk ben je bang voor inbrekers en voor eenzaamheid en armoede. Daar zijn we allemaal wel eens bang voor, ook als we al ouder zijn en misschien niet eens alleen wonen. Aan die angsten kun je alleen zelf iets doen, met steun van je zus, van mij en van je vrienden. Voor een deel zullen ze ook vanzelf overgaan. Je went aan het alleen wonen en zult steeds sterker worden. Ik vind dat je al enorm gegroeid bent de laatste tijd.

Ooit zul je het misschien zelfs wel fijn gaan vinden om alleen te wonen en eigen baas te zijn. Maar er spelen hier ook andere dingen.'

Tot Nikki's verbazing stond haar tante op en deed ze de knip op de winkeldeur, waarna ze het bordje met OPEN omdraaide naar GESLOTEN. Even keek Nikki naar buiten of daar iemand was, maar de mist kleefde nog steeds zo dicht tegen de ramen dat ze nauwelijks iets zag.

'Je droom is een serieuze waarschuwing van je geest. Er zijn krachten in het spel waar je voor moet oppassen. Je hoeft niet bang te zijn voor geesten; die kunnen je niet raken. Maar mensen, dat is een heel ander verhaal. Voor mensen die energieën verkeerd gebruiken of aanwenden voor hun eigen voordeel moet je wel degelijk waken. Ik heb sterk de indruk dat er in die zin wel iets "spookt" in jouw leven. Dat er iets of iemand zit te stoken.' Nikki's tante was opnieuw gaan zitten en keek haar ernstig aan. 'Ik mag niet kwaadspreken en ik durf nog niet met zekerheid te zeggen dat dat Tatjana is, maar ik zal voor je uitkijken, je in bescherming nemen. Dit betekent trouwens niet dat je bang voor haar hoeft te zijn. Angst is niet verkeerd; het is een waarschuwing, maar als het je verlamt, als je er niet meer van kunt slapen of eten dan heb je er niets meer aan. Wees op je hoede, dat is het belangrijkste. Je bent niet weerloos. En ik zal je helpen nog sterker te worden. Kom je gauw een keer bij me eten?'

Nikki knikte, onder de indruk van haar tantes ernstige betoog.

Tante Jacques stond op. 'En dan gaan we nu naar zolder.'

'Wat? Hoezo?' Nikki schrok op. Ze was blij dat ze zat en was helemaal niet geneigd tot enige actie. Liever had ze nog een kop koffie om bij te komen van de gedachte dat haar angsten niet geheel onterecht waren.

'Dan heb je na vandaag tenminste één angst minder.' Tante Jacques pakte Nikki weer bij de hand, trok haar omhoog van de bank en troonde haar mee door de winkel, naar de keuken, de trap op en naar de cursusruimte, waar ze stopte voor het gordijn.

Nog voor Nikki kon protesteren of bang kon worden, zag ze meteen dat het gordijn niet van zwart, maar van groen fluweel was en dat het kale plekken vertoonde. Het hing volledig stil, van wapperen in wat voor wind of tocht dan ook was dit keer geen sprake.

'Kom,' zei tante Jacques. Ze duwde het gordijn opzij en trok Nikki mee omhoog de wenteltrap op. Nikki moest steun zoeken bij de muur, zo'n vaart zette haar tante erachter. Anders dan in haar droom was de muur witgepleisterd en niet van eeuwenoude ruwe steen. Buiten adem belandde ze op de zolder en ze zag sterretjes van het haastig twee trappen oplopen, maar evengoed viel het haar meteen op dat ze zich in een prettig, ruim en licht vertrek bevond. Ze stonden direct onder de nok van het dak, waarin aan beide schuine kanten tuimelramen zaten. Op de vloer lagen houten planken en een groot, duur uitziend Perzisch tapijt met een ingewikkeld patroon. Nikki hoorde duiven koeren en scharrelen over de dakpannen. De zolder was gezellig ingericht. Op de grond lagen overal grote kussens en langs de lage muren stonden een heleboel gesloten kisten en kastjes en tafeltjes met serviesgoed, glazen, boeken en kaarsen. Er was werkelijk niets om bang voor te zijn, niets wat er ook maar een beetje verontrustend uitzag.

'Ik heb je de zolder nooit eerder laten zien, omdat daar geen aanleiding voor was. Misschien heb je gelijk en is het een beetje gek dat ik je zelfs nooit verteld heb dat er een zolderruimte is, maar daar steekt niets achter. Ik heb er helemaal niet bij stilgestaan dat jij niet wist dat er ook nog een tweede verdieping is, of dat je daar nieuwsgierig naar zou zijn. Eigenlijk ging ik er gewoon van uit dat je het vanzelf zou uitvinden. Ik heb je tenslotte nooit gezegd dat je hier niet mag komen.'

Nikki keek om zich heen en knikte alleen maar. Ze wist zelf nu ook geen goede verklaring te geven voor haar angstige fantasieën.

Tante Jacques glimlachte. 'Een groot marmeren altaar staat hier in elk geval niet. Ik gebruik deze ruimte voor opslag en voor bijeenkomsten waarvoor de cursusruimte hieronder of bij mij thuis minder geschikt is. Samenkomsten waarbij je een beetje praat, en misschien een klein ritueel doet.'

Nikki keek haar tante bij het woord 'ritueel' bedenkelijk aan. Ze moest weer denken aan wat ze gelezen had over covens.

Tante Jacques begon te lachen. 'Haal je niet van alles in je hoofd. Samen het glas heffen, Sinterklaas vieren of een kerstboom optuigen, dat zijn ook rituelen.'

'Ja, ja,' zei Nikki, en ze moest eveneens lachen.

Tante Jacques pakte Nikki's schouder vast. 'Zul je nu in elk geval voor deze ruimte geen angst meer hebben?'

'Nee,' zei Nikki, 'het is hier veel te gezellig. Je verwacht hier eerder een potje ganzenborden dan een menselijk offer op een marmeren altaar.'

'Ik nodig je nog wel eens uit voor een van mijn feestjes,' zei tante Jacques. 'Kom, dan gaan we nu naar beneden om de winkel weer te openen. Ik geloof zowaar dat de mist optrekt.' Inderdaad viel er een zonnestraal door een van de dakramen naar binnen. Waar het licht het Perzische tapijt raakte, vlamden de rode en gouden kleuren op. Onderweg naar beneden draaide tante Jacques zich halverwege de trap om en keek ze Nikki aan.

'Wat zag jij eigenlijk voor je toen ik het over een klein ritueel had? Een groep naakte mensen die bij volle maan een kip slacht om de ingewanden te bestuderen?'

'Eh, nee, ik weet het eigenlijk niet.' Nikki hield verder wijselijk haar mond.

12

De muziek was nog harder dan Nikki zich herinnerde. Het was misschien vijf jaar geleden sinds ze voor het laatst in een discotheek, of club of hoe ze deze nieuwe tent ook noemden, was geweest. Club 600 Pullman lag op het terrein aan de rand van de stad, dat de gemeente had bestemd voor druk, groots en lawaaierig amusement, naast de megabioscoop, een ijsbaan en een poppodium. De club bestond uit één grote ruimte, chic ingericht met aan de ene kant tafeltjes en stoeltjes, waar je kon drinken en in de vroege avond iets eten, aan de andere kant een loungegedeelte, diverse bars en in het midden een grote, houten dansvloer rond een klein podium, waarop de witte Mercedes 600 Pullman waarnaar de club was vernoemd stond te glimmen. John Lennon had ook zo'n model gehad, wist Roland, en Nikki vroeg zich af of je ook in dat ding zou mogen zitten om de autoscène uit *Titanic* na te spelen. Ze glimlachte om de gedachte en keek weer naar de dansvloer.

Een beetje ongemakkelijk stond ze aan de rand, leunend tegen de zijkant van de bar en speelde af en toe met het rietje van haar cocktail. Ze wenste dat ze nog rookte, want dan had ze zich gemakkelijker een houding kunnen geven, maar besefte ineens dat je hier toch helemaal niet meer mocht roken, behalve in de afgezonderde *smoker's lounge*. Ze keek achterom, waar Roland en Polly aan een tafeltje achter felgekleurde drankjes zaten. Ze zagen er zo mogelijk nog ongemakkelijker uit dan Nikki zich voelde. Polly friemelde aan haar knotjes en Roland zat er zo stijfjes bij dat het leek alsof hij op kantoor zat. Nikki voelde zich schuldig, want ze wist best dat Polly en Roland hier waren om haar een plezier te doen, ook al hadden ze heel hard geroepen dat ze dit voor zichzelf deden omdat ze nu eindelijk eens aan de man dan wel de vrouw moesten. Club 600 Pullman was echter duidelijk niet hun natuurlijke habitat: ze keken als twee ijsberen die in de tropen waren beland.

Polly zag dat Nikki naar haar en Roland omkeek en zwaaide. Nikki wuifde terug en aarzelde of ze weer bij hen zou gaan zitten. Maar net zomin als ze in deze club waren om Polly en Roland aan een partner te helpen (al zou dat een mooie bijkomstigheid zijn) waren ze hier om met z'n drieën als bange vogeltjes aan een tafeltje te blijven zitten, want dan zouden de inspanningen van Polly en Roland tevergeefs zijn. Het was namelijk hun bedoeling dat Nikki hier vanavond wél zou scoren en een man mee naar huis zou slepen. Dit was het gevolg van een avondje pasta met pesto eten bij Polly thuis, waar Nikki na twee glazen chianti aan Polly had gevraagd of ze nooit een man in haar leven miste en daarna meteen had verteld van Raymonds bezoek en de onverwachte gevoelens die hij in haar had opgeroepen. Polly had eerst gebloosd, vervolgens gelachen en Nikki de onderste la van haar kledingkast laten zien, waarin honderden boekjes uit de Bouquetreeks, ook de erotische varianten, netjes drie rijen dik waren opgeborgen.

'Je werkt in een boekhandel en dan lees je dít?' had Nikki geplaagd.

'Niet alleen maar!' had Polly snel geantwoord en ze had weer een kleur gekregen. Daarna had Nikki gauw een arm om haar heen geslagen en haar verzekerd dat ze alleen maar plaagde en dat de intelligentste vrouwen dat soort boekjes verslonden, naast natuurlijk de laatste dikke pil van A.F.Th. van der Heijden en het standaardwerk *Algemene kunstgeschiedenis*. Polly had onzeker gekeken en de aandacht van haarzelf afgeleid door plannen te smeden om Nikki aan een nieuwe man te helpen. En ondanks dat Nikki ferm had tegengestribbeld, waren ze hier nu vanavond.

Nikki keek weer naar de dansvloer, waar het nog tamelijk rustig was. Voornamelijk vriendinnengroepjes en een enkel stelletje stonden zich uit te leven op de zoveel beats per minuut. De meisjes hadden zich duidelijk wel mooier gemaakt voor het avondje uit, maar een groot deel had toch gewoon een spijkerbroek of -rokje aan, soms wel met hoge hakken of glimmend topje. Nikki vroeg zich af of ze niet te veel uit de toon viel in haar zwarte jurkje met spaghettibandjes en een kleine split. Een zwart jurkje was toch altijd goed, had ze gedacht, al was dit exemplaar bijzonder in de zin dat het weliswaar een tweedehandsje was, maar van een echte Franse ontwerper, afgedankt door een rijke dame die haar kleding nooit langer dan één seizoen droeg. Het was een cadeautje van Raymond geweest, voor een gelegenheid die ze zich nu niet meer kon herinneren. Onzeker duwde ze haar krullen in model. Ze had ze vanavond laten bijpunten door Polly, die altijd haar eigen haar knipte, iets waar ze vroeger niet over gepiekerd had – toen mocht alleen Henry van Henry's Hair in de Botersteeg aan haar lokken zitten, á negentig euro per keer.

Ze nam nog een slok van haar drankje en vroeg zich nogmaals af of ze terug zou gaan naar Polly en Roland. Vroeger had ze zich wel vermaakt in discotheken, vaak veel kleinere tenten dan deze en meestal samen met Bibi, voordat zij vergroeid was met Jeroen en haar kinderen. In de eerste jaren van hun relatie hadden Raymond en Nikki nog samen clubs bezocht in het weekend. Ze hield van dansen en zonder Raymond had ze er ook aardig op los geflirt. Daar had ze toen niet zo'n moeite mee gehad, misschien juist omdat er verder toch niets van kwam omdat ze Raymond al had.

Nu voelde ze zich echter alsof het haar eerste dag was op een nieuwe school. Ze kende niemand en had geen idee meer van de spelregels. Ze zoog een grote teug drank naar binnen door het rietje en kreeg weer behoefte aan een sigaret. Wat zou ze doen? Het opgeven en teruggaan naar Polly en Roland om samen met hen naar De Tempelier te gaan voor een gezellig avondje? Of dapper in haar eentje de dansvloer op stappen en er wat van maken? Ze staarde naar haar hoge zwarte laarzen met behoorlijke hak. Ze had ze eigenlijk niet moeten kopen, want ze waren ver boven budget, maar wat waren ze toch mooi. Nu ze naar haar schoenen keek, was het net of ook haar moed zich daarnaartoe verplaatste. Ze leek klaar voor de aftocht.

Toen ze weer opkeek stond er ineens een jongen vlak voor haar neus.

Wil je dansen? maakte ze op uit de bewegingen van zijn lippen. Daarbij gebaarde hij uitnodigend naar de dansvloer.

Ze knikte als vanzelf. Praten had toch weinig zin door de harde muziek. Meteen pakte hij vrijpostig haar hand en nam hij haar mee naar het midden van de vloer. Geschrokken volgde ze hem en besefte ze dat ze moest dansen. Met een wildvreemde man. Ze begon een beetje houterig, nog stijf door de spanning, maar algauw kwam ze in het ritme, zeker toen er af en toe bekendere wijsjes uit de jaren tachtig en negentig voorbijkwamen, overgoten met een hip sausje.

De jongen tegenover haar bewoog soepel. Hij zag er goed uit; slank en wat langer dan Nikki. Zijn haar was donker en kort, zijn ogen waren donkerblauw en stonden vriendelijk. Op zijn kin, onder zijn onderlip liep een klein streepje baard, iets wat Nikki altijd nogal belachelijk had gevonden, maar ze moest toegeven dat het hem goed stond. Verder zag hij er jong uit; zacht en schoon, nauwelijks oud genoeg om veel baardgroei te hebben. Met een beetje geluk was hij tweeëntwintig. Dat hij Nikki uitgenodigd had om te dansen gaf haar een kick en dat ze zeer waarschijnlijk ouder en hopelijk meer ervaren was, deed haar zelfvertrouwen groeien. Ze lachte naar hem en kwam een beetje dichterbij dansen. Hij deed hetzelfde en algauw draaiden ze uitdagend om elkaar heen. Net als vroeger vergat ze haar omgeving en ging ze op in de opwinding die door haar lichaam bruiste als belletjes in champagne. Na een paar liedjes gebaarde de jongen of ze iets wilde drinken. Enthousiast stemde Nikki toe. Aan de bar stonden ze dicht naast elkaar. De jongen boog zich iets voorover zodat Nikki hem kon verstaan – ze rook vaag de geur van aftershave of eau de toilette en mint van kauwgom, wat zou kunnen betekenen dat hij rookte.

'Ik ben Karst,' zei hij op zichzelf wijzend.

'Nikki,' zei Nikki luid.

Karst kwam nog iets dichterbij.

'Kom je hier wel vaker?'

Nikki voelde de warme lucht van zijn adem tegen haar oor.

'Nee, voor het eerst. Jij?'

'Ik ook.'

Praten viel niet mee door het lawaai van de muziek en daarom concentreerden ze zich een moment op hun drankjes. Plotseling voelde Nikki een hand op haar bovenarm, een kleine zachte hand, duidelijk niet van Karst, en toen ze opkeek, zag ze het wat zorgelijk lachende gezicht van Polly.

'Vind je het erg als Roland en ik naar De Tempelier gaan?' riep Polly in Nikki's oor.

Hoewel Nikki verhit was door het dansen, kreeg ze het ineens ijskoud. Ze wierp een blik over haar schouder in de richting van Roland die erbij zat alsof hij boven zijn biertje in slaap zou vallen. Ze was Polly en Roland helemaal vergeten, wat een trut was ze soms toch! Ze voelde zich heel gemeen dat ze er niet aan gedacht had Karst mee te nemen naar hun tafeltje. En waarom had ze Polly en Roland niet ook de dansvloer op gesleept?

'Weet je het zeker? Wil je niet nog even dansen?' schreeuwde ze in Polly's oor. Polly zag er slaperig uit en had blozende wangen, als een klein kind dat rozig is van vermoeidheid.

Polly schudde haar hoofd. 'Laat ons nu maar naar De Tempelier gaan voor een afzakkertje en dan naar huis. Jij vermaakt je verder wel. Daar kwamen we toch voor?'

Nu voelde Nikki zich nog lulliger, alsof ze een oude vrijster was die met enige moeite nog net aan de man gebracht kon worden: project geslaagd.

Ze slikte en knikte, want ze kon er verder ook niets tegen inbrengen. Polly kuste Nikki op de wangen, lachte vriendelijk naar Karst en blies nog een 'voorzichtig' en 'je moet me alles vertellen' in Nikki's oor, waarna ze terugliep naar Roland. Met spijt zag Nikki haar gaan: even wist ze heel zeker dat ze veel liever met haar vrienden naar De Tempelier ging dan dat ze hier bleef met een onbekende jongen met wie ze amper twee zinnen had gewisseld. Ze keek naar Karsts gezicht en bijna wou ze zeggen dat ze met Roland en Polly mee ging, maar zijn ogen twinkelden zo verwachtingsvol en hij gebaarde al weer naar de dansvloer, zodat ze zich maar overgaf aan de stroom der gebeurtenissen.

De volgende paar uur dansten ze samen en gingen ze meer en meer in elkaar op en raakten ze elkaar steeds vaker aan. Af en toe pauzeerden ze voor een drankje en dan zetten ze hun houterige, door de muziek bemoeilijkte conversatie voort. Om elkaar te kunnen verstaan moesten ze wel dichter bij elkaar komen en ook dat ging gepaard met aanrakingen. Nikki's lichaam tintelde en hoewel het warm en bedompt was in de discotheek had ze het gevoel alsof ze pure voorjaarslucht inademde: fris, sprankelend en vol verwachting.

Ergens ver na middernacht moest Nikki naar het toilet, waar ze niet al te nauwkeurig in de spiegel keek en zichzelf met oogpotloodje, kam en deostick enigszins fatsoeneerde. Terug in het gedempte licht van de club zocht ze Karst op, die zoals afgesproken in het loungegedeelte stond. Alle banken waren bezet, vol pratende groepjes en vrijende stelletjes.

'Zullen we een frisse neus gaan halen?' vroeg Karst.

Nikki aarzelde. Betekende dit nog hetzelfde als vroeger: zoenen? Ze stemde toe en voelde Karsts hand tegen haar rug toen hij haar in de richting van de uitgang leidde. Buiten was het donker en koud, wat enigszins ontnuchterend werkte. Het was ook plotseling heel stil; het suizen in Nikki's oren werd alleen onderbroken door het zoeven van een enkele auto op de snelweg niet ver bij de club vandaan was. Ze liepen om het gebouw heen en aan de zijkant vonden ze een beschut plekje. Nikki leunde tegen de muur en voelde de bakstenen schuren tegen haar deels blote rug. Karst hing met zijn schouder tegen het gebouw.

'Woon je hier vlakbij?' vroeg hij.

'Ja, in de buurt van de haven.' Nikki vond hem er hier buiten, uit het clublicht en de harde muziek, zo mogelijk nog jonger uitzien. 'En jij?'

'Mijn ouders wonen in de Appelgaard, die nieuwbouwwijk, en ik logeer een paar weken bij hen. Ik studeer op het moment in Spanje, in Madrid. Nu heb ik vakantie.'

'O,' zei Nikki. Een student. 'Wat studeer je?'

Karst moest lachen. 'Spaans.'

'O ja.' Nikki lachte schaapachtig.

Karst streek door zijn korte haar. 'Wil je een sigaret?'

Ja, heel graag! wilde Nikki uitroepen, maar ze hield zich in. Als ze nu begon, zou ze weer helemaal opnieuw moeten stoppen en daar had ze toch geen zin in. Bovendien zag ze in haar gedachten Bo en ook tante Jacques teleurgesteld kijken. Dus schudde ze haar hoofd.

'Nee, ik ben gestopt.' Ze boog haar knie en zette de hak van haar laars tegen de muur. Ze had geen zakken en wist niet goed wat ze met haar handen moest doen.

'Misschien moet ik ook maar niet roken,' zei Karst, en hij duwde het pakje Marlboro dat hij bijna had gepakt terug in zijn broekzak. Plotseling boog hij zich voorover en gaf hij Nikki een korte kus op haar mond. Toen ze geen bezwaar maakte, leunde hij verder naar haar toe en gaf haar een langere zoen. Hij zoende lekker en als vanzelf sloeg Nikki haar armen om hem heen en trok ze hem dichter naar zich toe. Hij omklemde haar middel en na een tijdje gingen zijn handen voorzichtig op verkenning naar haar hals, rug en billen.

Nikki voelde de opwinding en het genot door zich heen trekken, alsof ze een of ander pilletje had geslikt, iets waar ze zich altijd verre van had gehouden. Wat voelde het lekker om iemand zo dicht bij je te hebben, een lichaam dat zich tegen je aan drukte, handen die je aanraakten, een warme mond – het was een soort natuurlijke drug.

Ze had zo wel de hele nacht door willen gaan. Ze had het niet koud meer; het briesje voelde nu als een streling. De maan gaf genoeg licht om elkaar net te kunnen zien en meer was niet nodig. Maar na enige tijd lieten ze elkaar toch even los om naar adem te happen.

'Ben je op de fiets?' vroeg Karst met schorre stem.

'Ja.'

'Zal ik je dan naar huis brengen?'

'Goed.' Dit leek weer op vroeger, toen ze zestien was en nog niets met Raymond had. Maar toen waren haar ouders thuis geweest en waren de jongens meestal niet verder gekomen dan de portiek. Wat zou er nu gebeuren als ze bij haar voordeur aankwamen? Ze besloot het moment zelf af te wachten.

Ze haalden haar leren jasje uit de garderobe – Karst had het kennelijk niet koud in enkel zijn witte overhemd – en ze liepen naar hun fietsen in de stalling.

Ze fietsten door de stille straten, langs de gesloten winkels. Slechts hier en daar hing een luidruchtig groepje jongeren voor een café of shoarmatent. Nu blies de wind weer hard en koud om Nikki's oren. Ze zeiden niet veel tegen elkaar. Karst vroeg wat Nikki deed, of ze werkte of studeerde. Nikki gaf kort antwoord en vertelde niets over haar moeilijkheden, haar recente werkloosheid of haar stukgelopen relatie. Op haar beurt vroeg ze aan Karst hoe lang hij in Spanje bleef – zeker een half jaar – en hoe hij daar woonde – in een studentenflat. Ze leken verder geen van beiden veel behoefte te hebben aan praten. Zwijgend kwamen ze bij Nikki's huis aan. Ze opende het tuinhekje en zette haar fiets tegen de zijmuur. Ze draaide zich om en zag Karst aarzelen.

'Kom je nog even binnen om iets te drinken? Koffie of zo?' hoorde ze zichzelf zeggen. Nu uit elkaar gaan, was ook zo kil. En hij zoende lekker.

Karst zette zijn fiets tegen de hare en volgde haar mee naar binnen. In het halletje trok ze haar jas uit en gooide die op de kapstok. Plotseling voelde ze zijn armen weer om zich heen en begonnen ze opnieuw te zoenen. Meteen voelde hij aan haar borsten en onder haar korte jurk. Nikki trok zijn overhemd omhoog uit zijn broek en streelde daaronder zijn gladde huid. Als in een dronkenmandans schuifelden ze zoenend door de kamer, waarbij ze steeds meer kledingstukken verloren. Nikki kreeg zin om te giechelen: waarom zag dit er in films, zelfs in comedy's, altijd zo eenvoudig en gepassioneerd uit en voelde zij zich nu daarentegen alsof ze met een wurgslang stond te worstelen om haar kleren uit te krijgen? Karst bleef echter erg serieus en al snel belandden ze in halfontklede staat op de bank. Ze zoenden verder en Karsts handen waren overal. In tegenstelling tot eerder op de avond kon Nikki zich nu niet verliezen in het gevoel, maar besprongen allerlei gedachten haar juist. Wat voor ondergoed had ze ook alweer aan? Vielen die drie putjes in haar dij zo niet op? Zou ze het licht aandoen? Moest ze misschien toch ook nog even vragen of hij wat te drinken wilde? En vooral: hoe ging het nu eigenlijk verder? Ineens had ze het idee dat ze in een film zonder scenario zat. Zouden ze naar boven gaan, naar haar bed? Zomaar hier op de bank boven op Karsts schoot gaan zitten, zoals ze laatst gefantaseerd had toen Raymond op bezoek was, durfde ze eigenlijk niet. Misschien zou hij dat wel te vrijmoedig vinden.

Al deze vragen in haar hoofd deden haar passie weinig goed. Ze kreeg het koud. Ondertussen wist Karst blijkbaar heel goed hoe het verder moest, want hij duwde haar zachtjes en al zoenend achterover en grabbelde ondertussen in een zak van zijn broek, die naast de bank op een hoopje lag, en haalde een condoom tevoorschijn. Misschien was dat ook wel het beste idee, dacht Nikki: geen oponthoud, anders ging het juiste moment voorbij. Als dat niet al het geval was voor haar. Haar verlangen leek sterk getemperd, maar nieuwsgierig was ze nog wel naar deze schone, zachte, lekker ruikende jongen. Ze misgunde hem zijn avontuurtje niet en hielp hem bij het omdoen van het condoom en het vinden van de juiste plek tussen haar benen.

Terwijl hij er werk van maakte, probeerde ze een prettige houding te vinden op de bank. Net toen ze het toch lekker begon te vinden en bedacht dat als hij nu ietsje langzamer zou gaan en zij haar benen wat meer… was het ineens voorbij. Hij hield haar stevig vast en hijgde. Was hij dan zo jong? Of was dit helemaal niet kort? Met Raymond had het haar hooguit wel eens te lang geduurd. Karst bleef haar nog een tijdje omhelzen, streelde haar haar en zoende haar nek. Daarna stond hij op en tastte rond naar zijn kleren.

'Ik hoop dat je het niet erg vindt dat ik niet blijf?' zei hij, terwijl hij zittend op het randje van de bank eerst zijn onderbroek en daarna zijn sokken aandeed. 'Ik moet over een paar uur alweer opstaan. Ik heb mijn nichtje beloofd dat ik kom kijken bij haar voetbalwedstrijd.'

'Nee, hoor,' antwoordde Nikki oprecht. Ze vroeg zich af of ze nu beledigd of teleurgesteld moest zijn, maar ze voelde vooral opluchting. Ze stond op van de bank en trok haar jurkje gauw weer aan. Zo zag ze er meteen al weer enigszins fatsoenlijk uit, ook al zwierf haar onderbroek ergens over de vloer.

Ze liep met Karst mee naar de voordeur.

'Hé, eh, misschien bel ik je nog wel een keer,' zei hij.

'Ja, joh, prima,' antwoordde Nikki. 'Je weet me te vinden.' Dat was niet waar, want ze had hem haar nummer niet gegeven. Karst vroeg er ook niet naar.

In de deuropening zoende hij haar ter afscheid. Nog steeds lekker. Daarna sprong hij energiek op zijn fiets, zwaaide nog een keer en verdween in de duisternis naast de Springplank.

Nikki deed de deur op slot en liep terug naar haar huiskamer, waar ze op de bank ging zitten. Ze was weer alleen in haar huis, maar ze vond het niet erg. Misschien had de angst voor het ongrijpbare door alle drukte van de afgelopen nacht nu geen vat op haar. Ze stond te veel in de werkelijkheid. Ze zuchtte en was blij met de rust om haar heen. Nu pas zag ze de drie paar ogen die haar vanuit de schemering aanstaarden: twee paar lichtgevend blauwe van Ping en Pong, die eersterangs op de leren fauteuil tegenover de bank zaten, en één paar donkere glimmertjes van Pixie in haar mandje.

'Wat?' vroeg ze aan haar diergaarde. 'Ik ben ook maar een mens. Jullie hebben makkelijk praten. Als jullie ergens behoefte aan hebben dan doen jullie het gewoon.' Ze masseerde haar voeten, die een beetje pijn deden van het dansen op haar hoge hakken en ontdekte haar ene laars vlak bij de deur naar de hal en de andere in de buurt van haar eet- en werktafel. Het was nog niet meegevallen om die een beetje elegant uit te krijgen.

Ze stond op en ging naar boven voor een hete douche. Daarna wikkelde ze zich in haar badjas. Ze voelde zich goed, lekker moe en ontspannen. Haar lichaam trilde aangenaam. Zou ze spijt moeten hebben dat ze Karst mee naar huis had genomen? Waarom eigenlijk? De hele ervaring was niet onaangenaam geweest, eerder een beetje... saai. Eigenlijk had ze aan zoenen alleen wel genoeg gehad. Ze liep de trap weer af en maakte een tosti in de koekenpan. Daarna ging ze met de tosti en een glas melk naar haar bed, gevolgd door Pixie. Toen ook Ping en Pong op het bed sprongen, wilde Nikki ze eerst wegjagen, maar uiteindelijk liet ze hen hun gang gaan. Ze at haar tosti en verdeelde stukjes ham onder alle aanwezigen.

13

Op Jutterseiland stonden nog drie oude, bouwvallige huisjes. Een beetje scheef en met scheuren in hun gevels leunden ze tegen elkaar aan, alsof ze beschutting bij elkaar probeerden te vinden tegen de ruwe wind en het woeste opspattende water waar ze bij slecht weer door belaagd werden. Jutterseiland was een landtong in het IJsselmeer, vlak bij de grashaven, waar het eeuwen geleden allemaal begonnen was; de oudste plek van de stad. In de late Middeleeuwen had zich daar een aantal vissers in hutjes gevestigd. Later pas waren de ambachtslieden en de kooplui gekomen en had het dorp zich ontwikkeld tot een stadje. Grote dure herenhuizen met klok- en trapgevels en kleine arbeiderswoninkjes waren verschenen, en recentelijk de nieuwbouwwijken, een toevluchtsoord voor Amsterdammers die de grote stad moe waren.

Er was veel veranderd, maar tot een jaar of tien geleden had op Jutterseiland nog altijd een aantal oude halfhouten krotjes gestaan, voornamelijk bewoond door een breed scala aan buitenbeentjes: kunstenaars, beroepsactivisten, bijstandsmoeders, boeddhisten, werkweigeraars; een vreemde mengelmoes van mensen die om de een of andere reden niet goed konden aarden in de rijtjeshuizen van de Wielewaal of de Zaagmolen. Jutterseiland was geliefd geweest om zijn feesten en samenkomsten waar rare dingen gebeurden: op dierendag richtte men banketten aan voor ezeltjes of honden, kunstwerken werden spontaan door bewoners en voorbijgangers in elkaar gezet en te water gelaten om de horizon tegemoet te drijven, men zette tipi's op voor rugzaktoeristen, tijdens midzomer werd er tot diep in de nacht gedronken en gezwommen en rond grote vuren gedanst, kinderen liepen tot na zonsondergang in hun blootje gillend en gierend over het strandje.

Jutterseiland had veel vrienden gekend, maar onder een groot deel van de plaatselijke bevolking, het zwijgende deel, hadden zich ook heel wat vijanden bevonden, mensen die de boel graag aan kant en op orde zagen en die zich ergerden aan de 'leven en laten leven'-mentaliteit van de 'Jutters' of de 'Eilanders'. Dit waren personen die iedereen aan het werk wilden hebben, de bezem erdoor wilden halen, de reinigingsdienst eroverheen en verkopen maar die dure grond. Mensen met macht.

Onder veel protest waren de huisjes een decennium geleden ge- sloopt om plaats te maken voor twee blokken met dure apparte- menten. De verkoop was moeizaam verlopen en nog altijd stond zeker een kwart van de appartementen te koop. De nieuwe be- woners konden niet tegen de storm die vaker dan vroeger tegen hun gevels leek te blazen en de spullen op hun balkons overhoop haalde. Het geluid van de gierende wind hield hen uit hun slaap en dan maakten ze zich zorgen of het water dat met ongelooflijk hoge golven tegen de kade sloeg niet binnendrong in hun par- keerkelders om daar hun mooie auto's te beschadigen. Auto's waarvan het alarm regelmatig zomaar afging, waardoor je weer uit je slaap werd gehaald en in je kamerjas naar beneden moest om het irritante geluid uit te zetten. Het was op Jutterseiland altijd zo vochtig dat het nieuwe behang simpelweg van de muren rolde en zelfs je dure horloge of laatste model bakfiets spontaan begon te roesten.

Om onduidelijke redenen waren er drie huisjes blijven staan, aan het einde van de landtong, daar waar een smal wandelpad langs gras en lage bomen doorliep tot aan de kleine vuurtoren. Misschien waren ze in het bestemmingsplan vergeten, of hadden de slopers ze over het hoofd gezien. Wellicht hadden de bouwers ze maar laten staan toen bleek dat het derde appartementenblok er toch nooit zou komen.

Toen tante Jacques haar had uitgenodigd om een keer op Jutterseiland te komen eten had Nikki aangenomen dat ze in een van deze drie huisjes woonde. Haar verbazing was dan ook groot toen bij aankomst bleek dat Jutterseiland 60 een hoekappartement was op de tweede en bovenste verdieping in het achterste pand op de landtong, daar waar de wind ongetwijfeld het hardst aan de bakstenen trok. Tante Jacques in een yuppenflat, wie had dat nu gedacht?

Nikki zette haar fiets tegen het lage muurtje dat de boulevard scheidde van de basaltblokken en het water en haalde Pixie uit het kratje dat ze onlangs boven haar voorwiel had laten plaatsen. Zo kon Pixie toch overal mee naartoe, nu Nikki geen auto meer had. Ze waren te vroeg, expres, met de bedoeling om Pixie nog even uit te laten op de landtong. Het hondje dartelde al vrolijk richting het gras en het wandelpad. Eerst kwamen ze nog langs de drie oude huisjes.

Nikki kende Jutterseiland van de verhalen, maar was er na haar vroege kindertijd zelden of nooit meer geweest. Raymond had overal liever een nette laag beton of asfalt overheen gestort gezien en elk sprietje onkruid laten verdelgen dan de alternatieve midzomernachtfeesten te bezoeken. Nieuwsgierig keek Nikki naar de drie oude huisjes die zich ingegraven leken te hebben tussen klimop en blauwe regen, wilde grassen, verwilderde rozenstruiken en bergen van de Nikki inmiddels bekende 'piespotjes'. Het laatste huisje werd bovendien bedreigd door een grote, scheefstaande kastanje die bijna tegen de gevel aanleunde. Woonden hier eigenlijk nog wel mensen? Nikki probeerde naar binnen te kijken, maar de ruiten waren donker en afgesloten met haveloze gordijnen. Niets bewoog. Een roestig naambordje – Marius Geluk – hing aan een deur. Plotseling vloog een kraai luid krassend op uit de kastanje, wat Nikki schrik en kippenvel bezorgde.

Snel liep ze door, het zanderige wandelpad op dat naar de kleine vuurtoren leidde. Vandaag was er niets te merken van storm en hoge golven. De zon scheen volop en er stond een klein, fris windje dat de temperatuur aangenaam maakte. Het water kabbelde vrolijk tegen de keien. Bijen en andere insecten zoemden tussen het hoge gras en de struiken. Een paar lage wilgen waren de laatste bomen die zich nog op het eind van deze landtong handhaafden. Op het puntje aangekomen ging ze op een grote steen zitten onder aan de vuurtoren. Eigenlijk was die niet meer dan een houten stellage met bovenin een grote lamp die in het donker ronddraaide en schepen de weg naar de haven wees. Pixie scharrelde tussen de stenen naar beestjes en maakte voorzichtig haar pootjes nat bij een plasje water dat zich in een ruimte tussen een aantal basaltblokken gevormd had.

Nikki genoot van de namiddagzon op haar gezicht en ontspande. Ze dacht terug aan Sabina, die vanochtend blij en opgewonden als een kind op Sinterklaasavond voor haar deur had gestaan en had geroepen: 'We hebben driehonderdvijfenzeventig euro gekregen voor die jas!' Nikki wist natuurlijk meteen welke ze bedoelde. Ze hadden een jurk, twee bloesjes, twee tassen en de jas, allemaal uit Nikki's eigen collectie, indertijd aangeschaft op Raymonds kosten, op internet gezet. De jas – een eenvoudig zwart manteltje met luipaardkraag, maar wel een echte Dolores Ray – was als eerste verkocht, voor veel meer geld dan Nikki verwacht had en zeker veel meer dan ze ervoor betaald had. Ze had het destijds namelijk voor niets overgenomen van een vriendin van Raymonds zus. Vrijwel iedereen in Raymonds familie en kennissenkring had nu eenmaal geld te veel en was bovendien snel uitgekeken geraakt op zijn bezittingen. Ook Nikki zelf had de jas misschien drie keer aangehad.

'Echt waar?' had ze dan ook uitgeroepen. 'Kom snel binnen.' Ze had zin om een fles champagne te openen, maar dat leek een beetje overdreven om half tien 's ochtends en ze had de flessen Bollinger ook bepaald niet meer standaard in haar tweedehands koelkastje liggen. Gelukkig was ze wel bij de bakker geweest voor slagroomtaart. 'Ik zal koffie zetten.'

Ondertussen stalde Sabina allerlei papieren en mappen uit op Nikki's werktafel en plaatste de babyfoon in een hoekje. Op dinsdagochtend was Jessie naar de speelzaal en baby Dani lag in haar wiegje te slapen. Nikki had aangeboden naar Sabina toe te komen; zij had tenslotte een baby én een computer, maar die had dat weggewuifd met de opmerking dat het bij haar thuis zo vol was dat je nauwelijks ergens een stuk papier of een rekenmachientje kon neerleggen. Bij Nikki was het nog steeds 'lekker leeg', zoals Sabina zei, en Nikki hoopte dat nog een tijdje zo te houden, hoewel haar voorliefde voor leuke, oude spullen haar daar aardig bij in de weg begon te zitten.

Met koffie en taart om hun eerste verkoop te vieren hadden ze vervolgens plannen gesmeed om een eigen bedrijfje te beginnen. In eerste instantie was het vooral Sabina geweest die vertelde over de Kamer van Koophandel en de Belastingdienst, hoe je een website kon maken of laten bouwen, dat je ervoor moest zorgen dat je gevonden werd met behulp van zoekmachines, het belang van de juiste uitstraling en 'niche', dat het verstandig was om meteen een goede boekhouding op te zetten – daar had ze wel ervaring mee, want ze hielp haar man Rob. Nikki zat ademloos te luisteren en was blij dat ze er ook iets tegenover kon zetten.

De afgelopen tijd had ze op vrije dagen en soms tijdens haar lunchpauze bij White Magic in de openbare bibliotheek achter de computer en in de boeken gezeten om zich te verdiepen in vintage. Ze had al meteen gemerkt dat ze er eigenlijk helemaal geen verstand van had. Zo had ze er bijvoorbeeld nooit bij stilgestaan dat labels met wasinstructies pas vanaf de jaren zestig in kleding werden gebruikt, dus dat kleren met wasmerkjes nooit van voor die tijd konden zijn. Aan de andere kant: als ze het aanbod van webshops en de kleding in mode-encyclopedieën zo eens bekeek, had ze een redelijk goed instinct voor wat leuk was. Bovendien had ze, vroeger althans, een aardig netwerk gehad van kennissen die ook dol waren op kleding en het geld hadden om dure dingen te kopen en ook achteloos genoeg waren om diezelfde kleding na korte of lange tijd weer weg te doen. Zelf had ze in die tijd, met Raymonds creditcard, genoeg middelen gehad om haar kleding nieuw te kopen, maar ook toen al had ze het vaak leuk gevonden om het te recyclen of iets echt bijzonders op de kop te tikken. Volgens Raymond had ze er soms veel te eigenzinnig bij gelopen, maar op feestjes en recepties had ze hem nooit voor schut gezet en had hij dan ook graag met haar gepronkt als ze iets moois aanhad.

Bij het bestuderen van 'vintage' had ze ook geleerd dat wat zij en Sabina voorlopig aan te bieden hadden *handpicked vintage* was: geen items uit bulkpartijen, maar ook geen *mint condition* – ongedragen – kleding, omdat ze haar kleding toch vaak minstens zelf één keer aan had gehad. Laatst had ze nog een doos uitgepakt met kleding die ze nauwelijks herkende, en waarvan ze wel zeker wist dat ze de meeste stukken nooit gedragen had. Nikki had Sabina plaatjes laten zien van kleding van de concurrentie en van wat als vintage werd beschouwd. Ook had ze uit haar eigen garderobe een eerste selectie gemaakt van spullen die ze weg wilde doen, geheel in overeenstemming met haar voornemen om haar huis leeg te houden.

Sabina was meteen enthousiast geweest en samen hadden ze gebrainstormd over het imago dat ze met hun webwinkel wilden uitstralen en hoe de website eruit zou kunnen zien. Ze waren er nog niet helemaal uit. Er waren allerlei plannen voorbij gekomen, van Catherine Deneuve-achtige chic tot Britse Kate Moss-cool, of toch meer in de richting van gewoon lekker draagbaar Nederlands, voor moeders die op het schoolplein moesten staan, maar net iets anders aan wilden dan C&A of Sissy Boy. Ze besloten dat Sabina eens zou gaan praten met Yilmaz, het vriendinnetje van Robs jongere broer, die een echte whizzkid was en die websites kon bouwen. Nikki zou ondertussen haar garderobe verder uitzoeken en proberen hun collectie met nieuwe stukken uit te breiden. Een deel van haar oude vrienden- en kennissenkring had oorspronkelijk tot Raymonds wereldje behoort, maar dat wilde niet zeggen dat nu niemand haar meer wilde zien. Sommigen waren vrij onverschillig over hun breuk, maar anderen waren helemaal niet zo blij geweest met Raymonds keuze voor Tatjana. Nikki zou echter hoe dan ook nieuwe bronnen moeten zien aan te boren, of dat nu in winkels of op markten was of via particulieren. Dit was wel een echte uitdaging.

Voorlopig zouden ze het echter rustig aan doen en om te beginnen vooral Nikki's al bestaande kledingvoorraad verkopen en de opbrengsten daarvan weer investeren. Ze waren gelukkig geen van beiden afhankelijk van de inkomsten van hun webshop, hoewel Nikki heel goed wat extra's zou kunnen gebruiken en Sabina het ook bepaald niet breed had. Vlak voordat Sabina weer naar de andere kant van de muur was vertrokken omdat de babyfoon geluid had gemaakt, had ze Nikki nog een plastic tas met inhoud gegeven.

'Voor jou. Die heb je wel nodig.'

Nikki opende verbaasd de tas en ontdekte een zwarte, niet erg nieuwe en nogal zware laptop.

'Is dit voor mij? Dat kan ik niet aannemen.'

'Jawel. Als je een webshop begint, heb je een computer nodig, toch?'

'Ja, maar...'

'Hij is van mijn schoonvader geweest. Die heeft al lang weer een nieuw model en hij doet hier niets meer mee, dus waarom zou jij hem niet kunnen gebruiken? Je moet wel zelf je internetaansluiting regelen. Maar dat is niet zo duur.'

Nikki had een warm en sentimenteel gevoel gekregen en moest de neiging onderdrukken om Sabina, kleine dunne Sabina met haar grote, door veel te veel eyeliner omgeven ogen te omhelzen.

De rest van haar vrije dinsdag had ze besteed aan het uitzoeken en regelen van een internetverbinding. Het was niet direct een leuk klusje, maar ze vond dat ze het aan Sabina verplicht was. Vroeger, toen ze nog met Raymond was, had ze wel van de computer gebruikgemaakt, voor Facebook en e-mail, foto's en soms had ze zelf ook internetaankopen gedaan, maar over de praktische kant ervan – de verbinding, installatie, virusscans – had ze zich nooit zorgen hoeven maken. Raymond had niet eens gewild dat ze zich daarmee had bemoeid – van dat soort dingen begreep ze toch niets. Uiteindelijk hadden ze haar vandaag in de KPN-winkel van advies gediend.

Redelijk trots op zichzelf zat ze nu op die grote steen in de zon, langs het IJsselmeer. Pixie trok met haar tanden de bast van een wilgentak. Grote en kleine schepen, dure motorboten, armoedige en luxe zeilbootjes, klippers en schoeners met toeristen en Duitse scholieren op schoolreisje, en lesbootjes met kinderen voeren af en aan. Ze realiseerde zich dat een groep mannen in het pak, glas in de hand, vanaf een boot naar haar zwaaide. Halfhartig wuifde ze terug. De gedachten aan haar plannen met Sabina voor een vintage-kledingwebshop konden haar helemaal absorberen. Wat goed was, want dan had ze minder tijd om te piekeren over trommels in de nacht, geestverschijningen en het feit dat Tatjana bij haar om de hoek woonde.

Terwijl ze aan Tatjana dacht, kreeg ze behoefte aan een sigaret, een verlangen dat vreemd genoeg was blijven hangen na die avond met Karst. Verder was er vrij weinig overgebleven van die nacht, hoogstens het inzicht dat ze voorlopig geen zin had om weer op jacht te gaan naar een leuke jongen voor een nachtje of een nieuwe relatie. Ze mocht dan soms bang zijn en wakker liggen van vage angsten en ontwaken uit nare dromen, toch begon ze ook de voordelen van het alleen zijn in te zien. Zo kon ze nu bijvoorbeeld ongeneerd al haar vrije tijd stoppen in het zoeken naar vintage kleren. En ze kon 's avonds zonder overleg de ouderwetse, tweedehands tv uitdoen en een boek lezen. Ook hoefde ze nooit meer nieuwe en ingewikkelde dingen te koken. En kon ze zo vaak en lang met Polly en Bo bellen als ze maar wilde. Nee, ze had even geen behoefte meer aan een man, dat had ze ontdekt na dat avondje uit. Polly, die met open mond Nikki's relaas van die nacht had aangehoord ('Hoe doe jij dat toch? Als ik naast die bar had gestaan, was er de hele avond niemand op me afgekomen, hoor. Ja, de barman misschien, om me nog een drankje te laten bestellen.'), had nog wel geprobeerd Nikki nu aan het internetdaten te krijgen, maar Nikki had ietwat onaardig gezegd dat Polly haar zucht naar avontuur en romantiek niet via haar kon uitleven en zelf maar online moest gaan.

Nikki keek op haar kleine gouden horloge – ook al een tweedehandsje, van een overleden oudtante van Raymond – en zag dat het tijd was voor tante Jacques. Ook merkte ze dat haar dure nieuwe zwarte laarzen nat waren geworden van opspattend water. Ze was altijd wel dol op kleding en accessoires geweest, maar nooit zuinig. Daar moest nu misschien verandering in komen. Met een knijpend gevoel in haar buik wandelde ze terug over het paadje in de richting van tante Jacques' appartement. Om de een of andere reden was ze zenuwachtig. Hoe lief en begripvol tante Jacques ook was, Nikki kreeg soms toch de kriebels van haar, misschien juist omdat ze alles zo goed begreep en ze al je gevoelens en gedachten leek te raden. En daar zat Nikki helemaal niet op te wachten. Van nature hield ze haar onzekerheden en angsten liever voor zichzelf. Het was al heel wat dat ze tante Jacques eerder in vertrouwen had genomen. Dat maakte haar óók nerveus: het gemak waarmee tante Jacques een sfeer schiep waarin je vertrouwelijkheden ging delen. Van de weeromstuit had ze zich met zorg gekleed. Ze droeg haar laarzen over een strakke spijkerbroek en daaroverheen een vintage (praktisch *mint condition*) tuniek. De combinatie was misschien iets te hip en aangekleed voor een bezoek aan haar tante, maar zo voelde ze zich sterk. Tegelijkertijd toonde ze hiermee toch ook iets van respect voor haar tante, hoopte ze. Ze had zich tenslotte speciaal gekleed voor het etentje. Voor de rij bellen bleef ze staan om naar nummer 60 te zoeken.

14

Het appartementenblok waar tante Jacques woonde, zag er gesloten en ontoegankelijk uit, als een moderne veste. Ondanks het
mooie weer zaten er nauwelijks mensen op de grote balkons. Een
seconde keek Nikki omhoog, naar het bovenste appartement,
maar het donkere glas van de balustrade van het balkon verhin-
derde dat ze kon zien of daar iemand was. Terwijl Nikki aanbelde,
krabbelde Pixie al aan de deur, alsof ze zeker wist dat ze hier graag
naar binnen wilde.

'Ik doe open, Nikki,' klonk haar tantes stem uit de intercom.

'Goed,' riep Nikki tegen de luidspreker en toen hij zoemde,
duwde ze de deur open.

Het trappenhuis was gemaakt van kale, waarschijnlijk dure grijze,
stenen. Ze negeerde de lift en liep omhoog. Nikki's gelaarsde voetstappen en Pixies zachte getrippel maakten een hol geluid. Op de
eerste verdieping had iemand een wandkleed uit Mexico opge-
hangen en een grote cactus in een koperen pot neergezet. Nogmaals verbaasde Nikki zich over de plek waar haar tante bleek te
wonen. Ze had altijd een oud pand in haar hoofd gehad als ze
dacht aan haar tantes huis, zoiets als de winkel in de steeg of een
Hans en Grietje-huisje.

Op de tweede verdieping aangekomen, zag Nikki dat tante
Jacques net haar deur opendeed.

'Het wordt heel mooi. Natuurlijk ga ik ze gebruiken,' hoorde
Nikki haar tante zeggen.

De deur ging verder open en een man werd zichtbaar die zich
net op dat moment vooroverboog om haar tante een kus op de
wang te geven.

'Daar ben ik blij om. Ik hoopte altijd al een keer iets voor je te kunnen doen,' zei de man.

'Je doet genoeg,' zei tante Jacques. 'Ik zie je vrijdag.'

De jonge man draaide zich om. Hij had een kleine tekenmap onder zijn arm. Hij droeg een versleten spijkerbroek en een T-shirt met een vervaagde print van een dier, een wolf of iets dergelijks, en had een kralenkettinkje om zijn nek. Omdat Nikki lager dan hij op de trap stond, zag ze zijn gezicht pas nadat ze de rest van zijn lichaam had bekeken. Tot haar grote verbazing en zelfs schrik keek ze in de ogen van de man van de zeilboot. De zwemmer. Ze voelde het bloed naar haar wangen stijgen en het duizelde haar even. Ze had de laatste tijd heel wat gedagdroomd over deze man en nu stond hij plotseling voor haar. In het echt. Een moment was ze bang van de trap te vallen en ze pakte de leuning stevig vast. Haar enige troost, een kleine compensatie voor haar klungelige gedrag, was dat hij ook van zijn stuk gebracht leek te zijn. Het leek er zelfs op dat hij eveneens bloosde, maar dit werd verdoezeld door de schaduw van zijn baard. Tante Jacques redde de situatie.

'Nikki, je bent al boven! Wat fijn om je te zien. Dit is Daniël, een goede vriend van me. Daniël, dit is mijn nichtje: Nikki.'

Nog steeds wat ongemakkelijk schudden Nikki en Daniël elkaar de hand. Nikki was bang dat haar hand klam was geworden van de schrik, maar die van Daniël was droog en een beetje ruw en eeltig.

'Hi,' zeiden ze tegelijk.

'We hebben elkaar al eens ontmoet,' antwoordde Daniël, die als eerste zichzelf weer had hervonden. 'In het park.'

'Nikki komt bij me eten,' bracht tante Jacques in.

'Gezellig. En eet smakelijk,' zei Daniël. 'Jacqueline kan heel lekker koken.'

Nikki knikte en keek naar haar tante die in de deuropening stond te glimlachen.

'Nou, misschien zie ik je nog wel een keer,' ging Daniël verder. Hij keek Nikki kort aan en lachte vriendelijk, bijna vertrouwelijk, alsof ze elkaar al jaren kenden. Nikki lachte aarzelend terug en vroeg zich af of haar tante soms iets over haar verteld had. Daarna klemde Daniël de tekenmap wat vaster onder zijn arm en liep hij langs Nikki heen de trap af, daarbij handig Pixie ontwijkend.

Nikki liep de laatste trede omhoog en belandde regelrecht in de armen van haar tante die haar op elke wang een zoen gaf. Pixie wurmde zich brutaal tussen alle benen door naar binnen en verdween in de flat.

'Kom binnen,' zei tante Jacques en ze deed een stapje opzij. Tante Jacques zag er mooi uit, vond Nikki, net alsof ze zich ook gekleed had voor het etentje – of misschien wel voor Daniëls bezoek, flitste het even door Nikki's hoofd. Tante Jacques had een kleurige bloes met vleermuismouwen aan, op een strakke spijkerrok en droeg leren teenslippers aan haar voeten. Om haar pols rinkelde een groot aantal zilveren armbanden en haar hennarode haar zat in een halfhoge paardenstaart. Nieuwsgierig naar tante Jacques' huis liep Nikki mee naar binnen.

'Heel leuke jongen, die Daniël,' zei tante Jacques. Nikki verwachtte haast een toevoeging als 'Is hij niet iets voor jou?', maar er kwam verder niets meer. Bijna was ze teleurgesteld. Ze nam zich voor op een geschikt moment iets over hem te vragen, maar raakte meteen afgeleid door tante Jacques' interieur.

Binnen in tante Jacques' huis was het totaal anders dan je gezien de buitenkant van die moderne, verlaten ogende appartementen zou verwachten. Nikki had het gevoel dat ze een andere wereld betrad, zoals dat wel gebeurde in fantasieverhalen. Eigenlijk was tante Jacques' appartement vrijwel één grote ruimte, waar tussen de enorme huiskamer met open keuken, de slaapkamer en het studeer- of logeervertrek alleen nog delen van muren stonden, aangezien die grotendeels waren opengebroken, zodat geen deuren, maar grote, rechthoekige openingen zonder belemmering doorgang gaven. Overal lagen warme, roodbruinen stenen tegels op de vloer, hier en daar bedekt door allerlei tapijten, van dure Perzen tot kleurige voddenkleden en gevlochten riet. Aan de muren hingen en op de grond of op tafeltjes stonden allerlei kunstwerken, van verf en papier, hout en steen, modern en oud. Het hele huis was een grote mengeling van modern en antiek en het zag eruit alsof tante Jacques met elk stuk meubel of kunst een band had en dat het daarom dáár stond en niet omdat het deel was van een groter ontwerp. Je kon goed zien dat ze veel gereisd had: een groot deel van de kunst was niet-westers en van allerlei kanten loerden vreemde ogen uit exotische beeldjes. Een ander, meteen opvallend iets in tante Jacques' huis was de aanwezigheid van planten. Overal, niet alleen op het grote balkon waarnaar de schuifpui geopend was, stonden grote en kleine, gewone en vreemde planten. Bijna midden in de kamer, vlak bij het grote bankstel, wortelde in een enorme pot zelfs iets wat leek op een kleine boom, waarvan de bladeren en de takken reikten tot aan het hoge plafond. De planten, of de kruiden die Nikki hier en daar herkende, waren waarschijnlijk ook verantwoordelijk voor de aparte pittige geur in tante Jacques' huis.

Nikki realiseerde zich niet dat Pixie in deze wondere wereld volledig was verdwenen totdat ze ergens uit het studeervertrek gepiep hoorde. Tante Jacques leek te schrikken en haastte zich naar de grote ruimte waar Pixie verwoed met haar snuit zat te snuiven achter een porseleinen pot met bamboe.

'Oei, Flapoor,' zei tante Jacques, en ze trok vanachter de pot een groot konijn met inderdaad twee enorme flaporen tevoorschijn. 'Ik was Pixies jachtinstinct even vergeten.'

'Och, ze is vooral nieuwsgierig,' zei Nikki, die nog nooit veel van een jachtinstinct gemerkt had en nogal verbaasd was door het felle gepiep en gesnuif. Nu stond Pixie tegen tante Jacques' been op te springen in een kansloze poging in de buurt te komen van het konijn.

'Dit is Flapoor,' zei tante Jacques die de Vlaamse reus in haar armen aaide. 'Ze heeft hier asiel gezocht toen haar baasje plotseling op wereldreis besloot te gaan.'

Nikki streek met haar vinger over het zachte snuitje van het wit met zwarte konijn.

'Tja, waar zullen we jou nu even laten?' zei tante Jacques tegen het dier. Daarna keek ze Nikki aan. 'Ze loopt altijd los, ik heb niet eens een hok voor haar. En zoals je ziet heb ik ook nauwelijks deuren, behalve voor de wc.' Ze liet een groot konijnenoor door haar hand glijden. 'Maar om je nu in de wc te stoppen...'

Nikki voelde zich bezwaard. 'Ik kan Pixie wel aanlijnen.'

'Nee, joh. Ik creëer wel een hoekje voor Flapoor op het balkon. En ze wennen wel aan elkaar. Kijk jij maar even rond in mijn huis. Ik heb veel leuke spullen. Dit is mijn extra kamer, mijn studeer- en logeerplek. Fijne ruimte, niet?'

Nikki keek rond en knikte instemmend. 'Leuk. Hier kun je wel lekker werken. Of gewoon een beetje aanklungelen.' Ze wist eigenlijk niet wat tante Jacques deed in haar vrije tijd. De studeerkamer was zo'n vijf bij zes meter groot. De meubels, een groot boekenrek, een bureau vol spulletjes, een schildersezel zonder doek, een eenpersoonslogeerbed met quilt, bevonden zich voornamelijk aan de zijwanden. In het midden van het grote vertrek stond niets. Er lag alleen een groot, druk Perzisch tapijt van zeker drie bij vier meter, dat Nikki meteen deed denken aan het kleed dat ook op tante Jacques' zolder in de winkel lag. Nikki wierp een blik in de boekenkast en zag dat veel boeken ook tot tante Jacques' winkelassortiment behoorden, maar dat er eveneens een heleboel literaire klassiekers aanwezig waren (van Homerus tot Louis Couperus en Arthur Conan Doyle tot Stieg Larsson) en dat een Bijbel, de Koran, de Bhagavad Gita en de Kamasutra respectievelijk gebroederlijk of gezusterlijk naast elkaar stonden. Daarna liep ze naar het raam, waar het bureau stond, en keek naar buiten. Het was haar al opgevallen dat het appartement aan de voor- en achterkant grote ramen had en dat je, als je in het midden van de kamers stond en naar buiten keek, niets anders zag dan de open hemel. Als je dichter bij de ramen kwam, had je ook uitzicht op het water van het meer, en als je, zoals nu, vlak bij het venster stond, zag je de grashaven aan deze kant, en aan de andere zijde de promenade.

'Wat wil je drinken,' zei tante Jacques achter Nikki. 'Een glas witte wijn? Of iets sterkers? Whisky misschien?'

'Een glas wijn zou lekker zijn,' zei Nikki, die voorlopig haar hoofd nog even helder wilde houden. Whisky zou maar leiden tot

137

vertrouwelijkheden en ze bleef dat kleine restje achterdochtig-
heid ten opzichte van tante Jacques bewaren, al wist ze zelf ook
niet precies waarom en voelde ze zich er zelfs een beetje schuldig
over. Ze liep achter haar tante aan naar de grote open keuken,
waar het vol stond met kruidenplanten en afgedekte schalen, die
een lekkere geur verspreidden.

Tante Jacques pakte een fles wijn uit de koelkast en schonk in.
'Ik ben vrijwel klaar met koken, dus we kunnen zo gaan eten.' Ze
gaf Nikki een glas. 'Wat heb je trouwens een leuke bloes aan, of
een tuniek, zo noem je zoiets geloof ik. Ik hoop dat je het geen belediging vindt, maar hij doet me denken aan iets wat ik zelf ooit
gedragen heb.'

'Dat vind ik geen belediging en het zou ook best kunnen. Het is
een vintage tuniek. Ik heb hem ooit gekocht in een winkel die
allemaal van dat soort dingen verkoopt. Tweedehands kleding zeg
maar. De oorspronkelijke eigenaar had hem slechts een keer gedragen, want ze had hem eigenlijk te klein gekocht. Daarna heeft
hij jarenlang in de kast gehangen.'

'Wat leuk,' zei tante Jacques, zoals altijd heel geïnteresseerd.
'Doe je dat wel vaker, tweedehands kleding kopen?' Ze leidde
Nikki naar het balkon waar een wicker loungebank met kussens
stond. Flapoor zat, afgeschermd door twee ingeklapte strandstoe-
len, aan een wortel te knagen, een snuffelende Pixie negerend.

'Ik vind het juist leuk als het tweedehands of oud is. Ik heb
nooit zoveel aan kleding uit de gewone boetieks gevonden, ook
niet toen ik daar zelf nog werkte. Ik wil graag iets bijzonders. Ik
ben trouwens niet de enige. Het is best hip, tweedehands kleding.
Tegenwoordig noemen we dat vintage.'

'Net als bij wijn,' zei tante Jacques die een grote slok uit haar
glas nam.

'Eh, zoiets.' Voor ze het wist, vertelde Nikki alles over haar
plannen met Sabina voor een webshop in vintage kleding en hoe
haar eigen garderobe, het enige wat ze aan Raymond had overgehouden, daartoe de aanzet had gegeven.

'Wauw, dat klinkt heel goed,' zei tante Jacques. 'Wat een goed idee. Ik wil je wel helpen, als ik kan. Wacht even.' Ze leegde haar glas in één teug en liep het appartement in. Nikki bleef achter om naar de horizon te staren, waar het water en de hemel elkaar raakten, en te bedenken dat ze nu al weer heel veel over zichzelf verteld had.

'Kijk,' zei tante Jacques toen ze terug was en ze legde een oud, opengeslagen fotoalbum voor Nikki neer. 'Dit ben ik.' Ze wees op een mooie jonge vrouw met lang koperblond haar en een gebruind gezicht vol sproeten. Ze had een spijkerbroek aan met wijde pijpen en daarboven een oranje tuniek die erg op die van Nikki leek. Het was tante Jacques en toch ook weer niet. Nikki staarde gefascineerd naar de meisjesuitgave van de vrouw naast haar.

'Jeetje, tante Jacques, wat was je een mooi meisje,' zei ze. 'En die tuniek lijkt inderdaad sprekend op de mijne.'

'Ja, dat was toen ook mode.' Tante Jacques kwam weer naast Nikki zitten en keek mee. 'Ik was daar ergens in het buitenland. Italië geloof ik.'

'Hoe oud was je toen?'

'O, een jaar of vijfentwintig.'

'Dat is ook leuk,' zei Nikki en ze wees op tante Jacques in een lange jurk op een andere foto. 'En dat.' Een rood lakjasje over een broekpak.

'Als je dat allemaal echt leuk vindt, heb ik misschien nog wel het een en ander voor je. Ik heb bijna al mijn kleren bewaard. Ze liggen netjes in kisten hier in mijn berging en op zolder in de winkel.'

Nikki wist niet wat ze hoorde en staarde haar tante aan. 'Of ik dat leuk zou vinden... Natuurlijk!'

Tante Jacques lachte. 'O, nou, en als je echt geïnteresseerd bent, kun je ook wel kennismaken met een paar van mijn oude vriendinnen. Die hebben vast ook nog wel spullen van vroeger.' Ze sloeg een bladzijde van het fotoalbum om en wees op een meisje met een woeste donkerbruine krullenbos in een heel kort rokje en op hoge laarzen. 'Hier. Serafina bijvoorbeeld. Een van mijn oudste vriendinnen. Zij heeft heel lang een hippe kledingzaak gehad op het plein, waar nu dat Griekse restaurant zit, en volgens mij heeft zij ook heel veel bewaard uit die tijd, zelfs onverkochte voorraden. Ze kan eigenlijk niets wegdoen, thuis ook niet. Je zou haar huis moeten zien…'

'Onverkochte voorraden!' onderbrak Nikki haar tante met een enthousiaste kreet. Ze had gelezen dat vintage kleding die nog onverkocht en ongedragen was, helemaal waardevol zou zijn.

'Eh, ja,' zei tante Jacques. 'Dus daar zou je wel interesse in hebben? Nooit gedacht dat iemand nog blij zou worden van onze oude spullen.'

Nikki was haast sprakeloos en knikte enthousiast. Ze had het gevoel op een goudmijn te zijn gestuit.

'Weet je,' zei tante Jacques, 'kijk jij anders nog even rustig verder in dit fotoboek. Misschien doe je nog wel wat ideetjes op. Dan dek ik ondertussen de tafel.'

'Ja, goed.' Nikki knikte weer en schonk haar tante een dankbare lach.

Nadat tante Jacques in het huis verdwenen was, keek ze op haar gemak het dikke album door, ondertussen nippend van de wijn. Bij elke foto steeg het gehalte adrenaline in haar lichaam. Ze had er nooit bij stilgestaan dat haar tante een hip, bohemienachtig bestaan had geleid. Op elke foto stonden jonge, mooie, artistiek uitziende mensen in de mode van de jaren zeventig, die hen niet, zoals soms, belachelijk stond, maar cool. Ze zaten wat te praten, glas wijn en sigaret in de hand, of deden gek voor de camera. Vaak waren ze in het buitenland, misschien Marokko of India, of een grote stad als New York. Nikki verwachtte elk moment de Rolling Stones of Marianne Faithfull of misschien wel Andy Warhol in beeld te zien verschijnen. Ze bedacht dat ze naar iets bijzonders keek, een stijlboek, een sfeertekening voor de website van Sabina en haarzelf. Misschien konden ze wel een paar van die foto's gebruiken. Enkele van die meisjes, in die tijd vriendinnen van haar tante waarschijnlijk en misschien nog steeds wel, zagen eruit en stonden erbij als fotomodellen. Wellicht konden ze ook wel muziek op hun website laten horen, ook iets uit die tijd. En dan later zouden ze uitbreiden naar de jaren tachtig bijvoorbeeld. Zou haar tante uit die tijd ook nog leuke kleren en foto's hebben? Opgewonden bladerde Nikki verder en ze zag in gedachten voor zich hoe de webshop eruit ging zien. Pas op de een na laatste bladzijde stuitte ze op een foto die haar enthousiasme enigszins temperde. Daarop was een jonge vrouw te zien die ze meteen herkende als haar moeder.

Nikki legde het fotoboek weg, trok haar benen onder zich in kleermakerszit en staarde uit over het IJsselmeer. De ondergaande zon scheen recht in haar gezicht en ze sloot haar ogen. De binnenkant van haar oogleden was helrood door het felle licht dat erop scheen. Een duizeling trok door haar hoofd, net als toen ze de trap op was gelopen en plotseling tegenover Daniël had gestaan. Dit bezoek aan haar tante was verlopen als een wervelwind, grillig, met onverwachte wendingen en elkaar snel opvolgende gebeurtenissen. Eerst was er die verrassende ontmoeting met Daniël geweest, daarna de onderdompeling in de magische sfeer van tante Jacques' huis, zo anders dan ze gedacht had, en vervolgens had ze in een klap een heleboel nieuwe ideeën en misschien ook kleding voor de webshop opgedaan. En nu had ze ineens haar jonge moeder op een foto zien staan en besefte ze, alsof plotseling het licht werd aangedaan in een donker vertrek, dat ze heel weinig wist over haar moeder en tante Jacques, als jonge meisjes, en ook van wie ze vandaag de dag waren.

Haar moeder had er een beetje verlaten of verdwaald bij gestaan op de foto. Ze had ook de mode uit die tijd aan, maar zag er toch uit als iemand die naar kantoor gaat, niet als iemand die de hele nacht doordanst, op het strand in slaap valt, of een spontane, kunstzinnige collage maakt van afval, die vervolgens goed verkocht wordt in een hippe galerie. Haar moeder was Sandy geweest in *Grease*, maar dan niet half zo schattig en aantrekkelijk. Een strakke, zwarte broek en een paar hoge hakken hadden haar niet van een lelijk eendje plots omgetoverd in een mooie zwaan. Ze droeg een weinig flatterende vlinderbril met zwart montuur, die Nikki nog nooit eerder gezien had en waarvan ze vermoedde dat die toen al niet meer modieus was. Nikki wist niet eens dat haar moeder ooit een bril had gedragen. Ze moest ergens rond haar geboorte zijn overgestapt op contactlenzen. Tante Jacques zag er met haar lange koperblonde haar, haar grappige sproetjes, korte jurkjes en lange benen, een wél hippe, grote zonnebril op het puntje van haar neus en een glas elegant in haar hand, uit alsof ze in een reclamespot speelde. Ze was helemaal op haar plek. Nikki's moeder was eerder de koffiejuffrouw op de set, zeker niet de ster in het filmpje.

Deze onverwachte blik op haar moeder en tante Jacques zette Nikki aan het denken. Terwijl de avondzon haar met zijn nog warme stralen bescheen, voelde ze zich vanbinnen heel kalm worden. Het ging in haar gedachten eens even niet alleen over haarzelf. Vrijwel altijd was ze met haar eigen persoontje bezig, met hoe gelukkig of vooral ongelukkig ze was, met haar gebrek aan geld of een man, haar onzekerheden en angsten, haar webshop, haar nieuwe huis. Natuurlijk dacht ze wel eens aan Bo of Polly en ze hoopte uiteraard dat zij gelukkig waren. Eigenlijk ging ze daar meestal maar van uit, al wist ze heus wel dat ook haar zus en vrienden zo hun problemen hadden. Maar het was net of er zoveel onzekerheden in haar eigen leven waren dat ze die van een ander er niet bij kon hebben. Gek genoeg was dat ook al zo geweest toen ze nog met Raymond was en in die tijd had ze toch een veilig bestaan geleid. Of niet? Nu ze eraan terugdacht, besefte ze dat ze zich toen ook verre van zeker had gevoeld. Haar hele veiligheid, haar bestaan, had namelijk afgehangen van één persoon: Raymond. Hij was het fundament geweest waarop ze haar hele financiële en emotionele welzijn had laten rusten en ergens had ze toen ook al geweten, al was dat feit ver weggestopt geweest in haar brein, dat elk moment datgene kon gebeuren wat uiteindelijk daadwerkelijk gebeurd was: een Tatjana. In die zin was ze nu misschien wel beter af. Hoe moeilijk ze het ook vond om alleen te zijn, voor haar geluk was ze niet langer volledig afhankelijk van een ander. Ze glimlachte, met nog steeds gesloten ogen.

15

'Volgens mij zit je hier wel lekker in het zonnetje.' Nikki voelde haar tantes hand op haar schouder. 'Heb je zin om te komen eten?' Nikki deed haar ogen open en glimlachte. Ze volgde tante Jacques naar binnen met Pixie op haar hielen, die het achtervolgen van het konijn opgaf in de hoop op hapjes.

Op de lage tafel in het zitgedeelte van de grote kamer stonden allerlei dampende schalen en kommetjes en twee borden.

'Ik heb Chinees gekookt. Ik hoop dat je dat lekker vindt,' zei tante Jacques, terwijl ze Nikki uitnodigde om aan de linkerzijde van het tafeltje op een kussen plaats te nemen. Zelf ging ze in kleermakerszit aan de andere kant zitten.

'Heerlijk,' zei Nikki. Het rook in elk geval meer dan goed. Pixie, die zenuwachtig werd van zoveel eten op oog- en neushoogte, drentelde piepend om de tafel heen. Met zachte hand dwong Nikki haar hondje in liggende houding, van waaruit het met bezorgde blik de eettafel in de gaten bleef houden.

'Lust je ook een Chinees biertje?' vroeg tante Jacques.

'Lekker,' zei Nikki, al deed dat bier haar denken aan Raymond die het ook graag dronk bij Chinees eten. Meteen berispte ze zichzelf: ze moest niet steeds denken aan hoe zielig en in de steek gelaten ze was. In plaats daarvan keek ze naar hoe tante Jacques twee flesjes bier leegschonk en haar een glas gaf. Hoe voelde tante Jacques zich eigenlijk? Was zij wel gelukkig? Op de foto's uit het album maakte ze een blije indruk, maar die waren lang geleden gemaakt.

Tante Jacques schepte rijst en kleine beetjes groente, vis en niet meteen herkenbare dingen op Nikki's bord.

'Ik geef je om te beginnen van alles wat, maar kies vooral wat je zelf lekker vindt.' Nadat tante Jacques zichzelf ook had bediend, begonnen ze te eten. Nikki verbaasde zich erover dat er geen stokjes naast haar bord lagen, maar gewoon vork, lepel en mes, al was ze daar ook opgelucht over. Ze was nooit erg handig geworden met stokjes, hoe vaak Raymond het haar ook had voorgedaan. Even genoten ze in stilte van het eten, iets wat Nikki anders dan anders niet vervelend of gênant vond. Toch opende ze na een tijdje het gesprek, met het vaste voornemen het niet alleen over zichzelf te hebben, maar ook meer te weten te komen over tante Jacqueline. Nikki keek om zich heen.

'Je hebt een heel mooi huis,' zei ze om ergens mee te beginnen.

Tante Jacques knikte instemmend. Ze werkte een garnaal weg en zei daarna: 'Is het heel anders dan je verwacht had?'

Meteen viel het Nikki weer op dat haar tante haar gedachten leek te raden.

'Ja, eigenlijk wel,' antwoordde ze. 'Ik had altijd het idee dat je in een oud huisje woonde, zoiets als de winkel, of in zo'n woongemeenschap in het voormalige Oude Mannen- en Vrouwenhuis waar Polly woont. Hoewel zij laatst klaagde dat zelfs daar tegenwoordig halve yuppen wonen. Toen ik hoorde dat je op Jutterseiland woonde, ging ik er eerst van uit dat je in een van die overgebleven oude huisjes zat.'

Tante Jacques lachte en hield haar hand voor haar mond, omdat ze net een hap bamboescheuten had genomen. 'In die gammele hutjes? Nee, hoor. Daar heb ik geen zin meer in. Maar ik heb vroeger wel in oude huizen gewoond. Jij kunt het je waarschijnlijk niet meer herinneren, maar eerst had ik een winkel in de Pakhuisstraat. Dat was echt een oud pand waarin ik ook woonde. De winkel was toen nog veel kleiner en zat in wat vroeger het voorhuis was. Ik woonde erachter en erboven. Je mag best weten dat ik dat huis ooit, toen ik na allerlei omzwervingen weer in Nederland kwam, voor een appel en een ei gekocht heb en later weer voor veel geld verkocht. Met dat geld heb ik een nieuw pand kunnen kopen en heb ik de winkel kunnen uitbreiden. Eerst heb ik wel een tijdje boven White Magic gewoond, maar later ben ik daar cursussen gaan geven. Al met al heb ik niet slecht geboerd door de jaren heen. En dankzij internet verkoop ik door het hele land, zelfs in het buitenland.'

'Dat is waar, jij hebt eigenlijk ook een webshop,' zei Nikki, wederom een beetje in verlegenheid gebracht door haar eigen onnadenkendheid. Ze wist al lang dat White Magic ook een website had en dat tante Jacques ook online verkocht. Toch had ze er niet bij stilgestaan tante Jacques om advies te vragen en ze had slechts één keer de website bekeken, hoewel de klanten er soms naar verwezen.

'Die loopt heel goed,' zei tante Jacques. 'Daarom zie ik ook jouw webwinkel met vintage kleding helemaal zitten. Jij en Sabina zullen er vast een succes van maken. En als ik je ergens mee kan helpen... met mijn bescheiden ervaring. Of misschien kunnen we wel naar elkaar linken.'

'Volgens mij ben jij veel moderner dan ik denk, tante Jacques,' riep Nikki lachend uit.

'Misschien wel,' zei tante Jacques, en ze schepte nog wat rijst op haar bord. 'Net als mijn huis. Om daarop terug te komen: ik ben in eerste instantie ook niet gevallen voor dit appartementencomplex, maar wel voor de plek. Zoals je vast wel weet, is het Jutterseiland een plek met een lange en roerige geschiedenis. Ik wilde hier graag wonen en kwam vroeger ook vaak op het eiland, voordat ze de boel platwalsten. Ik hoopte nog iets van de vroegere spiritualiteit te kunnen terugvinden en te bewaren.'

'Is dat gelukt?' vroeg Nikki.

Tante Jacques knikte en leek een moment in gedachten verzonken. 'Zoiets kun je heus niet zomaar uitvlakken door een stel huizen af te breken en er beton te storten. Krachten en energieën blijven in de grond zitten.'

Nikki kon niet zeggen waarom, maar even kreeg ze het koud, alsof een kille vinger over haar ruggengraat streek.

Tante Jacques zuchtte en trok haar paardenstaart wat hoger op waardoor er een paar plukjes haar losschoten. Dit gaf haar een zachter uiterlijk. 'Overigens vind ik het in tweede instantie ook helemaal niet zo erg om voor de verandering eens in een nieuw huis te wonen dat van alle moderne gemakken is voorzien. Het bevalt me hier uitstekend. Ik heb het helemaal laten verbouwen en ingericht naar mijn eigen wensen.'

Nikki keek nogmaals bewonderend om zich heen. Het was duidelijk dat tante Jacques hier haar eigen magische wereld gecreëerd had. Een tijdje aten ze weer zonder veel te zeggen. Nikki probeerde te bedenken hoe ze het onderwerp kon aansnijden waar ze het over wilde hebben. Ze besloot dat ze maar gewoon met de deur in huis moest vallen. Na een laatste hap rijst met kip en cashewnoten leunde ze voldaan iets achterover, met een hand op de grond steunend. Ze nam nog een slokje bier om haar mond te spoelen en zichzelf moed te geven.

'In je album zag ik een foto van mijn moeder,' begon ze.

'Dat kan natuurlijk,' antwoordde tante Jacques neutraal.

'Gingen jullie vroeger veel met elkaar om, voordat jullie ruzie kregen? Ik kan me wel herinneren dat je bij ons thuis kwam toen ik nog klein was, maar hoe ging dat daarvoor, in de tijd van de foto's?'

'In die periode zagen we elkaar niet zo heel vaak. Onze levens waren te verschillend. Ik was bijna altijd op reis. Je moeder werkte en had toen je vader al, en daarna kwamen Bo en jij. Pas toen ik hier ook weer kwam wonen, kregen we meer contact. Dat was in de tijd dat jij klein was.'

'Totdat jullie ruzie kregen.'

'Ja, jammer genoeg...'

'Daarvoor konden jullie het wel goed vinden?'

Tante Jacques dacht na. 'Niet zo heel goed eigenlijk. We zijn nooit goede vriendinnen geweest, zoals jij en Bo. Misschien scheelden we daarvoor te veel in leeftijd. Je moeder is bijna zes jaar ouder dan ik. Ik kan me wel herinneren dat we als kind goed met elkaar omgingen. We speelden vaak samen, totdat je moeder echt te oud werd. Ze heeft me natuurlijk ook flink bemoederd, zag me als een levende pop. In de puberteit zijn we heel verschillende kanten opgegaan. Je moeder had Ben al vroeg ontmoet en is getrouwd. Ik ben gaan reizen.'

Nikki staarde naar het weefsel van het lichte kleed waarop ze zaten en peinsde hardop: 'Ze zag er niet gelukkig uit op die foto.'

Even was het stil. Beiden lieten bezinken wat Nikki net gezegd had.

'Ik denk dat je moeder niet vaak gelukkig is geweest,' zei tante Jacques zachtjes.

'Waarom niet?'

'Hoeveel ze ook van jullie hield, ik denk dat ze altijd verlangd heeft naar een ander leven.'

'Naar jóuw leven?'

Tante Jacques zoog hoorbaar lucht naar binnen en ademde langzaam weer uit, maar zei niets.

'Ze was jaloers op jou, omdat je reisde en vrij was en er goed uitzag en spannende dingen meemaakte?'

'Nou, jaloers... Dat weet ik niet. Ze had misschien wel iets meer vrijheid gewild.'

'Ze heeft zeker altijd iets anders gewild dan huisje, boompje, beestje. Ze was eeuwig bezig met een of ander project – ezeltjes redden, gehandicapten leren schilderen, kunst in het bos, meer groen in de wijk. Ze maakte alleen zelden of nooit iets af.'

'Ze was rusteloos,' beaamde tante Jacques. 'En daarom was ze ook niet gelukkig. Ik was trouwens met mijn gereis ook niet het toonbeeld van kalmte. En ik was zeker ook niet altijd gelukkig. Je moeder had de dingen die ik graag gehad zou hebben. Maar dat zag ze niet.'

'Wat had mama dan dat jij gehad zou willen hebben?' Nikki kon niet meteen bedenken wat de stralende, levenslustige, zelfstandige Jacqueline van het kantoormeisje met de vlinderbril gehad zou willen hebben.

'Júllie natuurlijk!' zei tante Jacques met een glimlach en ze spreidde haar armen als om aan te geven hoeveel dat was. 'Ze had een lieve man en twee prachtige dochters. Dat had ik ook best gewild.'

Nikki was met stomheid geslagen. Dat tante Jacques naar zulke burgerlijke dingen had verlangd was niet bij haar opgekomen.

Voordat ze bekomen was van haar verbazing en voldoende moed had verzameld om te vragen waarom tante Jacques eigenlijk geen kinderen had, maakte tante Jacques van de gelegenheid gebruik om de tafel af te ruimen en aan te kondigen dat ze voor het toetje lekker op de bank gingen zitten.

Diep in gedachten nestelde Nikki zich op de brede witte bank. Pixie schranste met permissie een aantal kommetjes leeg en liet zich toen met een dikke buik op een kussen neervallen. Haar jachtinstinct en het konijn, dat alweer vrij rondliep, waren alweer vergeten.

Tante Jacques kwam terug uit de keuken met twee grote bakken Italiaans ijs.

'Ik had zin in een simpel, traditioneel, maar erg lekker toetje,' zei ze, waarna ze het zich ook behaaglijk maakte op de hoekbank.

'Waarom heb je eigenlijk geen kinderen, tante Jacques?' vroeg Nikki brutaalweg. Ondertussen lepelde ze het ijs met smaak naar binnen. 'Het klinkt alsof je ze wel gewild had.'

Tante Jacques leek de vraag niet onbeschaamd of te persoonlijk te vinden. Wel hield ze even op met ijs eten en liet ze het schaaltje op haar schoot rusten.

'Het is er gewoon nooit van gekomen. Ik was altijd bezig. Ik reisde de hele wereld rond of was druk met White Magic. Mijn leven was en is nog steeds vol met interessante mensen, ontmoetingen, gebeurtenissen. In die zin ben ik heel rijk. Ik heb veel goede vrienden. En ik heb ook heel wat minnaars gehad, leuke en minder leuke.' Ze lachte. 'Maar met geen van hen heb ik het heel lang uitgehouden. Soms duurde de relatie wel een paar jaar. Met Yannick uit Frankrijk heb ik zes jaar mijn leven gedeeld en met Tom bijna vier. Toch waren die relaties nooit zo stabiel dat ik aan kinderen ging denken. Het waren leuke mannen; interessant, grappig, boeiend, intelligent en ook lief, maar geen vaders. Ze waren te onrustig, te veel bezig met zichzelf en hun kunst of ambitie.'

'Je had ook in je eentje een kind kunnen krijgen misschien.'

'Dat heb ik nooit gewild, hoewel het in de kringen waarin ik verkeerde helemaal niet ongewoon was. Maar ik vond het eigenlijk een beetje zielig: al die kindjes in gebroken gezinnen, in communes, constant mee op reis in de draagdoek. Nee, ergens ben ik kennelijk behoorlijk traditioneel.' Ze lachte weer. 'Voor een kind had ik graag een stabiel thuis gewild.'

Ze schraapten hun bakjes ijs in stilte leeg. Nikki overdacht wat haar tante gezegd had. Bo en zij kwamen uit een ogenschijnlijk stabiel gezin met een vader en moeder, een eengezinswoning, een poes op de vensterbank, maar toch had ze zich er nooit echt geborgen gevoeld. Ze dacht met weinig warmte terug aan de tijd in haar ouderlijk huis. Het was dat Bo er ook altijd was geweest... Ze hadden een vader en moeder gehad, maar die hadden het meestal te druk met zichzelf en hun projecten.

Nikki wilde hier iets over zeggen, toen tante Jacques achteloos vroeg: 'En jij, Nikki, wil jij graag kinderen?'

Nikki zette het lege schaaltje op de tafel, trok haar benen nog wat hoger op de bank en liet haar hoofd tegen de kussens rusten.

'Ik weet het niet. Maar ik moet er de laatste tijd wel wat meer aan denken. Misschien omdat ik bijna dertig ben. En geen man heb. En omdat Bo ermee bezig is. O, misschien mag ik dat wel niet vertellen...'

'Bo heeft me zelf wel eens verteld dat ze graag een kindje zou willen,' zei tante Jacques.

'O,' zei Nikki opnieuw. 'Nou, het valt nog niet mee.'

'Nee,' zei tante Jacques droogjes. Even dachten ze allebei aan Bo.

'Dus ik pieker tegenwoordig vaker over wel of niet kinderen krijgen dan vroeger,' ging Nikki verder. 'Het hoort waarschijnlijk thuis in mijn lijstje angsten en onzekerheden.'

Voordat tante Jacques hierop door kon gaan, vroeg Nikki: 'En jij, tante Jacques, ben jij nooit ergens bang voor geweest? Je komt altijd zo dapper op me over en je hebt zo'n stoer leven.'

Tante Jacques lachte luid en trok nog eens aan haar paardenstaart, waardoor er nog meer haren losschoten en haar kapsel steeds warriger werd. De armbanden om haar pols rinkelden door de beweging.

'Wat denk jij?' zei ze nog steeds lachend. 'Ik ben heel vaak bang geweest. Voor van alles en nog wat. En misschien wel erger dan jij. Toen ik stopte met voortdurend reizen en me ergens wilde vestigen, was ik ongeveer net zo oud als jij. Ik kocht dat oude pandje aan de Pakhuisstraat. Ik had geen idee wat ik eigenlijk wilde. Ik onderhield mezelf door yogales te geven in het wijkcentrum. Verder heb ik een heel jaar niets gedaan – letterlijk niets. Ik knapte mijn huis niet op, ging nergens naartoe, kookte vaak niet, las niets. Het grootste deel van de tijd lag ik in bed te slapen of te bibberen van angst.'

'Angst waarvoor?' vroeg Nikki. Ze keek ervan op dat ze kennelijk niet de enige was met dit soort problemen.

'Angst voor het leven, voor alleen zijn, armoede. Net als jij eigenlijk. En ik had heel wat gezien op mijn reizen. Te veel misschien. Geweld, honger, voodoo, ziekte, de ellende die mensen elkaar aandoen.'

Nikki ging iets rechter op zitten. 'Hoe ben je daar dan weer vanaf gekomen, van al die angsten?'

'Dat ging min of meer vanzelf, stapje voor stapje. Een vriendin kwam me halen voor een wandeling. Ik nam een zwerfkatje in huis. Een stel koolmeesjes nestelde in mijn binnentuintje. Het werd voorjaar. Ik ruimde toch maar eens op en bleef minder lang in bed liggen. Ik verkocht wat uitheemse spulletjes die ik voor de grap achter het raam van het voorhuis had gezet. Zo begon White Magic.'

Nikki glimlachte. 'Wat goed.'

'Ik dronk een lekkere kop koffie en genoot daarvan. Het gaat erom dat je kleine dingen kunt waarderen.' Tante Jacques pakte de lege bakjes van het tafeltje en kondigde aan dat ze koffie ging zetten.

Het was schemerig aan het worden. Terwijl de koffie pruttelde, stak tante Jacques kaarsen en waxinelichtjes aan. Met een behaaglijk gevoel kroop Nikki nog wat verder in de bank. De koffie bleek een flinke scheut Grand Marnier te bevatten. Daarna was er nog cognac. Nikki was haar reserve naar tante Jacqueline toe helemaal kwijt. Ze praatten, dicht bij elkaar gezeten op de bank, als goede vriendinnen. Nikki sprak vrijuit over van alles en nog wat en luisterde naar tante Jacques' verhalen, al wist ze aan het eind van de avond door vermoeidheid en alle drank niet meer precies wat er allemaal gezegd was.

Met een ruk schrok Nikki wakker. Ze zat nog steeds schuin op de bank, haar wang tegen de rugleuning. Haar linkervoet sliep. Het was donker in het appartement op hier en daar wat kaarslicht na. Tante Jacques zat nog steeds naast haar en bladerde bij het licht van een grote kaars in een fotoalbum. Het was helemaal stil in huis op een vreemd gesnuif na. Nikki kwam overeind.

'Pixie zit weer achter je konijn aan,' zei ze tegen tante Jacques met een tong die niet erg meewerkte.

'Dat doet ze al een tijdje, maar het is niet erg. Ze spelen, dagen elkaar uit. Ik weet niet wie banger is voor wie: Flapoor voor Pixie, of Pixie voor Flapoor.'

Nikki had er geen fiducie in en stond snel op. Ze was duizelig. Haastig liep ze in de richting van het gesnuif en gepiep. Ze wankelde op haar benen.

'Pixie, kom hier,' zei ze met weinig kracht in haar stem. De geluiden kwamen uit de donkere slaapkamer. Het duurde even voor haar ogen gewend waren en ze iets zag bewegen in een hoek van het vertrek. Ze liep er snel naartoe. Pixie stak zijn neus achter twee grote, onbestemde voorwerpen. Nikki was nu bij het hondje, pakte haar halsband en trok haar terug. Het wit met zwart gevlekte konijn huppelde rustig aan de andere kant van de trommels tevoorschijn.

Trommels?

Toen ze vooroverboog om Pixie terug te trekken, werd Nikki zo duizelig dat ze onmiddellijk op de grond van de slaapkamer moest gaan zitten.

'Is alles goed?' hoorde ze tante Jacques nog bezorgd vragen. Daarna hoorde ze even niets meer.

16

'Je kunt je niet meer precies herinneren hoe de avond is geëindigd?' herhaalde Bo Nikki's woorden. Haar toon droeg een zekere berisping in zich.

'Hmm, nee, niet echt,' zei Nikki vaag. 'Nou ja, uiteindelijk ben ik blijven slapen, omdat ik niet zo lekker was.'

'En je was niet lekker omdat je te veel had gedronken. Had je dan zoveel gedronken?' vroeg Bo, nog steeds op de toon van een schooljuf. Bo kon zelf heel goed tegen alcohol, dus naar haar mening moest je je wel flink te buiten gaan, wilde je zo ziek worden dat je niet meer op je benen kon staan.

'Nee, dat viel wel mee. Maar ik ben het niet meer zo gewend. En ik kan niet goed tegen sterke drank. Wijn, bier, dat gaat prima. Cocktails, dat lukt ook nog wel. Van whisky, jenever of cognac, dat soort dingen, word ik al heel snel draaierig,' verdedigde Nikki zich.

'Nou, oké dan,' zei Bo, alsof het aan haar was om Nikki's gedrag te beoordelen. Als oudere zus kon ze zich soms ineens streng en – als Nikki eerlijk was – een beetje irritant opstellen.

'Tante Jacques vond het helemaal niet erg, hoor,' merkte Nikki nog maar eens op.

'Nee, dat is ook zo'n lieverd.'

'Dat is ze ook.'

'Dus daar ben je nu wel achter. Je hebt geen bedenkingen meer over haar?'

'Nee, helemaal niet meer. Het was een enorm gezellige avond. We hebben zoveel gepraat, over van alles en nog wat.' Aan de lichte spanning in haar schouders en nek merkte Nikki dat ze niet honderd procent de waarheid sprak. Heel diep vanbinnen voelde ze nog altijd een hardnekkig flintertje wantrouwen jegens tante Jacques, gebaseerd op weinig meer dan dat Nikki echt niet wist hoe die avond bij tante Jacques geëindigd was. Ze had het gevoel dat ze niet alleen iets te veel had gedronken, maar dat ze ook ergens van was geschrokken, al had ze geen flauw idee van wat dat kon zijn geweest. Tante Jacques had haar naar het logeerbed gebracht en haar als een klein kind ingestopt, daar kon ze zich nog wel iets van herinneren, hoewel onduidelijk en fragmentarisch. Ze had prima geslapen en de volgende ochtend was ze wakker geworden van Pixie en Flapoor, die door de kamer raceten en een wedstrijdje leken te houden wie het meest wendbaar langs alle planten en meubels kon scheuren. Op tante Jacques' balkon hadden ze samen ontbeten met een gekookt ei, croissantjes en jus d'orange. Nikki had bijna een vakantiegevoel gekregen.

'Je kunt ook heel goed met tante Jacques praten,' zei Bo.

'Ja,' beaamde Nikki onmiddellijk. Ze keek naar haar zus, die naast haar wandelde in het park langs het IJsselmeer. Het was een stralend zonnige dag, precies wat je je voorstelde bij midzomer, wat het die dag was. Het was zondag, waardoor het erg druk was in het park en je op sommige paden haast in een opstopping belandde. Elk stukje gras werd bezet door picknickende gezinnen, lezende singles, zoenende stelletjes, ballende kinderen en spelende of vechtende honden. Bo hield niet zo van drukte, maar dat kon toch nauwelijks de reden zijn van de terneergeslagen blik op haar mooie gezicht.

'Praat jij vaak met tante Jacques?' vroeg Nikki met een blik op Bo, die afwezig over het water staarde. Het was misschien raar dat ze niet wist of tante Jacques en Bo regelmatig contact hadden, aangezien zijzelf zowel haar tante als haar zus toch bijna elke dag sprak en van de meeste zaken uit hun levens op de hoogte was. Maar hoewel ze nooit zo'n mensenkenner was geweest of uitgebreid nadacht over mensen en hun doen en laten, had Nikki inmiddels ook door dat er veel verborgen kon blijven, zelfs als je iemand dagelijks zag en over intieme dingen sprak.

'Ja, eigenlijk wel. Nadat we elkaar toen bij de Hema tegenkwamen, hebben we het contact aangehaald. We spreken zo af en toe af voor een kopje koffie of bellen even.'

Hier had Nikki dus geen idee van gehad. Bo was wel eens op een zaterdag bij White Magic binnengestapt, maar Nikki had toen min of meer aangenomen dat haar zus daar in de eerste plaats voor haar was en niet zozeer voor tante Jacques. Ze hadden met zijn drieën een kopje thee gedronken en het was duidelijk geweest dat het klikte tussen Bo en tante Jacques. Nikki had natuurlijk ook wel eens het vermoeden gehad dat tante Jacques en Bo over haar kletsten, maar dan was ze meestal in een achterdochtige bui geweest. Waarom kon het haar eigenlijk wat schelen dat tante Jacques en Bo elkaar zagen? Was ze soms jaloers? En op wie dan: op Bo of op tante Jacques?

Plotseling sprongen twee grote natte honden vanuit het water zo op het pad en Nikki en Bo moesten abrupt hun pas inhouden om niet over ze te struikelen.

'Er zijn hier veel te veel van die rothonden,' mopperde Bo. Het was waar dat er op deze mooie zomerse zondag inderdaad bijna net zoveel honden door het park liepen als mensen.

'Er kunnen wat mij betreft haast niet te veel honden zijn,' zei Nikki. 'Het zijn zulke goede, leuke, sociale dieren.' Ze keek verteberd naar hoe haar eigen Pixie een snauw gaf tegen een veel grotere dobermann die iets te opdringerig werd. Ze stond op het punt om haar hondje in bescherming te nemen toen ze zag dat de dobermann zich met een benauwde blik op zijn nummer liet zetten. Sociale relaties tussen honden waren minstens zo ingewikkeld als tussen mensen.

'Zo eentje hoef ik er toch niet in mijn buurt te hebben,' zei Bo, en ze wees op de dobermann.

'Ach, Pixie beschermt je wel,' zei Nikki, en ze moest lachen. Ze keek weer opzij naar Bo en zag dat haar zus niet verder kwam dan een vage glimlach. Het was niets voor Bo om zo bedrukt te zijn. Nikki had er tenminste nooit veel van gemerkt, maar misschien was dit ook iets wat Bo, als oudere en wijzere zus, wel vaker voor haar verborgen hield. Zou ze haar problemen wel met tante Jacques bespreken?

'Ben jij wel eens bij tante Jacques thuis geweest?' vroeg Nikki. Ze maakte zich zorgen om Bo's sombere stemming, maar ze was ook wel nieuwsgierig naar haar mening over tante Jacques' huis.

'Ja, een paar keer.' Bo stopte haar handen in haar broekzakken en schopte een stok voor zich uit, wat meteen een enthousiaste reactie van Pixie uitlokte. De spijkerbroek die Bo droeg, was haar weer eens te groot en kon wel eens van Pieter zijn (boyfriend-jeans waren misschien in de mode, dit model zag er bepaald niet hip uit), maar ze had tenminste wel een leuk zwart-wit polkadot-bloesje aan dat Nikki voor haar had gevonden op internet. De bloes was van begin jaren negentig en gedragen, dus niet zo heel erg bijzonder, maar wel heel erg Bo.

Na een korte stilte sprak Bo uit zichzelf verder. 'Vorige week zondag ben ik nog bij haar geweest.'

'O, een paar dagen voordat ik bij haar ging eten dus,' zei Nikki verwonderd. 'Misschien kunnen we eens samen gaan. Wat vind jij van haar appartement? Prachtig, toch? Wel heel anders dan ik had gedacht.'

Bo knikte. 'Ze heeft een heel leuk huis.' Ze leek te aarzelen en ging toen door. 'Ik was niet alleen voor de gezelligheid bij haar. Ik hoopte dat ze mij kon helpen.'

Nikki fronste. 'Waarmee?' Terwijl ze het vroeg kreeg ze een vermoeden, dat Bo meteen bevestigde.

'Met zwanger worden.'

'Echt?'

Bo knikte weer. Ze waren stil blijven staan en keken naar het IJsselmeer. De houten brug die ze over moesten werd versperd door groepjes pratende mensen die elkaar net op die plek waren tegengekomen en enthousiast hadden begroet.

'En? Kan ze je helpen?'

'Ze zegt dat ze het zeker kan proberen, maar dat er geen garanties zijn bij haar methodes. Je moet niet tegen de natuur in willen gaan, vindt ze. Aan de andere kant kan het volgens tante Jacques helemaal geen kwaad om de natuur een handje te helpen, en dat wil ze wel voor me doen. Tegelijkertijd moet ik vooral in mezelf en in Pieter blijven geloven en naar de dokter gaan als ik denk dat er echt iets mis is.'

Nikki vond de warme dag ineens niet langer stralend, maar eerder benauwend. Het viel haar op dat boven het water hier en daar grote wolken vliegjes zweefden.

'Wat gaat tante Jacques dan voor je doen?' fluisterde ze haast. Ze wou dat het niet zo druk om hen heen was met lawaaiige mensen.

'Ze gaat een ritueel voor me doen bij de eerstvolgende wassende maan en dan maakt ze ook iets voor me wat ik onder mijn kussen moet leggen.'

'Wat voor ritueel?'

'Dat weet ik niet.'

'Hoef jij daar niet bij te zijn?'

'Nee, volgens mij niet.'

Onbehaaglijkheid en lacherigheid streden om voorrang in Nikki's binnenste. Ze wist natuurlijk inmiddels wel dat tante Jacques af en toe iets rommelde met kruiden en wicca of witte magie (de winkel heette tenslotte White Magic). Daar had ze zich mee verzoend: dat was gewoon tante Jacques en tante Jacques was aardig en leuk. Ieder zijn hobby. Bovendien klonk het bijna kinderachtig: iets onder je kussen leggen. Maar toch vond ze het griezelig dat tante Jacques kennelijk werkelijk dacht dat ze magie beheerste. Of was dat niet wat ze bedoelde met 'de natuur een handje helpen'?

'Baat het niet dan schaadt het niet, dacht ik,' zei Bo, die een beetje leek op te klaren. Nikki's zus keek opzij, naar de overkant van de brug vol mensen, waar een tweetal strandjes lag, een klein paviljoen was en een terras. 'Kom, we gaan een ijsje halen.'

Nu was het Nikki's beurt om wat bedrukt te kijken. Peinzend baande ze zich een weg over de brug achter Bo aan en toen Pixie dwars door alle zonnebadende mensen heen het strandje op rende om zich in het water te werpen, riep ze haar niet terug. Ze kwam pas weer een beetje bij kennis toen Pixie weer terugrende en zich vlak bij haar blote benen uitschudde. Ze voelde de behoefte om zich net als haar hondje uit te schudden en zich zodoende van alle nare en vervelende gedachten te bevrijden. In plaats daarvan haalde ze maar eens diep adem en keek met een verse blik om zich heen. Sinds ze bij tante Jacques op visite was geweest, probeerde ze niet langer alleen over zichzelf na te denken. Bo was hier degene die een probleem had.

'Je bent er natuurlijk nog steeds heel erg mee bezig om zwanger te raken.'

'Ja, aangezien ik nog steeds niet zwanger bén. Ik kan het niet loslaten. Het wordt erger naarmate het langer duurt.'

'Dat kan ik me voorstellen. En toch hoef je je volgens mij nog altijd geen zorgen te maken. Jullie zijn nog steeds geen jaar bezig met proberen, toch?'

'Nee, maar de spanning stijgt. Ik word er knettergek van. Het zit constant in mijn gedachten. Tijdens de seks uiteraard, maar ook bij wat ik eet en drink en bij al mijn toekomstplannen. We zijn bijvoorbeeld nog altijd ons huis aan het opknappen. Maar zullen we binnenkort de studeerkamer moeten veranderen in een babykamer? Moet ik er op mijn werk alvast voor zorgen dat ik in een positie kom waar ik makkelijker parttime kan gaan werken? Iemand had het al over de wintersportvakantie. Belachelijk ver weg natuurlijk nog, maar toch: zal ik dan zwanger zijn? Ik kreeg laatste een kitten aangeboden uit een nestje en ik had bijna "ja" gezegd. Leek me wel leuk, een poes, totdat ik bedacht dat dat misschien niet heel handig zou zijn als er een baby komt. Die baby, die misschien wel helemaal niet komt. Zonder baby kan ik lekker op wintersportvakantie en een poes nemen. Maar toch…' Bo's stem begon te trillen en ze sloeg een hand voor haar mond.

'O, het komt echt wel goed,' zei Nikki geschrokken, en ze sloeg een arm om Bo's schouders. Ze waren omringd door een menigte mensen op de stranden, het gras en de paden, maar niemand leek op hen te letten. Toch trok Nikki Bo mee in de schaduw van een boom met een breed bladerdak. 'Probeer een beetje te ontspannen en er minder aan te denken. Makkelijk gezegd natuurlijk, dat snap ik wel. Neem gewoon wél een poes, dat geeft je wat afleiding. En poezen zijn hartstikke leuk en lief gezelschap, zolang ze geen Ping en Pong heten tenminste. Mocht je daarna zwanger raken, nou, dan zie je wel weer verder. Er zijn genoeg mensen met poezen die een baby krijgen. En anders dump je het beestje maar gewoon bij mij – je zou niet de eerste zijn. Dan word ik het poezenvrouwtje van het Aurorapark.'

Bo wreef over haar gezicht en moest lachen. 'Misschien heb je wel gelijk en moet ik juist wel een poes nemen.'

Nikki pakte Bo's hand vast. 'Het lijkt me zwaar om jezelf allerlei dingen te ontzeggen voor een fantoombaby. Je moet jezelf wat meer verwennen. Dat is heel goed voor bijna-zwangere vrouwen. Ik zal nog eens wat leuke kleren voor je opscharrelen. Dit stippeltjesbloesje staat je geweldig.' Ze streek met haar andere hand over het kraagje en de korte mouw.

Bo trok haar haar, dat in een frommelig knotje zat, los en ging er met haar vingers doorheen. Ze lachte opnieuw. 'Laten we dat ijsje gaan eten,' zei ze. 'Dat schijnt ook heel goed te zijn voor bijna-zwangere vrouwen. Ik trakteer.'

'Ik kan tegenwoordig best wel iets betalen, hoor,' zei Nikki quasi-verontwaardigd.

'Ja, mijn kleine zusje is al aardig volwassen aan het worden. En wijs,' voegde Bo eraan toe terwijl ze Nikki even in haar hand kneep. Toen ze uit de schaduw van de boom liepen in de richting van het paviljoen lieten ze elkaars handen los.

'Wie weet, misschien kan tante Jacques echt helpen,' zei Nikki. 'Ik geloof wel dat ze bepaalde krachten heeft. Daarom vind ik het ook een beetje griezelig.'

'Ik misschien ook wel,' gaf Bo toe.

Terwijl ze verder liepen naar het paviljoen voor een ijsje liet Nikki onwillekeurig haar blik over de mensenmassa glijden in de hoop dat ze Daniël misschien zou zien. In het park was dit automatisme geworden. Ze achtte de kans klein hem hier te ontdekken in zijn zwembroek op het strandje of met een biertje op het terras. Zijn boot lag helemaal aan de andere kant van het park en op de een of andere manier paste hij niet tussen de gezinnen met kleine kinderen en groepjes tieners die het strand bevolkten.

'We zullen wel geduld moeten hebben voor dat ijsje,' zei Bo. 'Ook hier is het loeidruk.'

Nikki zag nu pas dat het terras inderdaad helemaal vol zat en dat er een flinke rij stond voor het zelfbedieningsbuffet van het paviljoen.

'Achteraan aansluiten dan maar,' zei ze gelaten.

Berustend in de lange wachttijd gingen Nikki en Bo aan het eind van de rij staan. Even waren ze stil en keken ze naar de mensen en het meer. De felle zon op het water deed bijna pijn aan je ogen, zelfs met zonnebril. Die vintage brillen beschermden misschien niet zo goed meer, dacht Nikki.

'Wat is de zon fel, hè?' zei ze, gewoon om wat te zeggen. Ze stak een hand in de zak van haar korte spijkerrokje en wiebelde met haar in sandaal gestoken voet.

'Nou,' zei Bo. 'En wat maken die vervelende jetski's toch altijd een herrie. Ik dacht dat ze die dingen zo dicht bij het strand gingen verbieden.'

Plotseling draaide de man die voor hen in de rij stond en die ze beiden geen blik waardig hadden gegund, zich om.

'De gezusters Jacobs,' zei hij weinig vriendelijk.

Nikki kreeg een moment nauwelijks adem, alsof het strand en de rij voor het paviljoen zich plotseling boven op een hoge, zuurstofarme bergtop bevonden.

Het was Raymond. *Wel verdomme*, vloekte Nikki binnensmonds zodra ze weer enige lucht kreeg. De laatste persoon waaraan ze op dit moment behoefte had. De afgelopen tijd had ze er ook niet meer op gerekend hem nog tegen te komen in het park.

'Raymond?' zei Bo verbaasd, alsof ze hem nauwelijks herkende. Dit vond Nikki niet vreemd, want hoewel Raymond er nog net zo knap en goed verzorgd als anders uitzag, was er toch iets merkwaardigs aan hem, iets wat anders was dan vroeger. Hij was niet dik of zichtbaar ouder geworden, ook niet kaal, of pukkelig, en toch oogde hij minder aantrekkelijk, net alsof hij veranderd was in een tweelingbroer van zichzelf, diegene bij wie de gelaatstrekken vanaf de geboorte vrijwel identiek zijn, maar net iets minder symmetrisch, waardoor hij iets onsympathieks kreeg.

Het duurde even voordat Nikki de schok verwerkt had. Ondertussen had Raymond al een paar zinnen geuit, waarvan ze weinig had verstaan. Hij was geëindigd met iets van '… nog niet verhuisd?' en keek haar nu vragend aan.

'Eh,' zei Nikki. Ze ontweek Raymonds starende blik.

'Nee, natuurlijk is ze nog niet verhuisd,' zei Bo op ferme toon. Ze stond stevig op haar beide benen, had haar armen voor haar borst gevouwen, en leek er klaar voor Raymond eens flink de les te lezen. 'Waarom zou Nikki gaan verhuizen? Ze heeft het toch goed voor elkaar waar ze nu zit? Leuke plek, aardige buren, fijne tuin. Ze heeft haar huis hartstikke leuk ingericht. Het enige wat er nog aan mankeert is dat ze haar bankstel moet delen met die ellendige siamezen van jou.'

Nikki wou iets zeggen, maar merkte dat ze daar eigenlijk geen behoefte aan had. Ze staarde naar de horizon, die nauwelijks zichtbare streep in de verte, waar het blauwe water overging in blauwe lucht. Dat leek haar ineens een fijne plek om te zijn.

'Dus het gaat wel goed met je?' hoorde ze Raymond vragen.

'Het gaat uitstekend met Nikki,' antwoordde Bo. 'Ze heeft een prima baan en is bezig haar eigen bedrijfje te starten. Ze heeft zoals altijd heel veel leuke vrienden en aan minnaars ook geen gebrek.'

Bo bedoelde het goed, maar toch wou Nikki dat ze haar mond hield. Raymond was niet werkelijk geïnteresseerd in haar leven of dat het goed met haar ging. Het enige wat hij graag wou horen was dat ze weg zou gaan. Nikki fronste haar voorhoofd en kneep haar ogen halfdicht om tegen het felle licht in naar de horizon te kunnen blijven staren.

'Waarom blijf jij eigenlijk hier wonen?' vroeg Bo. 'Dit is toch geen plek voor jou en Tatjana? Jullie lijken me meer types voor Amsterdam-Zuid of zo.'

Nikki verplaatste haar blik van de einder naar Raymonds gezicht, benieuwd of hij antwoord zou geven.

'We hebben een prachtig appartement met een geweldig uitzicht,' zei hij, en even dwaalden zijn ogen over het terras. Tatjana heeft altijd een penthouse gewild.'

Nikki had Raymonds blik gevolgd en voelde het bloed uit haar gezicht wegtrekken toen ze aan een terrastafeltje de enige persoon zag zitten die ze nog minder graag tegenkwam dan Raymond: Tatjana.

Tatjana zag eruit alsof ze daar per ongeluk was afgezet door een vliegende schotel: volledig misplaatst. Hoewel ze werd omgeven door mensen in badkleding of lichte, flodderige zomeroutfits, droeg ze zelf een strakke, zwarte spijkerbroek, een nauwsluitend zwart T-shirt en rode schoenen met heel hoge hakken. Ook al vond Nikki ze prachtig, ze begreep niet hoe je die aan kon trekken als je in een park ging wandelen. Tatjana's huid was niet zoals bij de meeste mensen gebruind of een beetje rood gekleurd van de zon, maar net zo wit als anders. Haar donkere haar leek ook onaangedaan onder het zomerweer en golfde net als altijd over haar rug alsof ze reclame maakte voor L'Oréal. Terwijl Nikki keek, deed Tatjana iets griezeligs. Ze draaide haar hoofd weg van het strand naar Nikki en met een langzaam gebaar tilde ze haar donkere zonnebril op. Haar donkerblauwe ogen waren koud als van een reptiel. Het moment dat Nikki's en Tatjana's ogen elkaar vonden duurde nauwelijks een seconde, maar dat was genoeg voor Nikki om het gevoel te krijgen dat ze een koelcel was binnengestapt. Met eenzelfde rustig gebaar zette Tatjana de bril weer op haar neus, sloeg ze haar lange benen over elkaar en verplaatste ze haar aandacht ogenschijnlijk naar een zwarte man met rastahaar en een radio die kwam aanfietsen.

'Jij bent aan de beurt,' zei Bo kribbig tegen Raymond. Ongemerkt waren ze een eind in de rij opgeschoven.

Raymond bestelde koffie aan het buffet en liep met zijn twee kopjes naar Tatjana.

'Wat voor ijsje wil je?' vroeg Bo.

'Ik hoef geen ijs,' zei Nikki, die het al koud genoeg had.

'Jawel,' zei Bo, en ze bestelde vervolgens twee hoorntjes met drie bolletjes en slagroom, waarbij ze zo brutaal was ook voor Nikki de smaken te kiezen.

Zwijgend liepen ze weg van het paviljoen. Pas toen ze een bocht waren omgeslagen en uit het zicht waren van het terras durfde Nikki een likje van haar smeltende ijsje te nemen. Ze stond te trillen op haar benen.

'Zag je Tatjana?' vroeg ze aan Bo.

'Ja, wat een bitch. Misschien is het een rare associatie met dit weer, maar ze deed me aan de Sneeuwkoningin uit een sprookje denken. Wat een hooghartige smoel.'

'Ik krijg de zenuwen van haar,' zei Nikki.

'Wie niet?' antwoordde Bo laconiek.

Ze waren op twee grote keien aan het water gaan zitten. Met een afwezige blik liet Nikki Pixie aan haar ijsje likken, iets wat normaal tegen haar regels inging.

Bo streek Nikki over de rug. 'Maar laat je niet door haar de put in helpen. Wat kan ze je eigenlijk maken?'

Die nacht werd Nikki voor het eerst in weken weer wakker van getrommel. Ze lag op haar buik en het geluid dreef op het briesje door het open raam naar binnen. Het was nu zo duidelijk dat het daarom minder eng was. Meer geïrriteerd dan bang kroop Nikki overeind en liep ze naar het raam. Ze trok het gordijn, dat zachtjes bewoog in de wind, opzij en leunde naar buiten. De zon kwam al op en boven het IJsselmeer hing een rode streep. Het was niet helemaal donker meer. Buiten was desondanks niets bijzonders te zien. Plotseling hoorde ze behalve getrommel ook gezang en een soort gejuich. Wat gebeurde daar toch in het park? Want daar kwam het geluid heel duidelijk vandaan, en niet uit haar fantasie. Ze tuurde nog wat harder in de richting van de bomen. Tegen het eerste rossige ochtendlicht staken de zwarte silhouetten scherp af. De wind maakte een ruisend geluid. Vanachter Nikki's huis klonk een eerste kraai van de haan van Ruud en Carry. Ze keek verder om zich heen. De Springplank tegenover haar huis zag er groot, zwart en dreigend uit in de schemering. Zouden Raymond en Tatjana wakker zijn?

Met een klap trok Nikki het raam dicht en daarna sloot ze het gordijn. Terug in bed viel ze sneller in slaap dan ze had verwacht.

17

Een van de weinige dingen die Nikki zich kon herinneren van haar oma, die al vroeg in haar jeugd was overleden, was dat ze vond dat een mens niet te veel moest zeuren en beter kon aanpakken. Ze verkondigde die levenswijsheid te pas en te onpas en zoals Nikki later had begrepen vaak waar Nikki's moeder bij was, die kennelijk in de ogen van oma te veel zeurde en te weinig deed. Of daar enige waarheid in stak, had Nikki nooit durven zeggen: in haar ogen was haar moeder altijd nogal druk geweest. Je moest toch wel van aanpakken weten als je een vogelopvang wilde opzetten, of een meditatie-cursus, of een actie om Tibet te redden, of zoals nu een B&B in een Frans dorpje ging beginnen. Eigenlijk was Nikki altijd wel een beetje opgelucht geweest dat haar oma niet meer leefde: ze vreesde dat ze anders net als haar moeder nog vaak te horen had gekregen dat ze eens wat meer moest aanpakken en minder moest zeuren.

Vandaag, de dag na midzomer, had ze echter besloten om oma's levenswijsheid maar eens te testen. Ze was vroeg wakker geworden en kon niet meer slapen. Ze voelde zich onbehaaglijk, ook al was het een dag als alle andere. Misschien moest ze ongesteld worden of had ze ineens last van een serotoninetekort. Maar omdat ze geen zin had om naar haar eigen gezeur te luisteren had ze besloten om dan maar aan te pakken. Het was mooi weer en er was genoeg in haar omgeving dat om aanpakken vroeg, maar weinig zo schreeuwend luid als haar tuin. Dus had ze een tuinbroek uit de jaren zeventig tevoorschijn gehaald uit de stapel kleren die klaarlag om verkocht te worden en had ze deze aangetrokken over een hemdje.

Op haar slippers was ze het terras af gestapt en had ze voorzichtig haar jungle betreden. De rand van struiken en bomen om haar hoektuin heen was nu zo dichtbegroeid dat ze nauwelijks nog inkijk had en ook minder te vrezen had van insluipers, die anders wel door de metershoge brandnetels die daar ook groeiden afgeschrikt zouden worden. Alleen Ping en Pong trippelden nog vrolijk in en uit, kennelijk totaal niet gehinderd door de prikkende netels. Een beetje onzeker had ze om zich heen gekeken: waar zou ze beginnen? Zou ze een plek uitkiezen, bijvoorbeeld de rozenstruiken die zich inmiddels gedroegen alsof ze Doornroosjes kasteel moesten bewaken, of zou ze maar wat in het wilde weg gaan kappen en ruimen? Alles wat ze deed, was tenslotte meegenomen. Ze besloot tot het laatste, aangezien ze in de tuin was om aan te pakken, en begon hier en daar aan wat onduidelijke stengels en onkruidachtige planten te trekken.

Al gauw merkte ze dat tuinieren om een andere outfit vroeg dan wat bloemen plukken en ging ze naar binnen om ondanks het mooie weer haar kaplaarzen (met bloemendessin), een zonnehoedje en – bij gebrek aan tuinhandschoenen – rubberen schoonmaakhandschoenen aan te trekken. Haar armen en voeten zaten al onder de schrammen en blutsen. Gewapend met de stevige snoeischaar die ze in haar schuurtje had gevonden, begon ze opnieuw aan haar taak. Na een uurtje werken in de zon had ze een enorme berg groenafval verzameld en stond het zweet haar op de rug. Met haar handen in de zij bestudeerde ze haar tuin om te zien of ze al enige vooruitgang had geboekt – teleurstellend weinig eigenlijk – en waar ze misschien een composthoop kon beginnen. Net vroeg ze zich af of ze zichzelf zou toestaan een kop koffie te drinken, toen Pixie een kort blafje gaf en opgewekt richting het piepende tuinhekje huppelde. Nikki trok de broeierige handschoenen uit en streek over haar verhitte gezicht. Ze verwachtte Sabina om de hoek van haar huis te zien verschijnen. Pixie kwam echter terug met Daniël.

Het liefst had Nikki snel een holletje in de grond gegraven om in te verdwijnen. Kon ze Daniël nou niet een keer onder andere omstandigheden tegenkomen? Steeds als ze bij hem in de buurt kwam, liep ze in haar oudste vodden of overviel hij haar zo dat ze als een halve gare nauwelijks iets wist te zeggen. Ook nu.

'Hoi,' zei Daniël. Het viel Nikki op dat hij haar niet zoals veel mannen eerst snel van top tot teen opnam, maar haar alleen in de ogen keek. Dus misschien waren die tuinbroek en rubberlaarzen wel niet zo erg.

'Hoi,' zei ze, blij dat haar stem het nog deed. Met haar rechterhand schermde ze haar ogen af van de zon zodat ze hem beter kon zien. Hij zag er nog steeds erg aantrekkelijk uit: beetje bruin door de zon, haar nog wat langer, in een eenvoudige spijkerbroek en T-shirt. Zijn blauwe ogen vielen nog meer op in zijn gebruinde gezicht.

'Je tante heeft me verteld waar je woont. Ik hoop niet dat je dat erg vindt. Ik heb haar erg onder druk gezet door te dreigen dat ik elke avond onder haar balkon een serenade zou brengen als ik je adres niet kreeg, weer of geen weer. En ik kan absoluut niet zingen. Dan nog wilde ze alleen je adres geven als ik haar kon overtuigen van mijn serieuze en goede bedoelingen en na de belofte dat ik voorzichtig zou handelen.'

'Poeh,' zei Nikki en ze moest lachen. 'Het lijkt wel of ik een porseleinen poppetje ben.'

'Misschien niet van porselein, maar je bent wel heel waardevol voor je tante.' Daniël moest ook lachen, wat hem een jongensachtiger uiterlijk gaf en minder dat van een sprookjesprins.

'Ik hoop natuurlijk dat jij het ook niet erg vindt dat ik hier zomaar kom binnenvallen. Ik heb wel aangebeld, maar je deed niet open en toen zag ik beweging in de achtertuin.'

Nikki schudde haar hoofd. 'Nee, helemaal niet.' Maar wat moest ze nu eigenlijk met hem aan, dacht ze. Koffie aanbieden?

'De reden dat ik hier ben,' ging Daniël verder, 'is dat ik je wil vragen... Eh, nou ja... Hier, ik heb iets voor je meegenomen.'

Nu pas drong het tot Nikki door dat Daniël een bos bloemen in zijn hand had. Het was een veldboeket, waarschijnlijk zelf geplukt, en juist daarom prachtig.

'Wat mooi,' zei ze en ze kwam iets dichterbij om de naar haar uitgestoken bloemen aan te pakken. Zo vlakbij vond ze het moeilijk om hem weer recht in de ogen te kijken. De spanning tussen

Daniël en haarzelf was bijna tastbaar. Iemand als Leni zou waarschijnlijk zeggen dat hun aura's knetterden of iets dergelijks.

Daniël stak zijn lege handen in zijn broekzakken. 'Tja, wat ik vragen wou... eh... was, eh... is of je misschien een keertje met mij wilt uitgaan. Ik dacht aan een picknick. We kennen elkaar natuurlijk niet of nauwelijks, maar we kennen allebei je tante en vinden haar aardig, dus we hebben al iets gemeenschappelijks. En jij lijkt me ook heel aardig, en leuk, en eh aantrekkelijk. Ik vond je meteen leuk zodra ik je zag.'

Nikki bewonderde zijn moed en voelde zich gevleid en nog meer verlegen worden.

'Ja, natuurlijk,' zei ze en uit een soort ongemakkelijkheid duwde ze haar handen door haar haar, waarbij het zonnehoedje afviel, waarna ze snel haar armen weer omlaagdeed omdat ze ineens niet precies meer wist wanneer ze voor het laatst haar oksels geschoren had. Dat was niets voor haar: de Nikki die met Raymond was geweest had altijd gezorgd voor gladde oksels, en die had ook nooit zo onbeholpen staan schutteren. Maar ze was ook nog nooit een jongen tegengekomen die haar zo verlegen maakte als Daniël.

Daniël keek echter alleen maar blij dat ze met hem uit wilde en leek niets te merken van haar gestuntel.

'Zal ik je dan ergens deze week komen halen, rond een uur of zeven 's avonds, voor een picknick in het park? Ik zal voor alles zorgen. Jij hoeft alleen maar te komen. En bij slecht weer zal ik iets anders bedenken.'

'Ja, goed.' Nikki dacht snel na. Morgenavond ging ze pizza eten met Roland, op woensdag wilde Bo haar meetronen naar een proefcursus bikramyoga en donderdagavond moest ze werken. Ze had het druk voor iemand die nog niet zolang geleden werkloos en eenzaam thuis had gezeten.

'Vrijdagavond?' stelde ze voor.

'Vrijdagavond lijkt me de perfecte avond.'

Een moment stonden ze zwijgend naar elkaar te glimlachen totdat dat vreemd werd.

'Ik kom je om zeven uur halen, goed?'

Nikki knikte.

'Tot dan.' Even maakte Daniël een gebaar waardoor het leek alsof hij Nikki wilde aanraken, maar toen bedacht hij zich, lachte nog eens en maakte zich snel uit de voeten.

Zodra hij uit het zicht was, begon Nikki's hart te bonzen alsof het zich al die tijd had ingehouden. Ze was glad vergeten hem koffie aan te bieden.

Nikki's handen trilden een beetje van de adrenaline die door haar lijf gierde terwijl ze het veldboeket – roze kelkjes, gele boterbloemen en iets met kleine paarse en witte bloemetjes – in een vaas zette. Ze was helemaal hyper door Daniëls bezoek en wist dat ze zich toch voorlopig nergens op kon concentreren, zelfs niet op tuinieren. Honger had ze ook niet en daarom riep ze Pixie maar voor hun ommetje door het park. Daarna zou ze naar White Magic gaan.

Wandelend over de paden van het Aurorapark merkte ze dat ze goed hoteldebotel was: ze kon nauwelijks rustig lopen van alle opwinding en allerlei verwarrende gedachten buitelden door haar hoofd als een stel uitgelaten kleine kinderen. Ze zou vrijdag gaan picknicken met Daniël! Een jongen die ze amper kende en die haar bovendien zenuwachtiger maakte dan een ontmoeting met een filmster als Jake Gyllenhaal. Ze kon bijna niet wachten tot het vrijdag was, maar aan de andere kant, als ze eraan dacht dat ze dan waarschijnlijk een paar uur met Daniël alleen zou zijn en zou moeten praten en eten in zijn gezelschap, stokte haar adem en vroeg ze zich af of ze niet liever nog een tijdje single zou willen blijven. Ze was een beetje gek, besloot ze, en ze kon beter niet te veel aandacht aan zichzelf besteden. Ook voelde ze, dwars door alle opwinding heen, dat het nare gevoel waarmee ze die ochtend wakker was geworden, er evengoed nog steeds zat. Ze wist dat als haar adrenalineniveau zou dalen, dat rotgevoel op volle sterkte terug zou kunnen keren. Het was maar goed dat ze tegen die tijd waarschijnlijk aan het werk zou zijn bij tante Jacques. Niet zeuren, maar aanpakken.

Zoals wel vaker tijdens haar wandelingetjes door het park, had Nikki Pixie de route laten bepalen en sjouwde ze, vol van haar eigen gedachten, trouw achter het hondje aan. Ze was echter niet zo ver heen dat ze niet merkte dat ze haar de bielzentrap liet beklimmen die naar de vlakke top leidde van de heuvel waar ze ooit de heksenkring (zoals ze nu de resten van het kampvuur en de versiersels in de bomen noemde) had gevonden, een plek waar ze uit zichzelf liever niet meer kwam. Ze herinnerde zich de trommels en het gejuich en gezang van de afgelopen nacht weer. Bijna wilde ze Pixie terugroepen, zich omdraaien en de trap weer af lopen, maar halverwege de beweging bedacht ze zich en besloot ze door te lopen, de heuvel op.

Boven op de heuvel waren drie open plekken, twee grote en een kleine. Alle drie de plekken waren min of meer cirkelvormig en vrijwel volledig omsloten door bomen. Van beneden kon je niets zien van wat er zich op de heuvel afspeelde. Er deden vreemde geruchten de ronde over de heuvel, die immers een uitzondering was in het verder platte landschap. Er werd gezegd dat het eigenlijk een overgroeide oude afvalberg was, dat er lang geleden ook gevaarlijk medisch afval of zelfs radioactief afval gedumpt zou zijn. Sommige mensen, onder wie zelfs de nuchtere Ruud en Carry, zeiden dat ze voor geen goud gingen wandelen op de heuvel, al had dat niet alleen te maken met het vermoede gevaarlijke afval maar ook met verhalen over rondslingerende naalden van junkies en gebruikte condooms.

Toen Nikki de eerste open plek betrad, was er van afval, oud of recent, echter weinig te zien. Het was alsof de zomer speciaal zijn best had gedaan op dit kleine stukje aarde. Een groot deel van de cirkel bestond uit ongemaaid gras van bijna een halve meter hoog, waartussen duizenden wilde bloemen in allerlei kleuren groeiden. Smalle, door mens en dier platgetrapte paadjes liepen hier doorheen. De zoete geur van al die bloemen was intens, bijna bedwelmend. Vlinders, bijen en andere insecten vlogen door de lucht. Tegelijk was hun gezoem het enige geluid dat boven op de heuvel hoorbaar was. Het was alsof Nikki werkelijk een andere wereld was binnengaan, waar geluiden van beneden niet doordrongen. Betoverd, maar ook een beetje achterdochtig stond ze naar al dat plotselinge moois te kijken. Was het hier niet een beetje té mooi?

Zoals gewoonlijk hield Pixie zich niet bezig met dit soort gepieker en vol vreugde sprong ze door het hoge gras, enthousiast happend naar alles wat langs vloog en soms even pauzerend om op een malse grasspriet te kauwen.

Met een korte bocht staken Nikki en Pixie het gras over en kwamen ze op een zanderig paadje dat tussen twee hoge, grote, oude bomen door voerde en naar de tweede open plek leidde. De twee bomen hadden bijna zwarte stammen en enorme, in elkaar overhangende bladergewelven, die zoveel schaduw boden dat het eronder haast duister was. Nikki kon zich niet aan de indruk onttrekken dat die bomen een toegangspoort vormden, naar een soort binnenhof. Ze keek opzij om te zien of ze tussen de bomenrand iets van de buitenwereld kon onderscheiden, een wit zeilbootje op het water, een wandelaar met hond of een spelend kind, maar de begroeiing liet niets door. Op de heuvel waren ogenschijnlijk geen andere wandelaars of honden. Ondertussen was Pixie tussen de twee woudreuzen verdwenen en zat er voor Nikki niets anders op dan doorlopen, wilde ze haar hondje niet kwijtraken.

Onder de bomen was het zo donker dat het zonlicht op de tweede open plek aan de andere kant Nikki even verblindde. Toen ze weer gewend was aan het felle licht keek ze om zich heen. Deze open plek was misschien iets groter dan de vorige en verder was er ook gras, omgeven door bomen en struiken. Het gras was korter en er waren minder bloemen en dus ook minder insecten. Wel zag Nikki meteen de restanten van een groot kampvuur in het midden van de ronde plek, maar daar schrok ze al niet meer van. Dat kon net zo goed van junkies of alcoholistische zwervers geweest zijn als van iemand anders. Niet dat dronkenlappen en drugsgebruikers iets waren om blij van te worden, maar die waren overduidelijk niet aanwezig, dus hoefde ze ook niet bang te zijn. Ze wilde Pixie net wegjagen bij de asresten en doorlopen, toen ze links uit de bomenrand een zacht getingel hoorde. Ze moest haar ogen samenknijpen om te zien dat er een kleine windgong aan een tak hing. Als een hond die zijn nekharen overeind zet, voelde ze de spieren in haar schouders, rug en bovenarmen spannen. Ze verscherpte haar blik en plotseling zag ze ze overal hangen: de windgongen, droomvangers, lintjes, bloemenslingers en allerlei andere vaak zelfgemaakte versiersels van takjes en stokjes, steentjes, schelpen, bloemblaadjes, papiertjes.

Dus toch.

Nu ze nog eens beter keek, zag ze ook dat er vier grote takken in een wijde cirkel rond het vuur in de grond gestoken stonden, als vertegenwoordigers van de vier windrichtingen, zoals Nikki had geleerd uit de boeken die in White Magic te koop waren. Aan de bovenkant van de takken wapperden ook linten in verschillende kleuren en om de takkencirkel heen liep een uitgesleten spoor van platgetrapt gras.

Nikki staarde om zich heen en wachtte op de angst die haar nu vanuit haar binnenste ongetwijfeld zou bespringen, maar er gebeurde niets. Afgezien van de spanning in haar nek en schouders bleef ze rustig. Wat gaf het dat mensen hier rond een vuur wilden zitten, of lopen, of dansen, en lintjes in een boom wilden knopen? Ze was door haar werk iets minder naïef geworden. Toch nog een beetje voorzichtig en zelfbewust liep ze naar het midden van de cirkel om Pixie alsnog bij de resten van het vuur weg te halen.

Ineens klonk er een enkel geluid in de stilte, als een tak die knapte. Meteen keek Nikki in de richting van het geluid. Ze wist dat daar tussen de bomen de derde open plek was, de kleinste, niet veel groter dan een fikse molensteen, en dat deze slechts bereikt werd door vier sluippaadjes van dieren die zich daar kruisten. Dit was de plek waar ze de eerste keer zo geschrokken was van het maantje en het zonnetje en de andere *Blair Witch*-parafernalia. De originele heksenkring. Op het eerste gezicht zag ze daar niets of niemand. Het kon een hond zijn geweest die door de struiken scharrelde. Ze keek naar Pixie, die met gespitste oren en opgetrokken voorpootje indringend naar de groep bomen staarde. Nikki volgde de blik van haar hondje en bestudeerde nogmaals het gebladerte.

Ze kreeg het ijskoud onder de zomerzon en kippenvel trok van boven naar onder over haar lichaam. Zag ze het echt goed? Daar, tussen de bomen, op wat de plek moest zijn die Nikki als heksenkring omschreef, stond iemand doodstil naar haar te kijken.

Het was Tatjana. Uitdrukkingsloos en volledig stil staarde ze Nikki aan. Ze stond doodstil en droeg donkere kleren, waardoor ze bijna niet te zien was in de schaduw. Nikki moest met haar ogen knipperen om zeker te weten dat het echt Tatjana was en geen illusie. Pixie gaf een kort blafje, alsof ook zij onzeker was van wat ze zag. Een seconde was Nikki afgeleid door haar hondje en toen ze weer opkeek en opnieuw met haar ogen de plaats afzocht waar ze Tatjana had gezien, kon ze haar niet meer vinden. Haar bleke gezicht, de blauwe ogen en het lange donkere haar waren verdwenen.

Nikki ademde gejaagd. Achter haar vloog een vogel op uit de struiken, die het gekras van een kraai liet horen. Het kon Nikki niet meer schelen of ze zich raar of laf gedroeg: ze gaf Pixie het bevel te volgen en rende zo hard als ze kon naar de opening tussen het struikgewas, niet die met de hoge donkere bomen, maar die waarvan ze wist dat hij haar naar beneden, naar de buitenwereld, zou leiden. Met Pixie op haar hielen holde ze de flauwe helling af en bleef nog een tijdje rennen, nagekeken door een oudere man met teckel en sigaretje, tot ze bij het hertenkamp vlak bij haar huis was.

Buiten adem en met bonzend hart liep ze naar huis. Maar wie zei haar dat ze daar veilig was? Als Tatjana echt een soort heks was, waar was ze dan veilig?

Nog altijd met de schrik in haar lijf en onrustig om zich heen speurend kwam Nikki bij haar huis aan. Daardoor liep ze straal langs de doorsnee en weinig verontrustend uitziende man die bij de paal met intercom stond die toegang gaf tot het terrein van de zeilvereniging. Alleen leden mochten daar met hun auto in- en uitrijden. Ze zag hem pas toen ze een tikje op haar schouder voelde en ze van schrik bijna in de conifeer wilde klimmen die in haar voortuin stond.

'Slecht geweten, Nikki?' vroeg de blonde, wat gezette jongeman.

Nikki staarde hem met grote ogen aan. Ze kende de man met de blauwe ogen en lichte wimpers ergens van, maar ze kon hem niet zo gauw plaatsen. Haar overbelaste hersenen draaiden op volle toeren. White Magic? Een feestje bij Bibi? Iemand die ze weleens met een hond in het park tegenkwam? Een stamgast van De Tempelier?

'Omdat je zo schrikt,' verduidelijkte de man. Met zachte greep hield hij haar nog steeds vast bij haar bovenarm. 'Je schrikt toch niet van mij?' Hij liet een luide lach horen.

'Eh, nee,' wist Nikki uit te brengen.

'Of weet je niet meer wie ik ben?'

'Jawel.' Nikki bleef hem wanhopig aankijken.

'Sander,' zei de jongeman, op een toon alsof dat alles duidelijk moest maken.

Sander... Nikki bekeek hem nog eens goed en verlegde haar blik toen naar zijn auto, een SUV, en de zeilboot die daarachter op een aanhanger lag. En ineens wist ze het: Sander, natuurlijk, die collega van Raymond. Ze kende hem van de bedrijfsuitjes en hij was wel eens bij hen thuis geweest voor een etentje of feestje. Raymond ging af en toe wel eens met hem tennissen of zeilen of zo. Echte vrienden waren Raymond en hij nooit geworden, daarvoor vond Raymond hem niet interessant genoeg. Hij had altijd een beetje om Sander moeten lachen, omdat hij nogal stuntelig was op sociaal vlak, maar Raymond had moeten toegeven dat hij op het werk beter presteerde. Nikki kon zich niet herinneren dat ze ooit meer dan twee gedachten aan Sander gewijd had. Hij was zo iemand die soms wel aanwezig was geweest, maar die ze zelden had opgemerkt. Ze herinnerde zich hoogstens dat hij vaak net de verkeerde dingen zei en dat hij een beetje kruiperig tegen haar had gedaan, alsof hij bij haar in het gevlei wilde komen. En ook dat Raymond had verteld dat hij steenrijk was. Ze keek nogmaals naar de SUV en de zeilboot.

173

'Sorry, natuurlijk weet ik wie je bent. Ik heb alleen enorme haast en was met mijn gedachten heel ergens anders.'

'Dat kan gebeuren. Daar heb ik ook wel eens last van.' Sander had haar arm losgelaten, maar stond nog steeds iets te dichtbij. 'Nu ik je toch zie, kan ik je eindelijk zeggen dat ik vind dat Raymond zich echt als een ploert gedragen heeft. Ik wilde je aldoor al bellen om je te zeggen dat ik geheel aan jouw kant sta, maar ik had je nummer niet.'

'Nee, dat begrijp ik.' Nikki kon zich maar half concentreren op wat Sander zei. Moest ze hem nu haar mobiele nummer geven? Liever niet. 'Sorry, maar ik moet echt naar mijn werk. Leuk je weer eens gezien te hebben.' Ze wilde naar haar tuinhekje lopen, maar Sander blokkeerde subtiel haar pad.

'Woon je hier? Wat apart.' Hij gebaarde met zijn hoofd in de richting van haar huis. 'Als ik me niet vergis, is dat vlak bij Raymond en Tatjana. Die wonen in de Springplank, toch?'

Bedankt dat je me daaraan herinnert, dacht Nikki. Ze knikte.

'Zeg, Nikki,' ging Sander verder, en hij pakte zachtjes haar elleboog beet. 'Zou jij niet een keer met mij uit eten willen? Ik heb je altijd al een leuke meid gevonden.'

Nikki keek Sander verbaasd aan. Dit had ze niet zien aankomen, misschien ook omdat ze heel andere dingen aan haar hoofd had. Ze had nooit iets in Sander gezien. Hij deed haar denken aan een jongen uit haar klas vroeger, die een beetje apart was geweest en ook iets kruiperigs had. Hij werd daarom niet zozeer gepest als wel gemeden. Ooit had ze in een spaarzame liefdadige bui besloten wat aandacht aan hem te besteden, omdat ze hem zielig vond. Daarna had hij zich een tijdlang aan haar vastgeklampt en had ze enorme spijt gekregen van haar opwelling, gewoonweg omdat hij niet leuk was, zielig of niet zielig.

'Ik zou je, laten we zeggen, aanstaande zaterdag rond een uur of acht kunnen ophalen voor een hapje eten in Le Petit Sud.'

Maar Sander was die jongen niet, en of hij leuk of niet leuk was kon ze eigenlijk nauwelijks beoordelen. Wat ze wel wist was dat Le Petit Sud het duurste restaurant van de stad was. Ze was in tijden niet behoorlijk uit eten geweest. Ze kwam nooit verder dan de Chinees, pizzeria of De Tempelier. Ze keek nog eens naar Sander. Zo beroerd zag hij er niet uit; met een beetje goede wil kon je zeggen dat die blonde kuif en die bolle wangen hem iets jongensachtigs gaven. Ze liet haar blik afdwalen naar de SUV en de zeilboot.

Sander zag kennelijk waar ze naar keek, want hij zei: 'Je zou ook een keer mee kunnen op mijn jacht. Dit zeilbootje is van een vriend, maar mijn eigen boot is nog een stuk mooier.'

Nikki knikte afwezig en keek nog iets verder dan de boot, naar de Springplank daarachter, dat grote, de omgeving overheersende gebouw. Was Tatjana terug in haar appartement? Had ze haar echt gezien, net in het park bij de heksenkring? Bij de gedachte daaraan kreeg Nikki het opnieuw koud alsof ze in ijswater werd gedompeld.

'Nou, wat dacht je ervan. Zaterdag, tegen achten? Je kunt je mooiste jurk aantrekken, want in Le Petit Sud houden ze daar wel van.'

'Oké,' zei Nikki, en ze deed haar best om de trilling in haar stem te beheersen. 'Ik zie je zaterdag. Ik moet nu gaan, want ik moet werken.'

Sander knikte tevreden en drukte op de knop van de intercom van de zeilvereniging.

Met een zenuwachtig gevoel liep Nikki naar haar eigen huis, dat ze die ochtend na Daniëls uitnodiging nog in zo'n uitgelaten stemming had verlaten.

18

Het liefst was Nikki meteen bij Bo langsgegaan om het incident met haar te bespreken, maar haar zus was uiteraard op haar werk en nam haar mobiel niet op. Polly was waarschijnlijk in de boekhandel, want ook bij haar kreeg Nikki geen gehoor. Omdat ze het gevoel had dat ze in stukjes uiteen zou vallen als ze niet met iemand kon praten over haar ontmoeting met Tatjana – als je de gebeurtenis op de heuvel zo kon noemen – stuurde ze een noodkreet per sms naar hen beiden om haar te bellen, waarna ze snel schone kleren aanschoot, Pixie een aai gaf en op haar fiets sprong. Tante Jacques had Nikki gevraagd of zij maandagmiddag de winkel wilde openen, omdat ze zelf verwachtte moe te zullen zijn vanwege een uitje de avond ervoor. Nikki wilde haar tante niet in de steek laten en ze voelde zich ook in toenemende mate verantwoordelijk voor White Magic.

Bij de winkel aangekomen was ze al iets gekalmeerd door het fietsen en de normale levendigheid in de zonnige stad, vol afgeladen terrasjes, alsof niemand op maandag hoefde te werken. Ze parkeerde haar fiets in het gangetje naast de winkel en ging naar de keuken om thee en koffie te zetten voor het geval haar tante nog zou komen of een klant iets wilde. Ze voelde zich thuis hier beneden in de winkel en ook dat stelde gerust. Over de zolder en het gordijn voor de trap dacht ze liever nog altijd niet te veel na: die bleven haar de kriebels geven, bijna als een gekke kinderangst.

Tot Nikki's verbazing belde Polly haar nog voordat ze winkeldeur van slot had gehaald.

'Wat is er Nikki?' riep Polly luid door de telefoon. 'Ben je ziek? Ontvoerd? Moet ik komen?'

'Nee, nee, ik ben niet ziek of gekidnapt,' haastte Nikki zich om Polly gerust te stellen. Misschien had ze in het sms'je iets overdreven. Ze had moeten bedenken wat de uitwerking zou zijn op haar zus en Polly. 'Maar... kun je naar me toe komen? Ben je niet op je werk?'

'Ik ben vrij vandaag. Ik zou met mijn moeder naar de schoonheidsspecialist, maar die belde af. Dus ik was al van plan vanmiddag even langs White Magic te gaan. Maar wat is er gebeurd? Ben jij wél op je werk? Is die leuke tante Jacques misschien toch een toverkol en wilde ze een bezwering op je loslaten? Of heeft Raymond je weer lastiggevallen?'

'Nee, er is eigenlijk niet echt iets gebeurd. Ik ben ergens heel erg van geschrokken, maar als je naar White Magic komt, vertel ik het je liever hier met een kopje thee op de bank. Tante Jacques is er niet. Met haar heeft het trouwens niets te maken.'

'O, gelukkig, want ik vind haar erg aardig.'

'Ja, ik ook. Kom je?'

'Ja, nu meteen. Ik wil graag horen wat er aan de hand is. Even mijn slippers aan en ik ga op weg. Tot zo.'

Met een zekere opluchting – ze zou haar verhaal zo meteen kunnen delen – drukte Nikki op het knopje van haar mobiel waarmee je een gesprek beëindigde, waarna ze meteen een sms kreeg van Bo: SUP??? *Spring meteen in auto. Ben je thuis?* Snel sms'te Nikki terug: SRRY!!! *Alles* OK. *Beetje overdreven. Polly is hier al. Spreek je vanavond.*

Na deze actie ging ze eindelijk de winkeldeur van het slot halen en het bordje omdraaien naar OPEN. Gelukkig stond er niemand te wachten. Op maandagmiddag was het meestal rustig en ze verwachtte geen moeilijke klanten. Een rilling trok langs haar ruggengraat toen ze bedacht dat ook Tatjana klant was van White Magic en natuurlijk zomaar naar binnen zou kunnen lopen, maar ze onderdrukte die nare gedachte meteen.

Ze hield zichzelf bezig in de winkel met de kassa aanzetten en de boel wat aan kant maken. Ze had nog geen klanten gehad toen de deur klingelde en Polly kwam binnenstappen op haar roze Birkenstocks.

'Nikki,' riep ze, en ze liep op Nikki af om haar te omhelzen. 'Gelukkig ben je nog helemaal in orde.'

'Ja, sorry,' zei Nikki met een glimlach. 'Ik had je niet zo aan het schrikken mogen maken.'

'Geeft niet. Je zal toch wel je redenen gehad hebben. Om eerlijk te zijn sterf ik inmiddels bijna van nieuwsgierigheid. Zijn we alleen?'

Nikki knikte. 'Ga lekker op de bank zitten. Dan haal ik de thee met cake en daarna hoor je alles.' Het begon er haast op te lijken alsof ze een leuk verhaal te vertellen had.

Toen Nikki terugkwam met de Chinese theepot en twee plakken van tante Jacques' cake, zat Polly al in kleermakerszit op de bank voor het raam.

Terwijl Nikki de thee inschonk, staarde Polly enkele seconden gefascineerd naar een tarotkaart met daarop een vrouw die in elke hand een kruik droeg, waarna ze deze met een zucht, maar gedecideerd terzijde legde. Nikki ging naast Polly op de bank zitten en keek even uit het raam of er niet net een nieuwe klant aankwam. De Brede Havensteeg was leeg.

'Nou, vertel eens gauw,' zei Polly, terwijl ze Nikki's beide handen pakte. 'Wat is er in hemelsnaam gebeurd?'

'Nou,' begon Nikki aarzelend en ineens wist ze niet goed hoe en waar te beginnen. Ze voelde hoe haar wangen rood kleurden. Toen besloot ze gewoon maar bij het begin van de dag aan te vangen. Ze vertelde hoe ze was ontwaakt met een onbestemd rotgevoel en daarom in de tuin was gaan werken. Toen ze vertelde dat Daniël zomaar haar tuin was komen binnenwandelen, kon Polly bijna niet meer stil blijven zitten.

'Hij stond zomaar ineens voor je neus?'

'Zo ongeveer, ja.'

'En je bleef gewoon heel koel en beheerst? Je wilde niet het liefst onder de dichtstbijzijnde steen kruipen en je ging ook niet giechelen of bijna in je broek plassen?'

Nikki grinnikte. 'Nou, het scheelde niet veel, maar het is me geloof ik wel gelukt om niet al te raar te doen. Hij liet in elk geval niets merken.'

'Hij is vast heel aardig.' Polly staarde dromerig voor zich uit.

'Volgens mij ook.'

'En jullie gaan vrijdag picknicken. Wat romantisch.'

Nikki knikte, nam een slokje thee en keek met genegenheid naar Polly, die leek te smelten bij de gedachte.

'Hou oud is hij? Woont hij op die boot? Wat doet hij?'

'Dat weet ik allemaal nog niet. Ik weet bijna niets van hem. Gek eigenlijk.'

'Dat komt allemaal nog wel. Tante Jacques kent hem en vindt hem leuk, dus dat is al een goed teken.' Polly blies in haar mok met hete thee en leek weer enigszins bij haar positieven te komen. 'Maar dit is toch niet waarom je me sms'te? Je berichtje klonk meer als een kreet om hulp.'

'Ja, dat is ook zo.' Nikki haalde diep adem en wilde net verder vertellen toen de belletjes van de deur rinkelden. Juist nú een klant? Licht geërgerd keek ze in de richting van de deur om recht in het gezicht van tante Jacques te staren.

'Nikki, wat is er?' riep die meteen. 'Je ziet eruit alsof je een geest hebt gezien.'

Tot haar eigen verbazing begon Nikki bijna te huilen. Gegeneerd verborg ze haar gezicht in haar handen. Tante Jacques snelde naar haar toe en legde een arm om haar heen, terwijl een verbouwereerde Polly nog wat dichterbij kwam zitten en op Nikki's knie klopte. Nogal warrig en met horten en stoten kwam het hele verhaal over het park en de heuvel, de heksenkring en Tatjana, en daarna nog de ontmoeting met Sander eruit. Na Nikki's laatste woorden bleef het stil. Iets te lang, naar haar gevoel.

'Jullie vinden natuurlijk dat ik me aanstel,' zei ze.

'Nee, dat vind ik niet,' zei haar tante met rustige stem. 'Ik neem dit serieus en vind het zorgwekkend.'

'Jeetje, Nikki, ik krijg helemaal de rillingen van die Tatjana. Wat een toestand. Wat moeten we doen?' Polly klonk buiten adem.

Nikki haalde opgelucht adem nu haar tante en vriendin haar tenminste niet zonder meer voor gek verklaarden.

'We blijven vooral rustig en laten ons niet bang maken door

Tatjana. Dat is nergens voor nodig en dan zou ze waarschijnlijk nog haar zin krijgen ook. Ik heb namelijk het gevoel dat dat precies is wat Tatjana wil: dat Nikki angstig en onzeker wordt.'

'Wat heeft ze toch tegen Nikki?' vroeg Polly. Ze dacht even na. 'Afgezien van dat Nikki de ex is van Raymond.'

'Ze wil dat ik verdwijn,' zei Nikki met schorre stem. 'En als het zo doorgaat, krijgt ze dat nog voor elkaar ook.'

'Jij gaat helemaal nergens naartoe,' zei tante Jacques op ferme toon. 'En je bent niet weerloos, Nikki. Je bent juist sterk. Sterk genoeg om Tatjana of wie dan ook aan te kunnen. Krachtig genoeg om op eigen benen te staan. Polly, Bo, je andere vrienden en ik zullen je helpen. Bovendien is Tatjana zeker niet oppermachtig. Integendeel.'

Op dat moment rinkelde de voordeur weer. Nikki, die helemaal vergeten was dat ze in de winkel zaten, schrok op en haalde snel haar handen door haar haar in een poging zichzelf een beetje te fatsoeneren.

Een vrouw van moeilijk te schatten leeftijd, ergens in de veertig of vijftig, kwam White Magic binnen. Ze droeg een lang, gehaakt vest dat achter haar aan zwierde bij elke elegante beweging die ze maakte.

'Serafina,' riep tante Jacques, 'je komt als geroepen. We kunnen je raad goed gebruiken.'

'Dag, schatten,' zei Serafina op zangerige toon. 'Wat fijn dat ik zo welkom ben.'

Nikki herkende nu in de vrouw het meisje van een van de foto's in het album van tante Jacques. Eigenlijk was ze niet eens zo heel erg veranderd. Ze was nog steeds slank en droeg hippe kleren; ze droeg zelfs een spijkerbroek met wijde pijpen, net als in de jaren zeventig, hoewel iets minder overdreven. Haar lichtbruine huid, die in haar gezicht bezaaid was met fijne, donkerbruine sproetjes, alsof iemand een handje basterdsuiker over haar had uitgestrooid, vertoonde weinig tekenen van veroudering. Ze had nog altijd donkerbruine krullen, wel met hier en daar wat grijs, en haar haardos was nu getemd en teruggebracht tot kort rond haar hoofd. Ze droeg een hippe bril met hardroze montuur. Naar Nikki's idee zag ze er een beetje uit alsof ze in een swingende band ging zingen. Nikki herinnerde zich dat Serafina de vriendin van tante Jacques was die ooit een kledingzaak op het plein had gehad en dat ze wellicht nog een heleboel vintage kleding in haar bezit had. Het was wel een beetje een ongelukkig moment om haar te ontmoeten.

Tante Jacques gaf Serafina een kus en stelde haar aan Nikki en Polly voor.

'Zal ik nog een verse pot muntthee zetten?' vroeg tante Jacques. 'Dan praten we daarna verder.' Ze liep snel naar het keukentje.

Serafina liep even door de winkel, raakte hier en daar wat nieuwe spullen aan en trok daarna een krukje dichter bij de bank en ging zitten. Ze begon meteen over kleding te praten. Ze vertelde hoe kleren altijd haar passie waren geweest, hoe leuk ze het vond dat die spullen van vroeger weer in de mode waren en dat ze ook zelf kleding had ontworpen en gemaakt. Op een gegeven moment had ze geen zin meer gehad in de last van een eigen zaak, en daarom gaf ze tegenwoordig massages in het wellnesscentrum, maar wat mode en kleding betreft kriebelde het nog steeds. Nikki begreep al snel dat tante Jacques Serafina uitgebreid verteld had over haar plannen om een webshop voor vintage kleding te beginnen. Het kostte Nikki enige moeite om zo plotseling om te schakelen van Tatjana's zwarte magie naar kleding, maar Serafina's enthousiasme en Nikki's eigen onbegrensde interesse voor leuke kleren zorgden ervoor dat ze de switch makkelijker maakte dan verwacht en haar narigheid even vergat. Polly, geïnteresseerd in mode maar niet behept met een sterk gevoel voor stijl, keek belangstellend van de een naar de ander.

'Ik zie dat jullie elkaar gevonden hebben,' zei tante Jacques, die terugkeerde uit de keuken met de muntthee.

'We hebben al een afspraak gemaakt,' zei Serafina met een zekere tevredenheid in haar stem. 'Nikki en Sabina komen een keer bij mij thuis kijken naar wat ik allemaal nog heb staan op zolder en in de garage.' Met een ballpoint krabbelde ze de datum op haar hand.

Tante Jacques moest lachen. 'Je zult zien, Nikki, in die garage staat nog zoveel kleding opgeslagen dat Serafina's oude stationcar er al lang niet meer in kan. Die staat weg te roesten op straat.'

'Die auto heeft me nooit kunnen boeien. Hij dient me al jaren trouw en dat is genoeg. Maar tussen die kleding zitten unieke ontwerpen en zelfgemaakte stukken, die kan ik toch niet zomaar aan hun lot overlaten.'

Nikki knikte begrijpend.

'Dat hoef je Nikki niet uit te leggen,' zei Polly. 'Zij woont zelf ook al een tijdje tussen de dozen met kleding.'

'Ja, maar dat wordt wel beter, nu ik aan het opruimen ben voor de verkoop. Sabina heeft al het een en ander voor ons verkocht en dat ging hartstikke goed. En dat terwijl we nog niet eens een eigen website hebben.'

'Ik vind het een prachtidee,' zei Serafina. 'Die oude kleren zijn nog zo leuk, veel origineler dan wat er tegenwoordig in de winkel hangt. Ik weet zeker dat heel veel mensen interesse hebben in die vintage spullen. Dat blijkt ook wel uit het feit dat jullie al via het web verkocht hebben. Toch zou het ook wel leuk zijn om een ouderwets, klein winkeltje te hebben.' Ze keek eens keurend om zich heen in tante Jacques' winkel. 'Ik krijg al bijna weer zin. Kun je hier niet wat vintage kleding ophangen, Nikki? Jacques, dat rekje met die treurige grijzige en lichtbruine gewaden, dat kan toch wel weg? Het lijkt wel jute! Wie wil dat nou?'

'Nou, dat verkoopt anders wel,' zei tante Jacques quasiverontwaardigd om er serieuzer aan toe te voegen: 'Maar misschien is het tijd voor wat anders. Een beetje experimenteren kan geen kwaad.' Ze liep weg om een paar Duitse toeristen bij de kassa te helpen.

'Poeh,' zei Polly, die zichzelf koelte toewuifde met een van de foldertjes die op de rieten tafel rondslingerden, 'dit is wel een spannende dag voor je, Nikki. Je kunt niet zeggen dat je een saai leven hebt.'

'Nee,' zei Nikki aarzelend. 'Daar heb je gelijk in.' Met tegenzin herinnerde ze zich weer wat er eerder die dag allemaal was gebeurd.

Nadat de klanten hadden betaald, keerde tante Jacques terug en schonk ze muntthee bij voor iedereen. Kennelijk had ook zij zich het eerdere onderwerp van gesprek herinnerd, want toen ze ging zitten zei ze tegen Serafina op ernstige toon: 'Zeg, ken jij ene Tatjana... eh, weet je haar achternaam, Nikki?'

'Nee, of toch wel. Het was iets met "zoet". Ik geloof dat ze Soeteman heet, of de Zoeter of zoiets.'

'Tatjana Soeteman... Ik weet het niet. Hoe ziet ze eruit?' Serafina kneep haar ogen samen.

'Zo zoetig is ze volgens mij niet,' zei tante Jacques. 'Hoewel ze een poppengezichtje heeft. Lang donker haar, blauwe ogen, fijn postuur. Volgens mij is ze geen onbekende in bepaalde kringen, om het zo maar te noemen.'

'Bepaalde kringen?' vroeg Serafina, terwijl ze met halfgesloten ogen, een beetje als een kat, voor zich uit bleef turen. Net of ze in de verte iets zag dat ze niet helemaal scherp kreeg.

'Onze kringen, maar dan degene die meer neigen naar het duistere,' zei tante Jacques.

'Wat is er met deze Tatjana?' vroeg Serafina verder.

'Ze valt Nikki lastig, althans daar lijkt het op. We hebben geen harde bewijzen, niet van het soort waarmee je naar de politie kunt, althans.' Tante Jacques vertelde over Nikki's relatie tot Tatjana en wat er tot nu toe allemaal was gebeurd. Nikki kroop wat verder weg in de kussens en trok haar benen op de bank. Terwijl tante Jacques praatte, nam zij voorzichtig slokjes van de muntthee. Het voelde eigenlijk wel veilig, zo bij haar tante op de bank, terwijl die met Serafina over haar problemen sprak alsof ze wist waar ze het over had en een oplossing kon aandragen.

'Ik heb het idee dat ik deze Tatjana wel ken,' zei Serafina. 'Een lastige tante. Maar in wezen toch een amateur.'

'Juist daarom kan ze wel eens gevaarlijk zijn,' zei tante Jacques zachtjes, alsof ze niet wilde dat het Nikki haar zou horen. Nikki fronste diep.

Haastig stak Serafina een hand op, net of ze iets wilde afweren. Aan elke vinger had ze een ring.

'Maak je niet druk en laat je zeker niet bang maken. Als ze echt vervelend wordt, kun je haar zeker aan.'

'Wij helpen je natuurlijk,' zei tante Jacques.

Polly knikte geestdriftig.

Ze schrokken alle vier toen de winkeldeur ineens weer openging en Leni met enig theater binnenwervelde, gevolgd door een lange, wat gebogen lopende man.

'Dag allemaal,' riep Leni, terwijl ze haar armen spreidde. 'Hoe is het ermee? We dachten: we komen even kijken of iedereen nog moe is van vannacht.'

Niemand antwoordde. Wel viel het Nikki ineens op dat tante Jacques er inderdaad moe uitzag. Haar huid was valer en ze had kringen onder haar ogen.

'O, is er iets?' vroeg Leni toen ze de wat bedrukte gezichten zag.

'We houden krijgsberaad,' zei Serafina.

Nikki keek geschrokken naar tante Jacques: om de een of andere reden had ze er geen bezwaar tegen haar problemen te delen met Serafina, maar over Leni had ze nog steeds haar twijfels. En wie die man was die achter haar aan liep, wist ze al helemaal niet.

Fijngevoelig als altijd knikte tante Jacques Nikki geruststellend toe. 'Kom zitten,' zei ze tegen Leni en de man. 'En drink een kopje thee mee.' Ze stond op om een stoel en een krukje bij te schuiven en in te schenken in de extra kopjes die al op het dienblad stonden. Waarschijnlijk waren die bedoeld voor klanten, maar die kwamen op deze maandagmiddag maar mondjesmaat binnendruppelen. Tante Jacques stelde Leni, vandaag gekleed in een lange witte rok en een strak wit topje, voor aan Polly en introduceerde de man als Marius Geluk. Nikki had vaag het idee de naam eerder gehoord te hebben. Marius was rond de vijftig en had een warrige, peperen-zoutkleurige krullenbos en een fikse haakneus.

'Kennen jullie ene Tatjana Zoetjes?' vroeg Serafina aan Leni en Marius.

'Tatjana…. Dat zou best kunnen,' zei Leni. Ze deed een hand voor haar ogen. 'Hoe ziet ze eruit?'

Tante Jacques beschreef nogmaals Tatjana.

'Volgens mij ken ik haar. Ze kwam een tijdje op de feesten in De Oase. Daar stond ze altijd heel wild te dansen. Gebruikte ze dan niet een andere naam? Xenia of zoiets?' Leni keek Serafina en Marius aan.

Marius was bezig met veel gekruimel een plak cake weg te werken en haalde zijn schouders op. 'In De Oase kom ik al heel lang niet meer. Iets te donker naar mijn smaak.'

'Dat vind ik ook,' zei tante Jacques.

'Soms is het er nog best gezellig,' zei Serafina. 'Het zou kunnen dat je gelijk hebt, Leni. Die Xenia of Tatjana was een opvallende persoonlijkheid, een wilde kat.'

'Wat is er met haar?' vroeg Leni. 'Is ze lastig?' Leni boog zich naar voren en keek Polly van dichtbij aan. 'Ik dacht al dat ik enige onrust in je aura bespeurde. Heeft ze het op je gemunt? Zit ze te stoken in je relatie? Heb jij iets wat zij wil?'

Polly verslikte zich bijna in haar thee, keek geschrokken om zich heen op zoek naar hulp en schudde toen ontkennend haar hoofd.

Tante Jacques moest hard lachen, hield gauw een hand voor haar mond en knipoogde naar Polly. 'Met Polly is alles prima.'

'U woont ook op Jutterseiland,' zei Nikki ineens tegen Marius. 'Ik heb uw naam daar op een bordje bij een deur gezien. Daar herken ik hem van.'

Marius, die de kruimels van zijn kreukelige overhemd veegde, knikte vriendelijk.

'Dat kan,' zei tante Jacques. 'Maar het zou ook kunnen zijn dat je ooit een boek van Marius hebt gelezen. Hij is een bekend kinderboekenschrijver.'

'Natuurlijk,' riep Polly blij uit, opgelucht dat niet langer haar aura werd bestudeerd, '*De Mussenkoning, Poppy en het circus* en *Het hondje dat mazzel had,* die zijn allemaal van u. Ik heb zelf vroeger boeken van u gelezen en kinderen zijn er nog steeds dol op. We hebben in de winkel altijd wel een plankje vol van uw werk staan.'

'Dat is leuk om te horen,' zei Marius.

Vervolgens ging het gesprek een tijdje over schrijven en kinderboeken en boekhandels. Nikki luisterde met een half oor. Ondanks haar zorgen vond ze het een gezellige middag. Tante Jacques stond af en toe op om een klant te helpen, maar verder liet ze het werk in de winkel voor wat het was. Later kwam het gesprek nog in algemene zin op het onderwerp van hoe je huis te beschermen tegen indringers, zowel in fysieke als in spirituele zin. De adviezen vlogen over tafel: zout strooien in elke hoek van het huis, de bekende streng knoflook boven de deur, rozenkwarts onder je kussen, koehoorns boven de ingang, meidoorn in de tuin bij de poort, rookcirkels van salie trekken, en zo ging het maar door. Nikki luisterde met verbazing naar zoveel ideeën, het een in haar ogen nog gekker dan het ander. Ze zag zich echt nog geen knoflook bij de voordeur hangen, hoewel een beetje zout strooien in elke hoek van de kamer natuurlijk niet zo moeilijk was.

Tegen sluitingstijd vertrok iedereen. Polly omhelsde Nikki nog kort en zei dat ze een onverwacht leuke middag had gehad. Daarna fluisterde ze Nikki in dat ze als ze bang was niet te veel moest vertrouwen op de meidoorn en gewoon altijd kon bellen.

Nadat iedereen weg was en ze de deur op slot had gedaan, riep tante Jacques Nikki nog even bij zich in het keukentje.

'Ik heb iets voor je,' zei ze, en ze hield een fijn halskettinkje met een opengewerkt zilveren balletje omhoog.

'Dit is een geurbal,' zei tante Jacques. 'Een antieke. Erin zitten kruiden die je beschermen: salie met name, en een beetje lavendel voor de reuk. Het ruikt ook echt lekker.' Ze hield Nikki het balletje voor. Het rook inderdaad goed, naar een mooie zomeravond.

'Ik heb de ketting en de geurbal geladen. Als je hem draagt, zal hij je beschermen.' Voorzichtig hing ze het kettinkje om Nikki's hals. Die liet tante Jacques begaan en zei plechtig dank je wel. Met het vooruitzicht dat ze zo dadelijk alleen naar huis moest gaan, was Nikki bereid alles aan te grijpen wat haar een veilig gevoel zou geven: geurballen, mobiele telefoons, zout in de hoeken van de kamer en heel misschien ging ze straks toch ook nog wat knoflook ophangen.

Die avond aan de telefoon bleek Bo er heel wat andere, meer nuchtere ideeën op na te houden.

'Weet je wel heel zeker dat je Tatjana gezien hebt? Is je fantasie niet op hol geslagen? Je bent toch zo gevoelig de laatste tijd. En als ze daar echt was, wat dan nog trouwens? Misschien was ze gewoon een rondje aan het joggen. Ze was daar heus niet alleen voor jou. Dat lijkt me wel heel onwaarschijnlijk. Wat zou ze trouwens willen doen? Je een klap geven? Je bevriezen met haar ijzige blik? Ik neem het tante Jacques wel kwalijk dat ze je angsten vooral voedt door er zo op in te gaan.'

'Nou ja, jij bent toch ook bij haar geweest om om hulp te vragen bij het zwanger worden. Toen verwachtte je ook geen tabletje, maar een magische ingreep.'

'Ja, oké. Je weet wat ik zeg in mijn geval: baat het niet, dan schaadt het niet. En misschien is het niet allemaal onzin. Maar laat je toch vooral niet bang maken om niets. Je zit in je huis met de deuren op slot en Pixie die aanslaat zodra iemand in je tuin komt. Ga straks lekker slapen. Je hoeft niet bang te zijn.'

'Nee, want ik heb een geurbal. En zout in alle hoeken, hoewel het zou kunnen dat Ping en Pong zich daar nu dood aan likken. En knoflook aan de kapstok.'

Even moesten ze allebei lachen.

'Denk maar aan al die leuke dingen,' ging Bo verder. 'Je hebt een afspraak met Serafina, die je waarschijnlijk een hele partij vintage kleding gaat bezorgen. En je hebt niet een maar twee dates op één dag gescoord. Die Daniël klinkt echt jummie, maar over die Sander zou ik nog maar even nadenken. Evengoed: je bent een bofkont.'

'Een bofkont, ja,' herhaalde Nikki. 'Misschien wel.'

19

De dag erna ging Nikki doen wat ze altijd al had gedaan als ze zich niet helemaal lekker voelde: winkelen. Maar dit keer diende het shoppen een hoger doel, want ze zocht naar spullen en ideeën voor haar eigen toekomstige webwinkel. Dit was heel anders dan vroeger, aangezien ze nu nauwelijks budget had en niet op zoek was voor zichzelf. Toch voelde ze zich vrolijker en lichter worden terwijl ze door de kledingrekken van Nada en de Vintage Shop struinde. Net als anders ging haar bloed sneller stromen als ze iets tegenkwam wat potentie had, iets wat bevrijd uit zijn omgeving heel leuk kon zijn als het op de juiste wijze werd gecombineerd. Ze werd zelfs blij van die typische stomerijgeur die aan sommige kleren hing. Ze had inmiddels wel begrepen dat een groot deel van haar jachtterrein zich op internet bevond: daar was een grote vintage kledingmarkt ontstaan, waar zowel particulieren als bedrijven kochten en verkochten en waar zelfs hele bulkpartijen werden aangeboden. Volgens Nikki ging er echter niets boven ouderwets winkelen: de stoffen voelen, de zoompjes betasten, het kledingstuk ruiken, combinaties maken. Wegens tijdgebrek moest ze zich vandaag beperken tot het aanbod in haar eigen stadje, maar in de toekomst, als hun webwinkel echt van de grond kwam, hoopte ze meer op pad te gaan. Zo had ze bovendien reden om het huis uit te gaan. Vanochtend had ze na een onrustige nacht met weinig slaap eerst het zout uit de hoeken van haar kamers geveegd en daarna besloten haar unheimische gevoelens te bestrijden met de aloude remedie van het winkelen.

Tot slot van haar kleine winkelexpeditie fietste ze nog langs de nieuwe kringloopwinkel, die in een groot modern gebouw gevestigd was. Ze had zich er al mee verzoend dat ze zonder nieuwe aanwinsten thuis zou komen en was blij met de paar ideeën die ze had opgedaan. Ze wandelde door de schuifdeuren in de glazen pui en verbaasde zich niet voor de eerste keer over de enorme hoeveelheid vaak nog goede spullen die werd afgedankt en hier stond te wachten op een nieuwe eigenaar. Helemaal aan het eind van de vijf rekken dameskleding vond ze onverwachts nog een winterjas van spijkerstof van Diesel voor slechts zeven euro vijftig. *Hebbes*, dacht ze. De jas was gezien zijn relatieve jeugdigheid niet echt vintage, maar toch wel zo leuk én goed geprijsd dat ze aannam dat ze er wel in kon investeren zonder met Sabina te overleggen. De dame achter de kassa keek een beetje zuinig toen Nikki haar opgetogen liet weten dat dit geen geld was voor een als nieuw uitziende merkjas, maar kon niet anders dan de prijs op het kaartje aanhouden. Ze stopte de jas zelf in een meegebrachte tas en ging met een eveneens gekocht stapeltje oude nummers van *Vogue* en *Avantgarde* in de koffiecorner zitten uitblazen. De koffie uit de automaat smaakte niet direct als een dubbele latte, maar voor vijftig cent mocht je niet klagen en dit kon ze tenminste betalen.

Voor het eerst had ze geen moeite met haar wat sjofele omgeving en haar lege portemonnee. Met de jas en de tijdschriften in haar handen voelde ze zich rijk. Haar zelfvertrouwen groeide. Waarom zou ze zich door Tatjana in een hoekje laten drukken? Zij kon ook iets. Ze had een eigen huis, een inkomen, ze had een date gepland, zoals het elke moderne single betaamde, en samen met Sabina was ze bezig van haar hobby haar werk te maken. Ze begon te geloven dat het echt ging lukken met de webshop. Al bladerend door een oude *Vogue* dacht ze terug aan Serafina en steeg haar optimisme nog verder. Als ze haar tante mocht geloven, bezat Serafina een schat aan vintage kleding. Samen met Nikki's eigen spullen en nog wat mooie stukken van tante Jacques zou dit een heel goede start vormen voor de webshop. Nikki herinnerde zich iets en trok haar tas op schoot. Na even zoeken haalde ze een beduimeld adressenboekje tevoorschijn. Het had haar vanochtend een uur gekost om dit te vinden tussen de kleding in de dozen, maar ze had zeker geweten dat ze het ergens in een jaszak of tasje zou tegenkomen. Met haar vinger gleed ze over de adressen die in haar eigen priegelige handschrift op de pagina's stonden: allemaal familie, vrienden en nuttige contacten van Raymond en haarzelf uit de tijd dat ze nog een stel vormden. Deze laatste gedachte duwde ze snel weg. 'Die wel, die niet,' fluisterde ze bij zichzelf. Met een potlood zette ze kruisjes. Iedereen die in het Raymond-kamp zat, viel af. Gelukkig bleven er nog een heleboel twijfelge-vallen over. Uiteindelijk had ze een aantal namen verzameld van vroegere vriendinnen en vage kennissen die nuttig konden zijn bij het verzamelen van kleding: vrouwen die elke week wel iets nieuws kochten, vaak voor veel geld, om het na korte tijd weer weg te doen. Net als vroeger moest Nikki erbij zijn voordat ze hun spullen weggaven aan een goed doel, de kringloop of zelfs in de vuilnisbak gooiden.

Tevreden fietste Nikki naar huis. Ze had zin om haar goede hu-meur met iemand te delen en te laten zien dat ze serieus bezig was met de webshop en daarom belde ze spontaan bij Sabina aan. Binnen blafte de buldog een paar keer, maar verder was het rustig. Net wilde Nikki doorlopen naar haar eigen huis toen Sabina als-nog open deed. Ze zag er vermoeid en voor haar doen onverzorgd uit. Ze liep op oude sloffen en voor het eerst dat Nikki haar zag droeg ze nauwelijks make-up.

'Stoor ik?' vroeg Nikki een beetje geschrokken. Ze voelde zich onmiddellijk schuldig, omdat Sabina altijd zoveel tijd en energie stak in hun plannen voor de webshop, terwijl ze het druk genoeg moest hebben met twee kleine kinderen en ook nog regelmatig last had van migraine. Sabina was een taaie en een seconde voelde Nikki zich bleekjes bij haar afsteken.

'Nee, leuk je te zien. Kom binnen.' Meteen ging de deur wijd-open en liep Sabina naar haar huiskamer terug. 'Wil je koffie?'

'Lekker,' antwoordde Nikki. 'Ik blijf niet lang, want ik moet nog werken, maar ik wilde je een paar leuke nieuwtjes vertellen.'

Ze bleef bij Sabina in de keuken staan terwijl die het Senseo-apparaat bediende en begon te vertellen over Serafina, de Dieseljas en het adressenboekje. Vlak voordat ze met koffie aan de eettafel gingen zitten, zag Nikki dat Sabina een roze pil met water innam.

'Gaat het wel goed met je?'

'Jawel. Ik heb migraine, maar daar ben ik aan gewend.'

Nu ze nog eens beter keek zag Nikki de pijn op Sabina's gezicht. 'Kun je dan niet beter gaan liggen?'

'Alleen als het echt niet anders kan. Ik heb nog genoeg te doen.'

Bij de koffie vertelde Nikki verder. Ze probeerde haar enthousiasme iets te temperen om Sabina niet te veel te prikkelen, maar algauw raakte ze weer zo uitgelaten dat ze toch sneller en luider ging praten. Gelukkig leek Sabina op te vrolijken van Nikki's geestdrift.

'Wanneer ga je naar Serafina? Dan ga ik mee, als dat oké is.'

'Natuurlijk, graag zelfs. Dit wordt ónze winkel en hoewel het me beter lijkt als ik me vooral met de kleding bezighoud en jij de zakelijk kant doet, is het toch goed om veel samen te doen. Ik ga echt proberen om niet in paniek te raken bij het zien van cijfertjes en contracten.'

Sabina lachte om dit grapje en hield vervolgens snel haar hoofd vast.

Hierna stond Nikki op om naar haar werk te gaan.

'Ik zou ook wel eens willen zien waar je nu werkt. Kan ik niet even met je mee lopen?'

'Natuurlijk,' antwoordde Nikki. 'Al zijn we sneller op de fiets.'

'De baby moet mee in de kinderwagen.' Sabina gebaarde naar de rode Quinny in de hoek van de kamer, waarin Dani al die tijd zoet had liggen slapen.

'Ik ben katholiek opgevoed,' zei Sabina. Ondertussen keek ze om zich heen in White Magic.

'Dan vind je dit misschien een rare winkel?' vroeg tante Jacques voorzichtig.

Sabina haalde haar schouders op. 'Iedereen moet zelf weten waar hij in gelooft. Ik ben voor vrijheid.'

'Goed, ik ook,' zei tante Jacques. Ze boog zich over de kinderwagen en aaide Dani zachtjes over de wang. Daarna hield ze de kleine crucifix vast die aan de kap van de wagen hing. 'En dit vind ik ook een heel mooi soort magie,' zei ze zachtjes.

Nikki zag dat Sabina iets wilde zeggen, maar het niet deed.

'Wat leuk dat jullie samen gekomen zijn,' ging tante Jacques verder. 'Dat komt heel goed uit, want toevallig wilde ik vanmiddag iets met je bespreken, Nikki. Iets wat ook Sabina aangaat.'

Nikki knikte afwachtend.

'Serafina is erg enthousiast over jullie plannen en ze heeft nog eens stevig op me ingepraat omdat ze vindt dat jullie ook een hoekje in White Magic moeten krijgen. Eigenlijk was al die overtuigingskracht helemaal niet nodig, want ik was het al lang met haar eens. Ik heb nog eens nagedacht en wat zouden jullie ervan vinden als we dit stuk' – ze wees op een hoek van de winkel tegenover de bank – 'helemaal vrij maakten zodat jij en Sabina daar een deel van jullie collectie kunnen ophangen? Ook de inrichting zouden jullie naar eigen smaak kunnen veranderen, zolang het niet botst met het algehele karakter van White Magic. Ik weet zeker dat veel van onze klanten ook geïnteresseerd zijn in vintage, ook al zullen sommigen het "tweedehands" noemen. Er moet ook een pashokje komen en een mooie spiegel. Vriendinnen of partners kunnen met een kopje muntthee op de bank wachten en wat rondkijken. Ik zie het helemaal voor me.'

Tante Jacques keek Nikki en Sabina enthousiast aan, die allebei overdonderd naar de hoek van de winkel staarden, waar nu ook al wat kleding en omslagdoeken hingen.

'Wat ik nu ga zeggen is echt toekomstmuziek, maar misschien dat ik me na verloop van tijd steeds meer zal terugtrekken uit de winkel. Ik heb nog zoveel andere dingen te doen. Ik koester enige hoop, Nikki, dat jij White Magic dan stukje bij beetje zou willen overnemen, maar ik begrijp dat het dan ook wel echt jóuw winkel moet zijn. Jij moet je stempel erop kunnen drukken.'

Het leek net of de vloer onder Nikki even bewoog. Ze greep de tafel achter zich stevig vast. Na een paar seconden was het weer voorbij. Veel langer had ze niet nodig om te beseffen dat haar

tante een groot en mooi aanbod deed en om haar oplaaiende gevoelens van onzekerheid en incompetentie te bedwingen. Ze kon
dit allemaal heus wel aan. Dat had ze vanochtend toch besloten?

Sabina had minder tijd nodig gehad om te reageren. 'Wat een
leuk idee. Dat is heel aardig van u.' Ze keek tante Jacques lachend
aan. Voordat ze naar White Magic gegaan waren, had Sabina zich
nog opgemaakt. Misschien kwam het door de make-up, maar ze
zag er niet langer uit alsof ze hoofdpijn had. Ook leken haar twijfels over White Magic verminderd.

'We zullen u niet teleurstellen,' zei ze, en ze liep naar de plek
die tante Jacques had aangewezen. 'Ik begrijp heel goed wat u
bedoelt. Ik weet zeker dat we hier kleren kunnen ophangen die
niet uit de toon vallen in deze winkel en die de klanten zullen aan-
spreken, toch Nikki?'

Nikki ging bij Sabina staan, keek eens goed om zich heen en
dacht na. Het zou niet zo heel moeilijk moeten zijn om deze gewaden te vervangen door iets leukers. Ineens zag ze twee of drie
kledingstukken voor zich die nog ergens in haar dozen verstopt
zaten en die hier goed zouden passen. Ongetwijfeld zou ze er
nog meer kunnen vinden, zeker als Serafina inderdaad op een berg
vintage kleding zat. Vanbinnen was ze nog niet helemaal overtuigd van haar eigen kunnen, maar ze had zich voldoende hersteld
om met een stralende lach tegen tante Jacques te zeggen: 'Dank je
wel. Dat zou geweldig zijn!'

20

Daniël zat in kleermakerszit op het kleed dat hij op het gras had uitgespreid en keek naar de ketting van madeliefjes die hij bezig was te rijgen.

'Ik vind dat je sterk bent,' zei hij zonder zijn ogen op te slaan, 'door alweer zo snel overeind te staan na een verbroken relatie.'

Nikki keek een beetje gegeneerd naar het patroon van blokjes op het picknickkleed waarop ze op haar buik lag. 'Dat valt wel mee. Ik struikel nog de hele tijd.' Ze beet op haar lip, vastberaden om voorlopig niet zoveel meer over zichzelf te praten. Ze had al veel te veel gezegd. Ze was helemaal niet van plan geweest iets over Raymond te vertellen, maar Daniël had maar een paar onschuldige vraagjes hoeven stellen en het hele verhaal was er zo uitgeflapt – en dat terwijl ze van de zenuwen eerst nauwelijks een woord had kunnen uitbrengen, laat staan meer dan een paar happen had kunnen eten van de lekkernijen die in de picknickmand zaten. Nerveuze opwinding was nu ook de reden dat ze op haar buik lag. Het zag er misschien ontspannen uit, maar eigenlijk was ze vooral zo gaan liggen omdat het contact tussen haar buik en de aarde haar een enigszins veilig gevoel gaf. Als ze zat of stond, werd ze kortademig en daardoor soms duizelig.

Ze herkende zichzelf nauwelijks. Ze kon zich niet herinneren ooit zo zenuwachtig te zijn geweest voor een ontmoeting met een jongen. De hele dag in White Magic had ze er al bij gelopen als een strak opgedraaid veertje. Ze had heus gemerkt dat tante Jacques af en toe een beetje om haar moest lachen en een keer had ze zelfs zogenaamd onschuldig aan Nikki gevraagd of ze Daniël misschien wel leuk vond. Leuk was echter het goede woord niet.

Hoe kon ze weten of hij leuk was? Ze kende hem nauwelijks. Maar iets aan Daniël wat zich moeilijk liet benoemen, maakte dat Nikki bijna aan de kook raakte als ze alleen maar aan hem dacht. Zo had ze zich ook gevoeld toen ze om zes uur snel naar huis was gefietst, waar ze zich in minder dan een uur had opgefrist, omgekleed en opgemaakt. Uit haar eigen collectie, zoals ze haar garderobe nu soms voor de grap noemde, had ze een vrolijk jurkje gekozen met een strak lijfje en een wijde rok. Terwijl ze wat aan haar krullen had gefrommeld en wat oogpotlood had opgedaan, waren haar vingers van de spanning bijna te stijf geweest om dit goed te doen. Als ze een pil in huis had gehad om zichzelf te kalmeren, dan had ze vast de verleiding niet kunnen weerstaan hem in te nemen.

Daniël had precies op tijd bij haar aangebeld, gekleed in een fleurig overhemd van een bekend merk boven zijn spijkerbroek. Hij had haar verrast met een klein cadeautje: een zelfgemaakte tekening van twee siamezen die sprekend op Ping en Pong leken.

'Wat leuk,' had Nikki gestameld, waarop Daniël had uitgelegd dat hij Ping en Pong nog een keer in het park was tegengekomen en het aangezien hij striptekenaar was niet had kunnen laten ze op papier te zetten. Volgens hem waren ze geboren stripfiguren. Zo had Nikki nog nooit tegen de ex-poezen van Raymond aangekeken, maar de creatieve geest in haar gaf snel toe dat de siamezen wellicht iets artistieks hadden.

Voor Nikki de kans kreeg dieper in gedachten te raken, had Daniël haar meegenomen naar een mooi plekje in het park, waar hij op het zachte gras het kleed had uitgespreid. Tijdens de wandeling ernaartoe en tijdens het eerste glas rosé en de pastasalade had Nikki haar uiterste best gedaan zich geïnteresseerd en normaal te gedragen. Ondertussen had ze de neiging moeten onderdrukken om heel hard weg te rennen of in het water te plonzen of de slappe lach te krijgen. Wat dan ook om dat verlammende, weke gevoel dat Daniël bij haar opwekte te doorbreken. Het was net alsof hij warmte uitstraalde, wat haar tot hem aantrok, maar ze was ook bang dat ze zou smelten of zich zou verbranden als ze te dichtbij kwam. Ze had zich weten te beheersen en was daardoor vrij stil geweest totdat hij heel onschuldig had gevraagd hoe lang ze al bij haar tante werkte en zij ineens het hele verhaal over Raymond en Tatjana, werkloosheid en verhuizen, tante Jacques en zelfs Bo's zwangerschapswens en Polly's goede bedoelingen er in een adem uit had gegooid. En hij zei dan wel aardige dingen over hoe sterk ze was, ze wist best dat op het eerste afspraakje uitgebreid vertellen en klagen over je ex een enorme faux pas was.

In de hoop dat ze het nog een beetje goed kon maken nam ze zich voor vanaf nu vooral hem te laten praten. Dus vroeg ze hem naar zijn werk, het striptekenen. Het bleek dat hij een eigen strip maakte, die zoals de meeste strips in beperkte oplage werd uitgegeven. Het verhaal speelde zich af in een gefantaseerd verleden, waarin de heldin, een tovenares en haar slimme kat, allerlei avonturen beleefden. Zijn tekeningen en teksten werden zeer gewaardeerd in kleine kring, maar rijk werd hij er voorlopig niet van. Daarom accepteerde hij ook allerlei opdrachten, meestal kleine illustraties, een beetje in de sfeer van de tekening van Ping en Pong. Met enige regelmaat maakte hij een korte, grappige cartoon met dierenfiguren voor een kindertijdschrift. Hij had ook wel eens illustraties gemaakt voor een boek of website. Laatst had hij een aantal ontwerpen getekend voor tante Jacques' site. Dat was wat hij aan tante Jacques had laten zien toen Nikki en hij elkaar waren tegengekomen in tante Jacques' trappenhuis.

'Eigenlijk doe ik van alles, zolang ik maar mag tekenen,' zei Daniël met een lachje. 'En soms zit ik daardoor een tijdje goed in het geld, maar er zijn ook momenten dat ik het een paar dagen letterlijk met droog brood en een kop soep moet doen. Ik heb wel eens wat bijverdiend door in een café te werken of in de bouw, maar heel lang hield ik dat niet vol. Misschien een beetje slap van me.'

'Nee, dat denk ik niet,' zei Nikki ernstig. 'Je volgt je passie en dat vind ik heel knap. Waarschijnlijk kun je ook niet anders. Ik denk dat je heel ongelukkig zou worden als je tegen je gevoel in zou gaan.'

Voor het eerst keken ze elkaar echt in de ogen. Het viel Nikki op dat Daniël vooral heel aardig en vol aandacht keek, niet afstandelijk of stoer om indruk te maken. Voor de eerste keer in zijn gezelschap kwam er enige rust in haar lijf en leek de nervositeit via haar navel in de aarde te zakken. Ze pakte wat chips uit een openliggende zak.

'Waarom woon je op een boot? Of is dat niet zo, heb je nog een huis?'

'Nee, ik woon inderdaad al een tijdje op mijn bootje. Dat is per ongeluk zo gegaan. Ik heb het van mijn vader gekregen.' Daniël had de krans van madeliefjes af en plantte hem voorzichtig in Nikki's haar. Tot haar eigen verbazing vond ze dat wel prima en voelde ze zich niet opgelaten.

'O ja?' zei ze in een poging Daniël door te laten praten. Die schonk nog eens een glas rosé in voor hen allebei en gaf Nikki het hare.

'Mijn vader en moeder zijn gescheiden toen ik nog heel jong was. Aangezien mijn moeder vertrok met onbekende bestemming en ook wat met drank en drugs rommelde, bleef ik bij mijn vader. We waren een echt mannenhuishouden en gingen ieder onze gang – ik zorgde op mijn vijfde al voor mijn eigen broodtrommeltje. Tot mijn vader een nieuwe vriendin kreeg. Het was een prima mens, maar ik kon niet tegen haar bemoeizucht, verzette me daartegen en ging steeds meer tijd doorbrengen op mijn vaders bootje. Hij kwam daar juist nauwelijks meer omdat zijn nieuwe vriendin niet van zeilen of vissen hield. Uiteindelijk had mijn vader genoeg van alle spanningen en het geruzie en op mijn zestiende gaf hij mij het bootje, op voorwaarde dat ik het huis uit ging en niet meer terugkwam. En sindsdien woon ik op Blub. Zo heet-ie, mijn bootje.'

'Jeetje, dat doe je toch niet, je eigen kind het huis uit zetten?' zei Nikki geschokt. Ze dacht aan hoe Bo en zijzelf konden klagen over hun ouders, die altijd zo met hun eigen besognes bezig waren geweest, maar die aan de andere kant niet gescheiden waren en Bo of Nikki ook nooit de deur hadden gewezen. Sterker nog, toen

Nikki door Raymond zo goed als op straat was gezet, hadden haar ouders haar onderdak aangeboden in hun B&B-bouwval in Zuid-Frankrijk.

Daniël nam eerst een slok wijn voordat hij antwoord gaf. 'Er zijn ergere dingen. Mijn vader heeft me niet met lege handen laten gaan. En ik ben altijd heel gelukkig geweest op Blub.'

Nikki bestudeerde Daniëls gezicht, iets wat ze nu wel durfde zonder bang te zijn te smelten, en zag dat hij het meende en geen tekenen van wrok vertoonde. Ze nipte voorzichtig van de wijn. Op haar buik gelegen was het moeilijk grote slokken achterover te slaan. Ze wiebelde met haar voeten in de lucht.

'Heb je altijd alleen gewoond?' vroeg ze voorzichtig. Eigenlijk wilde ze stiekem weten hoeveel vriendinnen hij gehad had en of dat serieuze relaties waren geweest, maar ze durfde dat niet zo-maar te vragen.

Daniël moest lachen en liet zich naast haar op zijn buik rollen. Ze keken nu allebei in de richting van het IJsselmeer waarboven kleine, door de ondergaande zon roodgekleurde wolkenflarden en zwermen mugjes hingen.

'Ik heb ook zo mijn exen.' Daniël keek Nikki even van dichtbij aan, lachte en verplaatste toen zijn blik weer naar het water. 'Een-tje heeft een tijdje min of meer bij me gewoond, maar nooit offi-cieel. Die relatie heeft een paar jaar geduurd.'

'Wat is er gebeurd?' vroeg Nikki zachtjes. Ze voelde de spanning vat krijgen op haar stembanden.

'Ze probeerde me de hele tijd te veranderen. Ze zei dat ik veel meer potentie had en geen arme kunstenaar hoefde te zijn op een gammel bootje. Ik moest meer ambitie hebben. Ze wilde dat ik zou solliciteren bij ontwerp- en reclamebureaus, dat ik Hugo Boss-pakken zou dragen en dat we samen een nieuwbouwhuis zouden kopen in de buurt van de Emmalaan.'

'Had ze dan niet beter een andere man kunnen uitzoeken?' zei Nikki, die ondanks het wat treurige verhaal moest lachen. 'Zo iemand als mijn ex bijvoorbeeld?' Misschien was het toch niet zo'n enorme misser geweest om over Raymond te vertellen.

Daniël leek het allemaal niet zo erg te vinden en was zelf ook openhartig.

'Dat heeft ze uiteindelijk ook gedaan.' Hij trok een quasipijnlijk gezicht en moest toen weer lachen.

'Nadat je haar gedumpt had?' vroeg Nikki.

'Nee, nadat ze mij gedumpt had. Ik kon de hele tijd de moed niet vinden, zo'n slapjanus was ik toen.' Daniël nam een grote slok wijn, slikte en stak belerend een vingertje op. 'Maar daar heb ik natuurlijk wel van geleerd.'

Nikki keek hem onderzoekend aan. Toen hief ze haar glas.

'Op gedumpt worden en daarvan leren,' zei ze.

Daniël klonk met zijn glas tegen het hare en allebei wisten ze net een slok door te slikken voordat ze in lachen uitbarstten. Daarna keken ze elkaar in de ogen en legde Daniël zachtjes zijn hand onder Nikki's kin, waarna hij een zoen op haar mond drukte. De zoen was precies goed voor dat moment: niet te lang of te kort, niet te nat, geen tongen, niet te droog. Nikki voelde zich weer smelten, maar dit keer trok er tegelijkertijd een enorm gevoel van ontspanning door haar lichaam. Ze zou het niet erg hebben gevonden om tegen Daniël aan te kruipen om even te slapen. Hij streelde met zijn hand over haar krullen.

'Gedumpt of niet, we hebben het nu toch goed. Kijk eens hoe mooi het hier is.' Nikki keek. Het werd langzaam schemerig. Het water glansde en klotste zachtjes tegen de waterkant. De laaghangende zon trok roze strepen over het wateroppervlak. De bomen en struiken om hen heen veranderden in silhouetten. Beetje bij beetje werd de natuur stiller. Blaadjes ritselden zachtjes, vogels zongen nog een laatste liedje.

Terwijl de duisternis hen geleidelijk omsloot als een behaaglijke deken, praatten Nikki en Daniël verder over belangrijke dingen als relaties en werk, wonen en school, familie en vrienden, maar ook de minder belangrijke zoals hun lievelingskostjes en hun favoriete attractie op de jaarlijkse kermis.

Voordat Nikki er erg in had, was het helemaal donker. Ze hadden samen de fles wijn leeggedronken en nog wat gegeten. Na een tijdje rechtop te hebben gezeten om behoorlijk te kunnen eten, lag ze nu opnieuw op haar buik. Haar hoofd rustte op haar handen. Ze had zich in tijden niet zo ontspannen gevoeld. Ze had zowel zin om te vrijen als om te slapen. Even deed ze haar ogen dicht. Ze voelde Daniëls hand die over haar wang streek.

'Ik breng je naar huis,' zei hij zachtjes. 'Het wordt fris.' Met tegenzin stond Nikki op en hielp ze met het inpakken van de mand en opvouwen van de deken.

Door het donkere park, waar slechts de wassende maan voor verlichting zorgde, liepen ze naar huis. Alleen zou Nikki bang geweest zijn, maar nu kon ze genieten van de sprookjesachtige sfeer. Ze raakten elkaar niet aan, maar hoorden toch echt bij elkaar.

Bij haar voordeur aangekomen hoefde Nikki er niet over te piekeren of ze Daniël wel of niet binnen zou vragen. Hij liet duidelijk merken dat hij haar hier welterusten ging zeggen.

Daniël pakte haar hand en ze kusten elkaar opnieuw op de mond. Dit was heel anders dan met Karst, schoot het door Nikki heen. Toen was het er meteen heel heftig aan toegegaan, alsof ze haast hadden gehad, wat misschien ook zo was. Met Daniël voelde het alsof ze zeeën van tijd hadden.

'Zie ik je gauw weer?' vroeg hij.

Nikki knikte. 'Kom maar langs.'

'Dat zal ik doen. Snel. En je bent ook altijd welkom op Blub.'

Nikki lachte. Na nog een korte afscheidszoen wachtte Daniël tot Nikki naar binnen ging en, na enig treuzelen, de deur sloot. Daarna verdween hij in de richting van de buitenhaven en zijn bootje. Even schoot het door Nikki heen dat ze niet eens wist hoe hij daar aan boord zou komen: ging hij zwemmen of had hij een rubberbootje klaarliggen? Er was al veel wat ze wist over Daniël, maar ook nog heel veel wat ze niet wist, zelfs niet de alledaagse dingen als zijn telefoonnummer of zijn verjaardag. Ze zag ernaar uit meer over hem te weten te komen.

Ze stak één kaarsje aan en ging met Pixie in het halfduister op de bank zitten, Ping en Pong naar de andere helft verjagend. De poezen schenen dit voor de verandering goedmoedig te accepteren. Ping leek zelfs te overwegen tegen Nikki's been aan te gaan liggen, maar na drie keer verzitten bedacht hij zich alsnog. Zo zat Nikki een tijdje stil op de bank, in het niets starend. Op een gegeven moment ging ze naar boven, zonder eerst alle sloten drie keer te controleren of in elk hoekje te kijken of iets zich er had verstopt. Vannacht voelde ze zich veilig, omgeven door een beschermende mantel van liefde.

21

Het was al licht, maar aan de geluiden van buiten te horen nog vroeg toen Nikki voor het eerst weer wakker werd. Ze had zomaar goed geslapen en was slechts wakker geworden omdat er iets in haar hals prikte: de geurbal van tante Jacques. Ze had al een tijdje nauwelijks nog aan het ding gedacht en vroeg zich af ze het amulet nog wel nodig had. Na haar afspraakje met Daniël voelde ze zich beter dan ooit.

Ze ging naar beneden. De zon scheen al in de kamer en stofdeeltjes zweefden in de banen licht. Ping en Pong lagen nog in twee krulletjes op de bank en Pixie zat naast haar voerbak met een hoopvolle uitdrukking op haar snoet. Ondanks de toenemende verwildering zag de tuin er deze ochtend fris en vrolijk uit met dauwdruppeltjes op de vrouwenmantel en vlinders rond de paarse vlinderstruik. Een opgebrande kaars en een leeg wijnglas stonden nog op het terrastafeltje.

Het beloofde weer een warme dag te worden. Nikki had nog geen behoefte aan ontbijt en trok meteen haar gympjes aan om Pixie uit te laten. Toen ze samen het huis verlieten trok Nikki zonder om te kijken de deur achter zich dicht. Het was heerlijk stil in het park zo vroeg in de ochtend. Ze maakte een fijne wandeling, waarbij ze de neiging om langs Daniëls boot te lopen weerstond. Voordat ze weer naar huis liep, stond ze even stil aan het water en liet met gesloten ogen de zon vol op haar gezicht schijnen. Ze haalde een paar keer diep adem.

Terug bij haar huis stak ze de sleutel in het slot van de voordeur. Bijna had ze het ding dat daar hing volledig over het hoofd gezien. Verbaasd keek ze naar de ineengevlochten takken die aan de deur gespijkerd waren. Het leek wel een soort krans. Toen herkende ze in het vlechtwerk een pentagram, een vijfpuntige ster. Deze hing omgekeerd, met de punt naar beneden. Uit griezelfilms en door wat ze bij White Magic geleerd had, wist ze dat dit een slecht teken was. Plotseling op haar hoede keek ze om zich heen, waarbij haar blik iets langer op de Springplank bleef rusten. Was dit een flauwe grap? Een waarschuwing?

Ze onderdrukte het gevoel dat ze bekeken werd en liep gauw naar binnen. In haar huiskamer keek ze uit het raam. De Springplank stond te blinken in de zon. Het felle licht weerkaatste op de vele ramen, wat het gebouw het uiterlijk gaf van een gesloten fort. Een slapende reus, zich lavend aan de zon. Zou Tatjana iets met het pentagram te maken hebben? Wie anders?

Nikki greep naar de reukbal aan de ketting om haar hals. Deed dat ding wel iets? Een seconde had ze de aanvechting om naar Daniël te rennen, in het water te plonzen en zich in zijn armen te verstoppen. Maar dat kon ze toch niet maken? Hij zou haar wellicht voor gek verklaren. Ze kenden elkaar nog maar net. Ze had heel wat over zichzelf verteld, maar haar onduidelijke angsten en vrees voor Tatjana's tovenarij had ze wijselijk verzwegen.

Dus belde ze Bo. Die was al wakker en stond op het punt om, zoals vaker op zaterdagochtend, naar het zwembad te vertrekken voor een paar baantjes in het wedstrijdbad.

'Tja, ik zou ook niet meteen weten wat je nu moet doen,' reageerde Bo met karakteristieke nuchterheid. 'Je er niets van aantrekken en het ding van je voordeur halen en in een vuilniszak stoppen. In de container ermee. Laat je niet bang maken, want dat lijkt me nu juist de bedoeling.'

Nikki was even stil. 'Maar dit is toch wel eng? Wie heeft dit gedaan? En waarom? Ik kan toch niet gewoon naar mijn werk gaan? En dan moet ik vanavond zeker ook nog met die Sander uit. Ik weet niet of ik hier vannacht nog alleen durf te slapen. Kun je niet even langskomen?' Nikki hoorde zelf hoe zeurderig ze klonk en probeerde te stoppen of van toon veranderen.

Bo aarzelde. 'Nee, ik kan nu niet naar je toe komen. Ik sta op het punt om te gaan zwemmen met Pieter. Ik heb mijn badpak zelfs al aan. Maak je niet te druk. Ik kan me voorstellen dat je geschrokken bent, maar je gaat natuurlijk wel gewoon naar je werk. Dat lijkt me juist goed. En je ruimt dat knutselwerkje op, dan ben je er maar vanaf. Vergeet het verder. Ga vanavond lekker uit eten.'

'Maar dit is toch niet normaal, een pentagram van takken aan een deur spijkeren? Dat heeft iemand expres gedaan, om mij te waarschuwen.'

'Met iemand bedoel je zeker Tatjana.' Bo klonk een tikje ongeduldig.

'Ja.'

Bo haalde hoorbaar adem. 'Nikki, je moet je niet laten opjutten. Het ging de laatste tijd zo goed met je. Ik geef toe dat Tatjana een eng mens is, ik krijg ook de zenuwen van haar, maar laat je toch niet bang maken. Als zij dit echt gedaan heeft, dan krijg ik eerder zin eens iets raars aan haar deur te gaan hangen, een rotte vis of zo. Bah, wat een vervelend wijf.'

'Bo, ik ga geen dooie vissen aan Raymonds en Tatjana's deur spijkeren,' zei Nikki ontdaan.

'Dat was een slecht grapje.'

'Mmm,' zei Nikki aarzelend.

'Gooi die takkenbos in je container, ga naar je werk en ga lekker uit eten met Sander.'

'Oké.' Op de een of andere manier had het standje van Bo iets geholpen.

Bo zuchtte en zei toen iets zachter. 'Nou, als je je vanavond nog steeds beroerd voelt, dan kom je maar naar Pieter en mij toe. Dan hoef je niet alleen te zijn. Maar ik denk dat het beter is gewoon te doen. Sabina en haar man slapen trouwens aan de andere kant van de muur. Als je een gil geeft, horen die dat wel. Pixie, Ping en Pong zijn er ook nog. Wat kan je gebeuren?'

'Ik weet het niet precies,' antwoordde Nikki. Dat was nou net het vervelende: ze kon niet omschrijven waar ze exact bang voor was. Ze geloofde ook niet dat Tatjana ineens met een mes in haar slaapkamer zou verschijnen, zeker niet nu bij daglicht. Maar soms, vooral in het donker, had ze gewoon de zenuwen. Ze was er niet aan gewend helemaal alleen te zijn. Vroeger had ze maar naast zich hoeven tasten in bed om Raymonds hand te vinden en zichzelf gerust te stellen met de gedachte dat hij wel raad zou weten met inbrekers of pentagrammen – die er toen nooit waren.

'Nee, maar ik snap het geloof ik wel. Ga nu maar snel naar je werk, dat helpt vast. En bel me later nog eens.'

'Oké.'

Nikki vertelde tante Jacques meteen van het pentagram. Die hield op met koffie in een filterzakje te scheppen en keek Nikki zorgelijk aan. 'Laat je niet bang maken,' was vervolgens het enige wat ze zei, waarna ze een blik op Nikki's hals wierp om te zien of de geurbal daar nog hing.

Daarna kwamen ze er de rest van de dag niet meer op terug. Misschien omdat er nauwelijks tijd was om rustig te praten. Het was een van die zaterdagen waarop het stormliep in White Magic. Het was mooi weer en toch waren er nog genoeg mensen die niet naar het strand gingen, maar in de stad liepen om voor de lol wat te winkelen en dan op een terrasje neer te strijken. Ook leken er bus- en bootladingen vol toeristen gelost te zijn op het plein en in de haven.

Het was broeierig, alsof de stad in een grote pan zat die op een laag vuurtje stond te pruttelen. Mensen slenterden in half ontklede staat over de kinderkopjes, ijsjes of flesjes drinken in de hand. Muziek klonk uit auto's of huizen met open ramen. Er werd geflirt: meisjes wankelden op te hoge hakken en in korte rokjes langs de terrastafeltjes of de bankjes aan het meer, en jongens in strakke shirts of met ontbloot bovenlijf probeerden stoer en nonchalant voorbij te paraderen. Overal langs de waterkant doken mensen het meer in. In de haven lagen de boten in dikke rijen naast elkaar en sprongen durfals van de hoge sluis. Op het plein plakten de keien van het bier dat de nacht ervoor door cafégangers uit de plastic glazen was gemorst. Het voelde alsof er iets op handen was, een opstootje, een illegaal feest, een uitbarsting van liefde of geweld. Vroeger waren er nu zeker aankondigingen in de stad geweest van een groot feest op Jutterseiland, met misschien als thema Duizend-en-een-nacht, waarbij iedereen in Arabisch kostuum werd verwacht en er buikdansoptredens waren, of anders wellicht een vegetarische barbecue waaraan ook varkens mochten aanzitten.

Jutterseiland werd nu echter keurig bewoond. Althans zo leek het. Met tante Jacques en Marius Geluk waren er op zijn minst nog wat resten van de oude magie achtergebleven. En er waren nog altijd genoeg mensen – of die nu in een scheefstaand pandje aan de haven woonden of in het oude VOC-kantoor (waar naar men fluisterde de vrijmetselaars bijeenkwamen) of in een nieuwbouwwijk – die naar White Magic kwamen op zoek naar een pendel of gedroogde kruiden. Op een zaterdag als deze kwamen tante Jacques en Nikki met zijn tweeën nog handen te kort. Er was geen tijd om thee of koffie te drinken, behalve staand achter de kassa en tussen de middag aten ze omdebeurt in vijf minuten een broodje kaas in de keuken. Als ze eerlijk was, kwam het Nikki ook wel goed uit dat ze geen tijd meer hadden om te praten. Het was fijn dat tante Jacques haar angsten serieus nam, maar soms werd ze alleen maar zenuwachtiger van alle raadgevingen en had ze geen behoefte aan een nieuwe geurbal, of een rozenkwarts voor onder haar kussen.

Doodop en met een leeg gevoel vanbinnen fietste ze om vijf uur tussen de terrassen en de flanerende mensen door naar huis.

Vanavond had ze weer een afspraakje, met Sander. Ze kon zich er weinig bij voorstellen. Ze was moe, niet in de stemming en het voelde ook niet helemaal goed tegenover Daniël. Als ze Sanders telefoonnummer had gehad, dan had ze met een smoesje afgebeld. Met een beetje moeite zou ze via een oude kennis misschien wel aan zijn nummer kunnen komen, maar toen ze thuiskwam, liet ze zich op de bank vallen en voelde ze zich nergens meer toe in staat. Met haar tas nog om haar schouder en de gympjes nog aan haar voeten viel ze in slaap.

Om half acht werd Nikki wakker van een piepend geluid. Toen

ze haar ogen open had gescheurd, zag ze dat het geluid afkomstig was van Pixie die aan haar voeten zat te jammeren. Het hondje moest er nodig uit en had nog niks gegeten ook. Nikki keek een beetje wazig om zich heen en ontdekte Ping en Pong in de stoel tegenover de bank waar ze misprijzend zaten te kijken. Ook zij vonden dat het eten wel erg laat geserveerd werd die avond. Nikki trok een lelijk gezicht naar ze en krabbelde overeind. Ze deed de schoudertas af en verwisselde haar gympen voor slippers. Slaap-dronken liep ze met Pixie naar buiten.

In zichzelf gekeerd wandelde Nikki een rondje rond het her-tenkamp met Pixie, daarbij alle blikken van mensen met kleine kinderen, tieners in bikini en stelletjes met koelboxen mijdend. Halverwege bedacht ze ineens dat ze nu ook gewoon een tijdje langs de waterkant kon gaan zitten en zo Sander zou missen. Hierover piekerend liep ze als vanzelf terug in de richting van haar huis. Zomaar iemand voor niks laten komen, was niet echt haar stijl.

Thuis gaf ze haar dieren te eten, trok ze een vestje aan over haar mouwloze jurkje, haalde ze haar handen door haar krullen en ging ze in de tuin zitten wachten op de bel. Als Sander kwam, zou ze eerlijk zeggen dat ze zich niet zo lekker voelde en dat hij beter naar huis kon gaan. Zich niet bewust van de sombere bui van hun vrouwtje, slopen Ping en Pong door het hoge gras alsof ze tijgers waren in het oerwoud, en zocht Pixie nog een plekje in de zon.

Hoewel ze erop zat te wachten, schrok Nikki toch van de bel. De adrenaline die begon te stromen, gaf haar voldoende kracht uit haar lethargie te komen. Vastberaden liep ze naar de voordeur.

Het eerste wat ze zag toen ze opendeed, was een enorme bos bloemen – ze wist niet dat ze zo groot bestonden – in een vaas. Meteen schoot Sanders hoofd erachter vandaan.

'Ik dacht: ik neem een bloemetje mee,' zei hij met een lach. 'Ik heb ze ook meteen maar in een vaas laten zetten, want dat is al-tijd nog een heel werk en we hebben niet zo veel tijd, want over een klein halfuurtje heb ik een tafeltje geboekt bij Le Petit Sud.'

Stik, dacht Nikki, die haar voornemen om Sander naar huis te sturen ineens van een klein drempeltje in een driedubbele barre zag veranderen.

Terwijl ze Sander nog wat schaapachtig stond aan te kijken, liep hij simpelweg naar binnen, zich met de reuzenbos bloemen een weg langs haar heen banend. Nadat hij de vaas met bloemen op de eet- annex werktafel had neergezet, draaide hij zich om naar Nikki, die nog altijd aarzelend halverwege de hal en de kamer stond, en bekeek haar eens goed.

'Hé, je hebt nog helemaal geen tijd gehad om je om te kleden. Ga maar gauw naar boven en trek een mooie jurk en een paar pumps aan. Ik wil natuurlijk wel de show met je stelen bij Le Petit Sud.'

Ineens leek het Nikki makkelijker om gewoon te doen wat hij zei dan de moed te vinden hem af te wijzen. Dus zei ze: 'Eh, ja, goed', en liep ze de trap op. In de badkamer waar ze een plens water in haar gezicht gooide, keek ze in de spiegel. Ze zag er een beetje moe, maar verder heel gewoon uit. Niet als iemand die vanwege een pentagram op haar deur nauwelijks nog in haar eigen bed durft te slapen. Als ze nu met Sander uitging, was ze in elk geval vanavond de deur uit en kreeg ze met zekerheid een lekkere maaltijd. Het was een hele tijd geleden dat ze goede escargots of oesters en een dure wijn had geproefd. Plotseling voelde ze haar maag rammelen. Snel liep ze naar de logeerkamer, onderweg het flodderjurkje van zich af trekkend en pakte op goed geluk een paars geval met pofmouwtjes uit een stapel die gesorteerd was op feestjurken en in veel gevallen al geprijsd. Dit satijnen jurkje zou volgens Nikki in de vintage webshop van Sabina en haarzelf toch nog zo'n honderdzestig euro moeten kunnen opbrengen. De stof glibberde over haar huid. In haar slaapkamer verwisselde ze haar slipje voor een beter, kanten exemplaar. Waarom wist ze eigenlijk ook niet, want ze was beslist niet van plan iemand haar slipje te tonen, en zeker Sander niet.

Met geoefende hand bracht ze vervolgens snel de make-up aan die ze in de tijd dat ze met Raymond was vrijwel elke dag droeg. Opnieuw bekeek ze zichzelf in de spiegel. Ook al voelde ze zich niet goed, ze kon er nog altijd goed uitzien. Ze leek niet op iemand die bang was.

'Kop op,' zei ze tegen haar eigen spiegelbeeld. 'Waarom zou jíj nu bang zijn? Het moet uit zijn met dat gezeur.' Ze spoot een beetje parfum in haar hals, zocht een paar schoenen uit en graaide een tasje uit een mand met spullen.

Op ragfijne sandaaltjes met acht centimeter hoge hakken liep ze de trap af naar de huiskamer, waar Sander een beetje om zich heen keek naar haar bezittingen. Zodra hij Nikki zag, floot hij goedkeurend. Dit irriteerde haar en joeg tegelijkertijd toch ook een kleine opwindende prikkeling door haar lichaam. Op de hoge hakken voelde ze zich een heel andere vrouw dan ze de laatste tijd was, meer de Nikki die bij Raymond had gehoord. Ook al wilde ze niet terug naar die tijd, eigenlijk voelde ze zich wel goed: sterker, zelfverzekerder.

'Zullen we dan maar gaan?' zei ze, en ze riep Pixie binnen, gaf haar een aai en een koekje en sloot de achterdeur. Sander hield de deur naar de hal open en liet Nikki voorgaan, waarna hij hetzelfde deed bij de voordeur. Met een hand lichtjes op haar onderrug begeleidde hij haar naar zijn auto, een zilvergrijze Mercedes, die hij kennelijk naast de suv bezat. Nikki had het gevoel dat alle bewoners van het rijtje arbeidershuisjes vanachter de planten en gordijntjes naar haar keken, en ze voelde zich zowel uitdagend als toch ook een beetje een verraadster.

Le Petit Sud was nog precies zoals ze het zich herinnerde: een soort luxe schuilplek voor mensen met veel geld, waar ze ongestoord hun rijkdom konden etaleren en uitgeven en even konden vergeten dat er ook hangjongeren, daklozen en andere narigheden bestaan. Het restaurant was bijna vol, maar toch was het rustig. Zachte, om niet te zeggen saaie pianomuziek klonk uit goedverborgen speakers. Niemand praatte luid of gebaarde druk. Er waren geen grote groepen of gezinnen met kinderen. Aan tafeltjes die op behoorlijke afstand van elkaar stonden zaten meestal twee of vier goedgeklede mensen.

Terwijl ze door het restaurant liep op weg naar de tuin aan de achterkant merkte Nikki dat ze bewonderende blikken van zowel mannen als vrouwen kreeg. Dat was een tijd geleden sinds ze dat voor het laatst had meegemaakt. Niet dat er tegenwoordig nooit meer een jongen, of zelfs een meisje, naar haar keek, kennelijk omdat ze er best leuk uitzag, maar deze blikken waren anders, hierin schuilde een zekere afgunst. Met een schuine blik keek ze naar Sander, die net achter haar liep. Het was jammer dat hij er met al zijn geld toch niet echt goed uitzag. Raymond had je een tweedehands C&A-pak kunnen aantrekken en dan nog zag hij eruit als een man van een paar miljoen, maar bij Sander was het net andersom. Ongetwijfeld droeg hij een duur kostuum, maar het zat hem verre van gegoten. Met zijn babyface en wat mollige figuur zag hij er vast beter uit in stoere vrijetijdskleding. Hij leek echter te genieten van de aandacht die Nikki kreeg, want zijn blauwe ogen straalden en zijn wangen hadden een rode kleur.

Ze kregen een tafeltje in de tuin van het restaurant. Ondanks dat het nog licht was, brandden er al overal kaarsen en fakkels. Op handige wijze, met behulp van palmbomen, oleanders, bougainville en luxe steensoorten voor terras en muren wist het restaurant de indruk te wekken dat je je in hun tuin ergens in Zuid-Frankrijk bevond in plaats van vlak bij de dijk langs het IJsselmeer.

Zodra ze zaten liet Sander champagne komen en algauw volgde een amuse. Het bedienend personeel was professioneel, vriendelijk en discreet. Nikki besefte dat ze waarschijnlijk de hele avond niets hoefde te bestellen, want dat Sander dat allemaal wel voor haar zou doen. Dit was ouderwets, maar ook heel gemakkelijk. Het leek erop dat het leven in het bijzijn van Sander er sowieso een stuk eenvoudiger op werd. Zo had hij zijn auto vlak bij het restaurant weten te parkeren, op een invalidenplek. Hij had hiervoor toestemming en de bijbehorende vergunning, omdat hij, zo vertelde hij met een knipoog, een goed vriendje was van de burgemeester.

In de tuin van het restaurant leunde Nikki iets naar achteren in haar stoel en liet ze de champagne langzaam over haar tong glijden. Vanavond ging ze even niet zeuren. Sander was een gemakkelijke tafelgenoot, want hij praatte bijna aan een stuk door, alsof hij bang was dat er een pauze zou vallen. Hij vertelde over zijn werk, zijn boot en hield een lang, wat onduidelijk verhaal over een gebeurtenis uit de gemeentepolitiek. Af en toe stelde hij Nikki, die op gepaste momenten knikte of iets ter aanmoediging zei, een vraag, waarbij het leek alsof hij ze van een lijstje oplas: wat voor werk ze nu deed, hoe haar huis beviel, of ze nog op vakantie ging. Ergens tijdens het hoofdgerecht vroeg hij of ze vandaag een leuke dag had gehad, waarna ze, zonder zelf precies te weten waarom ineens het verhaal van de omgekeerde pentagram vertelde. Misschien hoopte ze dat Sander haar zou geruststellen. Hij leek zo overduidelijk iemand die altijd precies weet wat te doen en daar ook vol overtuiging naar handelt, iemand die door zijn bevoorrechte positie in de samenleving en misschien meer nog door zijn gebrek aan fantasie zelden bang is.

'Je had de politie kunnen bellen,' zei hij, terwijl hij probeerde een aantal blaadjes babygemsla aan zijn vork te prikken.

'O ja?' zei Nikki verbaasd.

'Natuurlijk. Zomaar bij iemand iets aan de deur spijkeren, is ongetwijfeld strafbaar.'

'Hè?' zei Nikki nogal onelegant. 'Is het niet een beetje overdreven om daarvoor de politie te bellen?'

'Misschien, maar daar zijn ze voor. Jij bent een vrouw alleen. Ze zouden op zijn minst een aantekening mogen maken en een keertje vaker langs kunnen rijden. Het zou mij niets verbazen als iemand van dat schorem dat bij jou in dat rijtje aftandse huisjes woont je bang wil maken. Er is vast jaloezie in het spel. Jij hoort daar natuurlijk niet tussen; je bent mooi en slim en duidelijk van een andere klasse.'

'Denk je echt?' vroeg Nikki. De malse biefstuk smaakte ineens iets minder goed. Ze nam een grote slok rode wijn en dacht aan Sabina en haar man, aan Ruud en Carry. Ze kon zich niet voorstellen dat die zoiets zouden doen.

Sander kauwde op zijn sla en zei toen: 'Als het nog een keer gebeurt, of iets dergelijks, dan bel je mij maar. Dan los ik het wel voor je op.'

211

Het had iets geruststellend voor Nikki om opnieuw een man in haar leven te hebben die de minder prettige dingen wel even oploste, maar om een of andere reden verloor ze ineens haar eetlust. Ze had zich voorgenomen niet te zeuren, dus ze protesteerde niet en dronk in plaats daarvan langzaam haar glas dure wijn leeg. Sander praatte verder over iemand die hij goed kende bij de politie.

Na het diner dronken ze nog wat in de bar van het hotel waar Le Petit Sud bij hoorde en waar Nikki opnieuw merkte aan het stiekeme geflirt van andere mannen en de minder vriendelijke blikken van sommige vrouwen dat ze er nog mocht zijn. Vroeger leefde ze helemaal op van dit soort aandacht en was ze trots dat zij en Raymond zo'n mooi stel vormden, maar nu was het niet meer dan een heel kleine streling van het ego. Wat had ze er eigenlijk aan en wat zei het nou over haar als mens? Het wilde niet per se zeggen dat ze ook een leuke vrouw was of iemand die goed voor zichzelf kon zorgen en niet bang was in het donker.

Aan het eind van de avond, al na middernacht, wandelden ze een klein stukje heen en weer over de korte boulevard langs het water. De maan bescheen het donkere water. Er hingen wat tieners op de bankjes te keten, maar verder was het een romantisch plaatje en liepen er meer, ogenschijnlijk verliefde stelletjes. Sander legde een arm om Nikki's schouders en ze liet hem begaan, hoewel ze hoopte dat ze niemand tegen zou komen die ze kende, vooral Daniël niet. Sander praatte nog altijd door – hij had het nu over hoeveel moeite het had gekost om deze boulevard aan te leggen, omdat er altijd zoveel mensen waren die ergens bezwaar tegen aantekenden, zoals ook bij Jutterseiland het geval was geweest.

Daarna bracht hij Nikki met de auto naar huis. In de geruisloos rijdende Mercedes zeiden ze allebei weinig. Sander probeerde slechts eenmaal een wat flauw grapje te maken waar Nikki braaf om glimlachte.

Hij bracht haar naar haar voordeur. Nikki wist zeker dat ze hem niet binnen ging laten en ze liet dit door haar lichaamstaal ook merken. Ze had een prettige avond gehad en ondanks al Sanders geklets en soms merkwaardige opvattingen, was hij in wezen een aardig iemand, daar was ze van overtuigd. Hij bedoelde het goed. Dus toen hij aarzelend vroeg of hij haar nog een keer uit mocht vragen, zei ze geen nee en gaf ze hem haar mobiele nummer. Een beetje stuntelig boog hij zich naar voren en kuste hij haar op de mond. Het was een nogal natte zoen en Nikki moest zich inhouden niet met haar hand over haar mond te wrijven. Om dit te compenseren lachte ze vriendelijk, waarop Sander het nog een keer probeerde. Na de tweede vochtige zoen legde Nikki doelbewust haar hand op de deurknop. Misschien om het afscheid nog wat te rekken pakte Sander plotseling de geurbal vast.

'Wat is dit eigenlijk?'

'Dat noemen ze een geurbal. Ik heb hem van mijn tante gekregen. Deze is antiek. Er zitten bepaalde kruiden in die je zouden beschermen tegen van alles en nog wat.'

'Hmm,' zei Sander nadenkend en hij boog zich voorover om aan het sieraad te snuffelen en trok een vies gezicht. 'Ik weet het niet. Als ik jou was, zou ik zoiets niet dragen. Heb je *Rosemary's Baby* wel eens gezien?'

'Eh, ja, ik geloof het wel,' antwoordde Nikki.

'Nou, dan weet je wel wat ik bedoel.'

'Ja,' zei Nikki, die zich de inhoud van de film niet zo gauw herinnerde en geen idee had.

Sander gaf haar nog een zoen, dit keer netjes op haar wang. 'Ik stuur je zo nog een sms'je om je welterusten te wensen als je in je bedje ligt. Dan heb je ook meteen mijn nummer, voor als je me wilt bellen. In elk geval bel ik jou snel.'

Alleen in huis liet Nikki Pixie snel even plassen in de achtertuin en ging toen meteen naar bed. Ze trok de jurk over haar hoofd, veegde snel de make-up van haar gezicht en kroop onder het laken. Hoewel het geen slechte avond was geweest en Sander eigenlijk een heel beschermende en geruststellende uitstraling had, was ze bij lange na niet zo high als de avond ervoor toen ze met Daniël was gaan picknicken. Het plezierige, luxe uitgaans-

gevoel was al verdwenen zodra ze haar dure sandaaltjes had uit-
geschopt. Met open ogen lag ze in bed, te moe om iets anders te
doen, maar veel te wakker en gespannen om te slapen. Algauw
kwam het sms'je van Sander waarin hij haar welterusten wenste
en zei dat hij een heerlijke avond had gehad en dat hij hoopte
haar gauw nog eens te mogen verwennen. Een beetje gewaagd
liet hij weten dat hij haar nu al miste en graag naast haar zou willen liggen. Nikki kon het niet laten even te glimlachen en legde
het mobieltje op het tafeltje naast haar bed. Ze draaide zich op
haar andere zij en bedacht dat ze er ook naar verlangde tegen
iemand aan te kruipen. Maar het was Daniël naar wie haar gedachten uitgingen.

22

Nikki had zich het verhaal van *Rosemary's Baby* weer herinnerd. In die film raakt een jonge vrouw, gespeeld door Mia Farrow, met medeweten van haar echtgenoot zwanger van de duivel. Van de kliek heksen die bij haar in het nogal duistere appartementencomplex woont, krijgt Mia een geurbal die nogal stinkt. Wat ook al weer precies de bedoeling van het ding in de film was, wist Nikki niet meer, maar het was niet veel goeds. Nu rook de antieke geurbal die Nikki van tante Jacques had gekregen juist heel lekker, maar toch had ze hem afgedaan. Sindsdien greep ze nog regelmatig onbewust naar haar hals om eraan te voelen, maar ze wist zelf niet goed of ze dat deed om te controleren of het sieraad er nog zat om haar te beschermen, of juist om zich ervan te verzekeren dat het weg was. Ze had de ketting op zondag, de dag nadat ze met Sander uit was geweest, al afgedaan, maar tante Jacques had er gedurende de week nog niets van gezegd.

Ook vanavond, midden in de drukte van Bibi's verjaardagsfeestje, merkte Nikki dat ze met een nerveus gebaar haar lege hals betastte. Bo zag het en keek vragend naar Nikki, die haar schouders ophaalde. Ze wist ook niet goed wat haar bezielde. Wat ze ook deed, de onrust in haar lijf wilde niet stoppen. Het was alsof ze voortdurend onder hoogspanning stond. Ze leefde zo normaal mogelijk, ging naar haar werk, liet Pixie uit, kookte en waste af, keek tv, belde Polly en stroopte dagelijks het internet af op zoek naar leuke vintage kleding. Tijdens al deze alledaagse activiteiten was er dat vage gevoel van rusteloosheid. Het leek wel of ze een virus had opgelopen en ze vroeg zich soms serieus af of ze iets onder de leden had en naar een dokter moest. Maar wat zou die kunnen doen? Zou ze moeten zeggen dat het soms net leek of ze behekst was, omdat ze anders ook niet kon verklaren waar ze last van had?

Deze gedachten deelde ze liever niet met Bo, die weer Nikki's kant op keek. Bo leek de laatste tijd een beetje genoeg te hebben van Nikki's gezeur, zoals ze het per ongeluk een keer had genoemd, en kon soms heel prikkelbaar reageren als Nikki de onderwerpen Tatjana, magie en angst aansneed.

Om niet per ongeluk Bo's blik te kruisen – haar zus leek haar gedachten te kunnen lezen – keek Nikki maar naar haar eigen blote voeten, die ze liet bungelen vanaf de wasmachine waarop ze zat. Haar slippers waren op de grond gevallen.

Nikki en Bo, Polly, Bibi, Roland en Ruth zaten al een tijdje verschanst in het piepkleine keukentje van Bibi, uit het zicht van Jeroens voetbalvrienden en de familie van Jeroen en Bibi. Er was zo weinig ruimte in de ouderwetse keuken dat slechts twee krukken langs de muur normale zitplaatsen boden, en wel aan Bibi en Polly. De rest had zich geïnstalleerd op het lage granitoaanrecht, in de vensterbank en op de wasmachine.

Nikki nam een slok van haar Hoegaarden en keek nog eens naar haar arme hielen, waarop twee pleisters prijkten. Tante Jacques had haar de hele dag vrij gegeven om met Sabina naar Amsterdam te gaan, waar ze een heleboel winkels en markten hadden afgestruind. Van tevoren hadden ze een lange lijst gemaakt met tweedehands en vintage kledingwinkeltjes, waarvan Nikki nog een deel van vroeger kende, en onderweg hadden ze ook nog allerlei andere leuk uitziende zaakjes aangedaan. De bedoeling was geweest dat ze de concurrentie bekeken en tegelijk misschien nog wat goede spullen voor hun eigen webshop op de kop tikten. Daar waren ze naar Nikki's gevoel beter in geslaagd dan verwacht. Ze hadden tenslotte maar een heel klein budget en investeerden alleen een deel van wat ze tot nu toe via vooral Marktplaats en eBay verkocht hadden aan Nikki's garderobe. Volgens Sabina had Nikki er echter een goed oog voor om op het eerste gezicht niet al te spectaculair ogende items eruit te pikken, die vervolgens in combinatie met iets anders of een andere presentatie een hele vondst leken.

Sabina had Nikki verrast door haar uithoudingsvermogen. Ze had slechts een keer ergens willen zitten om wat te drinken en een broodje te eten, terwijl Nikki gewend was tijdens het winkelen om de haverklap even ergens neer te strijken voor een koffie verkeerd, een smoothie of een bagel. Het was wel duidelijk dat Sabina hun onderneming heel serieus nam, wat Nikki aanspoorde zich ook professioneel op te stellen en vooral niet tegen haar te klagen over haar zere voeten. Uit ijdelheid en omdat ze naar de grote stad ging had ze sandaaltjes met een heel laag hakje aangedaan, écht een heel laag hakje, maar toch... Sabina zag er fijntjes en breekbaar uit en maakte zich op als een pop, maar vanbinnen was ze een harde, zo voelde Nikki, iemand die al heel wat tegenslag had overwonnen en wist hoe ze mindere tijden moest overleven.

En ze was praktisch ingesteld ook. Tijdens hun bescheiden lunch, een kaasbroodje en cola bij de Hema, had ze een map tevoorschijn getoverd met daarin teksten en schetsen voor hun website, gemaakt door Yilmaz, het vriendinnetje van Robs jongere broer. Deze Yilmaz was heel gedreven en enorm goed met computers. Ze was nog maar net achttien, maar ze liep al stage bij een ontwerpbureau en deed er ook nog eens van alles naast. Uiteraard had ze een eigen website en een Facebookpagina en zat ze op Twitter. Nikki was onder de indruk geweest van de stijlvolle website en had zich bij het lezen van de uitgebreide biografie van Yilmaz en het zien van de foto's nogal oud gevoeld. Ook al was ze nog maar achttien, Yilmaz leek al over een bepaalde passie en doelgerichtheid te beschikken waarvan Nikki zich afvroeg waarom zij die nooit gehad had. Nikki had nooit veel aan school gevonden. Het was vooral een plek geweest waar ze met haar vrienden had opgetrokken en voorzover ze zich kon herinneren was ze vooral geïnteresseerd geweest in jongens, kleding en uitgaan.

'Ik wil wel dat onze website er echt professioneel uitziet, niet amateuristisch zoals sommige van die sites die ik gezien heb, of heel saai, alsof we ijzerwaren verkopen in plaats van leuke kleren,' had Sabina in de Hema gezegd. 'En hij moet ook praktisch zijn: de klant moet snel kunnen vinden hoe hij iets kan kopen en wat de voorwaarden zijn.' Ze legde een aantal printjes en schetsen voor Nikki op het tafelblad. 'Dit zou ongeveer het idee zijn. Je ziet dat je tantes oude foto's Yilmaz geïnspireerd hebben. Ze zei dat ze ze ontzettend leuk vond, vooral die ene van je tante in die lange jurk in een atelier, en die foto waar ze in een strakke broek en met een bloem in haar haar op een terras zit. Die zonnebril is trouwens ook goed. Heeft je tante die misschien nog? Dat soort accessoires kunnen we zeker ook verkopen.'

'Dat weet ik niet. Misschien wel,' had Nikki geantwoord terwijl ze verrukt had gekeken naar de ontwerpen die zowel foto's als modetekeningen bevatten en de sfeer van de jaren zestig en zeventig in Parijs of *Swinging London* heel goed getroffen hadden.

'Zoals je ziet,' ging Sabina verder, 'heeft ze een heel stijlboek gemaakt, waarin staat hoeveel pagina's we nodig hebben, wat het lettertype wordt, welke kleuren we gebruiken. Maar wat nog heel belangrijk is, is dat we bedenken welke naam we gaan aannemen, want dan kun je de domeinnaam registreren, een logo maken. Daar kan Yilmaz ook wel bij helpen...'

'Daar heb ik al een beetje over nagedacht,' zei Nikki, die blij was dat ze ook kon laten zien dat ze wel serieus bezig was met meer dan alleen de kleren. 'Wat dacht je van bijvoorbeeld "Alles is vintage"? Of "Alles Vintage"? Of je zou zelfs kunnen zeggen "Vintage is alles". Misschien is het niet heel origineel, maar het leek me belangrijk dat het woord 'vintage' in de naam zit, omdat we een webshop hebben en de mensen ons moeten kunnen vinden op internet. Ik heb ook een beetje zitten tekenen met die namen in gedachten.' Onzeker liet ze de schetsjes in ballpoint zien. Even moest ze aan Daniël en zijn grappige tekeningen denken.

'Die vind ik er heel leuk uitzien,' zei Sabina. 'En je ideeën over namen zijn goed. Jij bent ook creatief, Nikki. Hier kan Yilmaz echt wat mee.'

'Doet zij dit alles voor niets?' vroeg Nikki. 'Dat kan toch eigenlijk niet. Maar we hebben niet echt geld om haar te betalen.'

Sabina deed een extra schepje suiker in haar thee en schudde haar hoofd. 'We boffen heel erg met haar. We hoeven haar niet te betalen, want ze vindt het leuk om te doen. Wel wil ze graag vermelding op de website en een link naar haarzelf, misschien zelfs een kleine advertentie. Ze denkt er al over om voor zichzelf te gaan beginnen. Ook vond ze onze kleding die ik op foto's heb laten zien heel mooi en zei ze dat ze best iets zou willen uitzoeken, dus we zouden haar ook een kledingstuk cadeau kunnen doen, plus levenslang korting of zo.'

Dat vond Nikki een goed idee.

Met voorzichtige slokjes dronk Sabina haar thee op. Nikki verwonderde zich over de lange nagels aan de fijne handen waarmee ze het theeglas vasthield. Hoe kreeg ze dat toch voor elkaar met twee kleine kinderen en een hond? Sinds Nikki niet meer bij Raymond woonde en niet meer naar een nagelsalon ging, hield ze haar nagels praktisch kort en als ze ze lakte, zag dat er na een dag of twee al niet meer zo netjes uit.

'We moeten gauw weer afspreken, ook met Yilmaz erbij,' ging Sabina verder. 'Er is nog zoveel dat we moeten bedenken en doen. Hoe gaan we de kleren showen bijvoorbeeld? Op een model staat meestal beter. Wie gebruiken we dan als model? Jij zou best kunnen, Nikki.'

Nikki, die net haar laatste slok cola nam, schudde heftig nee.

'We zien wel,' lachte Sabina. 'En we moeten ook nog een echt contract opstellen, weet je, onze afspraken op papier zetten.'

Nikki werd altijd een beetje zenuwachtig zodra het over administratieve dingen ging en trok een moeilijk gezicht.

'Daar zal ik me nog wel eens in verdiepen,' had Sabina geruststellend gezegd. 'Dat vind ik niet erg.'

Aan het eind van de dag was Nikki draaierig geweest van alle winkels, de kleren, de drukte in de stad en de hoeveelheid informatie die Sabina en zij hadden uitgewisseld. Rond etenstijd was ze weer thuis geweest en hoewel ze blij had moeten zijn met de rust, had ze Sabina, die naar man en kinderen ging, toch een beetje benijd. In de plotselinge stilte had het gedraai in haar hoofd van de afgelopen dag zich vermengd met alle onrustgevoelens die aan haar huis kleefden en die haar besprongen zodra ze die belachelijke streng knoflook bij haar deurpost zag hangen, en waren al deze dingen tezamen een draaikolk geworden. Hoewel Nikki dol was op kleren en op het idee van een vintage-kledingwebshop en ze Sabina graag mocht en vertrouwde, ging het allemaal ook wel erg snel. Nikki had het gevoel dat ze niet echt overzicht had. Ze had zo weinig ervaring en had tot voor kort nooit op eigen benen gestaan, laat staan een eigen bedrijf geleid. Toen ze even op de bank ging liggen om haar voeten wat rust te gunnen, wervelden al deze gedachten door haar hoofd als blaadjes gevangen in een tornado. Eigenlijk was ze te moe om nog op haar uitgeputte benen te staan, maar toch was ze heel blij toen Bo even later haar kwam halen om naar Bibi te gaan.

Gezeten op Bibi's wasmachine was Nikki in gedachten kilometers verderop: bij Sabina en vintage kleding, in haar huis en het Aurorapark, langs het water, waar een zeilbootje lag te dobberen... Dit was eigenlijk niets voor haar. Voorheen was ze nooit zo'n dagdromer geweest. Vandaar misschien dat Bo alweer een beetje geergerd naar haar keek.

'Je hebt nog heel weinig verteld over die twee nieuwe mannen in je leven, Nikki,' zei Ruth plotseling. Ruth, die na deze plompverloren uitspraak rustig een slok nam uit haar flesje bier, hield er soms wel van om een beetje te stangen.

'Pfff, wat valt er te vertellen?' zei Nikki ontwijkend. Ook dit was anders dan vroeger, toen ze wel graag in de belangstelling stond en uitgebreid vertelde over wat ze allemaal meemaakte. Natuurlijk waren de avonturen die ze beleefde ten tijde van Raymond ook nogal makkelijk te vertellen. Het waren hapklare brokken geweest, geen ingewikkelde, experimentele haute cuisine.

'Zijn ze leuk?' vroeg Ruth. De rest was stilgevallen en keek Nikki geïnteresseerd aan. Bo en Polly hadden Nikki al eerder aan een verhoor onderworpen, maar zeker Polly kon nooit genoeg krijgen van romantische verhalen.

'Ja, heel leuk,' zei Nikki.

'Allebei?' vroeg Ruth met een ondeugend lachje.

'Ieder op zijn eigen manier.'

'Dus je blijft gewoon doubledaten?'

Nikki haalde haar schouders op en lachte liefjes. 'Ik zal wel zien. Waarom niet?' Ze kon het spelletje van Ruth wel meespelen.

'Maar waar houdt zoiets dan op?' Ruth sprong van het aanrecht af en nam een pose aan alsof ze college ging geven, waarbij het bierflesje als aanwijsstok fungeerde. 'Wanneer ga je voor het eerst met iemand naar bed? Bij het derde afspraakje misschien? Doe je het dan eerst met de een en een avond later met de ander?'

'Nou, Ruth!' zei Polly gechoqueerd, waarmee ze voorkwam dat Nikki antwoord hoefde te geven. 'Dat zou Nikki heus niet doen. Maar ze mag toch wel een paar keer met allebei uitgaan? Je hoeft echt niet op het derde afspraakje al met iemand naar bed. Nikki verdient een leuke, mooie man en waarom zou ze meteen tussen Daniël en Sander moeten kiezen? Laten ze maar een beetje hun best voor haar doen, net als vroeger toen mannen om de hand van een schone jonkvrouw streden.'

'Ik zou het niet zo leuk vinden als je met hen allebei naar bed ging,' zei Roland, die bijna net zo ontdaan had gekeken als Polly. 'Als ik tenminste een van die mannen was. Het is net of je meteen vreemdgaat.'

'Ach, vreemdgaan...' zei Ruth. 'Dat is wel een zwaar woord. Is dat nou zo erg in zo'n pril stadium?'

'Juist in het begin is het misschien niet zo'n goed idee,' zei Bo, die zich tot dusverre nogal afzijdig had gehouden.

'Vreemdgaan is altijd erg,' deed Bibi mee.

'Ben jij dan nooit een heel klein beetje vreemdgegaan, Bibi?' stookte Ruth nog wat verder. 'Hoe lang ben je nu al niet met Jeroen? Jullie kennen elkaar al een eeuwigheid.'

Bibi werd lichtelijk rood. 'Ik ben nog nooit vreemdgegaan. Ik kijk heus wel eens naar andere mannen, maar daar blijft het bij. Jeroen en ik houden gewoon heel veel van elkaar.'

'Dat geloof ik graag,' zei Ruth. 'Maar nu weten we nog steeds niet hoe ver Nikki van plan is te gaan met haar twee mannen.'

Iedereen keek weer naar Nikki. Die haalde opnieuw haar schouders op en zei nogmaals: 'Ik zie wel.' Voor zichzelf had ze al lang besloten dat als het morgen heel erg leuk was met Daniël, ze haar vage afspraak met Sander om in het weekend mee te gaan op zijn jacht af te zeggen, maar ze had geen zin dat aan Ruth en de hele keuken uit te leggen. Om van onderwerp te veranderen, greep ze naar een plastic tas die ze naast de wasmachine had gezet.

'Ik heb nog een cadeautje voor je, Bibi.'

'Wat leuk. Kom maar op,' zei Bibi, en ze strekte haar armen uit in een zogenaamd hebberig gebaar.

'Ik hoop dat je het leuk vindt,' zei Nikki, en ze overhandigde een zacht, vierkant pakje dat eruitzag alsof er een kussentje in zat. Bibi haalde het lint eraf en opende het door voorzichtig de plakbandjes los te trekken. Tevoorschijn kwam een colbertje, netjes gevouwen, donkerblauw met een klein bloemetjesmotief.

'Ik zou altijd nog eens een leuk vintage kledingstuk voor je zoeken. Voor Bo en Polly heb ik al het een en ander gekocht, maar dit leek me echt iets voor jou. Het is een jasje van rond 1980, nog helemaal gaaf. Ik heb gelezen dat het op de markt werd gebracht als een colbertje voor de werkende moeder. Die waren toen nog een beetje bijzonder, werkende moeders.'

'Wat mooi.' Bibi ontvouwde het jasje en bekeek het van alle kanten. 'Heel erg mooi.'

Nikki hoopte maar dat ze het meende. Ze was er goed in om voor anderen leuke kleren uit te zoeken en Bo en Polly droegen ook heel vaak wat ze voor hen had gevonden en aan ze had verkocht, maar het bleef toch altijd afwachten of iemand een kledingstuk ook bij zichzelf vond passen. Het jasje voor Bibi had ze gevonden in een winkeltje dat opheffingsuitverkoop hield. Het was echt oud, maar oogde modern, waardoor Nikki het juist geschikt vond voor Bibi, die vrij behoudend was en niet gauw iets heel aparts zou aantrekken. Als Bibi het echt mooi vond, had de webshop er wellicht weer een toekomstige klant bij.

Bibi trok het jasje aan over haar T-shirt. 'Superleuk!'

'Jij bent tenslotte ook een werkende moeder. Dit kun je mooi aan naar kantoor,' zei Nikki. Bibi had een tijdje thuis gezeten toen haar tweede kind net was geboren, maar werkte sinds kort weer drie dagen per week op de redactie van een tijdschrift over gezondheid.

Met sprankelende ogen sprong Bibi van de kruk en bekeek zichzelf van alle kanten. Ze knoopte het jasje dicht. 'Dit kan ik zeker weten goed aan naar kantoor, waar het geen gevaar loopt te worden besmeurd door plakkerige kinderhandjes en snotneuzen. Dit is echt een heel leuk cadeautje. Je mag vaker dingen voor me kopen, Nikki! En dan betaal ik natuurlijk. Ik koop nooit zulke kleren voor mezelf.' Ze streek over de stof. 'Hij kleedt ook mooi af.'

'Dat heb jij echt niet nodig, Biebs,' zei Polly. 'Je bent hartstikke slank.'

Om niet te zeggen mager, dacht Nikki. Sinds Bibi twee kleine kinderen had gekregen, had ze kennelijk nauwelijks nog tijd om te eten en zag ze er over het algemeen nogal ondervoed uit. Daarom stond dit jasje met kleine schoudervullingen haar ook goed.

'Nou ja, voor zolang als dat nog duurt natuurlijk,' zei Bibi.

'Hoe bedoel je?' vroeg Polly.

'Ik ben weer zwanger,' zei Bibi, terwijl ze de manchetknopen bewonderde. 'We krijgen een derde kindje.'

'Echt waar?' riep Polly. Bijna iedereen sprong op van zijn zitplek.

'Alweer?' zei Ruth.

'Hoe bedoel je: alweer?' Bibi keek Ruth venijnig aan.

'Tja, je hebt er al twee en die zijn nog niet zo oud,' antwoordde die nuchter.

'Nou ja, ik geef toe, het is iets sneller gegaan dan de bedoeling was, maar we hebben er altijd drie gewild. Het had nog wel een halfjaartje mogen duren voordat ik zwanger was. Maar we hadden het kunnen weten natuurlijk: het is bij ons altijd meteen de eerste keer raak.'

Nog steeds enigszins verrast dromde iedereen richting Bibi om haar voor de tweede keer die dag te feliciteren. Terwijl Nikki op haar beurt stond te wachten, zag ze plotseling uit haar ooghoek dat Bo hoogrood werd en ineens wegbeende uit de keuken.

'Wat is er aan de hand? Wat is er met Bo?' vroeg Polly. 'Is ze niet lekker?'

'Dat zou kunnen,' zei Nikki snel. 'Ze had al hoofdpijn voordat we hier waren. Ik ga wel naar haar toe.' Vlug liep ze de keuken uit en achter Bo aan de smalle trap op naar de eerste verdieping. Ze hoopte maar dat niemand haar zou volgen. Boven zag ze nog net hoe Bo in de badkamer verdween en de deur op slot deed.

Onmiddellijk klonk er een ingehouden, maar nog steeds tamelijk luid gesnik vanachter de badkamerdeur. Onzeker bleef Nikki staan. Ze had Bo eigenlijk nog nooit echt zien huilen. Haar grote zus kreeg wel eens vochtige ogen bij een zielige film en een paar jaar geleden tijdens de begrafenis van een goede vriend, die veel te vroeg aan kanker overleden was, hadden er een aantal tranen over haar wangen gerold, maar dit echte, hartverscheurende jammeren, dat had Nikki haar nog nooit zien of horen doen.

Nikki klopte zachtjes op de houten deur. 'Mag ik binnen komen, Bootje?'

'Nee, ga weg,' antwoordde Bo met gesmoorde stem.

Besluiteloos bleef Nikki voor de badkamerdeur staan. Daarna leunde ze er met haar handen in haar zakken tegenaan. Ze ging toch echt niet weg voordat ze zeker wist dat Bo zich kon redden.

'Je hoeft nu niet open te doen, maar ik blijf hier net zo lang staan tot je daar wel aan toe bent.'

Bo zei niets. Ze leek hoogstens nog wat harder te gaan brullen. Pas na een paar minuten verstomde het geluid vanuit de badkamer tot een bescheiden gesnuffel, waarna het helemaal stil werd.

'Bo,' zei Nikki nog eens zachtjes. Na een kort niets, klonk er wat gestommel en werd de deur van het slot gedraaid. Nikki ging naar binnen en zag hoe Bo weer ging zitten op de deksel van het toilet.

'Het is toch niet te geloven,' zei Bo met rauwe stem. 'Elke onbenul is meteen maar zwanger, stomme tieners die het één keer doen, halvegaren, slechte mensen die het niet waard zijn, en bij mij en Pieter wil het maar niet lukken. Het is zo oneerlijk.'

'Dat is ook zo,' zei Nikki. 'Het is gemeen. Maar...' Ze aarzelde of ze dit nu zou zeggen. 'Maar jullie kansen zijn echt nog niet verkeken. Je moet gewoon niet te veel op mensen als Bibi letten. Voor haar gaat het wel erg gemakkelijk. Bij de meeste mensen kost het meer tijd. Het is nog helemaal niet zeker dat er bij jullie echt iets mis is. Misschien moet je toch maar eens langs de dokter.'

Bo knikte. 'Ik stel me aan.'

'Nee, echt niet. Dat zei ik niet.'

'Jawel.' Bo slikte en kwam een stukje overeind. 'Ik kan niet tegen de onzekerheid. Bijna mijn hele leven heb ik altijd alles onder controle gehad, maar hier heb ik geen grip op. Ik kan het niet sturen en het helpt ook niet als ik beter mijn best doe.'

'Misschien moet je juist minder je best doen. Een beetje loslaten.'

'Daar ben ik niet goed in. Ik hou van duidelijkheid en zekerheid.'

'De meeste mensen eigenlijk wel.' Nikki begreep wel ongeveer hoe Bo zich voelde. Nog niet zo lang geleden had zij ook haar veilige wereld zien instorten toen Raymond haar verliet. Haar relatie met hem was een schijnveiligheid geweest, dat zag ze nu wel in. Maar soms kon ze er nog steeds naar verlangen.

'Ik denk dat Pieter en ik maar eens naar de dokter moeten gaan. Misschien kan die me wel geruststellen. Of anders een beetje duidelijkheid verschaffen.' Ze lachte wat schamper. Door de uitgelopen mascara zag ze eruit als een treurig clowntje. 'En ik zal mijn best doen het een beetje los te laten.'

'Niet te hard je best doen,' zei Nikki, en ze lachte ook. De twee zussen sloegen de armen om elkaar heen.

'Sinds wanneer ben jij ineens de oudste en de wijste?' vroeg Bo.

'Dat ben ik alleen als ik moet invallen voor mijn grote zus,' antwoordde Nikki.

Nikki ontspande een moment in de omhelzing en snoof de vertrouwde geur van haar zus op. Bij elkaar waren ze veilig, toch?

23

'Dus daarom zijn we uitgekomen op "Nikki's Vintage", oftewel www.nikkisvintage.com. Wat vind jij? Het is natuurlijk jouw naam.' Sabina keek Nikki verwachtingsvol aan.

Nikki hield op met het opvouwen van kleren en keek Sabina verbaasd aan. 'Ik vind het wel leuk, maar waarom ineens de webshop naar mij noemen? Waarom zou iemand speciaal iets van mij willen kopen?'

'Omdat jij smaak hebt en veel van vintage weet,' antwoordde Sabina. 'Toen wij samen in Amsterdam winkelden, viel het mij op dat die echte vintage winkels lang niet voor iedereen zo toegankelijk zijn. Er is een drempel, zeker als je misschien niet uit de stad komt, of eigenlijk niet zo hip bent. Bovendien moet je maar net weten wat leuk is. Op het eerste gezicht kan het ook allemaal oude rommel lijken die je moeder dertig jaar geleden al naar het Leger des Heils heeft gebracht. Je moet er wel net datgene uitpikken wat leuk is en dat ook zo zien. Daar moet je oog voor hebben. En dat heb jij. Daarom is dit jóúw vintage, Nikki's vintage.'

Nikki liep naar Sabina bij de laptop en bekeek de nieuwe proefversie van de website. Ze was onmiddellijk verkocht. Ondanks haar chronische slaapgebrek kon ze zien dat dit een heel leuke website was geworden. NIKKI'S VINTAGE stond er in sierlijke letters bovenaan. Op de homepage was een kort tekstje waarin Nikki iets over zichzelf en haar liefde voor vintage kon vertellen. Ook was er plek voor een stuk of vier foto's van kledingstukken, de echte aanraders of nieuwe aanwinsten op de site. In de linkermarge stonden de overige pagina's vermeld, met kopjes als 'Jasjes' en 'Pantalons' en ook 'Voorwaarden' en 'Boodschappenmandje'. Het geheel werd versierd door een foto van Nikki en verder vooral door leuke mode-illustraties.

'We zullen de kleding netjes fotograferen, maar niet op een model,' zei Sabina. 'Dit is praktischer. Maar wel hebben we hier een knopje Fotoboek en als je daarnaartoe gaat...' – ze pakte de muis en klikte op Fotoboek – '... dan is hier plaats om foto's te laden van klanten die onze kleding dragen.' Nikki zag een oude foto van een jonge Serafina in een jumpsuit, die voorzover zij nu wist nog niet tot de verkoopwaar behoorde, en van tante Jacques in een lange zomerjurk die Nikki wel herkende.

'Tevreden klanten kunnen dus een foto van zichzelf gekleed in hun aankoop van Nikki's vintage mailen en die plaatsen wij dan op de site. Eventueel mogen ze er ook een kort verhaaltje bij zetten. Bij elk kledingstuk dat we te koop aanbieden, is trouwens ook ruimte voor een kort verhaaltje van jou, waar je bijvoorbeeld kunt vertellen waar je het gevonden hebt of waarom je het mooi vindt, hoe jij het zou dragen. Goed idee, toch?'

Nikki omklemde haar mok koffie en knipperde een paar keer met haar ogen om de branderigheid te verjagen. 'Ik vind het allemaal super. Echt geweldig,' zei ze enthousiast.

'Nou, dame, dan ziet het ernaar uit dat we binnenkort *in business* zijn,' zei Sabina, en ze gaf Nikki plechtig een hand, begeleid door een knipoog. 'Zolang jij de mooie kleren blijft leveren natuurlijk.'

Nikki wees naar de twee stapels kleren die ze bezig was te sorteren en in plastic te verpakken. Ze lachte. Dit leek haar geen al te zware opgave.

Serafina woonde op nog geen tien minuten lopen bij Nikki en Sabina vandaan, aan de andere kant van de oude stadswal. Terwijl Nikki en Sabina onder de vroegere, zestiende-eeuwse stadspoort liepen, zagen ze Serafina's huis al in een bocht langs de singel liggen. Er stonden daar naast elkaar heel verschillende huizen: kleine rijtjes vroeg twintigste-eeuwse arbeiderswoningen werden afgewisseld door grotere villa's uit de jaren dertig, soms vierkant en in

Berlage-stijl, soms juist meer romantisch, met puntdaken, serres en houtsnijwerk. Serafina woonde in het tweede arbeidershuisje in een rijtje van vier, met een plat dak en grappige kanteelachtige versieringen, alsof het een klein kasteel was. Nikki vroeg zich af waar die garage vol kleding zich kon bevinden. De oude station-car zag ze wel voor de deur staan.

Serafina deed snel open nadat ze aan haar bel hadden getrokken. Ze droeg grappig genoeg een jumpsuit, net als op de foto uit de jaren zeventig die voor de website was gebruikt, maar wel een moderne versie. Ze had haar krullende haar heel kort, waardoor de twee grote zilveren ringen in haar oren goed uitkwamen.

'Kom binnen,' zei ze vrolijk, en ze zwaaide de deur wijd open. 'Ik vind het zo leuk dat jullie er zijn.'

Serafina's woonkamer was klein en helemaal wit ingericht. De houten vloer was witgelakt en er lag een wit kleed op. De gordijnen waren wit, de muren waren wit en de meeste meubels ook. Dit zorgde tenminste voor enige rust, want verder stond vrijwel elk oppervlak vol met spullen, meestal in dozen of kratten, maar ook gewoon in plastic tassen. Tante Jacques had niets te veel gezegd toen ze zei dat Serafina nauwelijks iets weg kon doen. Zo op het eerste gezicht leek dat niet alleen te gelden voor kleding, boeken, platen en cd's, maar zelfs voor goedkope tijdschriften, folders en plastic zakken. Alleen de muren waren kaal, afgezien van een nogal kitscherig schilderij van een Indiaan op de Amerikaanse vlakte en een grote, grofkorrelige foto van Serafina zelf in een dusdanig uitdagende pose dat Nikki zich afvroeg of de afbeelding niet meer geschikt zou zijn geweest voor de slaapkamer. Serafina leek echter niet het soort vrouw die zich om dat soort dingen druk maakte. Ze zag als masseuse in het wellnesscenter ongetwijfeld de hele dag naakte mensen.

'Laten we eerst iets drinken,' zei Serafina. 'Thee of koffie?'

Nikki ging voor de thee, omdat ze tijdens de werkbespreking al twee koppen koffie had gedronken. Sabina kon nog wel wat cafeïne gebruiken. Toen Serafina weg was, keek Sabina, die er tussen al de rommel in de kamer een beetje vermoeid en bleekjes uitzag, met een donkere uitgroei in de scheiding van haar platina-blonde haar, nog eens goed naar de grote foto en trok een gezicht.

'Zoiets zouden we in Polen nou nooit aan de muur hangen.'

Nikki lachte zachtjes. 'Misschien maar beter ook.' Ze liep rond door de kamers en suite en verbaasde zich erover dat Serafina on-danks haar voorliefde voor spullen, geen woud aan planten en keur aan vreemde 'magische' voorwerpen in haar huis had staan zoals tante Jacques, hoewel ze toch tot dezelfde 'kringen' behoorde. Aangekomen bij de tuindeuren aan de achterkant van het huis begreep ze in elk geval waar de planten waren: de kleine, om-muurde achtertuin van Serafina was een waar oerwoud, waarbij Nikki's tuin nog redelijk onderhouden afstak.

'Wat een troep,' zei Sabina, die Nikki's blik volgde. 'Dat kan toch niet, al dat onkruid. Ik zou het er allemaal uit halen en tegels neerleggen.'

Nikki moest opnieuw lachen omdat dat precies was wat Sabina met het grootste deel van haar eigen achtertuin had gedaan.

Serafina kwam terug met een glazen pot groene thee en een kop koffie voor Sabina. Ze gingen op de twee witte banken zitten, nadat ze eerste plekjes vrij hadden gemaakt.

'Nadat we iets gedronken hebben, gaan we meteen naar de ga-rage. Jullie kunnen vast niet wachten.'

'Ik ben heel benieuwd,' zei Nikki, die inderdaad het liefst met-een was gaan kijken. Ze had hoge verwachtingen van Serafina's kledingvoorraad gehad, maar nu ze hier zo in witte kamer vol goedkope rommel zat, was ze minder hoopvol.

Terwijl Serafina vooral praatte over haar oude kledingwinkel en hoe leuk die een tijdlang was geweest en waar ze allerlei verschillen-de kledingstukken vandaan had gehaald, dronken Nikki en Sabina vlug hun bekers leeg, zodat ze maar gauw in de garage konden gaan kijken. Serafina's rode poes was tevoorschijn gekomen vanachter een mand vol schoenen en had zich op Sabina's schoot neergevlijd.

Gelukkig voelde Serafina goed aan dat Nikki en Sabina vooral voor de kleding kwamen en bood ze geen tweede kopjes aan, maar stond ze op en ging ze hen voor naar de tuin.

'De garage ligt aan de achterkant van het huis,' legde ze uit. Nikki en Sabina volgden Serafina over een pad van schijven boomstam door de woestenij en doken onder metershoge bamboe en graspluimen door tot ze bij de groene deur van Serafina's garage belandden. Serafina deed het licht aan en onmiddellijk zag Nikki dat ze niets te veel had gezegd. De garage stond vol met rekken in plastic verpakte kleding en nog veel meer dozen waar zo te zien ook allemaal kleren in zaten.

'Wauw,' zei Nikki met een grijns. Ook Sabina begon te lachen.

'Laten we gewoon eens wat uitpakken en zien wat jullie ervan vinden,' zei Serafina.

Een tijdje waren ze stil en bezig met het bekijken van allerlei kledingstukken, die ze af en toe aan elkaar toonden. Tijdens het openen van dozen en plastic hoezen voelde Nikki ineens haar bloed sneller stromen en vergat ze haar zorgen. Dit was wat ze leuk vond en waar ze ook iets vanaf wist. Ze zag zomaar drie nog ongedragen jurkjes van Penny Smithson van eind jaren zeventig, een paar stoere tuinbroeken van Billyboy en er waren zelfs mantelpakjes van Chanel.

'Is het wat?' vroeg Serafina met een lach en haar handen zelfverzekerd in haar zij. Ze wist best dat Nikki en Sabina enthousiast waren.

Sabina keek naar Nikki.

'Het is geweldig!' zei Nikki.

'Laten we dan nog wat drinken en bespreken hoe we dit aan gaan pakken,' zei Serafina.

Ze volgden haar terug door het oerwoud naar de bomvolle witte huiskamer. Onder het genot van een paar glazen zelfgemaakte citroenlimonade overlegden ze wat ze met Serafina's oude kledingvoorraden zouden doen. Serafina stelde voor dat Nikki en Sabina haar pas betaalden als ze iets van haar verkocht hadden. Ze konden kiezen wat ze wilden uit alles wat in de garage stond, het kledingstuk fotograferen en op de website zetten. Van tevoren spraken ze dan af wat Nikki en Sabina ervoor dachten te krijgen en zou Serafina aangeven wat zij er minimaal voor wilde hebben, hoewel ze aangaf dat het haar niet zo uitmaakte of ze zou verdienen op iets wat al jaren in haar garage stond.

'Ik vind het alleen maar leuk als die mooie spulletjes toch nog hun weg naar een goede eigenaar vinden,' zei ze. 'Het lijkt me wel enig als de kopers inderdaad foto's van zichzelf in mijn oude kleding gaan mailen.' Serafina trok haar benen op en ging in kleermakerszit op haar witte bank zitten. 'Ik heb trouwens nog een tip voor jullie: Leni wil ook van haar oude kleding af. Je kunt het je misschien nog nauwelijks voorstellen, maar voordat Leni in de hekserij belandde, was ze een echte dame. Haar oude kleding zal wat traditioneler zijn dan wat ik hier heb, maar ik denk dat er heel mooie en dure spullen tussenzitten, bijvoorbeeld mantelpakjes van Jagson of broekpakken van Meister. Echt de moeite waard. Ze wilde het natuurlijk allemaal verbranden toen haar man haar verliet, maar haar dochter heeft dat uit haar hoofd gepraat en de boel in dozen op zolder gezet.'

Nikki en Sabina keken elkaar aan en wisten bijna niet meer wat ze moesten zeggen. Na Serafina uitgebreid en veelvuldig bedankt te hebben, stonden ze samen weer op straat en liepen ze in de richting van de stadspoort. Ze hielden zich in totdat ze uit het zicht van Serafina's huis waren en begonnen toen te springen en gillen van enthousiasme.

Helemaal warm en opgewonden kwamen ze terug bij hun huizen. Sabina moest tot haar spijt al snel afscheid nemen en sprong op de fiets om Jessie van de speelzaal op te halen.

Nikki ging haar eigen voordeur binnen en werd begroet door een blaffende Pixie, die zich er druk over maakte dat Ping en Pong iets uit de overvolle vuilnisbak hadden gepikt en dit lekker zaten op te smikkelen zonder het geringste teken van schuldbewustheid. Het kon Nikki even niet veel schelen. Ze zette de radio aan om de stilte te verjagen en toen een oud liedje van Madonna klonk, draaide ze het volume omhoog en danste ze door de kamer.

24

Het water was glad en grijs, een donkere spiegel waarin af en toe een schaduw van een eend bewoog of een aalscholver overvloog. De lucht was net zo grijs als het water en leek extra zwaar te drukken. Na weken van bijna onafgebroken mooi weer zag het er nu naar uit dat er een ontlading ging volgen in de vorm van regen en onweer. Sinds de ochtend was het broeierig en benauwd. In White Magic hadden tante Jacques en Nikki zoveel mogelijk ramen en deuren tegen elkaar opengezet, maar de warmte was blijven hangen als een ongenode gast en het leek alsof alles wat je aanraakte bleef plakken.

Nikki keek naar het kleine zeilbootje Blub, dat enkele tientallen meters van haar vandaan op het gladde wateroppervlak dreef en vroeg zich af of dit wel zo'n goed moment was om aan boord van een boot te gaan. Was onweer dan niet gevaarlijk? Daniël, die haar een half uurtje geleden van huis was komen halen voor hun afspraakje, leek hier niet over in te zitten en was bezig een rubberen bootje, dat hij op de heenweg op de kant had getrokken, te water te laten.

'Ik ben er niet van uitgegaan dat je wilde zwemmen,' zei hij met een lachje.

'Misschien was dat wel verfrissend geweest,' antwoordde Nikki, die niet nuffig wilde overkomen. Bovendien had ze slechts een spijkerbroekshort aan en een mouwloos T-shirt met een zwart-wit-afbeelding van Marilyn Monroe, dus ze kon praktisch zo te water. Alleen door het feit dat ze geen beha droeg onder het T-shirt zou nat worden wel eens een beetje gênant kunnen zijn. Ze vond Daniël heel aantrekkelijk, maar wilde niet meteen *miss wet T-shirt* voor hem zijn.

Het had haar overvallen hoe ontzettend leuk ze hem vond toen hij bij haar op de stoep had gestaan, en ook dat ze hem heel erg gemist had. Hoe kon je iemand met wie je net één keer uit was geweest meteen al zó missen? Meteen had ze die sterke aantrekkingskracht die van hem uitging weer gevoeld, waardoor ze een beetje in verwarring raakte als ze te dicht bij hem kwam. Even had ze zich weer ongemakkelijk gevoeld, maar na een eerste zoen op de wang en een compliment over haar T-shirt kwam de vertrouwelijkheid weer terug. Daniël was simpelweg niet iemand met een moeilijke gebruiksaanwijzing: hij was er niet op uit indruk te maken of zijn eigen ego op te vijzelen door een ander onzeker te maken. Hij leek geen spelletjes te spelen: geen aantrekken en dan weer afstoten, geen bindingsangst, dertigersdilemma of moedercomplex. Hierdoor merkte Nikki dat ze stapje voor stapje, als een bloem die voorzichtig zijn blaadjes ontvouwt, zichzelf durfde te zijn bij hem.

'Ben je wel eens eerder in een rubberbootje gestapt?' vroeg Daniël en hij reikte haar de hand.

'Ja, honderd jaar geleden hadden Bo en ik zo'n bootje.'

'Het vereist enige behendigheid. Misschien dat je een natte voet krijgt, maar met slippers aan is dat niet zo erg.'

Nikki pakte Daniëls uitgestoken hand, die zacht was maar hier en daar toch ook ruw van het eelt, en wist met behoud van enige waardigheid in de rubberboot te landen. Daarna greep ze een onwillige en benauwd kijkende Pixie van de kant en nam haar op schoot.

Daniël begon rustig en regelmatig te roeien. Het geluid van de peddels in het water was het enige in de wijde omtrek. Verder was het stil en bewoog er vrijwel niets, geen blad aan de bomen, geen rimpeling op het water, geen wuivend gras. Alleen een enkele vogel vloog op, vaak begeleid door verontrust gefluit of gesnater. In afwachting van het naderende slechte weer hield de hele wereld zijn adem in. In een film zou deze setting iets onheilspellends gehad hebben en was onweer een teken dat er iets slechts of griezeligs te gebeuren stond, maar in het echte leven gebeurde er natuurlijk meestal niets bijzonders en ging je gewoon over op de orde van de dag. In een roeibootje op het IJsselmeer had de sfeer echter iets mysterieus.

Beïnvloed door de drukkende stilte zeiden Nikki en Daniël niets tijdens de overtocht naar Blub en lieten ze de omgeving op zich inwerken. Nikki sleepte met een hand door het lauwe water en kreeg zin om te zwemmen. Aangekomen bij de boot hielp Daniël Nikki het laddertje op en daarna gaf hij Pixie aan. Eenmaal aan boord vond Nikki de boot iets groter lijken dan vanaf de kant, maar in vergelijking tot het grote wateroppervlak bleef het een wastobbe. Ze zette Pixie op haar pootjes en het hondje begon meteen zijn nieuwe omgeving te verkennen, niet langer angstig nu een groot deel van het water aan haar zicht was onttrokken.

Daniël ging Nikki voor naar de kajuit, waar ze op de drempel stil bleef staan om eerst eens goed rond te kijken voordat ze een volgende stap zou zetten. Nikki was nooit eerder op een dergelijk scheepje geweest. Met Raymond was ze wel eens op een feestje geweest dat plaats had gevonden op een duur jacht, maar dat was meer een drijvend huis geweest dan een boot. De leefruimte in Daniëls boot was uiteraard klein en heel praktisch ingericht. Vrijwel alles was van hout en de meubels, als je ze zo kon noemen, waren ingebouwd. Bij binnenkomst was er meteen links een piepklein hoekkeukentje. Verder waren er langs de wanden twee banken met kussens en in het midden een tafel die deels inklapbaar was. De tafel zat vast aan de zijkant van een houten kast, waar waarschijnlijk het toilet in zat. Het toilet en een klein kastje daar tegenover vormden samen een gangetje naar een bed, een groot matras op soort houten bak, dat in de punt van de boot lag. Ondanks de beperkte ruimte had Daniël nog heel wat spullen weten te verzamelen en het was hierdoor dat Nikki op de drempel bleef aarzelen waar ze haar volgende stap zou zetten. Waar ze ook keek, overal lagen boeken, foto's, teken- en verfspullen, heel veel tekeningen, groot en klein, stapels papier, cd's en kranten. Er stonden lege lijstjes tegen elkaar langs een wandje, een grote spiegel, vaasjes, soms met een bloem, kandelaars met veel kaarsvet, wijnflessen, een stuk kristal, een tropische schelp, een opgezette vogel, iets wat eruitzag als een baksteen, een stuk marmer en nog veel meer. Nikki kwam ogen tekort.

'Kom binnen,' zei Daniël en hij pakte haar bij de hand alsof hij haar langs de hindernissen wilde leiden. 'Sorry, het is een beetje een rommel. Ik had willen opruimen, maar ik weet niet meer waar ik met mijn spullen naartoe moet.'

'Het is wel gezellig,' zei Nikki gemeend. De houten ruimte, met zijn kleine, ronde raampjes en alle spullen die eruitzagen alsof ze bijzondere schatten waren die Daniël mee naar zijn hol had gesleept, voelde als een veilig warm nestje waar je je bovendien nooit hoefde te vervelen, omdat er altijd nog wel iets was om te bekijken of te lezen.

'Echt een rondleiding hoef ik je niet te geven,' zei Daniël met een lach. 'Dit is alles, vrees ik.'

'Er is anders genoeg te zien.' Nikki moest ook lachen terwijl ze quasifronsend naar een heel oud uitziend leren kinderschoentje keek dat ze van een hoek van de tafel had geplukt.

'Dat heb ik ooit gevonden op een bouwplaats,' zei Daniël. 'Het is achttiende-eeuws, ik heb het nagevraagd in een museum. Ik heb het al vaak getekend en me afgevraagd wie het kindje was dat het gedragen heeft.' Hij wreef met een vinger over de versleten neus van het schoentje. Nikki werd warm van binnen en begreep Daniëls sentiment. Dit was wat haar ook boeide aan oude dingen.

'Wil je een glas rosé?' vroeg Daniël.

'Ja, graag.'

Daniël haalde een fles uit een miniatuurijskastje en schonk twee glazen in, waarvan hij er een aan Nikki gaf. Ze toostten.

'Op een mooie avond,' zei Daniël, en hij gaf Nikki een beetje verlegen een snelle zoen op haar mond. 'Kijk gerust rond, hou je niet in. Ik heb geen geheimen. Of anders kun je ook buiten op het dek gaan zitten. Ik ga ondertussen het eten maken.'

Terwijl ze een slok koude rosé nam, vroeg Nikki zich af wat Daniël in hemelsnaam zou kunnen maken in dat kleine keukentje op die twee gaspitjes. Aan de spullen die hij tevoorschijn haalde, zag ze algauw dat het pannenkoeken gingen worden. Ze lachte stilletjes. Eenvoudig, maar lekker. Eigenlijk net als het interieur van het bootje en Daniël zelf.

Pixie nestelde zich aan de voeten van de kok en terwijl Daniël beslag aan het kloppen was, ging Nikki op zijn uitnodiging in om rond te kijken. Langzaam en voorzichtig dingen oppakkend en aanrakend liep ze verder de kajuit in. Ze vroeg zich af hoe Daniël zijn spullen beschermde als het stormde en de boot ongetwijfeld heftig heen en weer deinde. Ze zag wel dat de meeste breekbare voorwerpen op handige plekken waren opgesteld, waar ze niet gauw zouden omrollen. De planken hadden opstaande randen. Sowieso was het interieur van Blub een schoolvoorbeeld van praktisch indelen, ook al had Daniël er dan een rommeltje van gemaakt. In eerste instantie had ze gedacht dat Daniël hier inderdaad onmogelijk veel geheimen kon verstoppen. Het was er te klein voor de spreekwoordelijke skeletten in de kast. Maar na beter kijken zag ze dat er overal slimme kastjes, laden en planken waren ingebouwd. Bij een stapel tekeningen op de inklaptafel bleef ze een tijdje staan kijken. Sommige leken schetsen voor zijn stripverhaal, andere waren meer illustraties voor een sprookje. Allemaal hadden ze een behoorlijk romantisch karakter. Er waren ook vellen vol kleine pentekeningetjes van elfjes, trollen en onduidelijke wezentjes. Even keek ze om naar Daniël, die druk bezig was een pannenkoek in de lucht te keren, daarbij nauwlettend in de gaten gehouden door een hoopvolle Pixie. Wie was deze jongen eigenlijk, vroeg Nikki zich af terwijl ze naar zijn rug staarde, dat ze zomaar in haar eentje met hem op een bootje durfde te zijn met noodweer op komst? Hoe kon hij haar zo vreemd en tegelijk zo vertrouwd voorkomen?

Ze glipte door het gangetje, tot ze niet verder kon omdat er alleen maar ruimte was voor de bedbak. Met dit warme weer lag er slechts een laken op. Ook hier had Daniël zijn territorium duidelijk gemarkeerd met zijn spullen. Boeken, tijdschriften, kledingstukken, kleine voorwerpen als een asbak vol kralenkettingen en porseleinen kopjes en een theepotje van een kinderservies slingerden rond. Ook hier waren tekeningen en potloden, sommige vellen waren met plakband tegen de wanden bevestigd. Aan een deuk in een kussen en de vorm van het laken kon Nikki zien waar Daniël voor het laatst gelegen had, waarschijnlijk lezend, want er lag nog een opengeslagen boek naast. Ze voelde een verlangen om daar ook te gaan liggen en samen met hem wakker te worden. Bijna had ze zich omgedraaid om naar Daniël te gaan en als ze durfde haar armen om hem heen te slaan toen haar adem plotseling stokte. In een patrijspoort boven het bed lagen een aantal kleine voorwerpjes die je makkelijk over het hoofd kon zien aangezien er zoveel was om te bekijken. Deze spulletjes herkende Nikki echter: er was een klein halve maantje van steen aan een touwtje en een glimmend sterretje, een pentagram – bijna iets voor in de kerstboom, als ze niet beter wist. Ook lagen er veertjes, een klein, leeg eierdopje van een vogeltje, een soort gezichtje gemaakt van een dennenappel, een runenteken (dat ze inmiddels herkende dankzij tante Jacques) gekerfd in een stukje boombast, en een hartje gevlochten van takjes klimop. Nikki wist meteen waar ze deze dingen eerder had gezien: in de takken van de bomen in het park, samen met allerlei andere 'versiersels' als linten en slingers van madeliefjes of kastanjes. *Blair witch*-parafernalia, zoals ze de spulletjes genoemd had. Een rilling trok door haar lijf alsof een nagel langs haar ruggengraat werd gehaald.

'Kom je eten?' vroeg Daniël plotseling achter haar.

Met een ruk draaide Nikki zich om en allerlei nare filmbeelden uit thrillers en detectives schoten in een flits door haar hoofd. De schrik stond waarschijnlijk op haar gezicht te lezen, want Daniël keek haar bezorgd en ook een beetje geschrokken aan.

'Is alles wel goed? Voel je je wel lekker? Heb je last van het warme weer? Ik maak veel rommel, maar dat komt omdat ik toch alleen woon. Ik ben heus niet altijd zo'n sloddervos.' Zorgelijk keek hij naar zijn onopgemaakte bed.

Nikki slikte en dwong zichzelf te glimlachen. 'Er is niets. Het benauwde weer misschien. En ik heb niet zoveel gegeten vandaag.' Ze streek haar langer wordend haar uit haar ogen.

'Laten we gauw gaan eten,' zei Daniël. 'Kom' Hij legde een arm om haar heen en nam haar mee door de kajuit, het trapje op naar het dek. 'Ik heb buiten gedekt. Het is hier wel niet veel frisser dan binnen, maar in elk geval ruimer.' Met een nog altijd bezorgde blik zette hij Nikki op een kussen op een houten bank. Ze zag nu voor het eerst het grote roer rechts van haar.

'Alsjeblieft,' zei Daniël, en hij gaf haar een glas met water uit een karaf die klaarstond. 'Water is altijd goed.'

Nikki knikte dankbaar. Terwijl Daniël naar binnen liep om de schaal met pannenkoeken te halen, probeerde ze weer een beetje op adem te komen door zichzelf enige koelte toe te wuiven.

Daniël kwam terug met een enorme stapel dampende pannen-koeken. Er zaten ook exemplaren met spek en kaas met uien tus-sen en er waren aardbeien en een bus slagroom. Tot haar verba-zing at Nikki met smaak en knapte ze er inderdaad van op. Zo in de buitenlucht met zicht op andere boten en een eenzame wan-delaar met hond op het pad langs de kust vond ze het idee dat Daniël gevaarlijk en onbetrouwbaar zou zijn omdat hij een halve maantje aan een touwtje en een stukje berkenbast met een ru-nenteken had rondslingeren, belachelijk.

Net als tijdens hun eerste afspraakje bleek Daniël zowel een goede prater als vooral ook een goede luisteraar. Hij verstond de kunst Nikki over zichzelf te laten vertellen, zelfs over dingen die ze voorlopig liever verborgen hield, waaronder haar angsten. Na de derde pannenkoek pauzeerde Nikki, leunde ze achterover en bedacht ze dat ze heel goed zou kunnen wennen aan dit warme bad waarin Daniël haar dompelde.

De schreeuw van een meeuw verstoorde haar dromerij. Ze keek om zich heen en zag dat het steeds donkerder werd. In de verte, boven de horizon dacht ze een eerste bliksemschicht te zien.

'Kun je eigenlijk ook varen met deze boot? Zolang ik je ken, lig je hier al voor anker.'

'Jawel. Meestal zeil ik veel in de zomer en leg ik in de winter er-gens aan. Als het heel koud is, logeer ik ook wel eens bij iemand of pas ik bijvoorbeeld op een huis van mensen die een tijdje weg zijn. Mijn werk is niet zozeer aan een plaats gebonden. Maar deze zomer ben ik inderdaad al een hele tijd in dit stadje. Ik voel me hier wel thuis, ken inmiddels veel mensen en heb vrienden gemaakt. En tja, ik heb hier ook een meisje ontmoet dat ik erg leuk vind,' zei hij met een knipoog. 'Ik denk er wel eens over om in dit plaatsje een plek aan de wal te zoeken en de boot aan te houden zoals andere mensen dat doen: voor erbij in de zomer. Er is hier ook een fijn open atelier waar ik vaak werk, omdat het op Blub te krap of door de wind en de golfslag te instabiel is. Maar zonder vaste baan, veel geld, of een lange inschrijftijd op een wachtlijst vind je niet zo een-twee-drie een huis.'

'Ik weet er alles van,' zuchtte Nikki. 'Ik heb geboft dat ik toevallig al zo lang ingeschreven stond bij de woningbouwvereniging.'

Nadat ze nog als toetje Griekse yoghurt met honing hadden gegeten, vielen de eerste dikke druppels uit de lucht.

'Wil je naar binnen?' vroeg Daniël, 'of zullen we nog even genieten van de regen nu hij eindelijk valt? Koud zul je het niet gauw krijgen. De druppels zijn bijna lauw.' Hij veegde een dikke van zijn neus.

Nikki tuurde weer naar de horizon. Het was daar nu zo zwart alsof het nacht was en ze wist zeker dat ze het daar zag bliksemen.

'Is het niet gevaarlijk als het gaat onweren?' vroeg ze.

'Het onweer komt niet hier,' antwoordde Daniël, die haar blik volgde. 'Het trekt langs.'

'Hoe weet je dat?'

'Uit ervaring.'

Nikki ging staan en keek naar de einder. In de verte was het begonnen te waaien, op de kust zwaaiden bomen heen en weer, maar in de buitenhaven bleef het water redelijk rustig en werd het oppervlak slechts verstoord door een enkele rimpeling. Daniël kwam naast haar staan, gaf haar een glas wijn en legde zijn arm om haar heen. Samen keken ze naar het schouwspel in de verte. Na enige tijd werd inderdaad duidelijk dat het onweer langs zou drijven en zich van hen begon te verwijderen. Juist toen het lichter werd, brak de regenbui pas goed los en kwam het water met bakken tegelijk uit de hemel. Het waren niet langer druppels die vielen, maar lange stralen water. In enkele seconden waren ze doorweekt en had Nikki geen tijd meer om zich zorgen te maken over het nat worden van haar T-shirt. Ze keken elkaar aan en moesten allebei lachen.

'Nu zouden we moeten gaan zwemmen,' zei Daniël. 'Dan is er overal water, zowel onder als boven.'

Nikki keek Daniël nog eens aan: hij dacht vast dat ze niet durfde. Dus trok ze plotseling snel haar natte shirt en korte spijkerbroek uit en sprong ze in haar slipje – dat hield ze toch nog maar even aan – in het lichtgrijze, weer naar blauw zwemende water. Het was maar goed dat ze er niet te veel over nagedacht had, want de afstand tot het water was groter dan ze had verwacht en ze kwam met een harde plons diep onder de oppervlakte neer. Toen ze weer bovenkwam en zich al proestend georiënteerd had, zag ze dat Daniël, slechts in boxershort, achter haar aan sprong. Lachend spetterden ze elkaar nat. Het water was heerlijk lauw en zacht, zowel dat van het meer waarin ze zwommen als de regen op hun hoofd. Nikki's lichaam bewoog soepel en gemakkelijk en ze bedacht dat dít was waar haar lichaam nu eigenlijk voor gemaakt was, niet voor zitten in een auto of achter een computer, niet om verpakt in strakke, synthetische kleren of koukleumend op een bus te wachten. Nikki hoorde hoe luid hun gelach en gespetter klonk in de verder stille omgeving. De meeste mensen en dieren wachtten de bui verscholen in hun huizen of nesten af. Na een tijdje gebaddderd en van de omgeving genoten te hebben, koersten Nikki en Daniël in cirkeltjes zwemmend op elkaar af totdat ze vlak bij elkaar waren en elkaar konden zoenen en aftasten.

Toen de bui overging in gedruppel, gingen ze weer aan boord. Daniël haalde twee grote handdoeken tevoorschijn en begon Nikki af te drogen. Toen hij bijna klaar was, zei hij met een verlegen lachje: 'Misschien moet je je onderbroek maar uitdoen en jezelf in deze handdoek wikkelen.'

Zonder blikken of blozen trok Nikki haar kanten hipster, die nat toch al niet veel meer voorstelde, uit en pakte ze de handdoek aan die ze langzaam om zich heen wikkelde.

'Waarom ga je niet even op bed liggen?' zei Daniël zachtjes. 'Van al dat zwemmen in de regen raak je behoorlijk ontspannen.'

Nikki ging op zijn voorstel in en liet zichzelf op haar buik op zijn bed in de punt van de boot vallen. Tot haar schaamte voelde ze dat ze bijna meteen heel soezerig werd en zo in slaap zou kunnen vallen. Ergens tussen slapen en waken merkte ze nog hoe Daniël haar glas wijn op een plankje boven het bed zette en een aantal kaarsjes aanstak. Buiten begon de zon onder te gaan. Ze hoorde Pixie een beetje rondsnuffelen en toen viel ze in slaap.

Ze werd korte tijd later wakker doordat Daniël over haar haar streek en fluisterend vroeg of ze een massage wilde. Nikki strekte zich uit, glimlachte en antwoordde: 'Graag, al kan ik me nauwelijks nog meer ontspannen voelen.'

Daniël gebruikte een olie met patchouli – ook deze kennis had ze te danken aan White Magic – en zijn handen waren vaardig, met precies de juiste mengeling van fijn- en ruwheid die haar al eerder was opgevallen. Heel subtiel wist hij zo dicht bij haar billen en de binnenkant van haar dijen te komen dat Nikki zich moest inhouden niet te kreunen, zonder haar daar echt aan te raken en de indruk te wekken dat hij misbruik van de situatie maakte. Hoewel de massage ontspannend bedoeld was en ook zo werkte, was Nikki niet langer slaperig, in tegendeel, haar lichaam leek juist te ontwaken en te vragen om meer.

Ze had elk gevoel voor tijd verloren toen hij naast haar kwam liggen en ondertussen doorging met strelen. Door haar halfgesloten ogen keek ze Daniël in zijn ogen; ze lachte en aaide ook zijn lichaam. Allebei waren ze inmiddels hun handdoek kwijt. Zo gingen ze een hele tijd door met zoenen en strelen, soms namen ze een slok wijn of praatten ze even, één keer moest Nikki naar de wc die inderdaad in de kast bleek te zitten. Zodra ze terug was, begonnen ze weer opnieuw met elkaar aftasten en overal zoenen. Dit was vrijen zonder doel, gewoon voor de lol, zonder haast. Twee mensen op een bootje, ver weg van de rest van de wereld.

Soms dacht Nikki dat het ervan ging komen en dat ze nu echt zouden gaan doen, maar dan bedachten ze toch nog weer iets anders of fluisterde Daniël in haar oor of ze nog een slokje wijn wilde.

Ze was al twee keer klaargekomen op het moment dat ze het ergens in het holst van de nacht, toen er nog slechts één kaarsvlammetje aarzelend brandde, geen van beiden meer uithielden en Daniël een condoom uit een laatje pakte en aan Nikki gaf. Ze deed het bij hem om en Daniël betrad haar lichaam. Nikki had zich nog nooit zo ongeremd gevoeld. Toen het voorbij was, wilde Nikki alleen maar meer en begonnen ze weer opnieuw met de hele paringsdans. Pas toen de eerste zonnestralen over het water scheerden, klemde Daniël Nikki tegen zich aan en zei hij: 'Misschien moeten we nog een uurtje gaan slapen. Ik wil me er niet mee bemoeien, maar ik vermoed dat tante Jacques jou morgen weer verwacht voor een drukke zaterdag en ik heb vrienden beloofd op hun kindje te passen, omdat ze naar een begrafenis moeten.'

Nikki knikte in zijn omarming en drukte zich tegen hem aan.

'Ga maar lekker slapen,' zei Daniël, en hij streek over haar haar.

25

Nikki had nog amper een uur geslapen toen vanuit een toren aan het IJsselmeer een kwaadaardige wind blies, die over het water raasde en haar een nare droom influisterde.

Ze was in haar eigen huis. Het was donker, maar door licht van de maan of straatlantaarn kon ze toch goed zien en in die aparte sfeer van lichte duisternis liep ze door haar huiskamer. Er leek niets bijzonders aan de hand; dit was haar huis zoals ze het kende met de eet- dan wel werktafel vol papieren en de laptop, het bankstel met kussens, de leren stoel vol kleren die ze aan het uitzoeken was. Maar ineens, zonder aanleiding, wist ze: hier is iets niet goed. Hier sluipt een onzichtbaar kwaad rond. Achter haar rug om voelde ze dat er dingen verschoven, spullen transformeerden. Ze zag niets, want als ze keek, wist alles zich weer snel in de oude staat te herstellen. Ze voelde hoe dit ongrijpbare haar besloop zonder dat ze er iets aan kon doen. Haar lichaam werd stijf van angst en haar haren leken rechtop te gaan staan. Ze gilde, maar er kwam geen geluid.

Iemand pakte haar beet en zei haar naam.

'Nikki, je droomt,' zei Daniël. 'Je schokt helemaal. Word wakker.'

Nikki keek Daniël in de ogen en zag zijn bezorgde blik, voelde zijn warme sterke armen om haar heen en merkte dat zonlicht door de patrijspoort naar binnen scheen. Langzaam ontspande ze.

'Wat droomde je?' vroeg Daniël. 'Je zag er heel bang uit.'

Nikki kreunde en wreef in haar ogen als om de laatste droombeelden uit te wissen. Liever herinnerde ze zich niet precies wat ze had gedroomd, maar om Daniël te plezieren probeerde ze te vertellen hoe ze zich had gevoeld, want eigenlijk was dat het enige wat er was gebeurd. En tijdens het vertellen voelde ze opnieuw die golf van verlammende, ongerichte angst over zich heen spoelen.

Daniël reikte achter zich en gaf Nikki een glaasje water aan.

'Heb je wel vaker van die nachtmerries?' vroeg hij.

Nikki nam een slokje water en knikte. 'Sinds kort, ja. Vroeger droomde ik haast nooit, maar de laatste tijd... heb ik soms enge dromen.'

'Altijd dezelfde?'

'Nee, verschillende. Deze droom heb ik nog nooit eerder gehad.'

'Wat naar voor je. Ik ben geen goede uitlegger van dromen, maar misschien moet je eens met Jacqueline praten. Zij weet vaak heel goed dromen te duiden. Dat kan soms helpen om ervanaf te komen.'

Nikki knikte. 'Ik weet het. Ik heb al eens met haar over een van mijn dromen gesproken.'

Daniël streek de haren uit Nikki's gezicht, sloeg zijn armen om haar heen en zoende haar neus. 'En anders kom je gewoon maar heel vaak bij mij slapen en dan kun je mij je nachtmerries vertellen. Misschien helpt dat ook wel.'

Nikki zuchtte en drukte haar gezicht tegen zijn borst. Langzaam voelde ze de laatste restanten van de droom wegsijpelen en viel ze weer in een lichte slaap, geholpen door Daniëls omhelzing en het zachte wiegen van de boot.

'Zal ik vanavond nog even bij je langskomen?' vroeg Daniël. 'Als ik niet te laat terug ben. Of ga je weg?'

Nikki schudde haar hoofd. 'Ik ben wel thuis. Nou ja, heel misschien belt Polly om naar De Tempelier te gaan, maar je kunt altijd even langskomen...'

'Dat zal ik doen. En anders morgen...' Ze stonden voor Nikki's huis. Daniël had zijn fiets naast zich. Hij omsloot Nikki's gezicht met zijn twee handen en boog zich voorover om haar te zoenen. Nikki drukte zich nogmaals tegen hem aan alsof ze voor lange tijd afscheid namen.

'Pas goed op jezelf,' zei Daniël.

Nikki knikte en ze lieten elkaar onwillig los. Daniël stapte op zijn fiets en gaf Nikki nog een keer een zoen, waarna hij wegreed. Halverwege de straat keek hij om en zwaaide. Nikki zwaaide terug. Daarna draaide ze zich om en liep naar haar tuinhekje, gevolgd door een kwispelende Pixie, die blij was weer thuis te zijn. Nikki streek over het kippenvel op haar blote bovenarmen. Het was iets frisser op deze vroege ochtend, na de bui van de avond ervoor, en een zacht windje streelde haar huid en maakte de blaadjes aan de bomen aan het dansen. Vrolijk zonlicht bescheen haar huis en tuin. De schaduwen van de dansende bladerkronen vormden wisselende patronen op het tuinpad. Ze opende het hek naar de achtertuin.

Bijna was ze over het vieze ding gestruikeld. Ze kon haar pas nog net inhouden en wankelde voorover in een poging om haar evenwicht te bewaren. Pixie sprong in eerste instantie over de onduidelijke klont heen en kwam toen terug om eens voorzichtig te snuffelen.

Ze moest twee keer kijken voordat ze iets herkende in de baal veren en het bloed. Aan haar voeten lag een eend, een flinke woerd, zoals ze zag aan het groen van zijn hals en de overige kleuren van zijn verenpak, of wat daarvan over was. Hij zat ineengezakt en leek voor iets te zijn teruggedeinsd. Zijn borst was volledig opengekrabd of gesneden en de bloederige binnenkant stak naar buiten. Zijn hals en kop lagen in een onnatuurlijke hoek naar achteren, over de rug tegen de staart aan, de gele snavel en het doffe oog zijdelings afgewend. Zijn oranje poten staken onder zijn lijf uit. Het was een bloeddorstige aanval geweest die het dier het leven had gekost.

Nikki had zich wel eens afgevraagd wat zij zou doen als ze onverhoopt een lijk zou vinden, zoals mensen in films of op tv nogal eens overkwam. Zou ze heel hard gaan gillen, net als veel personages in de film, of juist niet? Zou ze meteen wegrennen of nog eens goed kijken? Nu was deze dode vogel hier voor haar tuinhekje geen mens, maar toch was Nikki enorm geschrokken. Zodra ze doorhad wat ze zag, sloot ze haar ogen en wilde ze eerst niet meer kijken. Daarna keek ze toch nog een keer om zeker te weten dat ze het goed had gezien. Van gillen was geen sprake.

Het voelde erg koud in de schaduw en de onverwacht koelere wind. Nikki sloeg haar armen om zich heen als om zichzelf te verwarmen. Met een hart dat plotseling niet langer licht was van de liefde, maar zwaar van de zorgen deinsde ze terug. Ze liep naar de voorkant van haar huis, in het zicht van de wereld, bedacht dat ze dan ook in het zicht van de Springplank stond en verschuilde zich in haar portiek. Verwoed rommelde ze in haar plunjezak op zoek naar haar mobiel.

'Is alles oké?' vroeg iemand vlak naast haar. Ze voelde een warme hand op haar blote schouder en nu had ze bijna wel gegild. Met een afwerend gebaar keek ze op.

Sander. Zijn gezichtsuitdrukking veranderde van verheugd in bezorgd en zelfs een beetje geschrokken zodra hij Nikki's gezichtsuitdrukking zag.

'Hé, meisje, wat is er aan de hand? Je ziet eruit alsof je een spook hebt gezien.'

'Hmm, zoiets,' bracht Nikki met moeite uit, en ze keek in de richting van haar tuin. 'Een dode eend.' Ze had het zo koud dat ze bibberde.

Sander pakte de trui die hij om zijn schouders had geslagen en drapeerde die om Nikki heen.

'Ik zal wel eens even kijken,' zei hij, en hij liep gedecideerd op het hekje af. Nikki bleef wachten en trok de trui wat steviger om haar schouders. Algauw kwam Sander terug.

'Zo,' zei hij, 'ik heb mijn vriend bij de politie gebeld en hij stuurt iemand van de dierenambulance langs om de boel te verwijderen. Beetje moeilijk om te zeggen of het beest toevallig een natuurlijke dood is gestorven op jouw tuinpad of dat dit net als dat pentagram weer een soort dreigement aan jouw adres is. Ik sluit het laatste zeker niet uit. Ik betwijfel of een gewone kat een eend zo kan toetakelen.' Hij keek om zich heen. 'Een prinsesje als jij zou hier echt niet moeten wonen. Wat kun je ook verwachten met het stelletje asocialen wat in dit rijtje zit.' Sander kwam dichterbij en legde zijn handen op Nikki's schouders. 'Het is nog geheim,' ging hij zacht pratend verder, 'maar ik kan je wel verklappen dat deze huisjes er niet lang meer zullen staan. Ik ben goede vriendjes met de burgemeester – die heeft ook zijn boot hier bij de club – en er zijn vergevorderde plannen om dit hele rijtje te slopen en er iets beters op te zetten. Dit is inmiddels dure grond en de lui die hier nog wonen zijn volledig misplaatst in de omgeving. Het ziet er toch niet uit met al die zelfgefabriceerde dakkapellen en oude 2CV's in de tuin. Overal zitten honden en katten, en op nummer 2 schijnen ze zelfs een geit te hebben. En het zou me niets verbazen als er iemand stiekem hennep kweekt.'

Nikki keek Sander verbaasd aan.

'En waar moet ik dan naartoe?'

Sander lachte en legde even zijn hand tegen haar wang. 'Tegen die tijd heb jij vast al iets veel beters gevonden. Iets wat bij jou past. Jij bent te goed voor dit buurtje.'

Nikki zag in een flits de dode woerd met zijn opengekrabde borst weer voor zich. Misschien had Sander wel gelijk.

'Ik laat jou vandaag niet meer gaan,' zei hij. 'Ik was eigenlijk van plan om je morgen op te halen voor een boottochtje, want ik ging ervan uit dat je vandaag naar dat gekke baantje van je moest. Volgens mij ben jij alleen helemaal niet in staat om te werken. Je neemt een dagje vrij of je meldt je ziek als dat nodig is, en dan ga je lekker met mij mee. Ik ga je eens goed verwennen.'

'Nou…' begon Nikki. 'Ik weet niet of…' Vanbinnen werd ze helemaal slap van ontspanning bij de gedachte dat ze vandaag aan alles en iedereen zou kunnen ontsnappen door met Sander mee te gaan. Geen tante Jacques met haar bezorgde blik en zogenaamd goede adviezen, geen Bo met haar standjes, geen Polly die met grote schrikogen zou luisteren naar haar verhalen, en Daniël… die was voorlopig bij vrienden en niet bij haar.

'Ik heb niets bij me,' aarzelde ze nog. 'Niets om me even op te frissen of te verkleden. Geen badgoed.' Ze wilde zeggen dat ze die nacht niet thuis was geweest, maar hield zich in en liet Sander in het ongewisse.

'Ik heb alles aan boord van mijn boot wat je maar zou kunnen wensen. Ik ben gasten gewend en overal op voorbereid.' Hij sloeg zijn arm om Nikki heen en voerde haar mee in de richting van zijn auto. Nieuwsgierig wat er nu weer ging gebeuren, trippelde Pixie braaf achter haar baasje aan.

26

'Waar kom jij vandaan?' Tante Jacques zat in een rotanstoeltje in Nikki's achtertuin. Ze droeg haar haar in een slordige vlecht en had donkere kringen rond haar ogen. Gek genoeg maakte dit niet dat ze er slechter uitzag, alleen strenger dan Nikki haar ooit gezien had, als een wijze medicijnvrouw. De veertjes die ze in haar oren droeg, versterkten die indruk nog eens.

Nikki had zin om naar haar tante toe te lopen en zich in haar armen te werpen, maar iets – waarschijnlijk haar trots – hield haar tegen. Om haar ware gevoelens te maskeren stelde ze zich afstandelijk op en gooide ze achteloos de kleine plunjezak die ze nog altijd bij zich had, op de grond. Ze stak haar handen in de achterzakken van haar jeansshort.

'Ik was bij Sander, op zijn boot.'

Als dit haar tante al verbaasde, dan liet ze het niet merken.

'Daarom ben je dus niet komen werken. En kennelijk kon je ook niet even bellen? Ik ben erg ongerust geweest. Gisteravond heb ik tot laat hier zitten wachten en vanochtend ben ik meteen teruggekomen.'

Nikki verstijfde door een aanval van schuldgevoel, maar haalde nonchalant haar schouders op. 'Het was een crisissituatie.'

Tante Jacques keek haar strak aan en Nikki was blij dat ze een zonnebril op had. Het viel haar nu voor het eerst op wat een heldere lichtbruine ogen haar tante eigenlijk had, bijna alsof je door doorzichtig bronwater naar een vrijwel egale zandbodem keek. Ze hadden haast iets dierlijks, die ogen. Maar plotseling verzachtte haar blik zich en bespeurde Nikki iets van teleurstelling in de ogen van haar tante.

'In een crisissituatie ga je naar deze Sander, en kom je niet bij mij? Of bij Bo of Polly? Of Daniël?' vroeg ze zachtjes. 'Daniël was hier nog even gisteravond, op zoek naar jou, en hij vertelde me hoe gek hij op je is. Hij werd natuurlijk ook heel ongerust toen ik hem vertelde dat je niet op je werk verschenen was.'

Bij het horen van de naam Daniël kreeg Nikki het ijskoud. Met bibberende knieën ging ze gauw zitten op een tuinstoel naast die van tante Jacques. Ze leunde naar voren met haar ellebogen op haar knieën, schoof haar zonnebril in het haar en sloeg haar handen voor haar gezicht.

'O, tante Jacques, het is nooit mijn bedoeling geweest om iemand te kwetsen, zeker niet jou en Daniël. Toen ik gisterochtend thuis kwam, was er iets heel naars hier in de tuin, en ik wilde iemand bellen, Bo of jou, maar toen was Sander er ineens. Hij heeft me geholpen en meegenomen, en sindsdien lijkt het wel of ik op een andere planeet ben geweest. Ik dacht helemaal niet meer goed na.' Zonder tante Jacques aan te kijken vertelde ze wat er was gebeurd.

Sander had haar meegenomen naar zijn luxe jacht, dat zeker drie keer zo groot was als Blub. De rest van de dag had ze nauwelijks nog iets hoeven doen, behalve zich verliezen in de luxe en zorg die Sander haar bood.

Sander had niet gelogen toen hij zei dat zijn boot van alle gemakken was voorzien en dat het Nikki aan niets zou ontbreken. Zonder te vragen waarom ze de behoefte had aan schone kleren en een bad op de vroege ochtend, had Sander haar meteen na het aan boord gaan onder de douche gezet en toen Nikki onder de warme straal vandaan was gekomen, lagen er een witte bikini en een zachte badjas op haar te wachten. De badkamer was klein, maar Nikki kon er haar tanden poetsen en zich opmaken, haar haar föhnen en in model brengen. Met het gevoel dat ze nu beter paste bij de luxe omgeving was ze weer tevoorschijn gekomen en Sander gaan zoeken. Dit schip had twee verdiepingen en alles leek te glimmen: het houtwerk zat strak in de lak, glas stond te blinken en koper was gepoetst. Op de vloer van wat de zitkamer moest zijn, lag tapijt dat je blote voeten streelde. Ze vond Sander aan dek, bij een houten tafel met een pot dampende koffie en croissants. Ongemerkt waren ze uitgevaren en in eerste instantie moest Nikki knipperen tegen het felle zonlicht en het glinsterende, felblauwe water en pas daarna zag ze dat de kustlijn al een streepje in de verte was. Even stak er iets in haar hoofd, een prikkeling die zei dat ze dit niet kon laten gebeuren, dat ze daar op het land mensen in de steek liet – haar tante, Daniël, zichzelf. Meteen echter zette Sander haar neer op een ligstoel met op een bijzettafeltje koffie verkeerd en een croissant. Hij gaf haar lekker ruikende zonnebrandolie met de opmerking dat als ze hulp nodig had bij het insmeren, ze het maar hoefde te vragen. Zelf ging hij zitten met de krant en hij liet het aan Nikki over of ze wilde praten of niet. Achter het stuur stond een gebruinde jongeman, die later werd voorgesteld als Michael, en van wie Nikki niet zeker wist of het een vriend was of personeel, maar ze vermoedde het laatste, aangezien hij vrijwel al het werk leek te doen aan boord.

Na de koffie en een paar hapjes van de croissant – ze had bij Daniël al ontbeten – was ze in de badjas gewikkeld in slaap gevallen. Toen ze weer wakker werd, had ze het warm – het was kennelijk opnieuw heel mooi weer geworden – en voeren ze niet meer, maar dobberden ze rond op een schijnbaar eindeloze wateroppervlakte. Gelukkig had Sander of Michael een parasol bij haar neergezet. Michael was bezig de tafel te dekken voor de lunch. Er waren witte wijn en een lichte pastamaaltijd met knapperig brood en pittige olijfolie. Bevangen door een enorme loomheid, waarvan Nikki niet wist of Sander die ook voelde, had ze geen behoefte aan drukke gesprekken en keuvelden ze bedaard wat over het weer, verre landen, hondjes (naar aanleiding van de bedelende Pixie), televisie en *celebrities*. Nikki had het gevoel alsof ze in een sprookje was beland, of een kinderverhaal waarin je door een deur of een kast stapte en ineens in een andere wereld was beland, een plek waar alles zonnig en vrolijk is, de omgeving blinkt en nare dingen niet bestaan. Toch kon ze zich niet aan de indruk onttrekken dat, net als in de verhaaltjes of sprookjes, er ook hier op Sanders boot ergens onheil dreigde. Ze wist dat bij Sander zijn een vlucht was en dat ze beter haar angsten dapper tegemoet had kunnen treden. Tenslotte zou ze ooit terug moeten. Op dit moment lukte het haar niet om echt actie te ondernemen of over de dingen na te denken. Het was alsof Sanders boot onder een glazen stolp zat en de wereld daarbuiten dof en ver weg en vaag was.

's Middags gingen ze zwemmen. Het water was warm en heel kalm. Met dezelfde loomheid die Nikki bleef voelen alsof hij per injectie in haar bloedbaan gebracht was, daalde ze het trapje aan de achtersteven af en liet ze zich drijven op het lauwe oppervlak. Sander deed hetzelfde, gekleed in zijn lange shorts. Hij had een wat gezet, vrijwel onbehaard bovenlichaam met de vele sproetjes die bij een rossige huid hoorden. Nikki kon hem niet echt aantrekkelijk vinden, maar op een bepaalde manier was hij wel aandoenlijk.

Na het zwemmen lagen ze nog een tijdje te zonnen en te soezen, door Michael voorzien van koele rosé en aardbeien, totdat Sander Nikki terugbracht naar de slaaphut waar ze zich eerder gedoucht had en hij een prachtige, zachtroze jurk met blote rug wees. Hij had gezegd dat ze zich rustig even kon opfrissen en omkleden voor het diner. Een seconde wou Nikki protesteren en zeggen dat hij haar naar de wal moest brengen, maar het was net alsof ze watten in haar mond had die haar verhinderden te spreken. Dus waste ze zichzelf een beetje en kon ze de verleiding niet weerstaan om die prachtige jurk aan te trekken. Bewonderend keek ze naar zichzelf in de spiegel en nog meer voelde ze zich de prinses in een sprookje: de jurk liet haar niet al te grote borsten en bruine rug prachtig uitkomen. Ze kon het niet laten haar haar goed in model te brengen met de aanwezige stylingmousse en haar make-up wat sterker aan te zetten om het effect van de jurk te vergroten.

Met enig gevoel voor drama liep ze terug naar het dek, waar Sander, die zich ook omgekleed had en een duur, licht zomerpak zonder stropdas droeg, met een glas in de hand op haar stond te wachten. Hij smolt zichtbaar bij haar aanblik en even dacht ze dat hij haar met open mond zou aanstaren, maar hij herstelde zich en gaf haar een lichte kus op de wang en een glas champagne, waarna ze aan een prachtig gedekte tafel gingen zitten voor het diner. Michael was kennelijk ook een goede kok, want het voorgerecht van gevulde paddenstoeltjes smaakte verrukkelijk. De zon ging langzaam onder en het licht van een groot aantal kaarsen werd sterker. Een zacht windje streelde Nikki's blote rug.

In afwachting van het hoofdgerecht leunde Sander een stukje achterover in zijn stoel en bekeek hij Nikki met glanzende, haast vochtige ogen, terwijl hij nog een slokje wijn nam.

'Je bent een prachtig plaatje.'

Nikki glimlachte en nam nog een grote slok uit haar blinkende glas met lange steel. De wijn verdubbelde de verdoving die ze toch al de hele dag had gevoeld en dat kwam haar prima uit. Ze vond het prima om zo verdoofd te raken dat ze zich niet eens meer af zou vragen waarom en waardoor ze zich zo voelde.

'Dit is de wereld waarin je thuishoort,' zei Sander. 'Jij bent als een zeldzaam mooie bloem die pas echt opbloeit in de juiste omgeving, die goed verzorgd moet worden.'

Nikki sloot haar ogen en liet zijn woorden, die ze onder normale omstandigheden een beetje pompeus zou vinden, over zich heen spoelen als een golf over het strand.

Onverwachts boog Sander zich naar voren en pakte hij haar hand, die om de steel van haar glas gevouwen op tafel lag.

'Laat mij voor jou zorgen. Ik ga waarschijnlijk binnenkort voor mijn werk naar New York. Misschien voor een jaar of langer. Ik zal daar wonen in het bedrijfsappartement aan Fifth Avenue. Ga met me mee. Het zal zo veel leuker zijn als we samen zijn. Met z'n tweeën veroveren we de hele stad. Het zal je aan niets ontbreken. Daar zul je in de omgeving zijn die je verdient, waar je thuishoort. En als je dan nog steeds een webwinkel voor kleding wil beginnen, zal ik je niet tegenhouden. Ik zou je kunnen helpen en het zou een stijlvolle onderneming kunnen zijn.' Sander had zijn woorden achter elkaar uit zijn mond laten rollen, zonder ademhalen, als één lange zin. Toen hij klaar was viel de stilte des te meer op.

Nikki probeerde opnieuw haar ogen te sluiten en wat hij zei over zich heen te laten glijden, maar de inhoud was te beladen en liet zich niet zo gemakkelijk verwaaien. Ze ging iets meer rechtop zitten, maakte haar hand voorzichtig los uit Sanders greep en probeerde haar hersenen te activeren. Voordat ze iets kon zeggen, nam Sander echter weer het woord.

'Je hoeft nu niets te zeggen. Laat mijn voorstel even bezinken. Het is natuurlijk onverwacht en daarom schrik je een beetje, ik zie het aan je. Maar als je er wat langer over nadenkt, zul je inzien dat het een heel goed idee is. Tenslotte laat je hier ook niet veel achter, een baantje zonder toekomst en een huis dat rijp is voor de sloop. Ik kan je alles teruggeven wat Raymond je heeft afgenomen toen hij je in de steek liet – en meer.'

Nikki slikte en probeerde te protesteren. Ze liet hier verdomme heus wel iets achter. Met moeite had ze een eigen leven opgebouwd na Raymonds vertrek, misschien niet zo luxueus, maar wel op eigen kracht en naar eigen inzicht. Haar tong was alleen al net zo verlamd als de rest van haar lichaam, inclusief haar hersenen.

Sander schudde zijn hoofd, keek irritant begripvol en raakte haar arm even aan. 'Neem nog een slokje wijn. Ik zie Michael al aankomen met het hoofdgerecht.'

Het eten was weer heerlijk en al heel snel zakte Nikki's ergernis en liet ze zich wiegen door de lichte deining van de boot. Tijdens het nagerecht en de koffie verdween de zon langzaam aan de horizon en werd het donker. Ver weg, aan de uiteinden van Nikki's bewustzijn rommelde het een beetje: hoe ging het nu verder? Hoe kwam ze weer thuis? Ze waren nog steeds midden op het meer, voorzover zij wist. Wilde ze wel naar huis? Durfde ze wel?

Toen ze na de koffie opstond, omdat Sander dat ook deed, wankelde ze een beetje op haar benen. Meteen was Sander bij haar en steunde hij haar met een arm om haar schouders. Tegen hem aan leunend liet ze zich door hem meevoeren terug naar de hut waar ze zich eerder had omgekleed.

'Blijf hier vannacht slapen,' fluisterde hij in haar oor. 'Dan varen we morgenochtend terug naar de haven. Je bent moe en in de war door alles wat er gebeurd is. Hier ben je veilig. Om eerlijk te zijn breng ik je liever niet terug naar je huis, god mag weten wat zich daar vannacht weer afspeelt, maar als je morgen terug wilt dan begrijp ik dat natuurlijk. Heb eerst een goede nacht. Je hebt je eigen hut.' Hij opende de deur, ze gingen naar binnen en hielden halt voor het tweepersoonsbed. Nikki knikte dat het allemaal goed was. Sander draaide haar naar zich toe.

'Welterusten, prinsesje' zei hij, en hij streelde haar haar. Langzaam boog hij zich naar haar toe en gaf hij haar een kuise kus op de mond. Ineens leek hij zich niet langer in te kunnen houden en duwde hij hard zijn lippen tegen de hare, zodat die zich openden voor zijn tong, en drukte hij haar lichaam stevig tegen het zijne. Zijn handen gleden over haar rug naar beneden, trokken de rok omhoog, verkenden haar kanten slipje en grepen haar billen vast. Nikki voelde zijn begeerte. Zijn lichaam was warm en trilde bijna van verlangen. Zijzelf daarentegen was net zo opgewonden als wanneer ze tegen een zak meel had geleund. Ze wilde haast dat het anders was, want Sander had toch goed voor haar gezorgd de hele dag, maar de lome verdoving die ze aldoor al gevoeld had, hield nu net zo goed aan. Misschien als Sander zich niets van haar passiviteit had aangetrokken en had doorgezet, dat ze hem zelfs gewoon had laten begaan, maar al snel hield hij op en liet hij haar los.

'Sorry,' zei hij ademloos. 'Ik liet me even gaan. Je bent ook zo verdomd aantrekkelijk. Maar je bent natuurlijk niet het soort meisje dat het meteen maar doet na een avondje uit en dat respecteer ik. Slaap lekker.' Hij gaf haar een vlugge kus op het voorhoofd en liep snel de hut uit.

Wiebelend op de geleende hoge hakken – van wie waren die schoenen eigenlijk? Had Sander ook dat soort accessoires op voorraad? – liep ze naar de deur van de hut en draaide ze de sleutel om. Ze trok de knoop waarmee de jurk rond haar hals vastzat los en liet het kledingstuk van haar af glijden. Alleen gekleed in het kanten slipje dat ze nu al bijna twee dagen aanhad, liet ze zich op de koele matras vallen. De aanraking van de zachte stof bracht verbazingwekkend genoeg wel een steek van sterk en onverwachts verlangen voort. Het was echter niet Sander die ze bij zich in bed wenste, maar Daniël. Ineens zag ze zijn gezicht en lichaam helder voor zich, alsof hij voor haar stond.

Naar adem snakkend ging ze recht overeind zitten. De verdoving verdween als een dikke deken die van haar af gleed. De betovering was plotseling verbroken. Wat had ze gedaan? Ze had Daniël, van wie ze nu al dacht te houden en op wie ze zeker heel erg verliefd was, zo goed als bedrogen door met Sander mee te gaan. Ze had haar tante op een drukke zaterdag laten zitten en niet eens afgebeld. En het allerergste was misschien nog wel dat ze niet haar eigen zaakjes had opgeknapt, maar de teugels meteen uit handen had gegeven en zich als een lafaard door Sander had laten meevoeren. Haar huis was misschien niet duur en chic, maar het was wel háár huis, helemaal door haarzelf ingericht, haar eigen plek. Ze moest terug, zo snel mogelijk. Ze had haar oude kleren, de spijkerbroekshort en het shirt op een stoel gevonden en ze weer aangetrokken. Daarna was ze in een rolletje op het bed gaan liggen en had ze als een hond die wel slaapt maar toch altijd zijn oren gespitst houdt, gewacht tot het licht werd.

Ze had zich zorgen gemaakt om Pixie, die ze uit het oog verloren was, maar ze wilde niet in het donker over het schip dwalen met het risico Sander opnieuw tegen te komen.

Zodra het licht was geworden, had ze haar deur opengedaan en Pixie gevonden, die ertegenaan was gaan liggen. Samen hadden ze aan dek gewacht tot ook Sander wakker was. Ze kon niet onder een kop koffie en toast met jam uit terwijl ze terugvoeren. Sander moest zelf ook naar de haven voor een zondagsbrunch met een kennis en potentiële klant. Vlak voor haar huis hadden ze afscheid genomen, als een slechte kopie van de dag ervoor met Daniël. Sander had haar afwerende houding genegeerd en gezegd dat hij gauw zou bellen. Ze had zijn aanbod om mee te gaan om haar tuin te inspecteren afgeslagen. Niettemin was ze zenuwachtig geweest toen ze haar tuinhekje had geopend. Gelukkig was er geen spoor meer van de eend geweest. Ze was doorgelopen naar de achtertuin. Daar had ze tante Jacques aangetroffen.

Tante Jacques zei niets, niet tijdens Nikki's verhaal, en ook niet toen Nikki ophield met praten. Ze deed niets om haar gerust te stellen of te troosten.

Toen Nikki stil werd, ging tante Jacques naar achteren zitten in de rotanstoel en staarde ze een tijdje met een ondoorgrondelijk gezicht naar de bosjes en bomen achter in Nikki's tuin. Omdat ze verder ook niet wist wat te doen, ging Nikki ook maar zitten staren. Nog meer dan eerst leek tante Jacques op een medicijnvrouw.

'Heb ik alles verpest?' vroeg Nikki met een klein stemmetje, toen ze het niet langer volhield om in stilte te zitten. 'Onze vriendschap? Mijn baantje? Mijn nieuwe leven? Ga ik Daniël verliezen?'

Tante Jacques draaide haar hoofd opzij, keek Nikki aan en glimlachte. 'Nee, zo gauw geven we je niet op.' Vervolgens staarde ze weer met geconcentreerde blik in de verte.

'Er is iemand die jou niet goedgezind is, die je dwarszit.'

Nikki's adem stokte. 'Tatjana.' Ze kreeg de naam nauwelijks over haar lippen.

Tante Jacques knikte. 'Ja, dat moet haast wel. Zij is de meest waarschijnlijke persoon. Ik heb haar naam in de kaarten gelezen en haar gezicht gezien in het kristal.'

'Maar wat kan ik daar tegen doen? Ik ben geen heks, zoals zij.' Nikki trok haar benen op en pakte ze onwillekeurig vast.

Tante Jacques lachte. 'Je hoeft ook geen heks te zijn. Wat is een heks eigenlijk? Iedereen kan magie toepassen. De een heeft misschien wat meer aanleg dan de ander, maar bepaalde trucs kunnen we allemaal leren. Ik geloof er niets van dat Tatjana zo'n machtige heks is, want volgens wat ik van Serafina en Leni gehoord heb, gebruikt ze haar krachten helemaal verkeerd.'

Nikki knikte hoewel ze er eigenlijk niet veel van begreep. Ergens kon ze niet geloven dat ze wat tante Jacques zei allemaal serieus moest nemen en vond ze dit een van de gekste conversaties die ze ooit gehad had, maar aan de andere kant was ze na de verwarrende gebeurtenissen van de afgelopen dagen wel zo ver dat ze bijna alles wilde proberen om haar leven weer een beetje in het gareel te krijgen.

'Luister, Nikki,' zei tante Jacques en ze keek weer streng. 'Ik heb het je al eerder gezegd: heks of geen heks, je bent zeker niet weerloos. Maar je moet je wel verwéren. Als je je laat meevoeren door de duistere krachten die je belagen, ben je verloren. Hoe bang je ook bent, zet je schrap en vecht terug. Ook jij hebt genoeg energie en kracht in je om Tatjana's aanvallen af te slaan. Daarom gaan we zo dadelijk samen je huis binnen en maken we het zo dat jij je er opnieuw thuis voelt. Dit is jóuw huis, en van Pixie en Ping en Pong, en je laat je niet wegjagen.'

Alsof ze hun namen hadden gehoord, kwamen de twee poezen ineens uit het kattenluikje gekropen. Ze gingen op een tegel in de zon zitten en keken Nikki indringend aan. Dit was waarschijnlijk hun manier om te laten blijken dat ze haar gemist hadden, al was het maar vanwege de lege voerbak.

Tante Jacques ging verder. 'Morgen kom je weer werken. Straks bel je Daniël en leg je hem uit wat er is gebeurd. Ik weet zeker dat hij het zal begrijpen. Hij weet al dat je het de laatste tijd niet zo gemakkelijk hebt gehad. En als er weer iets gebeurt…' Tante Jacques keek Nikki bijna net zo intens aan als Ping en Pong en legde haar hand op Nikki's arm. 'Dan kom je bij mij.'

Nikki knikte braaf, maar ontweek haar tantes blik. 'Ja,' zei ze zachtjes.

'Waarom aarzel je?' vroeg tante Jacques, bij wie weinig onopgemerkt bleef.

'Nou,' zei Nikki, en ze trok een beetje nerveus aan een kralenkettinkje dat ze als armbandje om haar rechterpols droeg. Ze ging nu iets zeggen wat haar al een tijdje dwars zat. 'Om eerlijk te zijn weet ik ook niet altijd wat ik van jou moet denken. Ik vind al die hocus pocus maar raar en een beetje griezelig.'

'Je vertrouwt me niet?' Tante Jacques keek Nikki enigszins verrast aan.

'Eh, nou, jawel…' stotterde Nikki, en ze voelde een blos opkomen.

'Je hoeft het niet te ontkennen,' zei tante Jacques. Ze leek niet kwaad. 'Misschien heb ik wel niet genoeg gedaan om je vertrouwen te winnen. Ik heb je nooit zo heel veel verteld over wat ik doe, omdat het je interesse niet leek te hebben, maar misschien heb ik daarmee vooral onduidelijkheid en ruimte voor speculatie gekweekt.'

Nikki knikte aarzelend.

'Ik zou mezelf niet direct een heks noemen, Nikki,' ging tante Jacques verder. 'Het is ook zo'n beladen term. Maar ik geloof wel dat er bepaalde krachten zijn, energieën die veel mensen onbenut laten, maar die heel zinvol zijn. Ik heb daarmee leren omgaan. Op mijn reizen, en ook later toen ik al hier woonde, heb ik veel van anderen geleerd en tegenwoordig deel ik mijn kennis weer met een kleine groep mensen. We vormen een soort kring, een coven als je dat zo wil noemen, en we komen af en toe bij elkaar om feest te vieren, rituelen uit te voeren of gewoon samen te zijn. Er is eigenlijk niet zoveel bijzonders aan. Veel religies geloven in de kracht van samen rituelen doen of in energieën en krachten, bidden, intuïtie, Chi of Tao. Daarnaast verdiepen we ons ook in kruiden, in het milieu. Ik kan je garanderen dat ik nooit iemand kwaad heb gedaan en dat ik daartoe ook nooit mijn kennis en energie zal gebruiken. Dat gaat zelfs ten zeerste in tegen alles waar ik in geloof. Ik ben ervan overtuigd dat wat je iemand aandoet, je zelf ooit weer terug zult krijgen, als een boemerang. Daarom is Tatjana ook bepaald niet goed bezig, even aangenomen dat zij inderdaad je belager is.'

Nikki liet haar benen slap naar beneden vallen. Hoewel tante Jacques weinig nieuws vertelde, voelde ze zich toch een beetje gerustgesteld, misschien omdat haar tante er zo gewoon en bijna saai over praatte.

'Hoort Daniël ook bij je coven?' Ze keek tante Jacques schuin aan.

'Nee. Hij behoort tot een bredere groep mensen die ik goed ken, die vaak in White Magic komt en die wel eens meedoet met grote feesten of bijeenkomsten, cursussen en dergelijke. Ik mag hem heel graag en hij heeft een paar tekeningen voor me gemaakt, voor mijn website.'

Nikki knikte. Haar hoofd voelde beurs van alles wat er de laatste paar dagen was gebeurd.

'Oké?' vroeg tante Jacques.

'Oké,' antwoordde Nikki.

Tante Jacques strekte haar arm en pakte Nikki's hand. 'Dan gaan we nu naar binnen om je huis weer van jou te maken.'

27

Tante Jacques was met Nikki haar hele huis door gelopen, van de hal tot de vliering, had hier en daar wat gepreveld en iets rondgestrooid uit een klein flesje. Daarna had ze nog geholpen met de afwas en een mooie bos uit de tuin geplukte bloemen neergezet. Toch voelde Nikki zich nadat tante Jacques was vertrokken nog steeds niet op haar gemak in haar eigen huis. Onrustig had ze wat rondgelopen en hier en daar wat verplaatst en opgeruimd, maar ze had zich nergens toe kunnen zetten: niet tot schoonmaken, wat best nodig was, niet tot speuren op internet naar vintagekleding of het verder sorteren van haar eigen laatste dozen met kleren. Ze werd een beetje triest bij de gedachte dat ze nog niet zo lang geleden, nadat ze de breuk met Raymond enigszins verwerkt had, haar eigen huis leuk was gaan vinden en zelfs trots was geweest op hoe ze het met weinig middelen had ingericht. Hoewel er binnen in haar huis nog nooit echt iets naars gebeurd was, voelde het niet langer als een veilig nest.

Nikki had Daniël gebeld, maar had zijn voicemail gekregen. Om wat te doen te hebben, was ze met Pixie door het park langs Blub gelopen. Onderweg had ze Tatjana's hete blikken vanuit het penthouse in haar nek voelen prikken. Er waren slechts twee nachten en een dag gepasseerd, maar daarin was zoveel gebeurd dat het leek alsof haar wereld een stukje gekanteld was. Ze staarde naar de mensen die op het pad langs het water liepen met hun honden en kinderen. Het zag er allemaal heel gewoon uit, maar gingen achter die maskers van alledaagsheid niet misschien ook allerlei geheimen schuil? Wellicht zat de vermoeid uitziende moeder die daar achter een buggy liep wel bij haar tante in de coven. Niet alleen de mensen waren op de een of andere manier anders geweest: het was ook alsof er meer leven in de natuur zat. De bomen trilden haast van energie en het leek alsof ze hun wortels uit de grond wilden trekken om aan de wandel te gaan. De wind duwde tegen Nikki aan als om haar te plagen en het water golfde en spatte tegen de basaltblokken uiteen en leek te kraaien van vreugde.

Recht tegenover Blub was ze blijven staan en had ze naar het bootje gestaard. Hoewel Blub er verlaten uit had gezien, had ze toch maar gezwaaid. Er was geen reactie gekomen.

Eenmaal thuis maakte ze een groot glas thee en sleepte een rotanstoel naar een hoekje in de tuin, uit de wind. Ze zette de van Roland geleende iPod iets harder om met de muziek van Anouk de wereld buiten te sluiten.

Ineens werd Nikki wakker omdat er iets tussen haar en de zon schoof en er wat door haar haar streek. Met bonzend hart schoot ze bijna overeind uit haar stoel om meteen weer terug te zakken toen haar knieën nogal slap bleken aan te voelen.

'Sorry, ik wilde je niet aan het schrikken maken,' zei Daniël. Hij hurkte voor haar stoel neer zodat hun ogen op gelijke hoogte waren. Hij zag er net als altijd weer heel knap uit met zijn donkere haar, blauwe ogen, gebruinde huid en een schaduw van een baard.

'Daniël,' zei Nikki met een zucht en ze boog zich naar voren waarna hij haar al zittend omhelsde. 'Ik ben zo blij je te zien!'

'Ik jou ook,' zei Daniël, en hij drukte haar nog wat dichter tegen zich aan. 'Ik heb me ongerust gemaakt. Waar ben je geweest? Of mag ik dat niet vragen?'

'Ja, natuurlijk wel,' zei Nikki. Ze drukte haar gezicht even in zijn nek en slikte, zodat hij niet zou merken hoe geëmotioneerd ze was door het weerzien. 'Kom je ook even zitten? Wil je thee of koffie? Dan zal ik je vertellen wat er gebeurd is. Ik heb je al een paar keer proberen te bellen, maar je nam niet op en ik ben zelfs naar Blub gelopen om je te zoeken.'

'O, echt?' vroeg Daniël. 'Wat stom, wat spijt me dat. Ik ben de hele nacht op geweest omdat ik ongerust over je was en ik heb je af en toe gebeld. Ik ben hier zelfs nog twee keer langs geweest, voor het laatst om half vijf in de ochtend. Daarna ben ik maar gaan tekenen, omdat ik voor mijn gevoel toch niets anders kon doen. Maar uiteindelijk ben ik rond een uur of half acht vanochtend alsnog in slaap gevallen en werd ik pas een half uur geleden weer wakker. Ik ben heel blij je hier in de tuin te vinden. Anders had ik nog wel een keer geprobeerd te bellen, maar... eh... mijn beltegoed is nogal laag.'

Nikki knikte alleen maar begripvol. Ze geneerde zich een beetje dat hij zich nu stond te verontschuldigen, maar stiekem was ze ook wel blij was dat hij zo ongerust was geweest.

Daniël wilde wel een kop koffie en daarna gingen ze samen in het beschutte hoekje van de tuin zitten. Nikki vertelde wat er gebeurd was, maar verzweeg Sanders voorstel om met hem mee te gaan naar New York en zijn poging haar te verleiden in de slaaphut. Ze deed het voorkomen of Sander niet meer was dan een oude vriend die haar toevallig te hulp was geschoten.

Als Daniël al aan haar uitleg twijfelde dan liet hij dat helemaal niet merken. Aan het einde van Nikki's verhaal boog hij zich naar voren en pakte hij haar hand waarmee ze aan het koord van haar vest frunnikte.

'Ben je niet boos?' vroeg Nikki. 'Ik heb jou en tante Jacques en misschien ook wel anderen' – ze had een aantal bezorgde boodschappen op haar voicemail gehad, waaronder van Bo en Polly – 'ongerust gemaakt.'

'Nee, ik ben niet boos, natuurlijk niet,' antwoordde Daniël verbaasd. 'Ik maak eerder mezelf verwijten dat ik er niet voor je was toen je me nodig had.'

'Vind je het niet gek dat ik zo reageerde?'

'Nee. Het is ook vreemd: eerst een omgekeerd pentagram aan je deur en nu die dode woerd. Het lijkt er inderdaad op dat iemand je bang wil maken. Jacques heeft me verteld over de nieuwe vriendin van je ex die het wellicht op je gemunt heeft.'

Nikki knikte. 'Tatjana,' zei ze zachtjes, alsof ze bang was dat het uitspreken van de naam de persoon zou doen materialiseren.

'Ik wil je graag helpen. En onderschat je eigen vermogens niet, of die van je tante. Dat is ook een formidabele vrouw met een schat aan ervaring en kennis. Die Tatjana mag dan misschien een kwade dame zijn, maar volgens Jacques gebruikt ze haar krachten verkeerd. Dat zal zich tegen haar keren.'

Nikki knikte en begon ondertussen aan een loshangend draadje van haar rok te trekken. Iedereen zei de hele tijd maar dat ze niet weerloos was en dat ze haar wilden helpen, maar vooralsnog zag ze geen concrete resultaten van al die mooie praatjes. Dat zei ze echter maar niet tegen Daniël, die ze niet te veel wilde belasten met haar angsten en neuroses. Ze kenden elkaar tenslotte nog maar net en hij hoefde niet nu al op haar angsthazerij af te knappen.

'Laten we er om te beginnen nog een leuke middag van maken,' zei Daniël, die wel zag dat ze nog steeds bedrukt was. 'Waar heb je zin in? Zullen we nog iets te drinken nemen?'

'Normaal gesproken zou ik op een zondagmiddag met Polly en Roland in De Tempelier zitten, maar die hebben afzonderlijk van elkaar allebei afgezegd. Wij zouden samen kunnen gaan?' vroeg ze aarzelend. Stiekem wilde ze toch liever ergens anders zijn dan thuis.

'Ach, dan kunnen we hier ook wel wat drinken,' antwoordde Daniël. 'Het zit hier nog heel lekker in dit hoekje, of anders kruipen we samen op de bank.' Hij lachte lief en streelde Nikki over haar blote been. 'Heb je misschien een fles wijn? Anders heb ik op Blub nog wel wat staan.'

Nikki bleek nog een fles witte wijn in de koelkast te hebben. Ze bleven een tijdje in de tuin zitten, dicht tegen de muur van het huis en keken naar de wind die de witte wolken voortjoeg en alles in beweging zette, van grote takken tot de kleinste grassprietjes. Het rook naar stromend water, vochtige aarde en naar bloeiende planten. Ze hielden elkaars hand vast en af en toe boog Daniël zich voorover om haar blote been te strelen of haar een zoen te geven. Opnieuw hadden ze geen gebrek aan gespreksstof en ze hadden het over van alles en nog wat. Nikki durfde zelfs eens te vragen naar Daniëls relatie met tante Jacques.

'Ik heb je tante leren kennen in haar winkel, waar ze vroeger meer tekenspullen had, bijzonder papier en inkt uit Azië. Ze heeft ook wel eens iets speciaal voor mij meegenomen van haar verre reizen. Om eerlijk te zijn ben ik zelf nooit veel verder gekomen dan Ierland en Italië. Ik woon dan wel op een boot, maar ben eigenlijk niet zo'n reiziger, ja, behalve in mijn hoofd. In mijn fantasie kom ik in vreemde oorden.'

'En daar teken je ook over, toch?'

Daniël knikte. 'In ruil voor de tekenspullen heb ik zo nu en dan een illustratie voor je tante gemaakt, voor in de winkel, op een folder, voor een cursus, of laatst nog voor de website. We zijn bevriend geraakt en drinken af en toe een kop koffie. Ik ben ook een enkele keer op een groot feest geweest, georganiseerd door je tante of vrienden van haar. Maar zo heel goed ken ik die kringen nu ook weer niet. Ik heb een paar aardige mensen leren kennen via je tante en haar vriendenkring, zoals Marius Geluk. En ja, ik ben ook wel gecharmeerd van een klein ritueel op zijn tijd: ik brand zo nu en dan een kaarsje of vang de maan in een kom water.'

'Je vangt de maan in een kom water?'

'Dan laat je de volle maan spiegelen in een met water gevulde kom. Je haalt de maan naar beneden, zo zeggen ze. Dat geeft veel energie.'

Nikki moest moeite doen niet automatisch met haar ogen te rollen. In plaats daarvan glimlachte ze toegeeflijk. Uit Daniëls mond klonk het allemaal heel onschuldig en zelfs wel leuk.

Aan het eind van de middag werden de langsdrijvende wolken donker en verzamelden ze zich voor de zon. Meteen werd het kouder en dus verplaatsten Nikki en Daniël zich naar binnen, gevolgd door Pixie en Ping en Pong, die al de hele middag in de buurt waren blijven rondhangen.

Zodra ze binnen was en de deur achter zich dichttrok, keerde Nikki's onrust terug, alsof iemand een handje jeukpoeder in haar nek had gegooid. De aanwezigheid van Daniël hielp nauwelijks om de kriebels te beteugelen.

'Laten we alsnog weggaan,' zei Nikki. 'Uit eten. Ik heb niets in huis, dus dat is sowieso een goed idee en ik heb zin om ergens naartoe te gaan. Naar de Koningskroon of het Rode Paard.'

'Het spijt me, Nikki, het lijkt me heel leuk met jou daar naartoe te gaan, maar ik heb er nu even geen geld voor. Volgende week krijg ik een voorschot voor een nieuwe opdracht en dan kan ik je trakteren, maar nu is dat wat moeilijker.'

'Naar de Posthoorn dan, of de pizzeria, Da Leone?'

Daniël lachte een beetje verlegen en schudde zijn hoofd.

'Dan betaal ik toch,' zei Nikki koppig, hoewel ze niet zeker wist of er nog genoeg op haar rekening stond.

'Als jij een keer wil trakteren dan vind ik dat heel leuk, maar niet nu, omdat ik geen geld heb.' Daniël keek ongemakkelijk. 'Misschien is het echt beter om gewoon thuis te blijven. Ik kook wel, dat kan ik goed, je hebt vast nog wel iets in huis. Dan gaan we volgend weekend uit eten.'

'Er is echt niets te eten; ik heb al een tijdje nauwelijks behoorlijk boodschappen gedaan.' Voorzover Nikki zich kon herinneren was de fles wijn zo ongeveer het laatste voorwerp in de koelkast geweest.

Daniël liet zich echter niet uit het veld slaan en begon kastjes en de ijskast open te trekken. 'Je hebt nog eieren, een restje geraspte kaas, spekblokjes, een half brood in de vriezer, en die champignons kunnen nog. Dus een omelet gaat zeker lukken.' Hij begon te koken en binnen enige tijd ging het lekker te ruiken. Nikki merkte dat ze honger had en gek genoeg leek de geur van lekker eten de onrust in haarzelf behoorlijk te temperen en verjoeg hij zelfs de onprettige sfeer die ze tegenwoordig in haar eigen huis voelde hangen. Ze dekte de tafel en ze aten goed van de restjes uit haar keuken.

De rest van de avond luisterden ze cd's op de speler die Nikki van Roland had gekregen toen hij nieuwere apparatuur had gekocht, iets wat algauw één keer per jaar voorkwam. De muziek, het eten en een paar kaarsjes maakten dat Nikki zo goed als helemaal vergat om bang te zijn in haar eigen huis.

Ver voor middernacht hielden ze het niet langer uit en verplaatsten ze zich al zoenend naar boven waar ze dwars op het bed vielen en nog lang met elkaar vrijden. Uiteindelijk vatten ze de slaap en Nikki zakte weg in een droomloos, rustig niets.

Midden in de nacht, voor zich ook maar een spoortje daglicht had aangediend, werd Nikki wakker. Daniël lag tegen haar aan, met zijn arm om haar middel. Het was stil. Ze hoorde geen trommels of andere verontrustende geluiden: geen geesten die over de vloer kropen, of eenden die naast het huis werden vermoord. Alleen Daniël ademde zacht en vanonder het bed klonk Pixies lichte gesnurk. Nikki keek naar Daniël. Hij riep vertedering en liefde bij haar op, maar ook onzekerheid. Waarom was ze gevallen voor een man die nog geen pizza kon betalen?

28

Nikki werd met een schok wakker. Ze herkende haar omgeving niet. Haar hart bonsde in haar oren. Ze was in een vreemde kamer, waarin zich hopelijk ramen en een deur bevonden, maar waar? Met het gevoel dat ze nauwelijks adem kon halen, alsof de lucht in deze ruimte zuurstofarm was, struikelde ze uit haar bed en sloeg ze tegen een muur. Ze duwde tegen de plek waarvan ze vermoedde dat er een deur moest zitten, maar 'ze' hadden hem verstopt. Wie 'ze' precies waren, wist ze niet.

Plotseling draaide de wereld om haar heen en viel alles weer op zijn plek. Naar adem snakkend besefte ze dat ze, nog altijd dromend, stond te slaan op haar eigen slaapkamermuur, die ze deelde met Sabina en Rob. Ze hoopte niet dat ze iemand wakker had gemaakt. Opgelucht en een beetje beschaamd draaide ze zich om: daar was haar bed met Pixie erbovenop. De oren van het hondje stonden verontrust rechtop en ze keek haar baasje bezorgd aan. In een hoek zaten Ping en Pong op een groot kussen, dat ze daar zelf een tijdje geleden naartoe hadden gesleept. Tegenwoordig leken ze Nikki steeds vaker te volgen om redenen die haar niet helemaal duidelijk waren. Ze keken haar nu net zo misprijzend aan als anders, maar sinds kort ging Nikki ervan uit dat ze waarschijnlijk niet anders konden.

Enigszins gerustgesteld door de aanwezigheid van de dieren liep Nikki terug naar haar bed. Ze ging er zachtjes op zitten en haalde bewust adem. De deur naar de overloop was weer rechts van haar, net als anders. Langzaam daalde haar hartslag tot een normaler niveau en verdween het gebons in haar oren. Ze was net zover dat ze erover dacht weer te gaan liggen toen het tot haar doordrong dat ze nog een ander geluid hoorde, een soort getrommel, maar ruwer dan anders, zonder duidelijk ritme, meer een gebonk. Ze kon het geluid niet helemaal plaatsen: soms was het luid, soms zacht en veraf, als eb en vloed. Opnieuw gespannen van haar kruin tot haar tenen luisterde ze geconcentreerd. Haar hart sprong wederom op tot in haar keel toen het geklop plots zo dichtbij klonk dat de bron van het lawaai, wat dat ook mocht wezen, zich alleen maar in haar tuin kon bevinden. Vervolgens verplaatste het getik en geroffel zich van voor naar achter en weer naar voor.

Verstijfd van angst zat Nikki op haar bed. Vanuit haar ooghoeken keek ze naar Pixie, die net als zij gespannen zat te luisteren. Het hondje, dat gezegend was met een totaal gebrek aan fantasie, keek echter eerder geërgerd dan angstig. Nikki was nog nauwelijks bekomen van de eerste schrik, toen de terreur zich nog een graad verergerde. Het geklop veranderde in een soort gekras en geschuifel en leek nu ín de buitenmuur te zijn gekropen. Nikki kreunde en kreeg hele nare beelden uit films over poltergeists en bezeten huizen of meisjes in haar hoofd. Ze wist ergens nog wel dat het zinloos en kinderachtig was, maar ze kon niets anders doen dan in elkaar kruipen en het laken over zich heen trekken. Ze hield haar ogen stijf dicht en prevelde als een gebed of mantra: 'Laat het over zijn. Laat het over zijn.' Waar was toch die magische kracht, waar zij volgens haar tante ook over zou beschikken? Ze voelde zich zwakker en weerlozer dan ooit. Door nachtenlang te weinig slaap had ze geen enkele reserve meer.

Het getik en geklop hield dan ook niet op door haar herhaald gefluister. Soms was het heel zacht, meer een soort krassen van nagels, maar het hield aan en bleef zich in haar buitenmuur verplaatsen. Na een uiterste poging met een nuchtere oplossing te komen – tikkende warmwaterbuizen, muizen – gaf ze het op en stak ze bibberend een hand uit naar haar mobieltje op het nachtkastje. Van de zenuwen had ze moeite het ding te bedienen.

Gewoontegetrouw belde ze eerst Bo's mobiel. Na wat een eeuwigheid leek, antwoordde de voicemail.

Hierdoor verrast sprak Nikki niets in. Ze wist dat Bo haar mobiel 's nachts op haar nachtkastje had liggen en altijd opnam. Even afgeleid door deze onverwachte wending keerde ze weer terug tot de werkelijkheid toen een bons in de buitenmuur klonk, gevolgd door een soort geschraap.

Met iets wat volgens Nikki dicht in de buurt moest komen van hyperventilatie drukte ze nogmaals wat knoppen op haar telefoon in en probeerde ze haar tante te bellen. Nikki had haar tante nog nooit eerder thuis gebeld en bezat alleen haar mobiele nummer. Tante Jacques nam niet op. Nikki probeerde een grote hap lucht te nemen, negeerde het getik in de rechtermuur en toetste Daniëls nummer in. Ze kreeg zijn voicemail. Boos sloeg ze met haar hoofd tegen het kussen. Wat had ze zo aan al die mensen die zeiden dat ze moest bellen als er iets was? Nu ze hen nodig had namen ze niet op. Ze kroop nog wat verder onder het laken. Ondertussen leek het of een klein leger muizen door haar buitenmuur trippelde. Wie kon ze nog meer bellen? Polly was een schat, maar nauwelijks iemand van wie je veel geruststelling verwachtte als je in het holst van de nacht belde met klopgeestverhalen. En Roland of Bibi durfde Nikki niet midden in de nacht op te bellen.

Ze gilde het bijna uit toen ze ineens iets nats over haar wang voelde strijken en er twee keer iets naast haar op het bed neerplofte. Nu zou vast het laken van haar afgetrokken worden en de ellende echt beginnen. Nikki maaide wild om zich heen en mepte zo bijna Pixie van het bed die zich onder het laken had gewurmd. De twee ploffen bleken bij nader inzien afkomstig van Ping en Pong die zich op het bed hadden geposteerd en ingespannen maar onbevreesd naar de muur met de klopgeest staarden. Ze zagen eruit als twee oosterse wachters. Pixie kroop onder Nikki's arm door en omgeven door haar beesten, rolde Nikki zich weer in het laken en viel ze, starend naar de poltergeistmuur, tegen alle verwachtingen in, toch weer in slaap.

Krap twee uur later werd ze opnieuw wakker en was het licht. Het was weldadig stil in huis. De klopgeest of het regiment muizen of wat de geluiden ook had veroorzaakt had zich door het zonlicht laten verjagen. Pixie en Ping en Pong lagen nog in diepe slaap tegen Nikki aan. Nikki strekte zich voorzichtig wat uit om de dieren niet wakker te maken. Ondanks dat de vreemde geluiden nu weg waren, stond ze stijf van de stress. Nadat ze nog een tijdje was blijven liggen omdat ze het zo zielig vond Pixie en Ping en Pong te wekken, klauterde ze na een half uurtje toch maar stijf en stram uit bed, niet langer in staat rustig te blijven liggen terwijl er zoveel onrust in haar lijf zat. Pixie en Ping en Pong krabbelden meteen overeind, waarbij Pixie nog wat vermoeid en verdwaasd om zich heen keek en Ping en Pong er net zo fris en uitgeslapen uitzagen als anders.

Nikki hees zichzelf in een H&M-joggingbroek en T-shirt en stommelde de trap af naar de keuken. Even bleef ze aarzelend bij de achterdeur staan, daarna trok ze resoluut het gordijn open en deed ze de deur van het slot. Zodra ze in haar achtertuin in de buitenlucht stond, voelde ze zich al iets beter. Ze dronk de frisse ochtendlucht met grote teugen naar binnen en liep om haar huis heen, ondertussen op zoek naar sporen van iets of iemand en de buitenmuur bestuderend. Er was nergens iets te zien. Niets. Gelukkig geen dode eenden, geen rare *Blair Witch*-versiersels in bomen en ook geen pentagram van twijgjes. Hierdoor voelde ze zich niet direct beter, want dit gaf haar ook geen enkele aanwijzing over wat ze gehoord had de afgelopen nacht. En dat ze iets gehoord had, daar twijfelde ze ondanks de nuchterheid van de zonnige vroege ochtend geen seconde aan. Haar lijf droeg immers de sporen; ze voelde zich geradbraakt.

Na een kop thee gedronken te hebben op de drempel van de achterdeur, met de eerste zonnestralen op haar gezicht, wist ze niet meer wat ze moest doen. Het was nog te vroeg om te gaan werken en ze voelde zich nauwelijks in staat tot activiteiten. Het enige waar ze normaal gesproken zin in zou hebben, was wandelen met Pixie. Het ritme van haar eigen voetstappen deed haar vaak in een meditatieve staat verzinken. Maar sinds enige tijd voelde ze zich ook in het park niet rustig meer, aangezien ze de hele tijd het waanzinnige idee had dat Tatjana haar vanachter de ramen van haar penthouse stond te bespieden. Nikki's nek raakte helemaal stijf van het veronderstelde prikken van Tatjana's boze blik. Het was nu echter nog heel vroeg; misschien was ze dan wel veilig?

Ze riep Pixie en zonder verder nadenken ging ze op pad. Zo snel mogelijk ging ze linksaf, zodat ze uit het zicht van de Springplank was. Ze stapte stevig door en bleef langs het water en in het open veld en vermeed daarmee duistere plekken en mogelijke heksenkringen.

Na een uur gelopen te hebben en al doende twee keer dezelfde route te hebben afgelegd – zo groot was het park nu ook weer niet – keerde ze huiswaarts. De frisse ochtendwind en de prachtige zonsopgang boven het water hadden haar hoofd enigszins geklaard en ze had bedacht wat ze ging doen. Ze zou gaan douchen en zich omkleden, daarna zou ze, trek of niet, iets eten. Vervolgens zou het wel tijd zijn voor haar werk. Hoewel ze nauwelijks helder genoeg was om een hele dag klanten te woord te staan of een kassa te bedienen, zou ze toch naar White Magic gaan. Ziek melden en thuis blijven, daar moest ze ook niet aan denken. Bovendien wilde ze tante Jacques niet opnieuw in de steek laten.

Zodra ze haar huis en de Springplank naderde verkrampte Nikki's lichaam en werd haar tred stijver, alsof ze in de buurt kwam van een lekkende kerncentrale. Een beetje in elkaar gedoken snelde ze langs de zijkant van de Springplank het paadje op naar haar portiek. Uit Sabina's open slaapkamerraam hoorde ze babygehuil. Daar zaten ze echt niet op haar rare verhalen te wachten Slechts vanuit haar ooghoeken keek Nikki vluchtig naar de ingang van de Springplank die in de passage onder het gebouw lag.

In een flits zag ze de zwarte gedaante. Het denkbeeldige korset rond haar middel werd met een ruk nog strakker aan getrokken en Nikki snakte naar adem. Ze wilde niet kijken, maar ze móest. Ze kon niet anders. Gedreven door een wil buiten haarzelf draaide ze zich in de richting van de ingang van de Springplank.

In de schaduw van de passage stond een figuur in het zwart gekleed. Het was Tatjana, geen twijfel mogelijk. Ze leunde nonchalant in haar zwarte broek en shirt en op zwarte gympen tegen de muur van het appartementencomplex. Haar ogen gingen schuil achter een donkere bril, waardoor Nikki niet kon zien of Tatjana naar haar keek. Haar haar glansde en golfde net als anders perfect over haar rug. In haar armen hield Tatjana iets wat op een forse kater leek. Ze streelde de kop van het bruin-zwart gestreepte beest, dat zo groot was dat het haast wel een kleine lynx kon zijn. Als ze Nikki had gezien en naar haar keek dan liet ze dat uit niets blijken. Afgezien van het strelen van de kater, stond ze verder roerloos naast de ingang van de Springplank.

Nikki deinsde langzaam achteruit en twijfelde een seconde of ze op Tatjana af zou stappen om haar aan te spreken. Ze wierp nog een laatste blik in de richting van die duistere figuur en stoof toen naar haar eigen portiek en ging zo snel mogelijk naar binnen.

In haar huiskamer boog Nikki zich voorover om op adem te komen. Pixie sprong omhoog om haar baasjes gezicht te likken en keek opnieuw bezorgd.

Nikki sprong bijna tegen het plafond toen ineens haar mobiele telefoon in de zak van haar joggingbroek begon te rinkelen.

'Hallo?' hijgde ze.

'Nikki?' zei een stem. 'Wat ben je buiten adem. Moest je rennen om op te pakken? Ik stoor je toch niet?'

Nikki sloot haar ogen en bladerde razendsnel door de fictieve rolodex in haar hoofd. Wie hoorde er bij deze stem?

'Met je moeder,' klonk het nu een tikkeltje verontwaardigd.

Natuurlijk.

'Hoi, mama. Sorry, ik heb een beetje haast.' Een moeizaam gesprek met haar moeder was nu wel het laatste waar ze behoefte aan had.

'Waar moet je dan zo vroeg al zo snel naar toe?' vroeg haar moeder.

'Naar mijn werk. Wat denk jij?' Nu was het Nikki's beurt om een beetje verontwaardigd te klinken.

'O ja, bij Jacqueline in de winkel. Bevalt dat een beetje? Zo tussen de kruidendrankjes en de heksenzalfjes?' Nikki's moeder lachte, naar Nikki's idee enigszins spottend.

273

'Ik vind het er hartstikke leuk en tante Jacques is superaardig.' Zo, die zat.

'Nou, dan zal ik je niet lang ophouden,' sprak haar moeder op neutrale toon, of misschien toch ietwat teleurgesteld? 'Ik wilde je alleen maar vragen of je het een goed idee zou vinden als je vader en ik een paar nachtjes bij je komen logeren als we volgende maand in Nederland zijn. We slapen natuurlijk ook een deel van de week bij Bo en Pieter, maar ik dacht dat, nu jij je eigen huisje hebt en weer een beetje op orde bent, volgens Bo dan, dat het ook wel leuk zou zijn als we bij jou langskwamen.'

Nikki ging pardoes op de grond te zitten. Die paar stappen naar de bank waren eigenlijk te veel; ze wist niet of haar slappe benen dat nog wel aankonden. Er viel een korte stilte. Met alles wat er nu in haar leven speelde, van 'Nikki's vintage' en Daniël tot Tatjana en klopgeesten, kon ze haar ouders er eigenlijk niet bijhebben. Maar weigeren zou dit telefoongesprek een stuk langer kunnen laten duren, want dan zou ze moeten uitleggen waarom en kon er een eindeloze discussie ontstaan.

'Ja, oké. Jullie kunnen bij mij ook wel een nachtje of zo blijven slapen. Over de details hebben we het nog wel, goed? Ik moet nu echt weg.'

'Nou, ga dan maar. Fijn dat we ook bij jou kunnen logeren. Ik bel je dan nog wel op een beter moment over wanneer en zo. Of ik laat het je via Bo weten.'

'Goed. Prima. Dag.'

'Nikki?'

'Ja, mam?'

'Misschien wordt het wel hartstikke leuk, toch?'

'Ja, natuurlijk. Ik ga nu echt.'

'Ga maar snel. Tot gauw. Pas goed op jezelf, lieverd.'

Lieverd? Zo had haar moeder haar nog nooit genoemd. Of tenminste niet voorzover Nikki zich kon herinneren. Misschien wel eens schatje of moppie toen Bo en zij nog heel klein waren, maar dat was wel erg lang geleden.

Nog meer in verwarring door het onverwachte gesprek met

haar moeder, klauterde Nikki moeizaam weer overeind. Er was gewoonweg geen ruimte meer op haar harde schijf voor alle problemen die zich nu opstapelden. Murw van de zorgen at ze op de automatische piloot een bakje muesli met yoghurt en stapte ze op de fiets om naar White Magic te gaan.

29

Het liefst had Nikki meteen zodra ze door de zijingang White Magic binnenkwam tegen tante Jacques geroepen: 'Ik heb een klopgeest!' Maar tante Jacques had uitgerekend vandaag een dag vrij genomen en Nikki stond er alleen voor. Onderweg naar White Magic had Nikki zichzelf een beetje bij elkaar geraapt en besloten zich flink te gedragen en zich zo lang mogelijk alleen te redden.

Dus slofte Nikki de winkel in waar ze deur van het slot haalde, het OPEN-bordje omdraaide en de kassa aanzette. Ze had net genoeg tijd om een kop koffie met opgeschuimde melk te maken en was daarna tot haar eigen verbazing het volgende uur bezig met klanten. Het zag ernaar uit dat het weer een warme dag ging worden en mensen waren kennelijk vroeg op pad om rond het hete middaguur niet meer in de stad te hoeven zijn.

Alle klanten die Nikki had geholpen leken tevreden de winkel te verlaten en ze begon zich af te vragen of niemand aan haar zag hoe slecht het met haar ging. Ze had die ochtend amper in de spiegel durven kijken, maar ze had heus wel een glimp opgevangen van haar bleke gezicht en holle ogen. Voor het eerst in haar leven had ze puistjes, en niet alleen op de bekende T-zone in haar gezicht of op haar rug, maar overal, ook op haar buik, armen en bovenbenen. Daarnaast had ze sinds de afgelopen, afschuwelijke nacht ook nog een voortdurende, onderhuidse jeuk en ze moest zich beheersen niet aldoor te krabben in het bijzijn van de klanten.

Na het middaguur nam de hitte toe en werd het een stuk rustiger in de winkel en in de stad. Nikki sloot voor tien minuten de winkel en liep door de Brede Havensteeg naar een snackbar aan de haven voor een blikje cola light en merkte dat de straten uitgestorven raakten. De stoeptegels en kinderkopjes leken warmte omhoog te stralen en in het algemeen was het alsof de oude binnenstad begon te dampen. Alleen in de buurt van water waren nog mensen en kinderen.

Terwijl Nikki in de winkel haar cola opdronk, ging in haar rokzak haar mobiel af. Nog steeds hopende op Bo, zag ze in de display Daniëls naam staan. Tegenover Daniël voelde ze zich een beetje tweeslachtig, want aan de ene kant zou ze niets liever doen dan haar hart bij hem uitstorten en voelde ze zich ook veilig bij hem, maar aan de andere kant schaamde ze zich ook enigszins: ze waren net verliefd en ze wilde nog zo graag een goede indruk op hem maken.

'Hi, lief,' zei Daniël nadat ze had opgenomen. 'Sorry, dat ik je nu pas bel. Ik heb de hele ochtend hard aan een opdracht zitten werken en dan vergeet ik soms alles om me heen. Ik zag nu net ineens dat jij mij hebt geprobeerd te bellen, zo te zien midden in de nacht. Is alles wel goed met je?' Hij klonk bezorgd.

Nikki wreef in haar ogen. Waarom had ze Daniël niet op een beter moment leren kennen? Over een tijdje, als ze zelfstandig en succesvol was, niet meer arm en bang, maar altijd leuk en vrolijk, zoals ze dat vroeger met Raymond ook meestal geweest was. Zou ze ooit weer vrolijk worden? En ook nog succesvol en zelfstandig?

'Ja, het gaat wel goed met me,' zei ze zo vrolijk mogelijk. 'Ik heb slecht geslapen. Ik had weer heel eng gedroomd en toen wilde ik je stem even horen. Sorry dat ik je midden in de nacht probeerde te bellen daarvoor.'

'Dat geeft toch niets. Het spijt me alleen dat ik mijn mobiel niet gehoord heb en er dus niet voor je kon zijn. Je mag me altijd bellen, ook midden in de nacht. Ik hoor of zie je graag, Nikki, wanneer dan ook.' Dat laatste zei hij zo lief dat Nikki zich aan de toonbank vast moest houden om te voorkomen dat ze zou smelten en van de hoge kruk zou glijden. Ze beet op haar onderlip.

'Kunnen we elkaar vanavond zien?' vroeg ze. 'Misschien kan ik bij jou komen eten en slapen? Of jij bij mij?' Dat laatste had uiteraard niet haar voorkeur. Ze aarzelde ook omdat ze hadden afgesproken het rustig aan te doen en elkaar doordeweeks niet elke avond te zien, hoewel de verleiding groot was omdat ze zo dicht bij elkaar woonden.

'O,' zei Daniël met enige spijt in zijn stem. 'Dat zou ik natuurlijk heel fijn vinden, maar ik ga vanavond naar een feest.' Het was even stil en toen zei hij: 'Waarom ga je niet mee? Het is hier vlak bij: een groot feest met leuke mensen, in de buitenlucht. Je zou zeker welkom zijn. Er is goede muziek, lekker eten…'

Nikki voelde de vermoeidheid in haar lijf twee keer zo hard als ze eraan dacht naar een feest vol onbekende mensen te moeten. Hoe weinig zin ze ook had in een nacht alleen in haar eigen huis, dit leek evenmin aantrekkelijk. Feesten stond op dit moment net zo ver van haar af als een discotheek van een boeddhistische monnik.

'Nee, sorry, een ander keertje. Ik ben gewoon te moe,' zei ze, en ze probeerde niet teleurgesteld te klinken.

'Weet je het zeker?' vroeg Daniël. 'Ik kan anders wel vóór het feest naar je toe komen. Of daarna, al zal het wel laat worden.' Hij leek even te aarzelen. 'Of ik kan ook niet naar het feest gaan.'

'Nee, nee,' protesteerde Nikki. Ze vond het al erg genoeg dat ze niet vrolijk en leuk genoeg was om met Daniël mee te gaan naar een feest en ze wilde niet ook nog eens zijn plezier bederven. Hopelijk zou hij niet denken dat ze altijd zo'n huismus en feestbederver was.

'Als je je bedenkt, kun je me altijd nog bellen. Ik zal zorgen dat ik mijn mobiel nu wel aldoor bij me heb en aan heb staan.' Daniël moest lachen. 'En we zien elkaar morgen, dan is het zaterdag. Jij moet natuurlijk eerst werken, maar misschien kom ik wel even langs in de winkel. 's Avonds kunnen we iets leuks gaan doen. Ik heb betaald gekregen voor een paar illustraties dus ik kan je trakteren op alles wat je maar wil.'

Nikki lachte ook, maar het was net alsof haar gezichtsspieren daar niet meer aan gewend waren, want het kostte enige moeite ze in de plooi te krijgen. Met een paar lieve woorden namen ze afscheid. Ze voelde zich toch enigszins gesterkt door het telefoontje en Daniëls overduidelijke liefde voor haar.

Na Daniëls telefoontje viel de stilte in White Magic nog meer op. Nikki zette een groot glas muntthee voor zichzelf en dwong zich te concentreren op de hoek die tante Jacques had uitgekozen voor kleding van Nikki's Vintage. Wat zouden ze daar kunnen ophangen? Niet al te dure, vooral draagbare stukken, die toch net iets bijzonders hadden, maar niet al te apart of exclusief. En hoe zouden ze de kleding ophangen en uitstallen?

Ze deed haar best, maar het lukte Nikki niet haar gedachten lang bij Nikki's Vintage te houden. Ze voelde zich altijd heel prettig in White Magic, ondanks haar initiële afkeer van al die hocus pocus, maar de stilte en de warmte begonnen nu op haar te drukken. Ze had liever gezien dat de winkel volliep met klanten. Wat zou ze doen als Tatjana ineens binnen zou komen lopen? Of een van die andere minder frisse klanten die zo af en toe ook White Magic bezochten en die door tante Jacques meestal snel weer de deur uit werden gewerkt? Ineens moest Nikki weer denken aan die nachtmerrie die ze een tijdje geleden had gehad, waarbij Tatjana haar met een dolk bedreigde terwijl Nikki op een altaar op de zolder van White Magic lag. Ondanks de warmte liepen de rillingen weer over Nikki's rug bij de herinnering en ze zakte een beetje verder ineen op haar kruk. Daar had ze zich al een tijd geen zorgen meer over gemaakt, maar ze was er ook nooit meer geweest sinds die ene keer dat tante Jacques haar had meegenomen. Ze meed die plek nog altijd en ging er zelfs niet naartoe als ze haar tante zocht omdat een klant een lastige vraag stelde en ze haar nergens anders kon vinden.

Nikki schudde met haar hoofd als om deze nare gedachten te verjagen. Ze probeerde zich te concentreren op haar ademhaling en nergens aan te denken. Dit lukte niet erg goed en ze wiebelde op haar kruk heen en weer. Ze schrok toen de winkelbel klonk. Een jonge vrouw in afgeknipte jeans en wit bloesje kwam binnen. Ze had een nog heel kleine baby bij zich in een buikdrager. Ze zei Nikki gedag en neusde wat rond in de winkel. Haar aanwezigheid had Nikki misschien enigszins gerust moeten stellen – er ging immers geen enkele dreiging uit van een jonge moeder met baby –, maar in haar huidige opgefokte staat werkte vrijwel alles op haar zenuwen, ook het gescharrel en het zachte geneurie van de jonge vrouw.

Nikki had haar grote glas muntthee net leeggedronken toen de vrouw kwam afrekenen. Ze droeg haar haar heel kort, net als Mia Farrow in *Rosemary's Baby* en van dichtbij zag Nikki dat ze ook wel een beetje op haar leek. Nikki keek nog eens naar de baby die met gesloten ogen zacht en rozig tegen zijn of haar moeders buik lag. In stilte las ze vervolgens de prijs van het kleine, dikke boekje dat de jonge vrouw wilde kopen en zag daarna de titel: *Heksenzakboekje*. Nogmaals keek Nikki naar de vrouw, die glimlachte. *Word ik nu echt gek?* dacht Nikki. *Of zit er iets boosaardigs in dat lachje?* Ze concentreerde zich op het papieren zakje waarin ze het boek verpakte. De stilte en de warmte leken in intensiteit toe te nemen: het suisde in haar oren en de jeuk op haar rug, buik en benen werd bijna ondraaglijk. Met een uiterste krachtsinspanning lachte ze naar de vrouw terwijl ze het boekje overhandigde. De vrouw lachte terug en liep daarna zonder verder iets te zeggen de winkel uit. Zodra de winkelbel had gerinkeld kon Nikki zich niet langer beheersen. Ze wist dat ze zich als een idioot gedroeg, maar ze kon zich niet meer inhouden. Al krabbend en zonder de winkeldeur op slot te doen, rende ze de eerste trap op naar boven, door het kantoor en de cursusruimte, waar ze het gordijn opzijduwde en zonder nadenken de tweede trap naar de zolder op vloog.

Ze zag meteen dat het mooie, grote kleed op de houten vloer was opgerold en aan de kant was gelegd. Daaronder was een cirkel op de planken getekend met wit krijt of ander materiaal. Midden in de cirkel stond een tafeltje, een laag altaar, met daarop wat spullen. Met wazige blik en nahijgend van de inspanning zag Nikki twee witte kaarsen, een fles met daarin groene blaadjes en een stuk touw dat in stukken leek geknipt, een schaar, en in een schaaltje had iets liggen smeulen dat een indringende, onbekende geur verspreidde. Haar tante was hier dus bezig geweest. Verder was er niets bijzonders of anders dan de vorige keer op zolder. Het was er net zo intens stil als beneden, alleen het gescharrel van de vogels over de nok van het dak klonk zachtjes. Toch dook Nikki in elkaar net of iets haar dreigde te bespringen. Toen ze de trap af stormde met het gevoel alsof ze elk moment in haar nek kon worden gegrepen, waande ze zich weer even zeven jaar oud en samen met Bo op de zolder van hun ouders waar ze zichzelf met hun gekke spelletjes zo bang maakten dat ze gillend de trap af stoven naar de veilige keuken waar hun moeder aan het koken was. Dit keer was ze echter volwassen. Het voelde niet als een spelletje en er was ook geen veiligheid beneden. Ze liet alle pretenties van volwassen gedrag varen en racete de winkel uit naar buiten. Met bevende vingers wist ze nog net de winkel op slot te doen, een half uur te vroeg. De volle zon bescheen haar gezicht en ze voelde zich bekeken, ook al was er niemand in de steeg of op het plein. Ze pakte haar fiets en begon te trappen. Waar naartoe, dat wist ze nog niet.

30

Nikki zat op de bank met een quilt om zich heen geslagen, een van de weinige spullen uit haar kindertijd die haar Raymond-periode hadden overleefd. Hoewel het al laat op de avond was, was het warm, maar toch had ze het koud. Pixie en Ping en Pong zaten om haar heen en keken haar aan met die bezorgde frons op hun dierengezichtjes die daar tegenwoordig permanent op vastgelijmd leek als ze Nikki in het vizier kregen. De tv stond aan om wat afleiding te geven, maar het geluid was uit, omdat Nikki het lawaai van reclames en muziek en het meestal onzinnige gebabbel in veel programma's niet kon verdragen.

Nikki was in haar eigen huis, omdat ze ook niet wist waar ze anders zou moeten zijn. Nadat ze White Magic ontvlucht was, had ze een tijdje doelloos rondgefietst door de stad en over de dijk langs het IJsselmeer, maar al snel had ze aan de hitte van de fel schijnende zon en de drukte langs de waterkant willen ontsnappen. Ze was moe en wilde alleen maar liggen. Thuisgekomen was ze in haar slaapkamer, die in het volle daglicht niks engs had, op bed gaan liggen. Ze had de gordijnen dichtgedaan tegen de zon en was drie keer bijna in slaap gevallen, maar steeds net op het randje van vergetelheid wakker geschrokken van een nare gedachte die zomaar uit het niets in haar bewustzijn leek te tuimelen. Uiteindelijk had ze het opgegeven en was ze naar beneden gegaan om met moeite een boterham met pindakaas weg te kauwen.

Nu zat ze op de bank, te wachten op de nacht die komen ging. Ze wist dat ze niet zou kunnen slapen en zag als een berg op tegen de lange, duistere nacht met alles wat daarin weer kon gebeuren. Het had geen zin in bed te gaan liggen. Het enige wat ze hoopte was dat ze heelhuids door de nacht heen zou komen, al wist ze niet hoe ze de dag die daarop volgde, zou moeten overleven. Tante Jacques had gezegd dat ze haar zou helpen, maar was tante Jacques met haar getover eigenlijk niet net zo slecht als Tatjana? Waarom zou ze haar tante wel kunnen vertrouwen? Wat wist ze eigenlijk van haar? Zelfs tante Jacques' eigen zus, Nikki's moeder, sprak al jaren niet meer met haar en daar moest toch een reden voor zijn. Nu Nikki er met haar uitgeputte hersenen nog eens over na probeerde te denken, had ze stellig de indruk dat al deze ellende met getrommel allemaal begonnen was sinds ze bij White Magic was gaan werken. Niet veel later waren Tatjana en Raymond natuurlijk in de Springplank komen wonen, maar misschien had ze al die tijd Tatjana valselijk beschuldigd door haar als boosdoener te bestempelen. Waarom tante Jacques Nikki kwaad zou willen doen, kon ze moeilijk zeggen, maar wie weet had het wel iets te maken met de oude vete tussen tante Jacques en haar zus. Het leek erop dat tante Jacques Bo al te pakken had genomen door haar rare drankjes te voeren, want Bo reageerde de laatste tijd helemaal niet meer op Nikki's telefoontjes.

Nikki schrok wakker uit de ongemakkelijke houding waarin ze op de bank in slaap was gevallen. Het eerste waar haar nog slaapdronken ogen op bleven rusten was het flikkerende tv-scherm waarop iemand op bloederige wijze werd vermoord. Met bonkend hart graaide ze naar de afstandsbediening en zette ze het ding af. Daarna moest ze een paar keer knipperen voor ze de tijd op haar mobiel kon lezen. Er was nog geen uur verstreken; het was net middernacht geweest. Ze voelde zich door dat uurtje slaap helemaal niet verfrist, eerder nog vermoeider.

Met enige moeite kroop ze overeind uit de zittende foetushouding waarin de slaap haar overvallen had. Drie dierenkopjes richtten zich op en keken haar versufd aan. Vervolgens spitsten zowel de twee poezen als het hondje hun oren en plotseling besefte Nikki dat er wellicht iets was waarvan ze wakker was geworden. Ze kwam verder overeind en probeerde net als de dieren haar oren te richten. Het duurde even, maar toen, misschien geholpen door een kleine windvlaag in de juiste richting, was daar het zwakke geluid van getrommel. Het was nog heel veraf en dit keer had het in tegenstelling tot de vorige nacht wel een duidelijk ritme, maar toch leek elke vezel in Nikki's lichaam te bevriezen. Het zou vast niet lang duren of het geluid en het wezen dat het veroorzaakte zou dan dichterbij sluipen, in haar tuin rondwaren en opnieuw in haar muren kruipen. Een moment werd ze bang tot op het bot.

Toen zakte plotseling de angst. Gedreven door de adrenaline sprong Nikki van de bank. Waarom zou ze gaan zitten wachten tot het getrommel dichterbij kwam? Ze rende naar boven en trok zonder omhaal een joggingbroek en trui over haar jurkje heen aan. Het was een van die warme, plakkerige nachten waarin het nauwelijks iets koeler was dan overdag, maar Nikki rilde van de kou en had het gevoel dat ze met de kleren een soort harnas had aangetrokken, iets wat haar tenminste een beetje kon beschermen tegen wat daar buiten rondwaarde.

Ze griste de sleutels van rekje, haalde de deur van het slot en stapte samen met Pixie naar buiten. Het was haar bedoeling om het hondje mee te nemen, wie weet hadden die kleine scherpe tandjes of haar gekef nog enig nut, en ze kon niet voorkomen dat Ping en Pong ook achter haar aan slopen. Ze hief haar hoofd op en luisterde intens. Het getrommel was hier buiten beter te horen en kwam uit de richting van de twee strandjes. Ze haalde diep adem en koos zonder aarzelen haar pad, met Pixie, Ping en Pong op de hielen.

In het begin voelde ze zich eigenlijk beter. De buitenlucht en de lichaamsbeweging hadden een kalmerend effect; het was net alsof ze gewoon met Pixie ging wandelen. Er stond een volle, rossig getinte maan boven het IJsselmeer en daardoor was het vaak stikdonkere park nu verlicht alsof er een witte schijnwerper brandde. Dat ze in actie was gekomen en niet langer zat af te wachten, deed Nikki goed. Het bleef natuurlijk vreemd dat ze haar koers bepaalde op basis van trommelgeluiden, maar bij vlagen waande ze zich zelfs een dappere krijger die met haar trouwe viervoeter op weg was naar de strijd. Ze nam de kortste route in de richting van het getrommel en dit betekende dat ze al snel van het water en de open sportvelden wegdraaide en een slecht onderhouden, overwoekerd paadje betrad dat met een slinger om de heuvel heen liep – dezelfde heuvel waarop ze eerder had gedacht op een soort heksenkring te zijn gestuit en Tatjana had gezien.

Deze nacht kwam er vanaf de heuvel, die dichtbegroeid was met struiken en bomen, geen enkel geluid; daar kwam het getrommel zeker niet vandaan. Toch werkte juist die totale stilte Nikki op de zenuwen. Iets of iemand die zich stil hield en naar haar stond te staren, was in feite veel griezeliger dan een wezen dat lawaaierig door het struikgewas banjerde. Op dit kronkelige, oneffen pad keerde de angst sluipenderwijs terug. Weg was de dappere krijger en terug het bange kind. Overal vreesde ze spiedende ogen die vanaf de heuvel naar haar staarden of zich schuilhielden aan de andere kant van het pad tussen het groot hoefblad, het riet en de metershoge berenklauw die aan de oever van een donkere sloot groeiden. Het maanlicht drong hier maar net genoeg door om Nikki niet te laten struikelen. Een klein deel van haar realiseerde zich nog met een zekere afstandelijkheid dat het ook een hele mooie zomernacht was en dat de blauwgrijze nachttinten van de natuur, die nu echt op zijn hoogtepunt van groei en bloei was, van een mysterieuze schoonheid waren en dat de zoete geuren van alle bloemen en planten tezamen verleidelijker waren dan alles wat je in een dure parfumzaak kon kopen. Maar het meest wezenlijke deel van Nikki spoorde haar aan te vluchten. Het liefst was ze dan ook gaan rennen, maar ze had geen idee waarnaartoe. Ze wilde niet verder in de richting van het trommelgeluid, ze wilde niet naar huis en ze wilde zeker niet de heuvel op. Dus liep ze door, stap voor stap.

Zodra ze voor de helft om de heuvel heen was gelopen, werd het geluid van de trommels plotseling veel sterker. Nu hoorde ze ook stemmen, gelach en zingen. Een moment hield ze stil en slaakte ze een zucht van verlichting: lachende mensen leken haar in eerste instantie toch een stuk minder eng dan klopgeesten of andere schimmen, of zwarte heksen zoals Tatjana die je het boze oog toewierpen en verder altijd verdomd weinig zeiden, laat staan vrolijk lachten. Toch nog op haar hoede liep ze verder over het paadje, dat nu bijna doodliep en tussen overhangende takken van een treurwilg en een rij berken door zicht gaf op het kleinste van de twee strandjes. Het getrommel had nu duidelijk een sterk, tot dansen uitnodigend ritme en er klonken ook flarden van minder sterke muziekinstrumenten: een gitaar en een fluit. Er werd gepraat, gelachen en zelfs geklapt en gejuicht. Nikki had wel eens gehoord dat er illegale housefeesten werden gegeven in het park, maar dit klonk heel anders. Hoe dan ook, heel griezelig was het niet, en heel even had dit haast iets teleurstellends, want had ze zich hier nu zo druk om gemaakt al die tijd? Niettemin voelde ze er niets voor om gezien te worden en terwijl ze langzaam dichterbij kwam, zorgde ze ervoor dat ze in de schaduwen bleef van de grote bomen en struiken die het strandje in een halve cirkel omzoomden. De mensen op deze plek aan het water hadden het echter veel te druk om op toeschouwers te letten.

Nikki verborg zich half achter een berkenboom en legde een hand en wang tegen de geruststellende, ruwe, witte bast. Zo staarde ze naar het tafereel op het strand.

Een groep van algauw vijftig volwassenen, op het eerste gezicht uit allerlei leeftijdsgroepen, danste in een wijde kring rond een kampvuur op het zand. Godzijdank waren ze geen van allen naakt, zoals Nikki wel eens op een plaatje in een boek over rituelen in White Magic gezien had, hoewel het gezien het weer wel gekund had en sommigen niet héél veel aanhadden. Maar er waren ook vrouwen in mooie, lange jurken en mannen in een ouderwets soort tunieken en kuitbroeken. Het leek erop alsof iedereen datgene had aangetrokken wat hij of zij het mooiste of het prettigste vond. Ook het dansen oogde niet bepaald georganiseerd. Iedereen bewoog in dezelfde richting en vormde zo een kring rond het vuur, maar de een bewoog uitbundig met veel armzwaaien, de ander rustig, met gesloten ogen, sommigen waren sierlijk, anderen houterig of springerig. Buikdansen of flamencoachtig, het scheen allemaal te kunnen. Toen Nikki dit eerste, meest opvallende deel van het schouwspel in zich had opgenomen, keek ze meer naar de omgeving. Ze zag dat er, net als in de boeken, vier punten gemarkeerd waren rondom de dansers in de cirkel, waarschijnlijk corresponderend met de vier windrichtingen. Aan de waterkant brandde een toorts hoog aan een paal. Daartegenover, aan de andere kant van de cirkel, stond een grote kom met water op een kei. Links van de kring lag een kristal op een kleed in het gras en helemaal rechts hing een vat wierrook aan een stok. Rondom de cirkel stonden op diverse plekken flessen en kruiken met drinken en verpakte schalen en dozen met eten. De muzikanten zaten net buiten de dansende kring vlak bij de waterkant, een beetje in de schaduwen tegen een paar bloeiende struiken aan.

Ineens versnelde het ritme van de trommels en ogenblikkelijk pasten de dansers hun snelheid aan. Sommigen begonnen te huppelen en te joelen, hun armen gingen omhoog. Dit, samen met de flakkerende oranje gloed van de vlammen en de eveneens rossige, grote, volle maan die glinsteringen maakte op het donkere meer, maakte dat de sfeer iets uitzinnigs had, iets heidens, als een ritueel uit oude tijden.

Nog sneller ging de muziek en nu pakten de dansers elkaars handen en gingen ze steeds sneller tot ze in een grote cirkel renden om het hoog oplaaiend vuur. Ongetwijfeld raakten de dansers bezweet, al kon Nikki dat niet zien vanaf waar zij stond, maar zelfs zij voelde de droge hitte van het vuur die de toch al warme nacht nog broeieriger maakte. Een enkeling struikelde in het mulle zand, maar werd meteen weer overeind getrokken door diverse handen.

Plotseling bereikte de muziek een hoogtepunt en na een paar harde klappen werd het stil. Alle handen schoten de lucht in en heel even dacht Nikki dat ze gek werd en een soort kegel van licht de hemel in zag schieten, maar meteen was het beeld weer verdwenen en waarschijnlijk was het gewoon een steekvlam van het vuur geweest. De stilte die volgde was intenser en anders dan Nikki hem ooit ervaren had. Dit was niet de dikke, dreigende stilte van de afgelopen middag in White Magic, maar een heldere, pure, lichte stilte, als frisse berglucht. Langzaam ging iedereen in de kring zitten en de mensen keek verwachtingsvol naar het midden, in de richting van het vuur. Nikki zag dat daar iemand stond, een slank figuur die nu naar voren trad.

Het verbaasde Nikki niet tante Jacques daar zo midden in die kring te zien staan en toch was ze tegelijkertijd ook gechoqueerd haar tante voor het eerst echt in een dergelijke rol mee te maken. Nikki's keel voelde in één klap zo droog aan als schuurpapier – ze had wel naar het water willen lopen en een handvol eruit willen scheppen om te drinken – en ze omklemde de berk nog wat steviger. Tante Jacques zag er prachtig uit met een hoge paardenstaart, grote zilveren oorsieraden en gehuld in een soort pauwblauwe kaftan bestikt met zilverdraad. Nikki zag hoe ze iets pakte van een lage tafel die midden in de cirkel in de buurt van het kampvuur stond. Het was een karaf waaruit ze een donkere vloeistof in een kelk goot. Met een plechtig gebaar hief ze de grote kelk omhoog in de richting van de maan. De sfeer had nu iets heiligs, en Nikki had het gevoel alsof ze weer een klein kind in de kerk was. Vervolgens nam tante Jacques een klein slokje. Daarna liep ze naar een ogenschijnlijk willekeurig iemand in de kring en overhandigde die de kelk met vloeistof. Deze jonge, blonde vrouw die zo op de cover van een tijdschrift had gekund, nam ook een slok en gaf de beker toen door aan de persoon naast haar, waarin Nikki tot haar schrik ineens de jonge moeder met het korte haar van die middag herkende. Zij gaf na een slok genomen te hebben de kelk ook weer door en zo ging hij de kring rond, terwijl tante Jacques in een cirkel mee liep.

Sommige mensen zoenden elkaar bij het overhandigen van de kelk, anderen knikten slechts of glimlachten. Een paar keer herkende Nikki een persoon of meende ze dat te doen: Leni, Marius Geluk en Serafina – van die laatste was ze zeker. Na de kring bijna helemaal rond te zijn geweest, was er op het laatst een kleine opening tussen de eerste en de laatste persoon, daar waar de muzikanten zaten. Tante Jacques nam de beker over en bracht hem naar de eerste muzikant. Terwijl hij achter zijn trommel vandaan kwam en tante Jacques hem de kelk overhandigde, herkende Nikki Daniël. Nikki drukte de zijkant van haar gezicht stevig tegen de berkenbast en voelde tranen in haar ogen prikken toen ze zag hoe hij met een glimlach de beker aannam, dronk en hem weer teruggaf aan tante Jacques die hij een zoen op de wang drukte. Hij droeg een wijde, witte bloes op een spijkerbroek en de vlammen gaven zijn mooie gezicht een mysterieuze gloed en het maanlicht streelde zijn donkere haar. Hij leek daar precies op zijn plek.

Dus dít was het feest waar hij naartoe zou gaan. Dít was het 'evenement' dat tante Jacques organiseerde. Nikki's tranen stroomden nu uit haar vermoeide ogen. Was het Daniëls getrommel geweest dat ze zo af en toe gehoord had? Of van een van zijn vrienden die nu naast hem zaten, ook behorende tot tante Jacques' kring? Maar wat was het geweest dat ze de vorige nacht gehoord had? Wie had het altaartje in haar tuin gebouwd? Ze moest op haar lip bijten om haar gesnik binnen te houden en geen geluid te maken in de heilige stilte. Ze begreep niet eens helemaal waarom ze nu moest huilen. Het was gewoon allemaal zo vreemd en ingewikkeld, en ze was zo moe. Waarom konden ze niet gewoon naar de disco gaan als ze wilden dansen? Wat was er mis met een wijnbar als je samen wilde drinken, of desnoods de kerk?

Niemand had Nikki nog opgemerkt. Alleen tante Jacques leek een moment in haar richting te hebben gestaard, maar ze had Nikki onmogelijk kunnen zien, zo in de schaduwen en bijna vergroeid met de berkenboom.

Nikki had er genoeg van: ze wilde niet meer sterk en zelfstandig zijn, niet meer vechten en doorzetten en ze wilde vooral niet meer horen: *volgende week is het allemaal al weer veel beter, echt waar, je zult het zien.* Ammehoela! Ze draaide zich om en rende het pad af in de richting van haar huis, gevolgd door een eveneens rennende Pixie, die algauw voor haar baasje uit draafde, af en toe verontrust door alle actie even omkijkend. Nikki noch Pixie merkte dat Ping en Pong waren verdwenen.

'Ga jij maar slapen,' zei Sander. 'Ik zorg voor alles.' In zijn geopende hand lagen twee witte pillen. 'Neem deze en dan kun je eindelijk uitrusten. Vertrouw maar op mij.'

Gehoorzaam pakte Nikki de twee pillen en ze stopte ze in haar mond. Met het water uit het glas dat Sander haar aanreikte spoelde ze ze weg.

'Brave meid,' zei Sander. 'Kom.' Met een zachte duw van zijn hand in de holte van haar rug, leidde hij Nikki de trap op naar haar slaapkamer. Daar ging ze met haar joggingbroek en al nog aan op bed liggen. Het leek iets koeler te worden buiten en Sander trok het laken over haar heen.

'Ik blijf hier,' zei hij, 'en regel ondertussen dat je straks met mij mee kunt en hier nooit meer terug hoeft te komen. Dit rijtje huizen is toch bestemd te verdwijnen en helemaal niet geschikt voor jou. Bij mij ben je veel beter op je plek. En over twee weken gaan we naar New York.'

Nikki knikte traag.

'Welterusten.' Sander drukte een kus op haar voorhoofd en verdween uit de kamer.

Zodra Nikki thuis was gekomen uit het donkere park had ze Sander gebeld. Hij had meteen opgenomen. Hij wél. En Nikki had nauwelijks twee woorden hoeven zeggen, of hij had laten weten dat hij onmiddellijk zou komen. Nog geen half uur later was hij er geweest. Gedurende dat half uur had Nikki wezenloos op de bank gezeten, te moe en murw om nog iets te doen of zelfs echt bang te zijn. Mocht die zogenaamde klopgeest nog komen opdagen, dan moest hij zich maar in zijn eentje zien te vermaken.

Het eerste wat Sander had gedaan, was Nikki kort tegen zich aan drukken. Ze had niet veel hoeven uitleggen: hij zag zo wel dat ze uitgeput en angstig was. Zonder verder veel te zeggen had hij de pillen tevoorschijn gehaald.

Nikki lag met open ogen in bed naar het plafond te staren. Beneden hoorde ze Sander rondlopen en telefoneren. Ze was moe als nooit te voren, maar tegelijkertijd had ze het gevoel nooit meer te zullen slapen. Haar hoofd stond bol van alle gedachten en indrukken, die ongecoördineerd over elkaar heen buitelden. Helder nadenken lukte niet meer.

Buiten verscheen het eerste daglicht. Ze zou zo graag even haar gedachten uitschakelen, een moment van zichzelf verlost zijn.

Die slaappillen werken natuurlijk weer niet bij mij, dacht ze. Zul je altijd zien.

Een paar seconden later viel ze in een diepe slaap.

31

'We moeten iets doen,' zei tante Jacques.

'Ja, maar wat?' vroeg Bo. Ze zat op het ruime balkon van tante Jacques en trok haar vest iets dichter om zich heen. Er hingen dikke, donkere wolken boven het water en de stad en een onberekenbare frisse wind was opgestoken. Het zag ernaar uit dat een fikse zomerse bui zou losbarsten. Voordat tante Jacques, die een glas zelfgemaakte ijsthee inschonk uit een glazen kan, kon antwoorden ging Bo verder op jammerende toon: 'Die Sander liet me gewoon niet binnen toen ik bij Nikki aanbelde. Ze sliep, zei hij. Maar ik ben haar zus nota bene, en wie is hij nu helemaal?' Ze trok haar benen omhoog op de loungebank en omklemde ze stevig met haar armen. 'Ik heb het gevoel dat dit allemaal mijn schuld is. Ik ben altijd bereikbaar, maar gisteren had ik bijna de hele dag mijn telefoon uit en ik kwam er vanochtend pas achter dat ze me vier keer heeft geprobeerd te bellen. Ik ben meteen naar haar toegegaan om vervolgens door ene Sander te worden weggestuurd. Verdomme. Ik ben de laatste tijd mezelf niet.' Ze wreef met een hand over haar ogen als om dreigende tranen weg te duwen.

Tante Jacques gaf Bo een glas ijsthee en klopte haar op de knie. 'Je weet heel goed waarom je niet helemaal jezelf bent, Bo, en dat is je goed recht. Je hoeft jezelf niets te verwijten.' Ze ging tegenover Bo zitten in een bij de bank passende stoel en hield haar eigen glas in de hand. 'Ik daarentegen... ik had wel degelijk eerder moeten ingrijpen en niet moeten wachten tot vandaag. Met al mijn kennis, ervaring en veronderstelde gevoeligheid, had ik toch moeten zien hoe ernstig de situatie was. Ik heb me laten afleiden door mijn plannen voor Nikki's toekomst in White Magic en mijn enthousiasme daarover. Daardoor heb ik kennelijk niet beseft dat ze in gevaar was. En nu ben ik bang dat ze in haar labiele toestand ook nog eens dingen heeft gezien die haar verder van streek hebben gemaakt, op de winkelzolder en vannacht in het park.'

Tante Jacques nam een grote slok ijsthee en keek uit over het loodgrijze water.

Bo schudde haar hoofd en drukte een van de rondslingerende kussens op de bank tegen haar buik. 'Het is niet jouw schuld, tante Jacques. Je hebt toch altijd je best gedaan voor Nikki? Je hebt haar een baan gegeven, een inkomen, en daarmee ook weer wat zelfrespect. Je wilt haar nog meer kansen geven in White Magic. En een tijdje leek het er ook op dat het goed met haar ging, dat ze opleefde, zelfvertrouwen en zin in haar nieuwe leven kreeg.'

Tante Jacques nam nog een slok en hield tegelijkertijd haar hand op als om Bo's woordenstroom te stoppen.

'Toch had ik veel eerder en harder in actie moeten komen, aangezien ik waarschijnlijk duidelijker zie wat er aan de hand is dan wie dan ook. Ik heb de boel te veel op zijn beloop gelaten, in de hoop en veronderstelling dat Nikki zelf sterker zou worden en het tij kon keren. Wellicht heb ik Nikki overschat, óf de kracht van haar tegenstander onderschat. Maar het is nog niet te laat. We gaan nú iets doen.' Ze zette haar glas dat ze heel snel had leeggedronken met een klap op de glazen tafel.

'Maar wat dan?' vroeg Bo. 'We zullen eerst die Sander moeten passeren. Ik neem aan dat dat vroeg of laat wel gaat lukken,' peinsde ze erachteraan. 'Misschien moet Nikki dan toch maar een tijdje bij ons komen logeren tot ze weer zichzelf is en goed genoeg in haar vel zit om op eigen benen te staan.'

Tante Jacques schudde gedecideerd haar hoofd, stond op en streek de rok van haar mouwloze jurk met Afrikaanse print glad.

'We gaan bij Tatjana inbreken.'

'Wat?' Bo kieperde haast van de bank waarop ze nog altijd met opgetrokken benen had zitten balanceren.

'Voorzichtig,' zei tante Jacques met bezorgde blik. 'Maak je niet ongerust, ik heb het helemaal uitgedacht.'

'Maar waarom?'

'Omdat ik ervan overtuigd ben dat Tatjana verantwoordelijk is voor Nikki's inzinking en haar angstaanvallen. Ze oefent een bepaald invloed op haar uit en die betovering moet verbroken worden.'

'En dat gaat gebeuren door bij haar in te breken?' Bo staarde tante Jacques met grote ogen aan.

'Dat hoop ik,' zei tante Jacques rustig, terwijl ze in de opening van de schuifpui stond. 'Zeker weten doe ik het niet, maar ik heb zeer sterk het gevoel – en de donkere spiegel heeft me daarin bevestigd – dat Tatjana haar bezwering uitoefent via een instrument, dat ze fysieke middelen gebruikt om Nikki te beheersen. Met een beetje geluk vinden we in haar appartement haar wapens en kunnen we die vernietigen. Slechte en kwade heksen leunen vaak zwaar op hulpmiddelen. Goede heksen weten dat alleen de kracht en energie van de verbeelding in veel gevallen al goed genoeg is.'

Bo keek tante Jacques met open mond aan. 'En hóé gaan we dan bij Tatjana inbreken?' vroeg ze vervolgens stamelend. Ze kon zelf niet geloven dat deze woorden uit haar mond rolden.

Tante Jacques pakte een zwarte omslagdoek met franje van de tuinstoel en knoopte die rond haar schouders.

'Tatjana is een klant van mij,' begon ze haar plannen uit te leggen. 'Korte tijd geleden heeft ze iets aangevraagd via de website van White Magic, onder haar schuilnaam Xenia. Waarschijnlijk denkt ze dat ik niet weet dat zij dat is. Ze heeft iets besteld dat uit de Caraïben moet komen, een zeer gevaarlijk poeder, dat ik normaal nooit zou leveren omdat het uitsluitend voor zwarte magie wordt gebruikt. Het staat hoog op de zwarte lijst. Dit keer ben ik echter op de aanvraag ingegaan omdat ik graag van Tatjana's doen en laten op de hoogte wil blijven. Nu heb ik haar gisteren per e-mail laten weten dat het spul gearriveerd is, maar dat ik dit soort dingen alleen door een betrouwbare loopjongen aan huis laat bezorgen, die het alleen mag afgeven aan de koper zelf. Ze heeft me per ommegaande teruggemaild dat ze zaterdag, vandaag dus, de hele ochtend alleen thuis is en dat de bezorger langs kan komen.

Ze zal direct contant betalen – en dan hebben we het algauw over een paar duizend euro.'

'Je gaat dat poeder toch niet echt leveren?'

'Welnee, er zit gewoon een onschadelijk, gemalen kruid in het zakje, maar dat zal ze niet meteen doorhebben. Zo deskundig is ze niet. Om kort te gaan, want ik wil weg: Marius Geluk speelt voor loopjongen en belt bij haar aan. Misschien kent ze hem vaag van gezicht, maar dat geeft niet. Hij zal erop staan dat ze naar beneden komt om het pakje in ontvangst te nemen. Marius zal heel overtuigend spelen dat hij een beetje zenuwachtig is over wat hij verondersteld wordt te bezorgen en daarmee tijd rekken. Tatjana zal dat niet gek vinden en zijn gestuntel accepteren. Ik ben wel eens bij een kennis op bezoek geweest in de Springplank en ik weet dat ze daar twee liften naast elkaar hebben. Als Tatjana naar beneden komt in de ene lift, gaan wij omhoog met de andere. Hopelijk laat ze in haar haast om het pakje in ontvangst te nemen haar deur even openstaan. Ze woont in een luxe, goed beveiligd gebouw met op elke etage slechts twee appartementen aan een en dezelfde hal, dus die kans is aanzienlijk. En zelfs als ze haar deur wel achter zich dicht trekt – helemaal op slot draaien kan ik me nauwelijks voorstellen – dan lukt het me nog wel om binnen te komen met een eenvoudig foefje.'

'Tante Jacques!' riep Bo, die van de ene verbazing in de andere viel.

Tante Jacques haalde haar schouders op. 'Ik heb heus wel iets geleerd in die jaren dat ik over de wereld heb rondgereisd, al was het maar tijdens al die keren dat ik mezelf per ongeluk heb buitengesloten uit een hotelkamer of geleend appartement.' Ze keek naar de dreigende lucht die boven het meer hing en daarna op haar horloge, dat ze niet vaak om had. 'Laten we gaan. Marius wacht al op ons in zijn huis, hier even verderop. Hij zal proberen Tatjana zo lang mogelijk aan de praat te houden, een beetje over ditjes en datjes kletsen, daar is hij verbazingwekkend goed in. Toch zullen we niet veel tijd hebben om in het appartement te vinden wat we zoeken. We zullen onze intuïtie moeten gebruiken.'

En wat zoeken we dan in hemelsnaam? dacht Bo, maar ze zei het niet hardop.

'Ga je mee?' vroeg tante Jacques, bijna alsof ze gewoon samen naar de supermarkt zouden gaan.

Een koude windvlaag gleed langs Bo heen en gaf haar kippenvel. Haar haar wapperde alle kanten op. Meer omdat ze het koud had dan dat ze overtuigd was van tante Jacques' plannen, stond ze op en volgde ze haar tante naar de voordeur. Als ze eerlijk was, vond ze het te gek voor woorden dat ze nu kennelijk een poging tot inbraak bij Tatjana gingen doen, maar aan de andere kant maakte ze zich oprecht grote zorgen over haar zus en had ze vooralsnog geen enkel idee hoe ze haar anders kon helpen.

Bij de voordeur verwisselde tante Jacques haar slippers voor zwarte regenlaarzen. Bo prijsde zichzelf gelukkig dat ze zo slim was geweest haar Uggs aan te doen. Plotseling slopen twee siamezen tevoorschijn vanachter een houten beeld van een olifant.

'Ping en Pong?' vroeg Bo verbaasd. 'Waar komen die nu vandaan?'

'Ze zijn vannacht komen aanlopen tijdens het Vollemaansfeest op het strand,' antwoordde tante Jacques. 'Toen wist ik zeker wat ik al vermoedde: dat Nikki naar ons heeft staan kijken.'

'Daar komt ze aan, denk ik,' zei Marius Geluk. Bo, tante Jacques en Marius stonden in de chique hal van de Springplank te staren naar de cijfertjes boven de linkerlift. Enkele seconden geleden was de lift naar de bovenste verdieping vertrokken en nu gaf een verspringend lampje aan dat hij langzaam daalde.

'Ze wil dat goedje dat jij haar zogenaamd levert zo graag hebben, Jacqueline, dat ze nergens moeilijk over lijkt te doen,' zei Marius met een beetje trillende stem. Zoals hij daar stond, in zijn oudemannenregenjas, enigszins gebogen en met zijn grote bos warrige krullen, waar af en toe een licht bevende hand doorheen ging, was het duidelijk dat Marius echt nerveus was; hij hoefde niet te doen alsof om Tatjana zover te krijgen aan zijn voorwaarden te voldoen. Bo kon het goed begrijpen: Tatjana mocht dan ravenzwart haar en blauwe ogen hebben, ze was niet bepaald Sneeuwwitje – eerder haar boze stiefmoeder. Tot nu toe had ze echter onbewust volledig aan hun plannen meegewerkt. Marius had aangebeld en door de intercom gezegd dat hij een zekere bestelling kwam bezorgen en hij had geweigerd naar boven te komen. Hij zou wachten in de hal. Zo was hij het gebouw binnengekomen en had hij, zodra de lift naar boven was gegaan, Bo en tante Jacques binnengelaten, in de hoop dat Tatjana inmiddels niet meer naar de camera keek die boven de intercom hing.

'Jullie moeten maar gaan,' zei Marius. 'Ze is zo beneden.' Zijn stem klonk hol in de hal met de marmeren tegels. Tante Jacques en Bo knikten. Bo was zichtbaar ook zenuwachtig, maar tante Jacques leek dit als een alledaags klusje te beschouwen. Tante Jacques gaf Marius een lichte kus op de wang.

'Succes,' zei ze. 'Hou haar zo lang mogelijk aan de praat.'

'Komt goed. Ik kan vrij lang zaniken over niets in het bijzonder,' liet Marius met een scheef lachje weten. Tante Jacques wierp hem een kushandje toe, waarna ze bij Bo, die daar al stond, in de rechterlift stapte. Vlak voordat de liftdeuren dicht zoefden, drentelden Ping en Pong met hun nonchalante loopje mee naar binnen.

'Waar komen die nu vandaan?' riep Bo met lichte paniek in haar stem. 'Ik heb niet gezien dat ze er net in de hal ook waren.'

Tante Jacques haalde haar schouders op en zei verder niks.

'Ze moeten weg, hoor. Straks brengen ze ons nog in de problemen.' Bo wou al bijna op een knopje drukken om de katten er op een willekeurige verdieping uit te gooien, maar met een rustig armgebaar hield tante Jacques haar tegen. 'Laat ze maar.'

Bo zuchtte bibberig. Voordat ze zich verder nog ergens druk om kon maken, waren ze op de bovenste verdieping gearriveerd. Met een *pling* deed de lift zijn deuren open. Ze stapten uit in een veel kleinere, maar eveneens luxueuze hal met zwartmarmeren tegels. Enkele spotjes in het donkere plafond zorgden voor gedempt licht. Er stond een grote plant in een pot die het moest doen met het licht van twee kleine hoekraampjes. Zodra hun ogen zich hadden afgesteld op het beperkte licht, zagen Bo en tante Jacques dat er links van hen twee deuren tegenover elkaar waren.

'Die linker zou van Tatjana en Raymond moeten zijn,' zei tante Jacques met zachte, maar rustige stem.

'En hij is dicht, verdorie.' Bo klonk verre van kalm en beheerst. Meteen werden echter haar woorden weersproken door Ping en Pong die zonder aarzelen met hun kopjes tegen de ogenschijnlijk dichte linkerdeur duwden, waarna deze zonder moeite openzwaaide.

'Kom,' zei tante Jacques, en ze liep kalmpjes achter de poezen aan. Bo beet even op haar nagels, iets wat ze al sinds de lagere school nauwelijks nog had gedaan, en volgde toen haar tante.

Gedurende enkele kostbare seconden stonden Bo en tante Jacques te knipperen tegen het overvloedige licht dat het penthouse binnenstroomde door de voorzijde die wijds uitzicht bood op het park en IJsselmeer en vrijwel volledig bestond uit glas. Daarna zagen ze een appartement dat nog veel groter was dan dat van tante Jacques, hoger ook vooral, aangezien het in de bovenste punt van de Springplank was gebouwd en bovendien een stuk opgeruimder. Alles was zwart of wit of van metaal. Op de vloer lag overal tapijt, meestal wit, maar in de slaapkamer, zagen ze door een kier in een deur, zwart. De banken waren van wit en zwart leer, in de open keuken overheerste mat metaal en zelfs de grote schilderijen en foto's aan de muur waren in zwart-wit.

'En nu?' fluisterde Bo.

'We splitsen ons op,' antwoordde tante Jacques met een speurende en strijdlustige blik in haar ogen, alsof ze net per parachute gedropt was op vijandelijk grondgebied. 'Jij neemt de keuken, de huiskamer en de hal. Ik de slaap- en overige kamers.'

'En waar zoeken we eigenlijk naar?'

'Gebruik je instinct. Als je iets tegenkomt wat in jouw ogen verdacht is, roep je mij.'

Bo knikte ernstig. Ze zag erg bleek. 'Hoe weten we eigenlijk zo zeker dat Raymond niet gewoon thuis is?' Ze keek argwanend om zich heen.

'Ik denk niet dat Tatjana gelogen heeft. Ze neemt haar zwarte kunsten heel serieus. En nu snel, voor ze terugkomt.'

'Hoe worden we daarvoor gewaarschuwd?' Bij alleen al de gedachte aan Tatjana's terugkeer knipperde Bo te snel met haar ogen en er trok kippenvel over haar huid.

'Marius stuurt me een sms'je zodra ze bij hem vertrekt. Hij heeft zijn telefoon in zijn jaszak en het berichtje verzendklaar. Hij hoeft maar op de tast op het juiste knopje te drukken.'

Bo knikte en keek een beetje glazig, alsof maar de helft van wat tante Jacques zei tot haar doordrong.

Tante Jacques pakte haar even beet. 'Dit duurt maar een minuut of vijf, Bo, dan is het weer voorbij. Laten we onze kans grijpen.'

Tante Jacques verdween richting de slaapkamer en Bo probeerde haar jachtige ademhaling te beheersen en richtte haar blik op de keuken. Zonder duidelijk doel voor ogen en met een instinct dat alleen maar leek te zeggen dat ze hier weg moest wezen, trok ze een aantal lades en kastjes in de smetteloze, grote keuken open. Er was niets bijzonders te zien: bestek, borden en ander serviesgoed, ook in zwart en wit, geen cadeau gekregen mokken met flauwe moppen erop of overblijfsels uit de studententijd waar stukjes vanaf waren. Het verbaasde Bo haast dat er nog enige kleur te vinden was in de voedselverpakkingen, hoewel zelfs een groot deel daarvan was weggewerkt in witte of metaalkleurige bussen en blikken. Nergens was een laatje te vinden vol elastiekjes, kurken, zegeltjes, oude bonnetjes en onduidelijk keukengerei dat nooit werd gebruikt. Hierdoor was Bo eigenlijk snel klaar. Een bus met spaghetti, een pot olijven of een luxe pannenset maakte haar instinct niet aan het schrikken. Er waren maar een paar kruiden en zover Bo wist heel gewone: munt, paprika, nootmuskaat, dragon en nog wat weinig alarmerende specerijen. Alleen de messenset was nogal indrukwekkend.

Bo had het idee dat ze haar tijd hier verdeed en draaide zich richting de huiskamer. Ze liep met zachte stap naar de glazen eettafel, waarop zowaar een aantal papieren lag, toen er achter haar plotseling een harde bons gevolgd door een akelig gekrijs klonk. Bo greep met één hand naar haar hart en met de andere naar haar buik en keerde zich verstijfd van schrik om.

Op het relatief kleine balkon dat aan de glazen wand hing, stond tegen een achtergrond van dreigende donderwolken een enorme kater met woest uitstaand haar rond zijn kop. Kennelijk had hij zojuist Bo in de gaten gekregen en probeerde hij uit alle macht binnen te komen. Bo dankte God en de voorzienigheid dat de balkondeur dicht was, want het enorme beest zag eruit alsof hij haar levend wilde verscheuren. Ze deinsde onwillekeurig iets achteruit en was nauwelijks van de schrik bekomen toen twee schimmen langs haar flitsten: Ping en Pong begonnen met hoge ruggen woest tegen het monster op het balkon te blazen en te sissen.

'Laat hem met rust,' siste Bo op haar beurt. 'Domme poezen, hij kan toch niet naar binnen. En wat doen jullie hier nog? Vort, naar de gang. Straks moeten we snel weg.' Ze deed een poging Ping en Pong naar de hal te jagen, maar de twee siamezen gingen er opnieuw vandoor en verdwenen in het appartement.

'Waar ben ik in hemelsnaam mee bezig?' vroeg Bo zich hardop af. De grote kater zou zichzelf nog wat aandoen in zijn pogingen om door het glas te breken, dus Bo keerde hem de rug toe. Bo kon zich niet voorstellen dat ze dat vage 'iets' waar tante Jacques het over had gehad zou vinden in de opgeruimde huiskamer met zijn dure spullen en lege, glimmende oppervlaktes. Ze besloot de rest van het appartement te bekijken in de tijd die er nog was en zich eventueel bij tante Jacques te voegen.

Ze spiedde door de op een kier staande deur of haar tante in de slaapkamer was. In het grote vertrek stond een enorm bed op hoogpolig, zwart tapijt. De wand achter het bed was bedekt met fotobehang, dat een zonsondergang in een bos liet zien. De rode gloed van de zon was een van de weinige kleuren, ook hier. Wel lag er een rode kimono over een stoel. Op een ouderwets aandoende, witte kaptafel stonden een aantal mogelijk interessante potjes en wellicht zat er in een van de laatjes een geheim van Tatjana verborgen, maar waarschijnlijk was tante Jacques, die nu nergens meer te zien was, hier al geweest.

Bo keerde terug naar de hal en wou net de wenteltrap naar het dakterras beklimmen toen ze tante Jacques zachtjes hoorde roepen.

Bo volgde het geluid en belandde in de werkkamer van Tatjana.

Op een groot, zwart glimmend bureau lagen een laptop en een duur uitziende tas, zo eentje waarvoor je waarschijnlijk op een wachtlijst moest. Erboven hing een ingelijste foto van Tatjana zelf, met naast haar een klein, oud, gebogen vrouwtje met hoofddoek, wellicht haar oma of zelfs haar overgrootmoeder. In de andere helft van de kamer stonden een passpiegel en een aantal verrijdbare rekken vol netjes in plastic verpakte kleding. Ondanks haar zenuwen moest Bo even glimlachen: Raymond mocht Tatjana hebben verkozen boven Nikki, niettemin had hij opnieuw een vrouw die verslaafd leek te zijn aan kleding.

'Bo, hier!' riep haar tante dringend. Het geluid kwam vanuit een gat in het plafond van waaruit een ladder naar beneden stak. Kennelijk zat er in deze kamer een luik met uitschuifbare trap die toegang gaf tot een vliering.

Voorzichtig beklom Bo de smalle ladder en stak ze haar hoofd door het gat. Ze schrok bijna van alle kleuren die ze plotseling zag. Een groot deel van de ruime vliering werd in beslag genomen door meubels en andere spullen die beneden geen plek hadden gekregen. Met verontwaardiging zag Bo een designbank, onderdelen van een bed, gordijnen, een vintage stoel en nog veel meer dat ze herkende, omdat het van Raymond en Nikki was geweest en ook ooit door haar zus was uitgezocht.

'Nikki mocht niets meenemen. En nu staat het maar hier,' fluisterde ze verontwaardigd.

'Bo, achter het kamerscherm,' hoorde ze tante Jacques opnieuw roepen. Bo keek naar de andere kant van de vliering waar een groot kamerscherm van Chinees papier met karakters erop getekend het zicht benam. Bo hees zichzelf uit het gat op de vliering en liep om het kamerscherm heen.

Tante Jacques zat geknield op de houten plankenvloer voor een grote, antieken apothekerskast vol laden. Met een knik van haar hoofd wees ze op een lage, stenen tafel die in het midden van dit afgeschermde deel van de vliering stond.

'Dit is Tatjana's werkplaats. Met haar altaar en een kast vol geheime spullen.'

Bo voelde zich koud worden van binnen bij de aanblik van het kleine altaar. Een kleedje dat ervoor lag, gaf aan dat Tatjana daar waarschijnlijk regelmatig zat. Om wat te doen? Afgezien van twee zwarte kaarsen en een kleine handspiegel was de stenen tafel nu leeg.

'Haar bedoelingen zijn overduidelijk niet goed.' Tante Jacques kwam overeind en schoof een Indiaas uitziend wandkleed opzij en onthulde een omgekeerd pentagram, dat op de muur getekend was. Zelfs Bo wist dat de vijfpuntige ster met de punt naar beneden afgebeeld een slecht teken was.

'Heb je iets gevonden?' vroeg ze met trillende stem. 'Iets wat met Nikki te maken heeft?'

Tante Jacques schudde ontkennend haar hoofd en trok een lade van de apothekerskast open. 'Nee, nog niet. Maar wat we zoeken zou heel goed hierin kunnen zitten. Ze is helaas wel zo netjes dat ze haar altaar opruimt.'

Bo maakte aanstalten om, hoewel met tegenzin, ook een laatje open te trekken, toen uit tante Jacques' rokzak twee korte piepjes klonken.

'Het sms'je?' fluisterde Bo. Haar hart zat prompt weer in haar keel.

Tante Jacques knikte.

'Weg. Weg, hier.' Bo voelde de adrenaline door haar aderen pompen en rende naar het luik en de ladder naar beneden. Ze was al halverwege toen ze omkeek naar tante Jacques, die nog aarzelend naast de apothekerskast stond.

'Kom,' zei Bo zo hard als ze durfde. 'We moeten echt weg hier.'

'Ja, maar we zijn nu misschien zo dichtbij.'

'Jammer dan. Tatjana mag ons hier echt niet vinden. Ben je gek?'

Duidelijk met grote spijt volgde tante Jacques Bo naar beneden. In de hal wou Bo er onmiddellijk vandoor, maar voordat ze zichzelf in een lift of van de brandtrap kon werpen, hoorde ze vanuit de woonkamer een klap en iets wat brak.

Een ogenblik stond Bo stil. 'Dat zal die enorme kater zijn die op het balkon zat.' Meteen wilde ze weer verder hollen, maar tante Jacques bleef rustig en zei heel kalm: 'Even kijken.'

Bo wilde niet, maar ze kon haar tante niet tegenhouden. Voordat ze echter helemaal in de woonkamer waren, zagen ze al de scherven van een grote, zwarte, geglazuurde pot met deksel op het witte tapijt liggen. Ping en Pong liepen rustig weg van de plaats delict – het was duidelijk dat zij de pot hadden omgegooid. Een van tweeën droeg iets in zijn bek en legde het doodgemoedereerd voor tante Jacques neer.

'Wat is dat?' vroeg Bo, op van de zenuwen. Tatjana kon inmiddels elk moment naar binnen wandelen. Buiten sloeg de regen tegen de ramen, waardoor andere geluiden overstemd werden.

Tante Jacques boog zich op haar gemak voorover. 'Een effigie.'

'Een wat?'

'Een pop of een afbeelding van degene die je wilt betoveren. Daar richt je dan je aandacht op, in de veronderstelling dat de echte persoon geraakt wordt. Het werkt beter als je iets intiems van diegene toevoegt; haren, afgeknipte nagels, tissues met afgeveegde lippenstift of tranen.'

'Je bedoelt zo'n figuurtje waar je spelden insteekt en zo.'

'Dat kan, maar je kunt er ook allerlei andere dingen mee doen. Ook goede dingen.'

Nu toch nieuwsgierig keek Bo eens beter naar het ding dat Ping en Pong uit de aardewerken pot hadden gehaald. Ze had het gevoel zelf van top tot teen in steen te veranderen toen ze ineens zag dat het hier twee poppetjes betrof die met touw strak aan elkaar vastgebonden waren. Het waren lappen poppetjes, niet erg knap gemaakt. Op de plek waar de gezichten hoorden te zitten, zaten twee uit foto's geknipte hoofden: een van Nikki, en een van een jonge man die Bo herkende als Sander. Om het Nikki-poppetje zat nog eens extra strak tape gewikkeld, met name rond het hoofd en de hartstreek.

Bo begon te hijgen van ingehouden woede. 'Wat zijn dit voor gore spelletjes?'

'Het ziet ernaar uit dat Tatjana iets anders voor ogen had met deze effigies dan spelden erin prikken,' zei tante Jacques nog steeds kalm.

'Wat gaan we hiermee doen?'

'Meenemen en vernietigen.'

Maar voordat tante Jacques zich helemaal voorover had kunnen buigen om de aan elkaar gebonden poppetjes op te rapen, sprongen Ping en Pong plotseling boven op de figuurtjes. Met een woedend gekrijs en de felheid die poezen eigen is, begonnen ze de lappen uit elkaar te trekken en de poppetjes te verscheuren.

'Nee!' riep Bo, en ze wou boven op de poezen duiken. 'Mijn zusje!'

Tante Jacques hield haar resoluut met een sterke hand tegen. 'Laat ze. Het is goed wat ze doen. Ze hebben de juiste bedoelingen.'

Bo aarzelde en kon nauwelijks kijken hoe Ping of Pong de fotogezichten van de poppen krabde.

'Ga de lift halen,' zei tante Jacques op bevelende toon.

Bo deed wat haar gezegd werd. Aan de cijfertjes boven de liften kon ze zien dat Tatjana waarschijnlijk al snel in aantocht was in de linkerlift. Zodra ze met de moed der wanhoop op de oproepknop van de rechterlift drukte, sprongen de deuren tot haar grote geluk meteen open. Kennelijk was hun lift niet meer naar beneden gegaan.

'Tante Jacques!' riep Bo. Ze zag door de openstaande deur hoe tante Jacques bezig was reepjes stof en vodden van de vloer te rapen. Met deze restanten van de effigie in haar handen en gevolgd door Ping en Pong, die zo tevreden keken alsof ze net een maaltje vis hadden verschalkt, stapte ze bij Bo in de lift.

Bo slaakte een zucht van verlichting toen de deuren dichtschoven en de lift begon te dalen. Ze begon over haar hele lichaam te trillen van opluchting en boog zich voorover om de sterretjes die voor haar ogen dansten terug te dringen.

'Goed gedaan, meisje,' zei tante Jacques, en ze aaide Bo over haar rug.

32

Nikki werd wakker. Haar eerste besef, nog voordat ze haar ogen open deed, was dat ze zich een stuk beter voelde. Uitgerust. Haar spieren deden geen pijn meer. Er zat geen klem meer om haar maag of nek. Het vuurtje dat net onder haar hart had gebrand, was uit. Ze voelde zich… ontspannen.

Ze bleef nog even liggen met haar ogen dicht en probeerde geen verontrustende gedachten haar hoofd te laten binnenstromen, maar gewoon te genieten. Kennelijk stond het slaapkamerraam open, want ze hoorde het duidelijk regenen. Het klonk als een harde, ge-stage regen, waarbij de druppels in rechte lijnen naar beneden val-len en zo dicht op elkaar volgen dat ze waterstralen vormen. Het geluid van water bracht bij Nikki de droom terug die ze had gehad vlak voordat ze wakker werd.

Ze was een zeemeermin geweest en had zich met haar staart soepel door lichtblauw, lauwwarm water bewogen. Het was een heerlijk gevoel geweest zo licht en vrij te zijn en als ze eraan terug dacht kreeg ze de indruk dat ze bijna van haar bed loskwam en begon te zweven – of misschien was drijven een betere omschrij-ving. Ze zuchtte, met een glimlach op haar gezicht. Plotseling kwam Daniël in beeld. Hij was ook in haar droom geweest. Als een echte prins had hij op een rots langs het water gezeten, verlangend uit-kijkend over de golven, misschien op zoek naar avonturen of een prinses. Ook in haar droom was Nikki verliefd op hem geworden, maar net als in het bekende sprookje van De Kleine Zeemeermin was hun liefde onmogelijk geweest: hij hoorde op het land en kon in de zee niet leven, terwijl Nikki niet zonder het water zou kun-nen. Nikki's glimlach verdween en ze fronste: wat betekende dit?

Dat ze niet voor elkaar bestemd waren? Hoe moest ze deze droom uitleggen? Ze zweefde niet langer en voelde de matras tegen haar lichaam duwen, maar toch moest ze ineens weer lachen: ze was toch wel erg door tante Jacques beïnvloed als ze er nu kennelijk vanuit ging dat elke droom een diepere betekenis had. Niettemin verlangde ze heftig naar Daniël.

Ineens hoorde ze een zware klap en een schok trok door haar heen. Was de klopgeest terug? Midden op de dag? Ze had haar ogen nog steeds niet geopend, maar door haar oogleden heen had ze wel gezien dat het licht was. Ze had echter geen idee hoe laat het was. Langzaam deed ze haar ogen open. Een prettig, schemerig licht hing in de kamer. Een gesloten gordijn wapperde zachtjes in een klein briesje dat door het open raam kwam. Het regende nog steeds hard en er hingen ongetwijfeld zware wolken boven de stad, maar het was beslist wel dag. Eigenlijk was dit een hele fijne kamer zo. Ze kreeg zin om nog wat langer te slapen.

De ergste paniek had inmiddels Nikki's lichaam weer verlaten en ze voelde zich opnieuw ontspannen. De slaap had haar een nieuwe weerstand gegeven, waardoor elke schrik niet meteen leidde tot een langdurige kramp. Ze hoorde beneden het geluid van een ouderwetse telefoon en daarna iemand praten. Het duurde nog even voordat ze dit verwerkt had en begreep waar ze naar luisterde.

Sander.

Sander was naar haar toe gekomen nadat ze hem midden in de nacht gebeld had en had iets gezegd over haar meenemen naar New York en hier nooit meer terugkomen. Voorzichtig kwam ze overeind. Ze droeg nog steeds haar joggingbroek en jurkje met daaroverheen een trui. Ze vroeg zich af of ze zich eerst moest opfrissen, maar besloot toen dat ze beter meteen naar beneden kon gaan om poolshoogte te nemen. Zachtjes sloop ze de trap af. De deur naar de huiskamer stond op een kier en ze bleef in de opening staan.

Sander liep heen en weer tussen de open keuken en de huiskamer met zijn mobieltje aan zijn oor. Hij zei een paar keer 'ja' en daarna: 'Dat kan geregeld worden.' Om hem heen en vooral rond de eettafel stond een groot aantal dozen. Ping en Pong waren nergens te zien, maar Pixie zat sip te piepen naast een doos waar haar mandje uit stak. Na nog twee keer heen en weer geijsbeerd te hebben, zei Sander: 'Goed, dat is dan afgesproken, en ik bel u nog over wanneer de rest opgehaald kan worden.' Daarna hing hij op. Hij stak zijn mobieltje in zijn broekzak, keek om zich heen en zag Nikki naar hem staan kijken.

'Fijn, je bent wakker. Hoe voel je je? Wil je iets eten?' vroeg hij.

Nikki gaf geen antwoord, maar liep iets verder de kamer in. Ze zag dat de foto's van haarzelf, Bo en Pixie die aan een zijmuurtje hadden gehangen waren weggehaald. Met een frons tussen haar ogen stak ze een hand uit naar de dichtstbijzijnde doos en maakte ze hem open. Er zaten kleren in: haar eigen kleren.

Sander volgde haar met zijn blik, zijn handen in zijn broekzakken.

'Je hebt heel lang geslapen,' zei hij. 'Het loopt al tegen de avond. Ik heb de gelegenheid maar benut om in te pakken en de boel te organiseren. De meeste dingen waarvan ik verwacht dat je ze mee wilt nemen, zitten nu in dozen.' Hij keek naar de hardroze, strakke broek die Nikki uit de doos tevoorschijn had getrokken. 'Je kleren vooral.' Hij lachte flauwtjes. 'Leer mij de eerste vrouw kennen die niet haar kleren zou willen meenemen. Hoewel je straks in New York wat mij betreft een heel nieuwe garderobe kunt uitzoeken.'

Nikki staarde hem aan en hield zichzelf voor dat Sander niet kon weten wat al deze kleren voor haar betekenden. Dit was niet alleen haar eigen garderobe, dit was haar passie, haar toekomst. In deze dozen zat de beginvoorraad van Nikki's Vintage. Ze zweeg.

Dit maakte Sander zichtbaar nerveus en hij keek weer om zich heen. 'Laten we eerlijk zijn: je meeste spullen zijn niet veel waard. Ik ben ervan uitgegaan dat je vooral persoonlijke bezittingen wilt houden – foto's, boeken –, maar je bezit niet veel en de rest is min of meer bij elkaar gescharreld. Dat kan zo naar de kringloopwinkel.'

Nog steeds kon Nikki de woorden niet vinden om te reageren. Pixie kwam naar haar toe gelopen en ging tegen Nikki's been opstaan en krabbelde met haar voorpootjes net onder Nikki's knie. Nikki tilde haar op.

'Zijn mandje heb ik ook ingepakt natuurlijk,' ging Sander verder. 'Voorlopig gaat hij mee. Ik weet alleen niet of het slim is hem mee te nemen naar New York. Misschien kun je nadenken over een ander goed tehuis voor je hondje…'

'Pixie is een zij,' zei Nikki. 'En ik ga nergens naartoe zonder haar.'

Ze zei dit met zoveel overtuiging dat Sander een kalmerend gebaar maakte met zijn handen en snel antwoordde: 'Goed, goed. Het zal waarschijnlijk niet zo gemakkelijk zijn haar mee te nemen naar de Verenigde Staten, maar niets is onmogelijk natuurlijk.'

Nikki keek nog steeds verbouwereerd om zich heen, ondertussen Pixie stevig tegen zich aan klemmend. Ze wist niet waarom, maar ze realiseerde zich ineens met heel veel kracht drie dingen: ze hield van dit huis, ze wilde Nikki's Vintage niet opgeven, en ze hield van Daniël. Aan alles kleefden nadelen, zoals klopgeesten, onzekerheden, en in Daniëls geval: een onzeker inkomen, wonen op een wrakkig bootje en trommelen op middernachtelijke feestjes in het park, maar al die minpuntjes leken ineens heel overkomelijk. Nikki begreep zelf niet waarom ze dit niet eerder had gezien; waarschijnlijk was ze volledig in de war geweest door haar slaapgebrek. Ze had wel eens ergens gelezen dat je na drie etmalen geen slaap te hebben gehad al paranoïde kon worden.

'Volgens mij ben je nog niet helemaal wakker,' zei Sander en hij lachte zenuwachtig. 'Dat heb je met slaappillen. Ik zal even koffie zetten.' Hij liep naar het aanrecht waar het koffiezetapparaat stond, kennelijk ook slechts geschikt voor de kringloopwinkel.

Nikki volgde zijn bewegingen. Hoe had ze er ooit over kunnen piekeren om met Sander mee naar New York te gaan? Ze vond hem fysiek helemaal niet aantrekkelijk, want ze viel niet op dat soort iets te goed gevulde corpsballen. Afgezien daarvan was hij veel te bedillerig, om niet te zeggen overheersend. Zijn zorgzaamheid was verstikkend. Sander leek zelfs nog erger dan Raymond, die vooral in bepaalde zaken bazig was geweest en met betrekking tot vele andere nonchalant en zeker niet verzorgend. Als het ging om dingen die hem niet interesseerden, zoals de inrichting van het huis of waar ze naar toe gingen op vakantie, had Raymond Nikki volledig laten beslissen. Daarnaast had hij een voor Nikki aantrekkelijk, sportief lijf gehad. Nikki schudde haar hoofd om dat laatste beeld, van Raymond in zijn strakke boxershort, resoluut uit haar gedachten te verwijderen. Ze wilde helemaal geen tweede Raymond meer. Ondanks alles was ze er klaar mee het afhankelijke vrouwtje te zijn.

Nikki zette Pixie op de grond en kriebelde het beestje even geruststellend achter haar oor om daarna de donkerblonde hondenharen van haar trui te vegen. Ze schraapte haar keel en keek Sander, die naar twee geschikte koffiebekers leek te zoeken, ernstig aan. Ze moest hem vertellen dat ze niet met hem mee zou gaan, maar hoe? Het liefst zou ze hem zonder veel omhaal de deur hebben gewezen, maar het punt was dat hij geen slecht mens was en het allemaal ongetwijfeld goed bedoelde. Hij had het beste met Nikki voor, daar was ze van overtuigd. En voor een andere vrouw zou hij ooit een goede man kunnen zijn. Een moment vroeg ze zich af waarom er toch zoveel geschikte mensen geen leuke partner hadden of konden vinden. Kijk maar naar Roland en Polly... Ze liet haar gedachten weer afdwalen, omdat ze het niet leuk vond wat ze nu moest doen, maar ze moest haar hoofd erbij houden. Ze moest Sander duidelijk maken dat ze niet met hem mee zou gaan, waar naartoe dan ook.

Ze liep naar hem toe en legde een hand op zijn arm, en merkte dat zelfs die aanraking haar al moeite kostte.

'Sander,' zei ze.

'Wat?' Hij keek haar heel kort schuin aan. 'Waarom ga je niet lekker op de bank zitten? Dan breng ik je koffie.'

'Je mag me kofie brengen als je dat wilt, maar... Ik weet niet hoe ik dit anders moet brengen: ik kan niet met je mee gaan.'

'Dat hoeft ook niet,' zei Sander haastig. Zijn vingers frommelden aan het lipje van een cup koffiemelk. 'Je kunt ook later komen, als je meer tijd nodig hebt.'

'Ik heb niet meer tijd nodig en ik kom ook niet later. Ik heb me vergist en het spijt me voor je. Ik ga niet met je mee naar New York.'

Sander liet het melkcupje, waarvan Nikki niet wist waar hij het had gevonden, voor wat het was en draaide zich naar haar om. 'Je kunt natuurlijk ook zelf nog door je spullen gaan. Ik heb alleen een eerste schifting gemaakt. Je mag uiteraard alles meenemen wat je maar wilt. Al wil je straks drie honden hebben in New York.'

Nikki schudde haar hoofd. 'Daar gaat het niet om.'

'Waar gaat het dan wel om?' Sander klonk nu zowel boos als enigszins wanhopig.

'Ik hou gewoon niet van je.'

'Dat hoeft ook niet. Dat kan nog komen. Ik kan je alles geven wat je hartje begeert.'

Nikki schudde opnieuw haar hoofd. Niet Daniël, dacht ze. Niet mijn zelfrespect of vrijheid.

'Het spijt me heel erg, Sander, want je bent een leuke man en ik heb je niet goed behandeld. Eigenlijk heb ik een beetje misbruik van je gemaakt door je te doen geloven dat ik iets in je zag. Ik was zwak en zocht steun waar ik maar kon. Ik weet zeker dat je ooit een heel lieve vrouw zult vinden. Maar ik ben niet de juiste persoon voor jou.' Ze legde haar hand opnieuw op zijn arm, maar hij schudde die van zich af.

'Is er iemand anders?'

Nikki keek hem verbaasd aan. 'Nee,' zei ze. Niet echt, dacht ze. Ook als Daniël er niet was geweest had ze niet met Sander mee gewild.

'Is het die mooie jongen, dat kunstenaarstype dat hier aan de deur was?'

'Wat? Is Daniël hier geweest?' Nikki had ineens het gevoel dat ze heel dringend ergens naartoe moest.

Sander haalde zijn schouders op. 'Ik weet niet hoe hij heet.'

'Wat heb je tegen hem gezegd?' vroeg Nikki haastig.

'Dat hij weg kon gaan en niet meer langs hoefde te komen. Dat jij hier na vandaag niet meer zou wonen en met mij mee zou gaan naar New York.' Terwijl Nikki naar adem stond te snakken, was het even stil en staarde Sander naar de punten van zijn schoenen. Ineens pakte hij Nikki bij haar bovenarm. 'Zo'n type, dat is toch ook niets voor jou. Hij zag eruit alsof hij nauwelijks een bankpas heeft, alsof hij hier...' Sander zocht even naar woorden. 'Alsof hij hier in het park zit met een gitaar en een pet op de grond. Hij hoort bij het soort mensen dat we hier weg willen hebben zodat we de jachthaven kunnen uitbreiden. Binnenkort zal de burgemeester zijn plannen erdoor krijgen en dan verdwijnen deze huisjes en een deel van het park. Wat kan zo iemand je dan bieden? Je vergooit je leven als je je met hem inlaat. Je vergist je. Je zult spijt krijgen als de eerste lol er af is.'

Nikki trok zich los uit zijn greep. Ze had nog steeds het gevoel nauwelijks adem te kunnen halen.

'Wat zei hij? Wat zei Daniël?'

Sander zuchtte. 'Dat als dat was wat jij wilde, hij je verder niet meer lastig zou vallen en zelf ook zou vertrekken. Of zoiets. Hoor eens, daarna kwam je zus ook nog, en ik heb niets anders gedaan dan je beschermen. Je sliep eindelijk...'

'Ja, ik weet het, je hebt het vast goed bedoeld. Maar ik moet nu gaan.' Nikki wilde haar gevoel volgen en weg. Ze moest naar Daniël. Nu. Dat was het enige wat haar kon schelen.

Ze drukte Sander snel een kus op zijn wang. 'Ik moet weg. Het spijt me. Het is denk ik beter als jij ook gaat, maar neem je tijd. Trek de deur maar achter je dicht.' Ze graaide haar sleutels van de schaal op de keukentafel. 'We spreken elkaar nog wel. Misschien.'

Ze draaide zich om en rende de achterdeur uit. 'Pixie!' riep ze nog, terwijl ze al halverwege de tuin was, waarna het verbaasde hondje opgelucht achter haar baasje aan scheurde.

Al snel raakte Nikki buiten adem en moest ze met een hand in haar zij gedrukt rustiger gaan lopen. Ze was niet alleen nog altijd snel moe, ook totaal niet fit. Het was stil in het park, zo na de heftige regenbuien van de middag. Inmiddels was het droog, maar alles om haar heen was nog nat en de takken van de bomen dropen van het water. De opgefriste aarde rook heerlijk. Regendruppels glinsterden prachtig op het gras en op bloemblaadjes. Nikki had er nauwelijks oog voor, maar ze was wel blij met de stilte: er was niemand die haar voor de voeten liep of die vreemd naar haar keek. Ze hobbelde voort, half rennend, dan weer lopend met een hand in haar zij gedrukt. Nikki had het gevoel in een dramatische film te spelen toen net op het moment dat zij uit de bosrand te-voorschijn kwam een baan zon door de wolken brak en de plek waar Blub voor anker lag belichtte. Hierdoor was het voor Nikki meteen akelig duidelijk: Blub was weg. De plek was leeg. Voor het eerst in maanden lag er geen bootje meer.

Buiten adem leunde Nikki voorover en steunde met haar han-den op haar knieën.

'Nee, nee, alsjeblieft, laat het niet waar zijn,' hijgde ze als in een smeekbede aan wie er ook maar wilde luisteren: God of de natuur of Leni's universum.

Na een beetje op adem gekomen te zijn tilde ze haar hoofd weer op en keek ze om zich heen, niet goed wetend wat te doen. Ze knipperde een paar keer met haar ogen. Daar in de verte stak een wit bootje fel af tegen de loodgrijze lucht en het donkere water. Was het geen fata morgana? Was het Blub?

Nikki begon opnieuw te rennen over het kustpad.

'Stop. Stop!' schreeuwde ze. Naarmate ze dichterbij kwam, raakte ze er meer van overtuigd dat het eenzame bootje inder-daad Blub was. Het lag in het water vlak voor de uitgang van de buitenhaven, waar een dam van basaltblokken de natuurlijke inham afscheidde van de rest van het meer. Het leek niet snel te bewegen.

'Daniël, stop! Wacht!' riep ze nog een keer zo hard als ze kon. Ze glibberde over de keien en basaltblokken en sprong het water in. In eerste instantie kwam het nauwelijks tot haar middel en waadde ze moeizaam een stukje vooruit. Daarna begon ze te zwemmen. Ze realiseerde zich vrijwel meteen dat ze haar joggingbroek en trui beter uit had kunnen trekken; de kledingstukken hingen zwaar en onhandig aan haar ledematen en belemmerden haar ernstig in haar bewegingsvrijheid.

'Daniël!' riep ze nog een keer, bijna wanhopig. Ze kreeg een slok water binnen en moest hoesten. Op de kant zette Pixie het hard op een blaffen.

Plotseling bewoog er iets op het stille bootje. Daniël stapte op het dek en keek met een verbaasde uitdrukking op zijn gezicht om zich heen.

Nikki zwaaide om zijn aandacht te trekken. Hier dicht bij het open water golfde het behoorlijk en door de inspanning van het zwaaien ging ze kopje onder. Ze spartelde om haar kleren, die haar inmiddels leken te verstrengelen als een octopus, uit te krijgen. Het volgende wat ze voelde, waren twee sterke armen die haar vastgrepen en steunden om boven water te blijven.

'Waar ben jij mee bezig?' vroeg Daniël. Zijn natte gezicht was ineens heel dicht bij het hare.

'Ga niet weg,' zei ze tussen veel gehoest en geproest door. 'Het is allemaal een misverstand. Ik kan het uitleggen. Ik ga niet mee met Sander. Alsjeblieft, blijf bij mij.'

Een moment hield Daniël, die meteen begonnen was Nikki in de richting van Blub te sleuren, op met zwemmen. Aan alle kanten omgeven door een grote hoeveelheid water keken ze elkaar een paar seconden ernstig aan. Toen moest Daniël glimlachen.

'Laten we eerst maar aan boord gaan,' zei hij. 'Als je zelf nog kunt zwemmen is dat wel een stuk gemakkelijker. Doe het rustig aan en volg mij.'

Nu ze haar doel had bereikt, was Nikki een stuk kalmer en ging het zwemmen haar, ondanks de hinderlijke kledingstukken die nog steeds aan haar kleefden, veel gemakkelijker af.

Daniël hielp haar aan boord en pakte meteen een grote handdoek uit de kajuit, waarna hij Nikki begon te strippen van haar inmiddels als vodden uitziende kleren en droogboende. Nikki wilde het liefst meteen alles uitleggen, maar Daniël leek geen haast te hebben, dus liet ze hem begaan. Toen Daniël klaar was, wikkelde hij Nikki in een andere grote handdoek. Al die tijd had Pixie verwoed staan blaffen vanaf de kust.

'Misschien is het een goed idee als ik eerst Pixie haal,' zei Daniël lachend.

Nikki knikte, maar ze kon niet langer wachten. Ze veegde een uit haar haren lopende druppel van haar gezicht en keek Daniël smekend aan. 'Maar ga je dan niet meer weg? Blijf alsjeblieft. Ik wil met jou verder. Sander was een grote vergissing. En er is niet echt iets tussen ons gebeurd. Ik heb zo'n vreemde, nare tijd achter de rug. Laat het me uitleggen.'

Daniël moest opnieuw lachen en pakte Nikki beet om haar stevig tegen zich aan te drukken. 'Ik was zo teleurgesteld dat mijn eerste reactie was dat ik hier weg moest, ervandoor. Maar ik was heus wel teruggekomen. Ik geef jou niet zo maar op. Zoveel kansen op liefde krijgt een mens niet. Afgezien daarvan deed de motor het na een paar minuten al niet meer.'

Nu moesten ze allebei lachen. Nikki hief haar gezicht op en keek Daniël aan. 'Dus je blijft?'

'Heb ik dan een andere keus?'

Ze zoenden elkaar en Nikki voelde alle onzekerheid en twijfels en angsten van de laatste tijd uit zich wegvloeien.

'Toch wil ik graag uitleggen wat er allemaal is gebeurd,' zei ze nadat ze elkaars lippen weer los hadden gelaten.

Nog steeds stond Pixie te blaffen op de waterkant. Inmiddels veranderde echter de toon van het geblaf van ongerust en alarmerend in boos en ongeduldig.

'Zal ik eerst dat mormeltje maar gaan halen?' vroeg Daniël.

Nikki knikte met een verontschuldigend lachje, waarna Daniël haar een zoen op haar neus gaf. 'Het lijkt me dat we nog genoeg tijd krijgen om met elkaar te praten.'

33

'Ik ben toch wel een beetje zenuwachtig,' zei Nikki. Ze friemelde aan het koordje van haar nieuwste vintage tasje – een klein envelopmodel, waar al haar spullen niet zo gemakkelijk in pasten.

'Omdat ik erbij ben?'

'Mmm, ja ook. Maar het is ook voor het eerst in meer dan vijftien jaar dat mijn moeder en tante Jacques in één ruimte zullen zijn en wel haast met elkaar móéten praten.'

'Het komt wel goed. En ik ken iedereen al behalve je ouders en die doen heus niet moeilijk. Bovendien gaan ze straks veilig terug naar Zuid-Frankrijk.' Daniël gaf Nikki een geruststellende kus op haar korte krulhaar. 'Grapje natuurlijk,' zei hij erachteraan.

'Nee, verontschuldig je vooral niet. Zo denk ik er ook precies over.' Ze drukte op de bel van Bo's appartement.

'Wie is daar?' klonk korte tijd later Bo's stem door de intercom.

'Wij zijn het,' antwoordde Nikki. De deur zoemde open en Daniël en Nikki stapten samen met Pixie de hal binnen, negeerden de lift en liepen de zes trappen op naar de derde en bovenste verdieping.

'Het is lang geleden dat Bo haar verjaardag echt vierde,' zei Nikki een beetje buiten adem van het snelle traplopen. 'Vorig jaar zijn we gewoon wat gaan drinken met een stel vrienden, maar nu heeft ze echt iedereen thuis uitgenodigd, ook mijn ouders – nou ja, het is misschien een beetje toevallig dat die er ook zijn – en tante Jacques. Ik hoop niet dat het zo'n feestje wordt waarbij iedereen de hele tijd in een kringetje zit.'

'Ik dacht dat ze wilden gaan barbecueën?' zei Daniël.

'Ja, dat is ook zo, maar dan kun je ook wel in een kringetje zitten.'

Nikki en Daniël keken elkaar even lachend aan en ze gaven elkaar nog snel een zoen voordat ze in het zicht kwamen van Bo's voordeur. Pixie ging er met een zucht bij zitten. Nikki genoot volop van deze verliefde fase waarin zij en Daniël nauwelijks van elkaar af konden blijven. Ook al werkten haar hersens niet als normaal, verdoofd als ze waren door de endorfine, toch wist ze ergens wel dat dit voorbij zou gaan, maar ze was ervan overtuigd dat er tussen haar en Daniël een band aan het ontstaan was die ook zonder verliefdheidshormonen sterk genoeg zou zijn.

Hand in hand liepen ze naar Bo's voordeur. Die stond daar al op hen te wachten en Bo trok Nikki naar binnen en omhelsde haar alsof ze haar in geen tijden gezien had – in werkelijkheid was het krap een week geleden dat zij en Nikki samen hadden gewinkeld.

'Gefeliciteerd,' stamelde Nikki, een beetje ontdaan door zoveel plotselinge genegenheid. Ze overhandigde Bo haar verjaardagscadeaus – een etuitje met een paar antieken oorbellen die ze tijdens haar speurtocht naar vintage kleding was tegengekomen en die perfect pasten bij Bo's groene ogen, en een striptekeningetje van Daniël waarin Bo figureerde als superheldin. 'Is alles goed? Is iedereen er al?'

Nou, niet iedereen. Ik heb onze directe familie eerst gevraagd; de rest komt pas over een uurtje.'

'O,' zei Nikki en ze keek onzeker. Wat had dit allemaal te betekenen? Waarom deed Bo zo moeilijk door ineens familiebijeenkomsten te organiseren?

Bo trok een gezicht en fluisterde: 'Om eerlijk te zijn is de sfeer niet geheel en al ontspannen. Mama en tante Jacques hebben nog nauwelijks iets tegen elkaar gezegd.'

'Nee?' fluisterde Nikki, niet wetend wat ze verder moest zeggen.

'Laten we maar naar binnen gaan. Misschien wordt het beter nu jij en Daniël er ook zijn,' zei Bo.

'Waarom zou onze aanwezigheid helpen?' Nikki raakte nog nerveuzer bij de gedachte aan de verantwoordelijke taak die kennelijk op haar rustte.

'Gewoon, hoe meer zielen hoe meer vreugd. En jij kunt ook

goed met tante Jacques opschieten. Je ziet haar bijna elke dag, niet alleen in de winkel. Inmiddels zijn jullie dik aan.'

'Ja, met tante Jacques kan ik het inderdaad prima vinden...' bromde Nikki.

'En we zijn gewoon leuke mensen die overal de sfeer verbeteren zodra we binnenkomen,' zei Daniël lachend, en hij gaf Nikki een duwtje in haar rug.

Vlak voordat ze de huiskamer in gingen, trok Nikki Bo nog even aan haar rode jurkje – dat Nikki ooit voor haar had uitgezocht.

'Hoe is het met papa en mama? Gedragen ze zich een beetje? Ik bedoel: ze willen ook nog een paar nachtjes bij mij slapen. Ga ik dat volhouden?'

'Jawel,' fluisterde Bo zodat de gasten in de kamer het niet zouden horen. 'Het is eigenlijk wel gezellig. Ze zijn relaxter dan ik ze ooit gezien heb.'

'Hm,' zei Nikki ongelovig. Ze liep achter Bo aan naar binnen en voelde meteen dat de sfeer in de zitkamer verre van relaxed was. Nikki's ouders zaten samen op de hoekbank aan de ene kant van de kamer en tante Jacques zat in een ongemakkelijk uitziende stoel daartegenover. Bo had wat betreft de inrichting van haar appartement al net zo weinig smaak – of geduld – als bij het kiezen van haar kleding en het was in de flat niet per se ongezellig, maar het Ikea-gehalte was er hoog. Bo en Pieter waren naar de winkel gegaan en hadden de hele boel, van eettafel en bed tot schilderijen en vazen, in een keer aangeschaft. Pieter had zich wijselijk uit de huiskamer teruggetrokken en stond op het balkon de barbecue voor te bereiden.

'Hallo,' zei Nikki ongemakkelijk, en ze lachte even naar tante Jacques voordat ze eerst naar haar ouders liep om die te zoenen. Ze had hen al bijna een jaar niet gezien.

'Dag, mam. Dag, pap. Dit is Daniël.' Nikki's ouders stonden op en gaven hun dochter om de beurt drie zoenen op de wang en schudden daarna Daniël de hand.

'Leuk je te ontmoeten,' zei Nikki's moeder en ze keek oprecht verheugd. Nikki's vader knikte instemmend.

'Zeg maar gewoon Annika tegen me, hoor,' ging Nikki's moeder verder.

'En ik heet Ben.'

'Annika en Ben, ik ben blij jullie te leren kennen. Ik zie nu van wie Nikki haar mooie krullen heeft,' zei Daniël op zijn vriendelijkst.

Nikki's moeder nam het compliment glimlachend in ontvangst. Nikki stond met enige verbazing naar haar ouders te kijken. Bo had gelijk dat ze er ontspannen uitzagen. Nikki's vader was niet veel veranderd: hij was nog steeds een lange, slanke man met een bos grijs haar en een dito snor, maar zijn gezicht straalde een soort rust uit, waardoor hij er jonger uitzag. Annika had echter een ware metamorfose ondergaan. Ze had haar haar dat ze al zo lang Nikki zich kon herinneren op schouderlengte droeg, kort laten knippen, en ze had inderdaad krullen, die ze donkerblond had geverfd. Hierdoor kreeg ze een warme uitstraling, wat nog eens versterkt werd door het feit dat ze behoorlijk was aangekomen. Ze was altijd bijna mager geweest, maar nu oogde ze haast mollig en dat stond haar geweldig.

Terwijl Nikki zich nog over haar ouders aan het verbazen was, kwamen tante Jacques en Pieter op haar af om haar en Daniël welkom te heten. Vervolgens zocht iedereen weer een plekje. Daniël ging op het andere hoekdeel van de bank zitten, vlak bij Ben en Annika, en Nikki aarzelde even of ze zich nog naast hem zou wurmen, maar koos toch maar voor de andere ongemakkelijke stoel. Tot haar verbazing zag ze dat Pixie bij haar moeder op schoot kroop en daar meteen werd geknuffeld.

'Zal ik iets te drinken voor jullie halen?' vroeg Pieter in de plotselinge stilte.

'Wacht even, Pieter,' zei Bo, die zich aldoor een beetje op de achtergrond had gehouden. 'Je mag zo de champagne inschenken, maar nu iedereen bij elkaar is, wil ik eerst even iets zeggen. Ik kan het niet langer voor me houden.'

Iedereen keek Bo verwachtingsvol aan. Nikki raakte opnieuw nerveus en vroeg zich af waarom Bo zo formeel deed. Toen schoot haar ineens iets te binnen en ze sloeg bijna een hand voor haar mond, maar ze hield zich net in.

Bo werd een beetje rood nu iedereen naar haar keek. 'Tja, ik had het eigenlijk wel eerder willen zeggen en volgens mij heeft tenminste één iemand hier het wel geraden...' – ze keek even naar Pieter en naar tante Jacques, die bemoedigend glimlachte – '... maar ik ben bijna drie maanden zwanger.'

Ze was nauwelijks uitgesproken of Nikki's moeder en Nikki schoten gillend overeind en stortten zich vrijwel boven op hun dochter en zusje.

'Gefeliciteerd!' riepen ze in koor. Nikki voelde de tranen in haar ogen prikken. Ze was zo blij voor Bo dat het toch gelukt was.

'Voorzichtig, voorzichtig,' zei Pieter lachend, waarna hij ook bestormd werd met felicitaties.

'Ik word tante!' riep Nikki en ze omhelsde Daniël. Vervolgens werd er aan alle kanten gezoend en handen geschud.

'Ik word oma!' riep Annika en ze sloeg haar handen tegen haar wangen alsof ze het nauwelijks kon geloven.

'Ik ben zo blij voor je,' zei tante Jacques.

'Jij wordt ook een beetje oma,' zei Bo tegen tante Jacques, en ze pakte haar tantes hand. 'Een soort peetoma. Pieters moeder leeft niet meer en zijn vader zit in het bejaardenhuis en een kind heeft eigenlijk toch twee oma's nodig.'

'Dat zou ik heel fijn vinden,' zei tante Jacques, en Nikki zag dat haar ogen een beetje vochtig werden. Iedereen leek nu hand in hand te staan – tante Jacques met Bo, en Nikki en Bo, en Nikki en haar moeder – en Annika en tante Jacques keken elkaar aan en plotseling omhelsden ze elkaar.

'Ik heb je zo gemist, Jacqueline,' zei Annika met hese stem.

'Ik jou ook,' antwoordde tante Jacques. 'Veel meer dan je waarschijnlijk denkt.'

Nu stroomden bij alle vrouwen de tranen over de wangen en stonden de drie mannen een beetje schaapachtig naar ze te kijken.

'Ik ga de champagne inschenken,' zei Pieter.

'Goed idee,' zeiden Daniël en Ben in koor.

Terwijl de mannen de champagne in glazen schonken en hapjes uitdeelden, gingen de vrouwen met elkaar op de hoekbank zitten en droogden lachend hun tranen.

'Hoe voel je je?' vroeg Annika aan Bo en ze gaf haar dochter nogmaals een zoen op de wang.

'In het begin heb ik me heel beroerd gevoeld en was ik heel bang dat het mis zou gaan, maar sinds een week gaat het echt beter. Ik moet nu oppassen dat ik niet voor twee of zelfs drie eet.'

'Ach, je mag best nog een beetje aankomen,' zei tante Jacques lachend en ze kneep Bo plagerig in haar wang.

'Zeg,' zei die quasiverontwaardigd, 'ik krijg een kind, ik ben niet ineens zelf weer een klein meisje.' Hoewel ze eruit zag alsof ze het helemaal niet erg vond een beetje bemoederd te worden.

De mannen trokken zich terug op het balkon om hun glazen champagne te legen en de barbecue verder voor te bereiden; ondertussen ging op de hoekbank het gesprek in een hogere versnelling en werd er snel geschakeld van het ene naar het andere onderwerp, zoals alleen vrouwen dat maar kunnen. Bo's zwangerschap, Nikki's succesvolle webshop, Daniël, het leven in Frankrijk, Annika's korte haar, Nikki's korte haar – alles kwam aan bod. Op een gegeven moment moesten de jongere zusters het zelfs afleggen tegen de oudere en Nikki en Bo keken elkaar met open mond en opgetrokken wenkbrauwen aan toen ze merkten dat hun moeder en tante nog drukker konden kletsen dan zijzelf.

Na enige tijd viel er een korte stilte toen Annika en tante Jacques beiden hun champagneglas in een teug leegdronken en om zich heen keken op zoek naar de fles, van welk moment Nikki gebruik maakte door te zeggen: 'Ik begrijp niet dat jullie meer dan vijftien jaar niet met elkaar gepraat hebben. Hoe kan dat toch?'

Het bleef nog wat langer stil en Annika en tante Jacques staarden allebei ineens hardnekkig naar hun lege glazen.

'O, sorry, had ik dat niet moeten vragen? Gaan jullie nu weer ruziemaken?'

'Nee,' zuchtte Nikki's moeder. 'Ik schaam me alleen dat het gebeurd is.'

'O, ik ook,' zei tante Jacques op hartstochtelijke toon. 'En nu ik zie hoe gelukkig jullie zijn in Zuid-Frankrijk, vind ik het helemaal erg dat ik destijds kritiek op je had. Waar heb ik me mee bemoeid?'

'Nee, nee, je had wel gelijk. Wíj zijn inderdaad heel gelukkig in Frankrijk, maar ik ken een Nederlands stel dat vlak bij ons woont, nou ja, vijfenzestig kilometer verderop, die daar een camping beheren en die hebben twee kinderen, een jongen van veertien en een meisje van negen, met allebei veel problemen. Vooral de jongen kan niet aarden en mist iedereen in Nederland. Hij is diep ongelukkig, op het depressieve af. Hij eet zelfs al maanden nauwelijks nog iets, je kunt dwars door hem heen kijken. Dus je had geen ongelijk toen je zei dat het voor kinderen heel zwaar kan zijn om te emigreren.'

'Waar ging die ruzie dan eigenlijk over?' interrumpeerde Nikki. 'Ik begrijp er niks van. Ik dacht dat het iets met tarotkaarten te maken had.'

Annika en tante Jacques keken elkaar een seconde verbaasd aan en barstten toen tegelijk in lachen uit.

'Het heeft wel iets met tarotkaarten te maken,' zei tante Jacques toen ze voldoende uitgelachen was om te kunnen praten. 'Ik heb destijds inderdaad de tarot voor je moeder gelegd en niet tot mijn verbazing raadde die een verhuizing naar Zuid-Frankrijk sterk af.'

'Waar ik het overigens niet mee eens was. Je kunt De Gehangene ook uitleggen als een aanmoediging om nieuwe dingen aan te pakken.'

'Dat is een klein nadeel aan de tarot: je kunt de voorspellingen soms op verschillende wijzen interpreteren.'

'Maar waar de ruzie eigenlijk om ging,' zei Nikki's moeder, nu iets ernstiger, 'is dat toen jij een jaar of elf was, Nikki, en Bo dus net iets ouder, je vader en ik al vergevorderde plannen hadden om naar Zuid-Frankrijk te verhuizen om daar een hotel met atelierruimte voor schildercursussen te beginnen. Je tante had daar kritiek op en ik kon daar niet tegen. Jacques vond dat ik egoïstisch bezig was door zo mijn eigen verlangens na te jagen en dat het geen goed idee was om jullie op zo'n kwetsbare leeftijd te ont- wortelen. Achteraf gezien heeft ze misschien gelijk gehad, maar toen vond ik dat ze zich niet met mijn leven en mijn kinderen had te bemoeien.'

'En daar had jij weer gelijk in,' zei tante Jacques. 'Het waren mijn zaken ook niet. Bovendien was ik ook niet vrij van enig ego- isme: ik wilde liever niet dat jullie zo ver weg gingen wonen. Ik was erg gehecht geraakt aan jullie en de kinderen en ik was bang jullie te verliezen. Uiteindelijk is dat toch gebeurd.' Ze zuchtte en sloeg haar ogen neer.

'Hoewel we niet naar Frankrijk zijn gegaan. Voordat alle plan- nen rond waren, had ik al weer iets anders gevonden om me op te richten. Hebben we toen niet een tijdje die vogelopvang gerund?' Nikki's moeder keek peinzend voor zich uit. 'Ik was erg wispeltu- rig en eigenlijk zelden tevreden over mezelf of mijn leven.'

'Maar uiteindelijk is alles toch nog goed gekomen,' zei Bo blij- moedig. 'Jullie zijn alsnog naar Zuid-Frankrijk verhuisd en volgens mij hebben jullie het daar erg naar je zin.'

'Dat is waar,' zei Annika. 'Voor het eerst in mijn leven voel ik me echt op mijn plek. En inmiddels heb ik twee grote kinderen, die ondanks hun zelfzuchtige ouders toch heel goed terecht zijn gekomen.' Annika legde een arm om Bo, die naast haar zat, en een hand op Nikki's knie, die naast tante Jacques zat. 'De een heeft een leuke, nieuwe vriend en is startende ondernemer geworden en de ander is in verwachting en gaat mij oma maken.'

'Zulke slechte ouders waren jullie nu ook weer niet.'

'Maar het had beter gekund,' zei Annika. 'Al kan het eigenlijk altijd wel beter. Dat zul je zelf nog wel merken.' Ze lachte en legde even een hand op Bo's nog platte buik.

'Dus nu jij en papa alsnog gelukkig geworden zijn in Zuid- Frankrijk en Bo en ik inmiddels ruim volwassen zijn, hebben jul- lie toch niets meer om ruzie over te maken?' vroeg Nikki en ze keek van haar moeder naar haar tante.

'Nee,' zei Annika. 'En dit gedoe heeft sowieso veel te lang geduurd. We hadden het veel eerder moeten uitpraten.' Ze keek haar zus aan.

'Je hebt helemaal gelijk,' zei tante Jacques. 'Kennelijk ben ik in staat om andere mensen advies te geven over hun levens, maar kan ik mijn eigen problemen soms niet goed oplossen.'

'Dat komt vaker voor,' zei Bo met een wijs gezicht.

Inmiddels was Pieter nogmaals langs geweest met de champagnefles en had hij Bo voorzien van een glas verse jus d'orange, waarna Annika en tante Jacques, Bo en Nikki toostten op de toekomst en het nieuwe leven.

Bo verontschuldigde zich en stond op van de bank, omdat haar andere gasten zo kwamen en ze wilde zich ervan vergewissen dat alles klaar was voor de ontvangst. Nikki luisterde nog een tijdje geamuseerd naar haar moeder en tante Jacques, maar toen hun verhalen uit een steeds verder verleden gingen stammen en er mensen over de tong gingen waarvan Nikki nog nooit gehoord had, keek ze om zich heen om te zien waar de rest was gebleven. Pieter was niet in de huiskamer en Nikki's vader en Daniël zaten aan de eettafel, waar Ben aan Daniël de folder liet zien die hij had laten maken ter promotie van *Les Trois Étoiles*, de chambres d'hôtes van hem en Annika. Daniël leek Nikki's blik te voelen en keek even op om naar haar te lachen. Opgelucht dat alles zo goed leek te gaan, keek Nikki verder om zich heen en ze zag Bo in haar eentje op het balkon staan. Zonder dat tante Jacques en Annika het schenen te merken, stond Nikki op van de bank en liep ze naar Bo.

Bo leunde op de reling van het balkon en keek uit over het IJsselmeer. Het appartement van Bo en Pieter had een ruim balkon en omdat het op de bovenste verdieping lag, konden ze net over de IJsselmeerdijk heen kijken en het water zien. Als je naar links keek en het niet te mistig was, dan zag je daar Jutterseiland en het appartementengebouw van tante Jacques en het oude huisje van Marius Geluk.

'Alles goed?' vroeg Nikki. Ze leunde ook met haar armen op de balustrade en staarde in dezelfde richting als Bo.

Bo knikte. 'Ja, hoor.'

'Ik ben zo blij voor Pieter en jou.'

Bo knikte weer.

'Je bent toch ook wel blij?' Nikki keek haar zus, die ver weg in gedachten leek, onderzoekend aan.

Bo draaide haar gezicht naar Nikki toe en lachte. 'Heel erg blij. Maar ik vind het ook doodeng.'

'Ja, daar kan ik me iets bij voorstellen.' Nu was het Nikki's beurt om een moment in gedachten te verzinken en over het water te staren. Ze kon zich niet helemaal indenken hoe het was om zwanger te zijn, maar haar verbeelding hielp haar wel een eindje op weg en ze snapte best dat een kind krijgen ook soms griezelig was. Als ze eerlijk was, vond ze het al een beetje eng dat haar zús een kind ging krijgen. Als alles maar goed ging... En er zouden hoe dan ook dingen veranderen.

'Soms word ik midden in de nacht wakker en dan denk ik wel eens: waar ben ik aan begonnen? Straks heb ik ineens een báby. Dan ben ik voor de rest van mijn leven een moeder. Voor áltijd. Tenminste, dat is wel te hopen. Er kunnen natuurlijk ook heel veel nare dingen gebeuren; ziektes, ongelukken. Dan ga ik daar weer over liggen piekeren. Maar meestal ben ik heel blij en gelukkig, hoor. Het is misschien wel het avontuur van mijn leven.'

'En is Pieter ook gelukkig? Hij zag er wel heel trots uit zonet, toen jij het vertelde.'

'Ja, Pieter is ook hartstikke blij, al is het voor hem nog lang niet zo concreet. Voor hem verandert er voorlopig nog niks, terwijl ik me al weken misselijk en uitgeput voel.'

'Het is niet eerlijk verdeeld, hè?' zei Nikki en ze aaide Bo over haar rug. 'Konden mannen ook maar zwanger raken... Ik wil je alvast wel beloven dat ik de leukste tante ga worden die er maar is. Ik zal je met alles helpen en heel veel oppassen, zodat jij en Pieter ook nog eens samen weg kunnen. Mijn nichtje of neefje zal stapeldol op haar of zijn tante worden. En Daniël wordt vast een leuke oom.' Nikki keek even om en zag dat Daniël Pieter hielp een aantal extra stoelen het balkon op te sjouwen.

'Daar hou ik je allemaal aan,' zei Bo lachend. 'Kijk eens wie daar aankomen?'

Nikki volgde Bo's blik en zag op de weg op de dijk twee jonge mensen naast elkaar fietsen.

'Polly en Rolly!'

'Hé, hallo, hier!' riepen Nikki en Bo om het hardst, maar Roland en Polly waren kennelijk diep in gesprek en keken op noch om. Voordat ze voor Bo's appartementengebouw langsreden, sloegen ze rechtsaf de fietsbrug op en reden ze van de dijk af en uit het zicht.

'Ik ga wel vast voor ze opendoen,' zei Nikki. Ze gaf Bo een zoen op haar wang. 'Dit wordt vast een heel gezellige verjaardag. Ga je het iedereen vertellen, denk je?'

'Waarschijnlijk wel. Ik kan het toch niet voor me houden. En anders klets jij je mond wel voorbij,' vervolgde ze lachend tegen een verontwaardigd kijkende Nikki. 'Of Pieter en zeker weten mama. Die is veel te trots dat ze oma wordt om niets te zeggen. Maar ik denk niet dat ik het ga aankondigen. Ik vertel het zo wel als ik met mensen sta te praten.'

Nikki knikte dat ze dat begreep en liep toen snel naar de voordeur, terwijl ze onderweg Daniël nog even omhelsde en een kus gaf.

Ze trok de voordeur open en stapte, zoals altijd gevolgd door Pixie, de galerij op om te zien waar Polly en Roland gebleven waren.

Ze lokaliseerde ze bij een fietsenrek in het plantsoen voor het flatgebouw, maar...

'Aaah, staan jullie nu te zoenen?' gilde Nikki vanaf de galerij. Meteen sloeg ze een hand voor haar mond, omdat ze zich realiseerde dat ze niet zo tactisch bezig was.

Polly en Roland lieten elkaar los en keken verbaasd in de richting van het lawaai. Toen ze Nikki zagen staan kregen ze allebei zo'n rode kleur dat het zelfs vanaf de galerij op de derde verdieping te zien was.

'Sorry!' riep Nikki naar beneden. 'Ik kom eraan.' Ze rende weg,

zo snel als haar lage cowboylaarsjes haar dragen konden, en stormde de galerij af, de deur door, ze struikelde half de trappen af en
racete over de straat. Pixie danste om haar enkels, keffend van alle
opwinding.

Hijgend bleef Nikki voor Polly en Roland staan. 'Sorry dat ik zo
brulde,' zei ze, 'maar zag ik het goed? Stonden jullie te zoenen?'

Polly en Roland kregen opnieuw ieder een tomaatrode kleur.

'Zijn jullie een stel? Zijn jullie verliefd? O, dat zou ik zo leuk
vinden. Ik heb altijd gevonden dat jullie goed bij elkaar passen, en
Bo trouwens ook.' Verheugd keek Nikki van de een naar de ander.

Polly kreeg als eerste haar spraakvermogen terug. Ze pakte Ro-
lands hand en keek hem even zijdelings aan, frommelde wat aan
de franje van haar sjaaltje en zei toen tegen Nikki: 'Eh, ja, we zijn
verliefd.' Ze werd zo mogelijk nog roder.

'Hoe lang al? Hoe is dat zo gekomen?' vroeg Nikki stralend. Ze
had zin haar vrienden te omhelzen.

'Nou, nog niet zo heel lang, toch Roland?' zei Polly, die probeerde Roland iets te laten zeggen.

Roland was kennelijk nog altijd iets te overdonderd door Nikki's reactie en knikte alleen maar.

'Roland en ik waren de laatste tijd steeds vaker met z'n tweeën
op zondag in De Tempelier en gingen zo vanzelf meer tijd samen
doorbrengen. Op een gegeven moment hadden we het erover, na
een paar glazen bier, dat het misschien een goed idee zou zijn als
wij ook eens een partner gingen zoeken, iemand om verliefd op te
worden, en dat we dat allebei graag zouden willen. Dus besloten
we om te gaan internetdaten en dat we elkaar daarbij zouden helpen. Hierdoor waren we nog vaker samen en terwijl we zo bezig
waren met het opstellen van een profiel kwamen we erachter dat
we eigenlijk best goed bij elkaar passen en, eh, elkaar ook eigenlijk heel erg leuk vinden.' Ze zocht bevestiging en keek met een
duidelijk verliefde blik op naar Roland. Die glunderde verliefd terug en gaf Polly spontaan een zoen.

Nikki zuchtte. Nu ze zelf zo verliefd was, gunde ze het een ander meer dan ooit.

'Wat geweldig!' Ze trok Polly en Roland naar zich toe voor een groepsomhelzing. 'Eind goed, al goed.'

Iets later lieten ze elkaar los. 'Kom, we gaan naar boven,' zei Nikki en ze duwde haar vrienden voor zich uit in de richting van de deur van het appartementencomplex. 'Daar wacht jullie nog meer leuk nieuws.'

Ze pakte Pixie op van de grond die daar al tijdens de omhelzing om een knuffel had staan bedelen en volgde Polly en Roland. Het leek er verdacht veel op dat alles goed ging komen.

34

Nikki en Daniël waren met de bus naar het restaurant gegaan, want er was slecht weer voorspeld. 'Het Oude Sluisje' was gevestigd in een voormalig sluisgebouw aan de IJsselmeerdijk, ongeveer tien minuten met de bus buiten de stad, en na Le Petit Sud was het waarschijnlijk het duurste restaurant in de omgeving. Daniël had vorige week de illustraties voor een kinderboek ingeleverd bij een tevreden uitgever en ging nu Nikki van zijn voorschot trakteren op een chique etentje. Nikki had aangeboden de rekening te delen, aangezien ze inmiddels een heel goed inkomen had door het succes van Nikki's Vintage en haar steeds grotere verantwoordelijkheden bij White Magic, maar Daniël had er absoluut niets van willen horen.

Voordat Nikki en Daniël op de bus waren gestapt, hadden ze zich thuis opgetut als twee kleine kinderen die zich voor de spiegel mooi stonden te maken, en ze hadden er allebei evenveel plezier aan beleefd. Daniël bleek in zijn hutkoffer, die van de boot was gekomen en nu in Nikki's huis stond, een mooie zwarte broek met glimmende streep op de zijnaad te hebben en een wit overhemd met ruches rond de kraag en op het front. Hij zag eruit als een wat stoerdere, modernere versie van een achttiende-eeuwse dichter of piraat. Nikki had een rood jurkje aan met blote schouders en de rok net boven de knie uit de jaren tachtig – steeds meer haar favoriete periode – afkomstig uit haar eigen collectie, en droeg hogere hakken dan ze in tijden had aangehad. Al lopende bedacht ze dat het maar goed was dat de bushalte vlak bij het restaurant was.

Terwijl Nikki aan Daniëls arm het pad op wandelde van de dijk naar beneden en door de tuin van Het Oude Sluisje, verzamelde zich achter hen, aan de andere kant van de dijk, boven het IJsselmeer, de eerste wolken van de aangekondigde regenbui. Op het terras waren twee obers druk bezig de meubels onder een afdak te zetten. Een aanwakkerende wind joeg de herfstbladeren van de bomen. In de opkomende schemering sprongen een aantal lichtjes langs het tuinpad aan. Het restaurant met zijn gezellige verlichting zag er aanlokkelijk uit en Nikki en Daniël haastten zich naar binnen, terwijl de eerste dikke druppels op hun hoofd vielen.

Binnen werd hun jas aangenomen door een aardige man in een ouderwets, zwart pak.

'Ik heb u een tafeltje in onze serre gegeven,' zei hij. 'Dat leek me prettiger dan op het terras, met dit weer.' Zijn gezicht bleef in de plooi, maar de twinkeling in zijn ogen liet zien dat hij een grapje maakte. Nikki en Daniël glimlachten en volgden de man naar de prachtige verlichte serre. Hun tafel stond langs de glazen wand en was gedekt met een hoop glimmend serviesgoed en bestek. Een grote, zilveren kandelaar verspreidde het mooie kaarslicht. De man in het pak trok Nikki's stoel naar achteren en liet haar plaatsnemen. Vervolgens wenste hij Nikki en Daniël een prettige avond en vermeldde dat de wijn- en menukaart snel zouden arriveren. Toen hij weg was, keken Nikki en Daniël elkaar even aan met een gelukkige blik van verstandhouding en pakte Daniël Nikki's hand om er een zoen op te drukken. Nikki bedacht dat ze het erg leuk vond om weer eens op deze manier uit te gaan, al was het maar omdat het heerlijk was om Daniël te kunnen showen. Toch had ze het de afgelopen tijd helemaal niet gemist.

De wijnkaart werd vlot gebracht en de eerste bestellingen werden opgenomen. Buiten was het helemaal donker geworden en een zware regen- en onweersbui barstte los. Terwijl de regen tegen de ramen kletterde en Nikki naar het schouwspel dat zich buiten voltrok keek, werd ze zich na enige tijd ineens bewust van een prikkelend gevoel in haar nek: alsof er iemand naar haar keek. Ze wierp een voorzichtige blik over haar schouder en ving een glimp op van twee mensen aan een tafeltje, van wie er een naar haar leek te staren en de ander hardnekkig wegkeek. Nu moest ze weten wat er aan de hand was en zonder pardon keek ze achter zich.

'Grote genade,' zei ze en ze draaide ogenblikkelijk haar hoofd terug zodra ze gezien had wat, of beter gezegd wie, zich schuin achter haar bevonden.

'Wat is er?' vroeg Daniël die zijn blik afwendde van de regen buiten en naar Nikki's geschrokken gezicht staarde.

'Raymond en Tatjana,' kreunde Nikki. 'Daar links achter me.'

Zonder zich te bewegen, liet Daniël zijn ogen gaan in de richting die Nikki had aangewezen.

'Die man in het parelgrijze colbert en de vrouw met het lange, zwarte haar?'

Nikki knikte. 'Wat te doen?'

'Hij kijkt naar je. Zij niet,' liet Daniël weten. Hij richtte zijn blik weer op Nikki, die er plotseling nogal ineengedoken bijzat, en pakte haar over de tafel heen bij de hand. 'Wil je weg?'

Nikki haalde diep adem en rechtte toen haar rug. 'Nee,' zei ze, 'zij gaan maar weg als ze er niet tegen kunnen mij te zien.'

'Heel goed idee. Zo ken ik mijn Nikki.' Daniël pakte zijn glas, gaf Nikki het hare en ze toostten op hun geluk in de liefde en in de zaken.

Misschien geholpen door de wijn en door het feit dat Daniël nog een tijdje haar hand bleef vasthouden, begon Nikki langzaam weer te ontspannen. Gelukkig hoefde ze Raymond en Tatjana niet in het gezicht te kijken. Ze liet zich het voorgerecht goed smaken.

'Wat vind jij?' vroeg ze tijdens de escargots aan Daniël. 'Moet ik iets tegen ze gaan zeggen?'

Daniël keek nog een keer om haar heen in de richting van Raymond en Tatjana en begon een beetje te lachen: 'Hij kijkt nog steeds naar je en Tatjana zit er in mijn ogen een beetje ongelukkig bij. Je kunt ze gedag gaan zeggen, als je dat zelf graag wilt, maar je kunt ze ook negeren. Je hoeft niks. Dit is jouw feestje.'

Nikki nam nog een slok wijn en liet haar gedachten eens gaan over de mogelijkheden. Na het tussengerecht voelde ze eigenlijk wel de behoefte om even naar het toilet te gaan. Ze had om kunnen lopen door rechtsaf de serre uit te gaan, maar besloot gewoon linksaf te gaan en daarmee Raymond en Tatjana te passeren. Tot op het laatste moment wist ze zelf niet of ze gewoon zonder iets te zeggen langs zou lopen, of toch even bij ze zou stoppen. Vanuit haar ooghoeken zag ze dat Raymond haar met zijn blik volgde. Ze kon het niet laten en keek hem in de ogen. Wat daar te lezen stond, verbaasde haar: het was zowel paniek als verlangen.

'Hallo,' zei Nikki en ze hield halt bij het tafeltje waar Raymond en Tatjana zo te zien aan hun hoofdgerecht zaten. 'Wat toevallig dat jullie ook hier zijn.'

'Nogal,' zei Raymond, en er trok zowaar een hint van een blos over zijn stoere mannengezicht. Hij bekeek Nikki van top tot teen. Uit ervaring wist Nikki dat dit betekende dat haar uiterlijk hem beviel. Zo had hij vroeger ook gekeken naar haar en – tot haar frustratie – vaak genoeg naar andere vrouwen.

Nikki keek naar Tatjana die met een gezicht dat zo donker zag als de onweersbui buiten, stug de andere kant op staarde. Meteen viel het Nikki op dat Tatjana er niet goed uitzag. Ogenschijnlijk was er niet veel aan haar veranderd: haar haar was nog steeds lang, maar het glom niet meer. Haar anders zo gave gezicht toonde nu alleen zo glad omdat ze een zware laag make-up droeg. De crème en poeder moesten nog duidelijk zichtbare pukkels en puistjes bedekken. Ook leek het er sterk op alsof ze vermagerd was.

'Alles goed?' vroeg Nikki aan Raymond, niet geheel zonder leedvermaak.

'Prima,' zei hij zonder enige vrolijkheid.

'Klopt het dat jullie gaan verhuizen?' ging Nikki verder. Ze had ongeveer een maand geleden voor het eerst het TE KOOP-bordje aan de gevel van het penthouse in de Springplank zien hangen.

'Ja, ik ben overgeplaatst naar Singapore.'

'Leuk,' zei Nikki.

Raymond knikte, opnieuw zonder enig enthousiasme. Hij leek te chagrijnig om zelfs maar een beetje een beleefde conversatie te voeren.

'Nou, veel succes dan maar,' zei Nikki. Ze had moeite haar lachen in te houden. Vlak voordat ze doorliep, ving ze nog eenmaal Raymonds blik. Op dat moment wist ze zeker – na twaalf jaar kende ze hem wel een beetje – dat hij spijt had en zich afvroeg waarom hij eigenlijk haar ingeruild had voor Tatjana. Als iemand het hem zou vragen, zou hij vast zeggen dat het was alsof ze hem betoverd had. Met de meest zelfverzekerde en uitdagende pas die Nikki in zich had, liep ze door in de richting van de toiletten. Opgelucht constateerde ze dat ze zelf helemaal niet terugverlangde naar Raymond.

Na haar toiletbezoek liep ze terug langs de andere kant om Raymond en Tatjana niet nog een keer te passeren. Zelden had het eten haar lekkerder gesmaakt. Nog voordat Daniël en zij hun hoofdgerecht op hadden, vroeg Raymond om de rekening en vertrokken hij en Tatjana met stille trom – en dat terwijl hij in Nikki's tijd zelden de kaas, het nagerecht, de dessertwijn en de koffie met cognac oversloeg. Nikki en Daniël vroegen de ober om nog een nieuwe fles van hun beste wijn.

Toen ze tegen middernacht buiten het restaurant stonden en als laatste gasten vertrokken, was de hemel helemaal opgeklaard. Zo buiten de stad was er minder lichtvervuiling en een grote hoeveelheid sterren twinkelden helder aan de donkere lucht. Nikki ademde diep de frisse lucht in. Ze rook de oprukkende herfst.

'Zullen we gaan lopen?' vroeg Daniël.

Nikki knikte en trok uit haar handtas een paar slippers tevoorschijn, die ze wisselde met haar hoge hakken. Hand in hand liepen ze de tuin van het restaurant uit en beklommen ze de dijk. Het natte gras streelde Nikki's blote voeten. Het donkergrijze, stille water weerkaatste het licht van de maan en de sterren. In de verte zagen ze de lampjes van de stad aan het meer. Er was geen wind en op de weg die langs de dijk liep was nauwelijks verkeer. Ze waren nog iets hogerop geklommen en liepen door het gras. Zelden had Nikki zich zo vrij gevoeld als toen ze in haar mooie jurk over een hek klom en tussen de schapen door wandelde. Nikki en Daniël zeiden niet veel tegen elkaar.

Ruim na middernacht kwamen ze aan in Nikki's huis, dat steeds meer hún huis was. Voorlopig hielden ze de boot, maar vrijwel al Daniëls spullen waren inmiddels overgebracht. Op de boot had het veel geleken, maar zo verdeeld over een heel huis, bleken Daniëls bezittingen karig. In Nikki's logeerkamer hadden ze nu allebei een werktafel.

Het was een zwoele nazomernacht geworden en in diverse tuinen klonk nog zacht geroezemoes. Niet voor het eerst bedacht Nikki met een groot gevoel van geluk dat ze nooit meer bang was om een dode eend of vreemd altaar in haar tuin te vinden. De tuin hadden ze samen onder handen genomen en hoewel hij nog steeds iets wilds had, zat er nu ook meer structuur in. Het was niet zo dat Nikki nooit meer bang was. Soms overvielen haar oude angsten haar nog, vooral als Daniël een paar nachten niet thuis was, en ze vroeg zich af hoe het haar zou vergaan als Daniël ooit bij haar weg zou gaan. Bij de gedachte alleen al kreeg ze het koud van binnen. Maar hoe erg en moeilijk ze dat ook zou vinden, ze wist ook dat ze het opnieuw zou doorstaan en zou overleven. Dat had ze tenslotte al eerder gedaan. Ze was heel wat ervaringen rijker en die zouden haar bij nog komende moeilijkheden helpen. Haar angst was niet alleen afgenomen; het was vooral dat haar zelfvertrouwen, door de overwinningen die ze had geboekt, was gegroeid.

'Het is nog zo lekker buiten, zullen we nog één glaasje doen?' vroeg Daniël.

Nikki knikte en gaf hem een zoen. Ze kon gewoon niet van Daniël afblijven. Terwijl hij glimlachend en zichtbaar blij met alle affectie naar binnen liep voor een fles wijn en glazen, ging Nikki achter hem aan en verruilde ze haar jas voor een lekker zittend vest.

Behaaglijk ging ze in een rotanstoeltje zitten en keek naar de tuin, die er geheimzinnig uitzag in het donker. Geheimzinnig, níet eng. Pixie, die blij was dat haar baasjes er weer waren, sprong op haar schoot en Ping en Pong, die eigenzinnig als altijd, hun tijd leken te verdelen tussen het huis van tante Jacques en dat van Nikki', kwamen tevoorschijn vanonder de rozemarijn en vleiden zich tegen Nikki's blote benen aan.

'Zo, mormeltjes,' zei Nikki, 'zijn jullie blij dat we toch weer terug zijn gekomen?' Ze aaide de dieren om de beurt over hun kopjes. Daniël kwam tevoorschijn, overhandigde Nikki een glas rode wijn en ging naast haar in een vintage tuinstoel zitten die Nikki laatst bij een kofferbakmarkt op de kop had getikt.

'Nikki?' hoorden ze plotseling Sabina roepen vanuit haar achtertuin.

'Ja?' antwoordde Nikki.

'Ah, je bent dus nog wakker,' zei onzichtbare Sabina.

'Ja, we zijn nog maar net thuis.'

'Leuk. Dan kan ik je nog vertellen dat ik net op de computer heb gezien dat we dat blauwe cocktailjurkje uit de jaren tachtig hebben verkocht. Voor de tweehonderdvijfennegentig euro die we vroegen! En ook twee van Leni's pantalons zijn weg.'

'Ah, echt waar? Geweldig,' riep Nikki enthousiast terug. 'En vanmiddag hebben we in de winkel ook al dat maffe broekpak van Serafina verkocht. Een topdag!' Ze knipoogde naar Daniël. 'In meerdere opzichten,' zei ze iets zachter. Daniël hief vrolijk zijn glas.

'Zeg, kan het wat zachter?' hoorden ze plotseling een zware mannenstem uit een tuin drie huizen verderop zeggen. 'Het is al midden in de nacht, hoor. En er wonen hier toch zeker geen asocialen?' Een bulderend gelach volgde.

'Sorry, Ruud,' riepen Nikki en Sabina in koor.

'Het is al goed,' antwoordde Ruud. 'Als jullie volgende week maar naar de buurtbijeenkomst komen. We gaan eens even stevig protest indienen tegen alle plannen van de gemeente. Nu we een nieuwe burgemeester krijgen, maken we bovendien goede kans om hier nog heel lang te kunnen blijven wonen.'

'Goed, hoor,' antwoordde Sabina.

'We zullen er zijn,' riep Daniël.

'Ik loop morgen even bij je langs om onze verkopen te vieren, Sabina. En om onze strategie verder te bepalen,' zei Nikki er zo zachtjes mogelijk achteraan. Daarna wenste iedereen elkaar welterusten.

Nog een hele tijd zaten Nikki en Daniël in de tuin. Soms praatten ze wat en ze keken naar de sterren of het kleine leven in de tuin.

Ik zou het niet erg vinden om hier nog een tijd te wonen, dacht Nikki. *Net als mijn moeder voel ik me op mijn plek. In dit huis, én in dit leven.*

Ze trok haar zachte vest wat dichter om zich heen en aaide nogmaals Pixie en ook Ping en Pong, die het tegenwoordig leken te waarderen. Ze reikte naar rechts en greep Daniëls hand.

De toekomst zou ongetwijfeld nog allerlei verrassingen brengen, leuke en minder fraaie. Maar op dit moment was alles goed. En dat was voldoende.

Boven het IJsselmeer leek de maan te knipogen.